民國文化與文學 研究文叢

十七編

李 怡 主編

第8冊

秘響旁通‧和而不同：中外詩歌會話尋蹤（1945～1949）

王耀文 著

國家圖書館出版品預行編目資料

秘響旁通・和而不同：中外詩歌會話尋蹤（1945～1949）／
王耀文 著 -- 初版 -- 新北市：花木蘭文化事業有限公司，2024
〔民 113〕
目 2+244 面；19×26 公分
（民國文化與文學研究文叢 十七編；第 8 冊）
ISBN 978-626-344-848-3（精裝）
1.CST：中國詩 2.CST：史詩 3.CST：編年編排法
820.9   113009393

特邀編委（以姓氏筆畫為序）：

丁　帆	王德威	宋如珊
岩佐昌暲	奚　密	張中良
張堂錡	張福貴	須文蔚
馮　鐵	劉秀美	

民國文化與文學研究文叢
十七編　第八冊　　　　　　　ISBN：978-626-344-848-3

秘響旁通・和而不同：中外詩歌會話尋蹤（1945～1949）

作　　者　王耀文
主　　編　李　怡
企　　劃　四川大學中國詩歌研究院
總 編 輯　杜潔祥
副總編輯　楊嘉樂
編輯主任　許郁翎
編　　輯　潘玟靜、蔡正宣　美術編輯　陳逸婷
出　　版　花木蘭文化事業有限公司
發 行 人　高小娟
聯絡地址　235 新北市中和區中安街七二號十三樓
　　　　　電話：02-2923-1455 ／傳真：02-2923-1452
網　　址　http://www.huamulan.tw 信箱 service@huamulans.com
印　　刷　普羅文化出版廣告事業
初　　版　2024 年 9 月
定　　價　十七編 11 冊（精裝）台幣 28,000 元

秘響旁通・和而不同：中外詩歌會話尋蹤（1945～1949）

王耀文　著

作者簡介

王耀文，太原師範學院中文系教授，碩士生導師，從事現代文文學教學與研究工作，現已退休。著作《走向文學家之路》、《新時期文學》（副主編）、《文學作為散步》等；論文三十餘篇，散見於《詩探索》、《讀書》、《書屋》、《萬象》、《中華讀書報》、《文藝爭鳴》等報刊。主持過教育部人文社會科學研究規劃基金資助項目（批准號：10YJA751080）。

提　　要

　　1945 至 49 年這一特殊的歷史歲月，漢詩與世界詩的交流被賦予某種特異的品格。此書嘗試以「編年」方式，呈現這段歷史——因資料繁雜，語言背景諸多障礙，而作者所見、能力有限，故曰「尋蹤」：——那段漁陽鼙鼓，鄉關何處，風雲風月，詩心同天的所在。本書僅為一孔之見，有諸多缺陷和遺珠之憾。——然或可於有限資料的敘述中，領受那史詩之蒼茫，小說之詭異⋯⋯或姑且算作引玉之磚，企盼專家同行的賜教。

答范玲問：「文史對話」的文學立場
——《民國文化與文學研究文叢·
十七編》代序

李　怡

·「文史對話」的歷史來源

范玲（以下簡稱「范」）：李老師您好，八年前您曾以「文史對話」替換「文化研究」這一概念，並用以指涉新時期以來中國現當代文學研究界逐漸興起的某種研究趨向。〔註1〕我注意到，您在當時的討論中傾向於將「歷史」「文化」視為一個詞組而並未對二者作出明確的區分。請問這樣一種處理是否有特別的原因？

李怡：（以下簡稱「李」）：從 1980 年代到 1990 年代，一直到新世紀的今天，文學研究實質上一直在試圖走出「純文學」的視野，希望在更廣大的社會文化領域開闢新的可能性。但與此同時，中國之外的西方文學世界也正在發生一個重大的變化，也就是我們今天看到的所謂「文化研究」的興起。這一研究趨向也在這個時候開始逐漸在我們的學術領域裏產生重要的影響，不僅文學研究界，歷史學界也在發生著重要的變化。

文學界的變化就是越來越強調從歷史文獻中尋覓文學的意義解讀，而不是對文學理論的某種依賴。這裡的歷史文獻包括文字形態的，當時也包括對文學發生發展背後的一系列社會史事實的瞭解和梳理。

在歷史學界，就是所謂後現代歷史觀的出現，以及微觀史學這樣一個方法

〔註 1〕參見李怡：《文史對話與中國現當代文學研究》，《中國社會科學》2016 年第 3 期。

的出現，它們都在很大程度上改變了我們過去習慣的那套思維方式——不再局限於將歷史認知僅僅依靠於一系列的「客觀的」歷史事實，如文學這樣充滿主觀色彩的文獻也可以成為歷史的佐證，或者說將主觀性的文學與貌似客觀的歷史材料一併處理，某種意義上，歷史研究也在向著我們的文學研究靠近。

這個時候，整個文學思維和文學研究的方法也開始面臨一個特別複雜的境況。正是在這樣的背景下，當我們需要探討從 1980 年代中期的「方法熱」到 1990 年代再至新世紀，這一二十年圍繞文學和社會歷史這一方向所發生的改變，就不得不變得特別謹慎和小心。所以你說我八年前在使用這些相關概念時，顯得特別謹慎，我想原因就在於，當時無論是用「文史對話」來替代「文化研究」，還是在不同的意義上暗含著對「歷史」「文化」的不同的理解，都包含了我對這樣一個複雜的文學研究狀態的一個更細緻的理解。

范：那麼在這樣一種複雜的背景下，我們應該如何更好地理解和界定「文史對話」這一概念呢？能否談談用這一概念替換「文化研究」的原因還有這種替換的有效性？

李：實質上，在《文史對話與中國現當代文學研究》這篇文章裏，我涉及到了好幾個概念。所謂 1980 年代中後期的學術方法，我其實更傾向於認為它既不是今天的「文史對話」，也不是我們 1990 年代所說的「文化研究」，我把它稱為「文化視角」的研究。什麼是「文化視角」的研究呢？就是從不同的文化角度解釋文學現象，這是和 1980 年代初期到中期的方法論探討聯繫在一起的。而這個方法論，它本質上是為了突破新中國建國後很多年間構成我們文學研究的一個最主要的統治性的研究方法，也就是所謂的社會歷史研究。

當然，我們曾經從社會歷史的角度來研究、解釋文學，這是沒有問題的，但在那個特殊的年代，這幾乎被作為我們解釋文學的唯一方法，一種壓倒性的，甚至是和政治正確緊密聯繫在一起的方法。而 1980 年代初期和中期開始的方法論更新，則意味著我們開始可以從不同的角度認知文學，解釋文學。一個評論家擁有了解釋的權利，而且能夠通過這樣的解釋發現文學更豐富的內涵，那麼所謂從社會歷史或者社會文化的角度來解釋文學，那就只是其中的一個方法，而且在當時就出現了比如從不同的文化方向解釋文學發生、發展規律的一些重要嘗試。

著名的「二十世紀中國文學」概念中專門就有一部分是談「文化視角」的。他們仍然認為「二十世紀中國文學」中一個非常重要且不能被取代的角度，就

是從文化角度研究、分析並解釋我們中國文學的發展問題。所以那個時候，這個所謂的「文化視角」研究是非常重要的一個思路。隨著 1980 年代後期，比如尋根文學思潮的出現，文化問題再一次成為了我們學界關注的一個重心。那個時候，是所謂「文化熱」。這個「文化視角」實際上是伴隨著人們那時對整個文化問題的興趣而出現的，這是 1980 年代。

范：也就是說，我們其實是需要回到學術史發展的整體脈絡當中去重新梳理其中變化的軌跡，才能夠更好地理解和把握「文史對話」這一概念的，對嗎？

李：對的。事實上，到了 1990 年代中期，情況就發生了一個變化。這裡面有一個標誌性的事件，那就是 1994 年汪暉與美國加州大學洛杉磯分校的李歐梵教授在《讀書》雜誌上發表的系列對話。他們從西方學術史的角度出發，追問什麼是「文化研究」，「文化研究」與地區研究的關係等問題。這個在學術史上被看作新一輪「文化研究」的重要開端。值得注意的是，像汪暉、李歐梵所介紹和追問的「文化研究」，其實不同於我剛才說的中國學者在 1980 年代借助某些文化觀點分析文學的這樣一種研究方法。

英國學者雷蒙‧威廉斯和霍加特的「文化研究」是對歷史文化本身的各種文化元素的研究，而不再是我們討論文學意義時的簡單背景。1980 年代，我們強調通過社會歷史文化背景來進一步解釋文學產生過程的基礎問題，但是在「文化研究」裏，這些所謂的社會歷史文化元素，不再是背景，他們本身就成為了研究考察的對象。或者說，那種以文學文本為研究中心，而其他社會歷史文化都作為理解文本意義的這樣一個模式，是被超越了，突破了。整個社會文化被視作一個大的「文本」。

范：那這樣一種「文化研究」的範式是怎樣逐步被中國文學研究界接納並最終獲得較為廣泛的發展和影響力的呢？

李：其實在 1990 年代首先意識到這種重大變化的並不是我們的現當代文學研究界，而是文藝學研究界。那時可以說是廣泛地介紹和評述了這個所謂的「文化研究」。1990 年代中期以後，一大批學者成為了「文化研究」的介紹者、評述者，包括像是李陀、羅崗、劉象愚、陶東風、金元浦、戴錦華、王岳川、陳曉明、王曉明、南帆、王德勝、孟繁華、趙勇等基本都是以文藝理論見長的學者。他們的意見和介紹，在某種意義上，是將正在興起的「文化研究」視為了超越中國文藝學學科自身缺陷的一個努力的方向。

　　這種來自文藝學界的對「文化研究」的重視，發展至 1990 年代後期已相當有聲勢，並且開始對中國現當代文學研究界造成衝擊和影響。一些中國現當代文學研究界的學者也開始提出文學的「歷史化」問題，正是在這個時候，新歷史主義的歷史闡釋學和福柯的知識考古學被較多地引入到了中國現當代文學研究界。洪子誠老師的《中國當代文學史》被公認為中國當代文學學術化與知識化研究的開創之作。這本書的一個基本觀點可以說改變了中國當代文學研究的格局，那就是：「本書的著重點不是對這些現象的評判，即不是將創作和文學問題從特定的歷史情境中抽取出來，按照編寫者所信奉的價值尺度（政治的、倫理的、審美的）做出臧否，而是努力將問題『放回』到『歷史情境』中去審察。」〔註 2〕

　　范：中國當代文學研究格局變化了以後，是否也對中國現代文學研究產生了直接的影響呢？

　　李：如果我們對百年來中國文學研究的變化作一個更細緻的區分的話，我覺得中國現代文學研究和中國當代文學研究的內部可能還存在一些差異。當代文學研究是最早提出「歷史化」這個問題的，這與當代文學這個學科一開始就存在爭議有關。1980 年代，人們其實仍然在討論當代文學應不應該寫史的問題，到了 1990 年代後期，當代文學研究界便提出了「歷史化」的問題。這其實就讓當代文學是否應該寫「史」成為了過去，而這個「史」從什麼時候開始，怎樣才能寫「史」，就是重新再「歷史化」的一個過程。這是對文學背後所存在的巨大的歷史現象加以深刻的、整體關注和解讀的結果。

　　那麼現代文學呢，它的反應沒有當代文學那麼急切。但是，可以說從 1990 年代後期到新世紀開始，現代文學研究界同樣也提出了在不同社會文化背景中進一步深挖現代文學的歷史性質種種可能性。包括我自己在內的一些學者對「民國文學」的重視。「民國文學」作為文學史的概念最早是張福貴教授完整論述的，後來又有張中良老師，丁帆老師等等，我們所探索的民國文學史的研究方法，其實都是和這個歷史事實的追尋聯繫在一起的。

　　范：感覺這種「歷史化」的訴求以及對歷史材料的關注發展到今天似乎已經非常廣泛而深入地嵌入進了中國現代文學和當代文學研究的內部。在您看來，這種研究趨向的興盛依託的核心動力是什麼呢？它和 20 世紀 90 年代以來愈發強烈的「回到歷史現場」的訴求是怎樣一種關係？

〔註 2〕洪子誠：《中國當代文學史》，北京大學出版社，1999 年，第 5 頁。

李：所有這些變化背後最重要的動力，我覺得還是尋找真相。其實文學研究歸根結底就是為了尋找真相。過去為什麼我們覺得真相被掩蓋了，是因為我們很多所謂的研究方法和理論，最後在成熟的過程當中，越來越成為凌駕於文學作品之上的一個固定不變的原則，甚至在一段時間裏邊兒，這種原則與政治正確還聯繫在一起，這裡面當然充滿了人們對「方法」和「理論」的誤解。

所謂「回到歷史現場」，其實是這個大的文化潮流當中的一個具體的組成部分。「歷史化」是當代文學經常願意使用的一個概念，而現代文學呢，則更願意使用「回到歷史現場」的表述。所謂「回到歷史現場」，意思就是說，我們過去的很多解釋是脫離開歷史現場，從概念或者某種理論的方法出發得出的結論。那麼，「回到歷史現場」重要的其實就是破除這些已經固定化的方法對我們的思維構成的影響，重新通過對具體現象的梳理，來揭示我們應該看到的真相。當然這裡邊兒有很多東西可以進一步追問，比如「現場」是不是只有一個？回到這個「現場」是否就是一次性的？……其實只要有方法和外在理論束縛著我們，我們就需要不斷回到歷史現場。歸根結底，這就是我們發揮研究者自身的主體性，用自己的眼光，自己的心靈來感受這個世界的一個強大的理由。

二、「文」與「史」的相異與相通

范：您此前曾談到，「文史不分家」本就是「中華學術的固有傳統」，史學家王東傑教授也曾撰寫《由文入史：從繆鉞先生的學術看文辭修養對現代史學研究的「支持」作用》一文，對中國「文史結合」的學術傳統進行了重申與強調。〔註3〕而新文化史研究興起以後，輕視文學資料的成見亦逐漸在史學界得到改變，不僅文學作品、視覺形象等被發掘為了史料，甚至一些歷史學者亦開始嘗試文學研究的相關課題。請問史學界的這一研究轉向與前面討論的文學研究界的變化是否基於同一歷史背景？兩者的側重點是否有所不同？它們的核心區別在何處？

李：今天文學研究在強調還原歷史，回到歷史情境，並希望通過歷史和文化來解讀文學的現象。同樣的，歷史研究也在尋求突破，也在向文學靠近。特別是在後現代歷史觀的影響下，歷史研究已經從過去的比較抽象、宏大的歷史

〔註3〕參見王東傑：《由文入史：從繆鉞先生的學術看文辭修養對現代史學研究的「支持」作用》，《四川大學學報（哲學社會科學版）》2014年第6期。

敘述轉向微觀史、個人生活史、日常生活史的敘述，而並不僅僅局限於對客觀歷史文獻的重視，當前人的精神生活也被納入進了歷史分析的對象當中。那麼這個時候，歷史研究和文學研究是不是就成了一回事呢？兩者是否最終就交織在一起，不分彼此了呢？

這就涉及到歷史學的「文史對話」和文學的「文史對話」之間微妙的差異問題。在我看來，今天我們強調學科的交叉和融合，固然是一個值得注意的傾向，但是在交叉、融合之後，最終催生的應該是學科內部的進一步演變和發展，而不是所有學科不分彼此，都打通連成了一片。當然，交叉、融合本身可能是推動學科進一步自我深化的一個重要過程或路徑，這就相當於《三國演義》裏面，我們都很熟悉的那句話──「天下大勢，分久必合，合久必分」。我們因為某種思維的發展，需要有合的一面，需要有學科打破界限，相互聯繫的一面；但是，另外一個歷史時期，我們也有因為那種聯合，彼此之間獲得了啟示，又進一步各自深化，出現新一輪的個性化發展的一面，我覺得這兩種趨勢都是存在的。

在這個意義上，我們回頭來看其實會發現，歷史學的「文史對話」實質還是通過調用文學材料，或者說是人主觀精神世界的一些感受來補充純粹史學材料的不足，或者說通過對人的精神現象、情感現象的關注，來達到他重新感受歷史的這樣一個目的。他最終指向的還是歷史。眾所周知，歷史學家陳寅恪是「文史互證」的著名的提出者，在前人錢謙益治學方法的基礎上，陳寅恪先生要做的就是用文學作品來補充古代歷史文獻的欠缺，唐代文獻不足，但是先生卻能夠從接近唐代的宋、金、元的鶯鶯故事中尋覓重要的歷史信息：崔鶯鶯的出生門第，唐代古文運動與元白的關係等等，這是「以文證史」。而文學研究中的「文史對話」走的路徑則正相反，它是通過重塑歷史材料來重建我們對歷史的感覺，重建研究者對歷史的感受，通過重新進入文學背後的歷史空間，我們獲得了再一次感受和體驗文學所要描述的那個世界的重要機會，從中也真正理解了作家的用意與精神狀態。換句話說，他最根本的目標還是指向文學感受的，是「以史證文」。一個是重建「歷史」，一個是重建「文學」，這就是史學的「文史對話」和文學的「文史對話」之間很微妙但又很重要的一個差異。當然，今天由於這兩個學科都在向著對方跨出了一步，所以往往在很多表述方式上，你可以看到他們有一些相通之處，我們彼此之間也可以展開更密切的相互對話。

范：我記得英國歷史學家托馬斯‧麥考萊（Thomas Macaulay）曾說，「歷史學，是詩歌和哲學的混合物」〔註4〕；而錢鍾書在《管錐篇》中也有提到：「史家追敘真人真事，每須遙體人情，懸想事勢，設事局中，潛心腔內，忖之度之，以揣以摩，庶幾入情合理，蓋與小說、院本之臆造人物、虛構境地，不盡同而可相通。」〔註5〕他們好像都正好談到了歷史學與文學的某種相通之處，您認同他們的看法嗎？

李：無論是歷史學家托馬斯‧麥考萊，還是中國的文學作家、學者錢鍾書，的確都道出了「文學」和「歷史」的相通之處。「歷史」更注意科學和理性，但它也關乎「人」。所以我們可以說它是「詩歌和哲學的混合物」，「詩歌」這個詞就強調了它的主觀性，「哲學」則強調了它理性思考的層面。我想，「文學」和「歷史」最根本的相通還是它們都是對「人」的描述，歷史描繪的中心是人，文學表達的情感中心也是人，所以它們能夠相互連接，相互借鑒，或者說「文學」和「歷史」能夠相互對話。

不過，就像我前面所說的，這兩者的表現形式有很多相通之處，但目的不同。「文史對話」的歷史研究根本上是為了解釋歷史，為了對歷史本身進行描述，而文學的「文史對話」則是要重建我們的心靈。這背後的不同是文學學科和歷史學科的不同。歷史學科歸根結底還是重視一種理性的概括，而文學學科更重視的則是對鮮活生命感受的完整呈現。

三、回到「文學」的「文史對話」

范：從您的表述中我好像能比較明顯地感受到您對於文學研究「自身的根基」問題似乎有著愈加強烈的憂慮感受。在八年前的那篇文章裏，您已在討論「文史對話」的相關議題時談到，史學家「以文學現象來論證歷史」與文學研究者「借助歷史理解文學」其實有很大不同，並強調「跨出文學的邊界，最終是為了回到文學之內」。〔註6〕而在去年發表的《在歷史中發現「文學性」》中，您則更進一步地指出，「我們必須回應來自文化研究和歷史研究的『覆蓋式』衝擊」，重提「文學性」的問題，以避免「文學研究基本自信和價值獨立性的

〔註4〕參見易蘭：《西方史學通史》第5卷，復旦大學出版社，2011年，第68頁。
〔註5〕錢鍾書：《管錐編》第1冊，中華書局，1979年，第166頁。
〔註6〕參見李怡：《文史對話與中國現當代文學研究》，《中國社會科學》2016年第3期。

動搖」。〔註7〕既然您如此在意「文」與「史」的邊界問題，為何仍會提出「文史對話」這樣一個概念並著力加以強調呢？

李：事實上，我之所以要強調「文史對話」，正是想提出一個更大的可能性以及今天我們的中國現當代文學研究如何獲得自身獨立品格的這樣一個問題。因為無論是 1980 年代的「文化視角」，還是 1990 年代從文藝學學科裏面生發出來的「文化研究」，我覺得都是呈現了來自國外學科發展的一個趨勢，它並不能夠代替我們中國現當代文學對自身文學現象的理解。固然我們可以把很多精力花到文學背後更大的歷史當中去，並且這大概在今天已經成為一個不可逆轉的趨勢。我們看到很多高校的研究生在他們的學位論文裏面，我們甚至看到高校的這些研究生的導師們，這些知名的學者，在他們近幾年的文章裏面，越來越傾向於淡化文學研究，強化文學背後的歷史研究、文化研究的份量。我想，越是在這個時候，新的問題也應該引起我們更自覺的思考——那就是隨著我們越來越重視對歷史和文化的研究，文學研究還有沒有自身獨立性的問題。

正是在這個意義上，我所謂的「文史對話」其實指的是一個更寬泛意義上的認知「文學」的努力，一種與文學學科、歷史學科相互借鑒的方法。我傾向於把它視為一個大的概念，在這個大的概念裏邊兒，1980 年代的「文化視角」，1990 年代的「文化研究」和我們「以史證文」式的文學研究應該是不同的趨勢和路徑。

范：能否請您再詳細談談促使這樣一種學科危機意識在當前變得愈發顯明的原因？

李：其實我們在今天之所以會重新提出「文史對話」的起源及其歷史作用等問題，都是基於對當下學術發展態勢的一個觀察。1990 年代以後，「文學」和「歷史」的這種對話便逐漸構成了我們今天不可改變的一個大的歷史趨勢，其中一個特別引人注目的現象就是越來越多的文學研究者開始介入文學背後歷史現象的討論，而逐漸脫離開了文學研究本身。一個文學的批評者幾乎變成了一個歷史的敘述者，越來越多的文學研究主題演變為了歷史故事的主題。這已經成為我們今天學術研究裏邊兒最值得注意的一個傾向，包括一些研究生的碩士論文，也包括我們經常看到的發表在報刊雜誌上的一些文學研究的論文都是如此，以至於前些年就有學者發出了這樣的憂慮，那就是文學研究本身

〔註 7〕參見李怡：《在歷史中發現「文學性」》，《學術月刊》2023 年第 5 期。

還有沒有它的獨立性？這裡面一個很深刻的問題是，如果文學研究因為走上了「文史對話」的道路就逐漸的與歷史研究混同在一塊兒，或者文學研究已經主要在回答歷史的一些話題，那麼我們的文學研究還有什麼可做的呢？又何必還需要我們「文學」這樣的學科呢？

而且，更重要的是，一個文學研究者的起點，歸根結底其實還是我們對人的精神現象的一種感受。當我們僅僅從這種感受出發，試圖對更豐富的歷史事實做出解釋的時候，這裡是否已經就暴露出了一種先天性的缺陷？例如我們不妨嚴格地反問一下自己：文學研究是否真的能夠替代歷史研究？如果我們的文學批評、文學研究在內容上其實已經在回答越來越多的歷史學的問題，那麼我們就不能不有所反省，這樣以個人感受為基礎的歷史描述是否已經包含了更多的歷史文獻，是否就符合歷史考察的基本邏輯？如果我們缺乏這樣的學術自覺，那就很可能暗含了一系列的學術上的隱患，這其實就是文學所不能承受的「歷史之重」。

今天，我們重提「文史對話」的意義，重新檢討它的來龍去脈，我覺得一個非常重要的傾向，就是通過對學術史的重新梳理來正本清源。我們要進一步地反思我們文學研究自身的目標是什麼。我們和歷史研究可以相互借鑒，在很大意義上，我們在方法、思維上都可以互相借鑒，取長補短，但是我們最終有沒有自己要解決的問題？

范：那文學研究最終需要自己解決的問題在您看來應該是什麼呢？

李：我覺得這個問題是很明確的，那就是解決「人」的精神問題，解決「人」心靈發展的問題，這是一個非常重要的方向。「文史對話」對於「文學」而言應該是關於心靈走向的對話，對於「歷史」而言可能就是關於歷史進程的對話。儘管「心」與「物」或者說「詩」與「史」之間常常互相交織、溝通，但歸根結底，「文史對話」對我們文學研究而言，是為了保持文學研究本身的彈性與活力。有的人就是因為我們過去的學術研究日益走向僵化、固定化，因此提出了文學走出自身，走向歷史的這樣一個過程。但是我想要強調的是，即便我們再頻繁地遠離開了我們的文學，但只要還是文學研究，便最終仍會折回到我們的起點，這也是文學研究所謂的「不忘初心」。

我最近為什麼會提出一個「流動的文學性」概念，也是因為，我們不斷地突破「文」，最後卻遺忘了「文學性」，或者根本的就拋棄了「文學性」。這裡邊兒一個可擔憂的地方在於，我們再也找不到我們文學的研究了。我們離開了

文學研究，是否就真的成為了一個歷史學者或者思想史的學者？我覺得事實上也不是那麼簡單。一個真正的歷史學者和思想史的學者，他有他的學科規範，有他的學科基礎、目標和範式，如果我們在歷史學界或者思想史學界對我們來自文學界的學術成果進行一番調研的話，你可能會發現我們很多所謂離開文學的「文史對話」也未必獲得了歷史學界或者思想學界的完全認可。他們同樣會覺得我們不夠規範，或者認為中間存在很多的問題。

這其實就是啟發我們，一個真正的文學研究者即便離開文學，在文學之外去尋找靈感，尋找問題的解答思路，但我們最終都不要忘了，我們是為了解決或者解釋文學的某些獨特現象，才暫時離開了文學。這樣的話，我們的文學研究實際上就是不斷地在其他學科的發展當中汲取靈感，一次次地汲取靈感，並使我們一次次地呈現出不同的文學景觀。隨著我們學術研究的不斷發展，我們獲得的不同文學景觀就呈現為一種流動性，這就是我說的「流動的文學性」。文學性在流動，但是它還是有文學性，並不等於歷史研究，也不等於思想史考察，當然也不是純粹的社會文化問題的研究。我們還是為了研究文學的問題，而不是社會文化問題，這就是這兩者之間的邊界和差異。

范：確實，若無法在「文史對話」的過程中恰當處理「文」與「史」的邊界問題，甚而直接將歷史學或思想史問題的解決視為了文學研究的至高追求，這對於以「感受」為基點的「文學」而言不僅難以承受，還將使文學研究自身的根基變得愈加脆弱。不過，時至今日不論是在文學研究界，還是在歷史研究界，亦出現了許多「文史對話」的有益成果。請問在您看來，有哪些代表性的研究成果能夠作為某種示例供以參照？「文史對話」這一漸趨成熟的研究方法於當前的文學史研究而言還存在哪些尚待發掘的意義與可能性呢？

李：要我對學科發展的未來做詳細的預測，我覺得這是很難的，因為既然是「流動的文學性」，一切都在不同研究者個體的體驗當中，個體體驗越豐富，就越是多元化的、百花齊放的景象。惟其如此，我們的文學研究才能突破固有的、僵死的邊界，走出一個更為廣闊的未來。不過在這裡呢，我很願意推薦我很尊敬的、中國社會科學院文學研究所的研究員劉納老師在 1990 年代後期出版的一本代表作——《嬗變——辛亥革命時期至五四時期的中國文學》。

這本書寫的是晚清到五四前夕這段時期中國文學演變的基本事實，其中最重要的一個特點是，這部分文學史是長期被人忽略的，包括大量的歷史材料都是我們不熟悉的，但劉納老師非常嫻熟地穿梭在這些歷史文獻當中，並清理

出了中國文學被遺忘的這一段歷史景觀。與此同時，她整個的著作不是為了重塑純粹客觀的社會歷史，而是在社會歷史的豐富景觀當中呈現了人的心靈史、精神史。所以這本書看似有很多歷史材料，但又保持了一個基本的文學的品格。而且這本著作整體上有一個從歷史材料到最後的精神現象不斷昇華的過程。尤其寫到最後一章的時候，就從更為廣泛的歷史材料的梳理當中，得出了非常深刻的關於人的精神現象以及文學發展特徵的一些結論。可以說，這就完成了從歷史文獻向著人的心靈世界觀察的一種昇華和發展。

　　我給歷屆的學生其實都推薦了這本書，我覺得這裡邊兒充分體現了一個優秀的中國現代文學研究者如何在歷史文獻和文學感受之間完成這種自如的穿梭，然後把心靈感受的能力，文學解讀的能力和掌握分析解剖豐富材料的能力，很好地結合起來。所以，說到「文史對話」的代表作，我仍然願意提到這本書。

目

次

凡例及說明

凡例及說明

　　1945 至 49 年這一特殊的歷史歲月，漢詩與世界詩的交流被賦予某種特異的品格。此書嘗試以「編年」方式，呈現這段歷史——因資料繁雜，語言背景諸多障礙，而作者所見、能力有限，故曰「尋蹤」。

　　本書目錄信息來源與參考文獻，以國內為主，涉及「中國現代文學」和「世界文學與比較文學」之間，各個條目的來源書內明確標識。

　　本書所錄條目，均按年、月、日序列排列：有年有月有日者，按「日」排列；有年有月無日者，放置本月末為「本月」；有年無月無日者，放置本年末為「本年」。

　　本書的年月日繫年均為公曆：有農曆紀年者均換算為公曆；有「民國」紀年者亦一例改為公曆。

　　本書所列條目有關信息，全部照原刊原書原文照實錄入。涉及所譯語種、版本、跨國迻譯等問題，僅按原文提供的信息照實錄入。

　　本書將個人有關書信、日記、序、跋、尺牘、題記和附記等，一併納入其中考察。

1945 年

1月1日

　　《譯尼采詩七首》馮至，《文聚》第 2 卷第 2 期，1945 年 1 月 1 日復刊。目次：*Ecce Homo*《旅人》《星辰道德》《傘松與閃電》《仕西司馬利亞》《新的哥倫布》《在敵人中間》。

　　Fortissimo〔匈牙利〕Nihqily Babıts 作，盧劍波譯〔註1〕，《流星》第 1 卷第 1 期（創刊號），1945 年 1 月 1 日。

　　《Sapphv 時代早已絕響了》〔匈牙利〕Nihqily Babits 作，盧劍波譯，《流星》第 1 卷第 1 期。譯者文末記：「匈牙利詩人米哈依·巴比奇（Nihqily Babits），生於 1883 年。除了那永遠不寧靜的，在內心裏沸騰著思想而外，他的詩的要素，還有那種無對象的，難以超越的苦痛，這種苦痛，一生都伴著那些以偉大的，勝過他人的敏感。和稀少的活動的精能和生活對邊的人。他的傑構是他的小說和童話，他的『神話』（Mitologto）是匈牙利抒情小說的珍寶。他的小品（Eseo）也達到了歐洲小品文學的頂點，他更譯了全部但丁，莎士比亞的暴風雨，Sophoeless Edipo，波特萊爾的詩，愛倫坡，王爾德和其他英，德，法，希臘詩人的詩。上面的詩是從世界語匈牙利詩選裏面譯出來的，譯者當譯到 Lalhmo iam homis，lis'trinhis la hemon 時不禁也感到無比的傷痛了。——1942 年 12 月 4 日晨 8 時」。

　　《兒童文學底精神》〔日〕古谷綱武作，俊先譯，《華文每日》第 137 號，

〔註 1〕譯者篇末記：「1942.12.13 夜至半夜」。

1945 手 1 月 1 日，《童話文學》坪田壤治作，光軍譯。《兒童底世界》有島武郎作，高芳譯、《關於兒童文學底藝術性與非藝術性》百田宗治作，祝他譯。

　　《一九四四年的中國文藝界》（上、下）楊光正，《文友》第 4 卷第 4 期第 40 號、第 41 號連載，1944 年 1 月 1 日、15 日。

1 月 5 日

　　《孤獨》（詩）萊蒙托夫作，張俗譯〔註 2〕，《文學新報》第 1 卷第 2 期，1945 年 1 月 5 日。

1 月 10 日

　　《跳躍的煙灰及其他》（博物志之二），〔法國〕裘耳・合勒挪爾作，文之譯，《雜誌》第 14 卷第 4 期（1945 年 1 月 10 日）。目錄：青布的雨傘、狗的散步、姊妹敵、蛇、蚯蚓、梭子魚、白頭翁、烏鴉、雌雞、寶石。

1 月 13 日

　　《什麼是儒家——中國士大夫研究之一》聞一多，《民主週刊》第 1 卷第 5 期，1945 年 1 月 13 日。

1 月 15 日

　　《高爾基論普式庚》（76～82 頁）陳伯吹譯〔註 3〕，《東方雜誌》第 41 卷第 1 號，1945 年 1 月 15 日。《十七八世紀中國學術西被第二時期》（58～62 頁）方豪。《東西洋考之針路》（49～58 頁）張禮千。

　　《憂鬱頌》〔英〕濟茲著，松濤譯，《筆戈》第 1 卷第 1 期，1945 年 1 月 15 日。

　　《巴黎解放前後的法國文學》（論文），徐仲年，《時與潮文藝》第 4 卷第 5 期（1945 年 1 月 15 日）。

　　《朱自清日記》：「15 日，星期一，陰。讀朱東潤的《中國文學批評概論》〔註 4〕，進度甚慢。讀野間清治的《世間雜話》。」〔註 5〕

〔註 2〕文末譯者記：「1830 年原作，1944 年 3 月譯」。
〔註 3〕文末記：譯自蘇聯對外協會論文集之一章「高爾基論普希金」，為某教授所寫。
〔註 4〕16 日、17 日《朱自清日記》皆記：「讀《中國文學批評概論》」。
〔註 5〕《朱自清日記》（下，1942～1946），北京，石油公司出版社，2019 年 5 月，第 40 頁。

《乾隆西域武功圖考證》（中）〔法〕伯希和撰，馮承鈞譯，《中國學報》第 3 卷第 1 期，1945 年 1 月 15 日。《中國青銅器文化的傳播》姚鑒；《世界種族優劣之研究》李志忍；《中國歷代戰爭與氣候之關係》（上）張星烺著。

1 月 23 日

《朱自清日記》：「23 日，星期二，晴。……昨夜未能安眠。讀羅根澤的《中國文學批評史》，閱畢第一冊。」

1 月 24 日

《朱自清日記》：「24 日，星期三，晴。……讀羅根澤《魏晉南北朝文學批評史》。……」

1 月 25 日

《吳興華〔註6〕致宋淇〔註7〕》（1945 年 1 月 25 日）：……我早歲入學性甚鄙淺，唯思以文採自現，近年來自以為得以略寬大處，火氣便壓卜去不少，其實對於古人所謂友直諒友多聞的益友我一向是願意傾身結交的，你和芝聯一定都曉得，我近年來讀書以史籍居多，尤其對古今典亡治亂割據盈縮之間再三敬意。魏叔子曾說過：人不可以不讀史，因為傲睨一世的人也能從之看出自己的渺小，正跟絲巾長劍的 Raleigh〔註8〕說死亡把鏡子擧給美人看，顯出她是一個骷髏似的。我往往覺得我們最大的毛病就在自恃聰明太過，侈言凌人，

〔註 6〕吳興華（1921 年 11 月 21 日～1966 年 8 月 3 日），原籍浙江杭州，生於天津塘沽；筆名興華、欽江，曾任北京大學西語系副系主任，教授；著名詩人、學者、翻譯家。他 16 歲考入燕京大學西語系，並發表無韻體長詩《森林的沉默》。他的詩在現實主義和現代主義之外另闢蹊徑，融合了中國傳統詩歌的意境、漢語言文字的特質和西洋詩歌的形式，在實現中國古典詩歌的現代轉化方面做出了可貴的探索。

〔註 7〕宋淇（1919 年～1996 年），原名宋奇，又名宋悌芬，筆名林以亮，出生於浙江吳興，1940 年畢業於燕京大學西語系。吳興華的摯友。1949 年移居中國香港，專任香港中文大學翻譯研究中心主任，曾經擔任香港中文大學校長助理。

〔註 8〕沃爾特·羅利爵士（Sir Walter Raleigh，1552～1618），英國伊莉莎白時代著名的冒險家。同時也是位作家、詩人、軍人、間諜、政治家，更以藝術、文化及科學研究的保護者聞名。他和埃德蒙·斯賓塞（詩人，著有敘事詩《仙後》The Faerie Queene）及克里斯多福·馬羅（戲劇《帖木兒大帝》（Tamburlaine the Great）的作者）等文學家來往甚密，他在倫敦塔幽禁期間也編纂了《世界史》（The Historie of the World）一書，是名廣泛閱讀文學、歷史、航海術、數學、天文學、化學、植物學等著作的博學家。

結果成就常常反不如人，又事事覺得古人愚直可笑，不求快捷方式而故採迂途，因此好為無根之論以震駭凡俗，心醉於片時的喝彩，便無暇計及真正的不朽之業，今日我國學術文章一望之下黃茅白蘆遠近如一，歷來各朝代無有如此衰蔽可嗤的，猶有周作人林語堂一流人在稱讚李卓吾，研究明人小品，古人說文章關係國家氣運豈是欺人的話？來日太陽一出爝火全熄定有一個與政治復興相當的學術方面的振起，這個責任我們若不擔負，還要推給誰呢？……信末附言：「我譯的 Rilke〔註9〕詩已出版，過幾日就可給你寄上。」〔註10〕

1月28日

《阿波里奈爾詩抄》〔法〕阿波里奈爾（Guillaume Apollnaire）作，戴望舒譯，香港《華僑日報・文藝週刊》第52期，1945年1月28日。譯目：1.《訣別》、2.《病的秋天》、3.《啟程》。

1月31日

《近代泰西文學派別概說》徐時中，《真知學報》第4卷第1/2期合刊，1945年1月31日。

1月

《小夜曲》（原名《英國二十四家詩選》）〔英〕雪萊、拜倫等著，李岳南（精）譯，上海正風出版社，88頁，32開，1945年1月初版。1946年10月第三版，仍由上海正風出版社出版，120頁，32開。收入輯錄英國古代至近代詩歌47首：包括古代民歌3首，十六至十九世紀33位詩人的作品44首。封面上題有「世界名詩選集」字樣。目次：《小序》《英國詩歌的嬗變（代序）》（文末譯者記：「卅三・二六・夜」）《Barbora Alon 的殘忍》《呼喚》《假使我的愛人是朵紅薔薇》《沉默的愛人》《海葬的輓歌》《愛的輓歌》《呈少女們珍重青春》《呈水仙》《上戰場留別露加斯達》《恬靜的生涯》《愛的神秘》《一朵紅紅的玫瑰》《約翰・安迪生》《孤單的刈禾者》《杜鵑》《無題》《舊的面孔》《呈愛

〔註9〕 里爾克（Rainer Maria Rilke，1875～1926），奧地利現代詩人。生於布拉格，曾廣泛旅行歐洲各國，一度擔任羅丹的秘書。除詩集、散文集和書信集外，里爾克還譯有大量英、法、俄文學作品。被奧登稱為「十七世紀以來歐洲最偉大的詩人」。代表作有《秋日》《豹》，長詩《杜伊諾哀歌》。
〔註10〕《風吹在水上：致宋淇書信集》，廣西師範大學出版社，2017年1月，第161～162頁。

人》《死亡》《當我倆分別的時候》《埋葬》《小夜曲》《愛的哲學》《哀歌》《一位美麗的而沒有慈心的姑娘》《三根箭》《磨坊的女兒》《渡過沙洲》《鷹》《榮名和友情》《烏鴉》《無題》《夢中的愛情》《無題》《行樂篇》《在佛朗德斯的疆場》《無題》《無題》《盲童》《今天》《恨》《發明》《無題》《墓誌銘》《閑暇》《凱瑟必亞珂》《蘇三的夢幻》《我孤獨地優游像一朵彩雲》《當我死了，親愛的》《這是夏天最後的玫瑰》《三影》《無題》《離去》《無題》《寄》《愛》《春天》《無題》《康格拉斯家的悲劇》《兩種歌》《去國行》。附譯者「小序」：

記得在去年冬，我於教課之餘，偶而將自己喜歡的幾首詩譯成中文，預備講給學生們聽；不料剛才譯好了五首，底稿放在抽屜裏，後來拿出來一看，卻被耗子咬了個零零碎碎，原來稿子是用漿糊黏的，它為了吃漿糊，連我的也吃掉了，我於氣憤之餘，便於冰冷的斗室裏，夜以繼日地翻譯了十多首，以示報復它，但是卻再也不肯放在抽屜了。

後來，同雪遠兄一塊去高蘭兄家去過大年夜，路上告訴了這個消息，他曾鼓勵我「以竟全功」，於是選定了廿四家作品來譯，因為正風出版社主持人陳汝言先生說是印成書還嫌薄，最後才加入了十幾首去付梓，所以實際上是超出廿四家了。

最後還感謝為拙譯製封面的王無涯兄。——李岳南志於渝郊 一 ｜ 八。

《屠格涅夫散文詩選》（散文詩）牛光夫選譯、賀之俊校閱，成都自立語文學會，1944 年 7 月製版，1945 年 1 月出版。俄華英對照，56 頁，本書收屠格涅夫本書收散文詩 10 篇：《會話》《老太婆》《狗》《乞丐》《蠢貨》《麻雀》《黑身漢（苦力）和白手人》《菜湯》《兩位富翁》《俄語》。書末有譯者「後記」：本書原係逐字詳注俄華對照自修叢書第七種，因正文紙型制就，承印之印刷所即倒閉，餘注釋部分（約八十頁）無處能印，遂將已製就之紙型暫行擱置。最近為印讀者需要，乃取出付印，並覓得英文譯文附後，以供讀者參閱欣賞，惟覺遺憾的，是缺《俄語》一篇英譯。……光夫，1944 歲末於成都。

《藝文萃譯》*LECTURES CHINOISES*1，1945 年第一期（高名凱、李熙祖、鮑文蔚、孫楷第、張奠亞、曾覺之和吳興華等翻譯編輯）北京中法漢學研究所，1945 年 1 月。共 108 頁。漢法對照，本期收入董仲舒的《春秋繁露》選譯，班彪的《王命論》，以及《漢武帝故事》、《漢魏詩》。其中法譯漢魏詩：漢武帝三首《瓠子歌》《落葉哀蟬曲》《秋風辭》，班婕妤一首《怨詩》（「新裂齊紈素」），辛延年一首《羽林郎》，無名氏古詩二首《上山採蘼蕪》《十五從軍征》，孔融

一首《雜詩》（「遠送新行客」），曹植雜詩兩首《高臺多悲風》《南方有佳人》。

　　《抒情名歌選》陳原、余荻編，成都，實學書局經售，大學印書館 1945 年 1 月初版。內收《海鷗》（米留汀／庫馬赤詞，陳原改寫）、《航空員抒情曲》（波哥斯洛夫斯基曲／多爾馬托夫斯基詞，陳原譯詞）、《帶槍的人》（P.阿爾曼特詞曲，趙渢譯詞）、《夜鶯曲》（亞克‧斯脫亞爾詞曲，趙渢譯詞）、《青年們》（S‧普羅卡菲耶夫曲／A‧柏里舍爾差詞，符其珣譯詞／陳原配曲）、《泰第安娜和奧里基二重唱》（歌劇《歐根‧奧涅金》一段／P.柴可夫斯基曲，符其珣譯詞／陳原填譜）、《魔王》（歌德詩／Schunert 曲，據王光祈、錢歌川譯詩／陳原填譜）、《魔王》（歌德詩／Loewe 曲，據王光祈、錢歌川譯詩／陳原填譜）、《兩個挺進兵》（H‧海涅詩／Sehumann 曲，飽 O 塵 S 譯詞）、《搖籃歌》（I.頓那耶夫斯基曲／V.L 庫馬赤詞，符其珣譯詞／陳原填譜）、《等帶著我吧》（K.西蒙諾夫作詩／M.B.anter 曲，寶權譯詞／陳原填譜）。

2 月 1 日

　　《法國詩壇的現代主義諸流派》〔註11〕，俞亢詠，《讀書雜志》（南京，讀書出版社）第 1 卷第 1 期（1945 年 2 月 1 日）。

　　《譯詩二章》俞亢詠，《文藝世紀》第 1 卷第 2 期冬季號，1945 年 2 月 1 日。《嚴冬十二月》（Edith Sitwell）、《節奏》（James Stephens）。《樂鄉》白洛克作，南星譯。《談詩》沈寶基。「新思潮」時代〔日〕豐島興志雄作，真原譯。

　　《駁論文藝上的心理距離說》輝星，《世界》月刊（安徽）第 1 卷第 2 期，1945 年 2 月 1 日。

2 月 4 日

　　《努力》（L'Effort），〔比利時〕魏爾哈倫（Emile Verhaeren）作，戴望舒譯，香港《華僑日報‧文藝週刊》第 53 期，1945 年 2 月 4 日。

2 月 8 日

　　《朱自清日記》：「8 日，星期四，清晨降雪片刻，白天大部時間有冰雪。今日極冷。抄帕克（Parker）〔註12〕詩，並試譯之。」

〔註11〕內容包括現代主義概說、立體派、大大派、超現實派和結論幾部分。1944 年 12 月 19 日向學藝社同人講談稿，伊林筆記。
〔註12〕多羅西‧羅斯希爾德‧帕克 Dorothy Parker（1893～1967）美國女詩人，有詩

2 月 9 日

《朱自清日記》:「9 日，星期五，陰晴不定，晚降雪。晉三。譯帕克詩。……」

2 月 10 日

《朱自清日記》:「10 日，星期六，陰晴不定，降雪。昨晚失眠，原因不明，可能閱帕克詩所致，難度頗大，但終於完成。」

《豬和真珠》(博物志之三)，〔法國〕裘耳・合勒挪爾作，文之譯，《雜誌》第 14 卷第 5 期(1945 年 2 月 10 日)。火雞、鵪鶉、鴿群、豬、豬和真珠、蚤、螳螂、螞蟻和鷓鴣、蜜蜂、鯨魚、小黃鶯、雲雀、雄雞、鴨子、蟋蟀、金蠱、蝸牛、別針、天牛蟲。

《民族與文學》柳雨生著，《東方學報》第 1 卷第 3 期，1945 年 2 月 10 日。《今日之中日文化問題》樊仲雲，《中華民族復興問題史觀》趙正雲，《猶太民族問題》仲濤。

2 月 15 日

《麥履實詩四首》(譯詩)謝文通譯〔註 13〕，《時與潮文藝》第 4 卷第 6 期，1945 年 2 月 15 日。目次:《給互稱同志的人們》《給 群眾》《晚遇》《給誹謗的人們》。

《乾隆西域武功圖考證》(下)〔法〕伯希和撰，馮承鈞譯，《中國學報》第 3 卷第 2 期，1945 年 2 月 15 日。《中國歷代戰爭與氣候之關係》(中)張星烺著。

2 月 16 日

《現代日本文學》〔日〕河上徹太郎作，《申報月刊》(復刊)第 3 卷第 2 期 1945 年 2 月 16 日。

2 月 18 日

《波特萊爾詩抄》〔法〕波特萊爾著，戴望舒譯，香港《華僑日報・文藝

歌集《足夠長的繩索》(*Enough Rope*)(1926 年)和《日落槍》(*Sunset Gun*)(1939 年)等。

〔註 13〕文前譯者記，麥履實為美國現代詩人，著有長詩《一甕土》(*The Pot of Earth*)等。

週刊》第 55 期，1945 年 2 月 16 日。目次：1.《信天翁》、2.《邀旅》、3.《梟鳥》、4.《贈你這幾行詩》。

2 月 20 日

《學生們，起來》原作者辨認不清，斐然譯，《文藝先鋒》第 6 卷第 1 期「詩歌」，1945 年 2 月 20 日。

2 月 25 日

《小夜曲》〔西班牙〕洛爾迦著，戴望舒譯，香港《華僑日報‧文藝週刊》第 56 期，1945 年 2 月 25 日。

2 月 27 日

《吳宓日記》:「二月二十七日，星期二。元宵。晴。……下午鈔講義（Greek Literature〔註 14〕第一頁）。……」〔註 15〕

2 月

《論當代英國詩人》（論文）Demetrios Capetanakis 作，袁水拍譯，《詩文學》（叢刊）〔註 16〕第 1 輯「詩人與詩」，1945 年 2 月。《黃昏》V.Bryufen 作，鄒狄帆譯。

《印度文學》柳無忌著，重慶，中國文化服務社，1945 年 2 月初版，198 頁，32 開，收入青年文庫，盧於道等主編。本書有「讚頌明論」、「摩訶婆羅達」、「羅摩衍那」、「沙恭達羅」、「雲使」、「五卷書」、「陀露多」、「泰戈爾」等 8 章，概述印度文學。

3 月 1 日

《讀詩心得》〔註 17〕，蔣遇圭，《讀書雜志》（南京）第 1 卷第 2 期（1945 年 3 月 1 日）。

〔註 14〕 Greek Literature，希臘文學。
〔註 15〕 《吳宓日記》（第 9 冊）北京三聯書店，1998 年 3 月，第 447 頁。
〔註 16〕 邱曉松、魏荒弩主編，重慶詩文學社出版發行。
〔註 17〕 述及法國浪漫派與象徵派詩人及作品：毛來亞士（Jean Moréas1856～1910）兩首詩《暗夢》《秋又來到》，雷伊諾（Ernest Raynaud1864～）《瘦馬》，新浪漫主義諾愛育伯爵夫人（Comtesse de Noailles）《青春》。

《英詩漢譯》（轉載）臺笠僧著，葉仲襄譯，《世界》（月刊），（朱佛主編，安徽學院編譯委員會編輯），第 1 卷第 3 期，1945 年 3 月 1 日。《夜》四節，〔英〕薛藜〔註18〕，葉仲襄譯。

3 月 3 日

《吳宓日記》：「三月三日，星期六。晴。早醒，思課。倦。同般閔記早餐。上二課。Homer〔註19〕未講好。L & L〔註20〕背英詩不成，甚慚不安。……」

3 月 4 日

《致解餓謠斷章》〔法〕瓦爾作，戴望舒譯，香港《華僑日報‧文藝週刊》第 57 期，1945 年 3 月 4 日。

3 月 7 日

《吳宓日記》：「三月七日，星期三。晴。閔記請高長山同早餐（$165）。上午，在系中審查羅根澤《中國文學批評史》（周秦至唐）三冊，並撰評文。定為二等獎。菜羹香午飯（$116）。下午在文廟舍中，審查李慕白《莎士比亞研究》（？），並撰評文，定為不給獎。又審查方重《英國詩文研究集》，並撰評文，定為三等獎。遂函教育部學術審議會報告，附評文。」

3 月 8 日

《吳宓日記》：「三月八日，星期四。晴。晨略寒。Shave。上二課（1）*Hesiod Lyric*〔註21〕（2）一多〔註22〕之要義。……」

3 月 15 日

《美國的朗誦詩》（介紹）朱自清，《時與潮文藝》第 5 卷第 1 期，1945 年 3 月 15 日。《詩的藝術》（書評）李廣田著，李長之評。

《乾隆西域武功圖考證》（續完）〔法〕伯希和撰，馮承鈞譯，《中國學報》

〔註18〕雪萊。
〔註19〕荷馬。
〔註20〕*Literatura and Life*，《文學與人生》課。
〔註21〕*Hesiod Lyric*，赫西奧德的抒情詩。Hesiod 赫西奧德（創作時期公元前八世紀），希臘最早的史詩詩人之一。
〔註22〕一與多。

第 3 卷第 3 期，1945 年 3 月 15 日。《中國歷代戰爭與氣候之關係》（續）張星烺著。

3 月 17 日

《尼采對於將來的推測》（論文），馮至，《自由論壇》第 20 期，1945 年 3 月 17 日。

3 月 19 日

《朱自清日記》：「19 日，星期一，晴。日常工作。上午訪一多。彼謂已為選拔委員會看過羅根澤的書〔註 23〕。並建議給羅以二等獎。一多認為羅在文學方面造詣不深，因其對西方文學之進展一無所知。」

《法國戰時文藝》，聞家駟，《民主週刊》第 1 卷第 13 期（1945 年 3 月 19 日）。連載兩期，14 期（1945 年 3 月 27 日）。中國民主同盟的機關刊物，創刊於 1944 年。羅隆基、潘光旦等是主要撰稿人。

3 月 20 日

《吳宓日記》：「三月二十日，星期三。陰。……上一課（*Gr. Philosophy*〔註 24〕）。……下午 1～3 上二課（*Shelley*〔註 25〕）。下午 3～5 訪周輔成〔註 26〕，留住其室中。為燒湯滿瓶，並煮咖啡款待。談中西之異，宓答如圖（略）。5：00 純〔註 27〕邀往其家晚飯。晚 6：30～7：30 在教室中演講《歐洲中世文學之大概》。」

〔註 23〕羅根澤編著《中國文學批評史》（周秦至唐，共三冊），（《周秦兩漢文學批評史》，第一冊），商務印書館，1944 年 1 月初版，收入中央大學文學叢書。參見 1945 年 3 月 7 日《吳宓日記》：「上午，在系中審查羅根澤《中國文學批評史》（周秦至唐）三冊，並撰評文。定為二等獎。」
〔註 24〕希臘哲學。
〔註 25〕雪萊。
〔註 26〕周輔成（1911 年 6 月 20 日～2009 年 5 月 22 日），四川江津縣李市鎮人。國立清華大學哲學系畢業，並在清華大學研究院做研究三年。曾先後在四川大學、金陵大學、華西大學擔任副教授教授。解放後曾任武漢大學教授。1952 年院系調整，由武漢大學轉到北京大學任教至 1986 年退休。退休前曾經擔任中國倫理學會副會長等職。其講授課程和研究方向主要是西方哲學和西方倫理學史。
〔註 27〕李思純。

3 月 25 日

《和平之光——羅曼羅蘭輓歌！》，郭沫若，《新華日報》1945 年 3 月 25 日四版「新華副刊」。

《向羅曼羅蘭致敬》，胡風。《悼念羅曼羅蘭》，中華全國文藝界抗敵協會。《願你安息在自由的法蘭西》，陳學昭。

《窮人們》〔比利時〕魏爾哈倫著，戴望舒譯，香港《華僑日報‧文藝週刊》第 60 期，1945 年 3 月 25 日。

3 月 30 日

《漫譚翻譯》楊劍花，《求是》月刊，第 1 卷第 8 號，1945 年 3 月 30 日。《〈神曲〉譯後瑣記》王維克。《看忙樓詩話》（續）嚴士弘。《人乘的啟蒙者》知堂。

3 月 31 日

《奧普多普的馬市》凡爾哈侖作，徐霞村譯，《朝華》第 2 期，1945 年 3 月 31 日。

3 月

《中西市民社會的文學共同點》李何林，《中原》第 2 卷第 1 期，1945 年 3 月。《佛洛伊德對於社會學的影響》金日爾‧楊原著，慰慈譯。《第十七世紀中國的一個新世界觀》侯外廬。

《致婦女》薇拉‧英倍爾作，羚譯，《蘇聯文藝》第 1 卷第 12 期「詩歌」，〔蘇聯〕羅果夫編，上海蘇商時代書報社，1945 年 3～4 月。《女主人》阿麗格爾作，伶譯。《母親》克龍高士作，苓譯。

《中法漢學研究所圖書館館刊》第 2 卷第 1 號，1945 年 3 月北京中法漢學研究所。

4 月 1 日

《哀歌》拜倫，松濤譯，《筆戈》第 1 卷第 2 期，1945 年 4 月 1 日。

《英詩漢譯》Thomas Moore 作，黃龍譯，《世界》月刊，第 1 卷第 4 期，1945 年 4 月 1 日。

《現代德國文藝思潮》（上），〔註28〕冉邕譯，《華文每日》第 140 號，1945年 4 月 1 日。《美國文學的另一面》片岡鐵兵。

4 月 3 日

《吳宓日記》：「四月三日，星期二。陰。大風。……燕大上一課（*Latin Literature* 〔註29〕總論），講說甚有精彩。」

4 月 15 日

《披著太陽的少女》A.柏勒作，李詳譯，《詩與音樂》〔註30〕創刊號「詩」欄目，1945 年 4 月 15 日。《星夜》〔俄〕柴可夫斯基曲，陸弦譯。《咕——咕！》（八部），愛高洛夫作曲，陶宏、陶曉光譯。

4 月 16 日

《我們的花園》（譯詩）烏亭亭，《申報月刊》復刊第 3 卷第 4 期，1945 年 4 月 16 日。

4 月 17 日

《吳宓日記》：「四月十七日，星期二。半陰晴。……上午讀 Tennyson 之 'Guinevere' 〔註31〕詩。感激淚下。此自繫維多利亞時代之最高道德觀。亦以 Tennyson 為神秘宗教之詩人也。」

4 月 30 日

《談新詩》（57～61 頁）傅庚生，《東方雜誌》第 11 卷第 8 號，1945 年 4 月 30 日。《斯賓格勒與陶因比》（25～30 頁）施子愉〔註32〕。

4 月

《戀愛・結婚・革命》羅塔，《小天地》第 4 期，1945 年 4 月。同期還有

〔註28〕 未署原作者。

〔註29〕 拉丁文學。

〔註30〕 陸弦編輯，成都詩與音樂社出版發行。

〔註31〕 Tennyson 之 'Guinevere' ，丁尼生之《格溫娜維爾》。《格溫娜維爾》是英國詩人丁尼生（1809～1892）《國王敘事詩》組詩中的一篇。

〔註32〕 文後有注釋。

《錢玄同與魯迅》苟目。

《勇敢的約翰》〔匈牙利〕裴多菲著，孫用譯，福建東南出版社，1945 年 4 月初版，收入世界文學名著叢書。

《歌德童話》〔德〕歌德著，李長之譯，東方書社刊印，1945 年 4 月初版。初版本卷末有《譯者小記》。正文收《新的巴黎王子的故事》、《新的人魚梅露心的故事》凡 2 篇。

5 月 1 日

《瘋子》〔匈牙利〕裴多菲作，陳在華譯，《海燕》第 1 期，1945 年 5 月 1 日。《我倦於風》G.巴托門裏作，熊碧洛譯。

《現代德國文藝思潮》（中），冉邕譯，《華文每日》第 141 號，1945 年 5 月 1 日。

《近代芬蘭文學》〔日〕森本覺丹著，吳學義譯，《藝文雜誌》第 3 卷第 4、5 合刊，1945 年 5 月 1 日《中國文藝理論的演變》陳介白。

5 月 4 日

《近年來介紹的外國文學》矛盾，《文哨》第 1 卷第 1 期，1945 年 5 月 4 日《在掩蔽壕裏》〔註33〕詩，〔美〕帕艾爾作，徐遲譯。

5 月 6 日

《波特萊爾詩續抄》〔法〕波特萊爾著，戴望舒譯，香港《華僑日報‧文藝週刊》第 66 期，1945 年 5 月 6 日。譯目：1.《高舉》、2.《人和海》、3.《黃昏的和諧》、4.《烈鐘》。

5 月 15 日

《海上》〔英〕濟茲，蘇民（譯），《筆戈》第 1 卷第 3 期，1945 年 5 月 15 日。

《中國報業的演變及其問題》劉豁軒，《中國學報》第 3 卷第 4 期，1945 年 4 月 15 日同期有彭言惜（內文為彭炎西）《西教東來考略》（一敘說、二最初東來的襖教、三唐時的景教、四摩尼教、五元代的也里可溫教、六明代的耶穌會天主教、七清朝的基督新教、八開封古猶太教碑記。）

〔註33〕正文副標題為：美國兵是這樣的。

5月20日

《萊茵河秋日謠》，〔法〕阿波里奈爾著，戴望譯，香港《華僑日報・文藝週刊》第68期，1945年5月20日。

5月

《希臘詩選》，徐遲譯，《詩叢》第2卷第1期「譯詩」，1945年5月。《譯詩三首》袁水拍譯，「譯詩」。《菩阿提西阿》〔英〕W.古柏作，沙金譯，「譯詩」。《史詩之基礎——歌謠》（上）（論文），徐遲，「歌謠特輯」。《歌謠與人民》（論文）王亞平，「歌謠特輯」。《論歌謠》（論文）李岳南，「歌謠特輯」。

《給希望》G.基茨作，懷譯，《希望》第1集第2期，1945年5月。

《現代詩歌中的感性》Stedhen Spender 作，袁水拍譯，《詩文學》叢刊第2輯「為了麵包與自由」，1945年5月。《葉賽寧詩抄》黎央譯。《論葉賽寧及其詩》黎央作。《空襲》（無線電詩劇）麥克・利希作，徐遲節譯。

《響吧，禮炮！》史季營斯基作，靈譯，《蘇聯文藝》第1卷第13期「詩歌」，〔蘇聯〕羅果夫編，上海蘇商時代書報社，1945年5月。《灰燼》索夫羅諾夫作，玲譯。《清算》塔伐爾陀夫斯基作，苓譯。

《論黃遵憲的新派詩》，質靈，《國文月刊》第35期，1945年5月。

《國史與外國語》（十堂筆談），東郭生，《風雨談》第18期，1945年5月。

《散文詩》〔俄〕屠格涅夫著，巴金試譯，文化生活出版社，1945年5月渝初版，12月再版，1946年9月滬再版，1947年6月滬3版，1949年月滬4版。117頁，32開。收入文化生活叢刊，第31種，巴金主編。內收屠格涅夫在1878～1882年間創作的散文詩共51首。其中除《門檻》一首外，均係據英譯本轉譯。書末附譯者後記。目次：《田野》《對話》《老婦》《狗》《我的敵人》《乞丐》《愚人的裁判》《滿意的人》《處世的方法》《馬霞》《愚人》《一個東方的傳說》《麻雀》《頭骨》《工人與白手人》《薔薇》《紀念UP 伏列夫斯加亞女士》《最後的會晤》《訪問》NECESSITASVIS——IIBERTAS！《施捨》《蟲》《白菜湯》《蔚藍的國》《二富豪》《老人》《訪員》《兩兄弟》《利己主義者》《大神的宴會》《斯芬克司》《仙女》《友與敵》《基督》《岩石》《鴿》《明天！明天！》《自然》《「絞死他！」》《我要想什麼呢？》《「薔薇花，多麼美，多麼新鮮！……」》《海上》《某某》《留住》《高僧》《我們要繼續奮鬥》《門檻》《禱辭》

《俄羅斯語言》《後記》（巴金，1945 年 3 月）。巴金《後記》說：……屠格涅夫的散文詩最初在《歐洲的使者》上發表時共五十首。總名原是 Sanilia 一字，是「衰老」的意思。後來《歐洲的使者》的編輯 Stasulivitch 得到同意改用了《散文詩》的題名，沿用至今，本名反為人忘卻了……巴金，一九四五年三月。

6 月 1 日

《擺倫與哥德》朱維基，《文藝春秋》（叢刊之四）、之五連載，1945 年 6 月 1 日～9 月 1 日。

6 月 5 日

《雪萊詩二首》（前有譯者附記介紹作者）徐帆譯，《文學青年》創刊號，1945 年 6 月 5 日。

《牧場少女》松島慶三，振采譯，《新世紀》第 1 卷第 3 期「詩」欄目，1945 年 6 月 5 日。

6 月 9 日

《朱自清日記》：「9 日，星期六，晴。……讀保羅·瓦萊利所著《詩的發展：第一課》，此文由傑克遜·馬修斯譯成英文，載《南方評論》1940 年冬季號。瓦萊利不時強調思想之混亂狀態以及通過模糊的概念而產生之行動。他從《經濟學》雜誌上引用諸如『生產者』『目標』『價值』『應答』等類詞彙。」「讀 4 月號《哈潑斯》雜誌上《戰爭與詩人》一文，作者理查德·埃伯哈特謂：『混亂中出詩，在戰爭中混亂以暴力之形式出現於詩人面前』。……」

6 月 14 日

《若望·瓦爾詩選》〔法〕若望·瓦爾作，戴望舒譯，《香港日報·香港藝文》第 29 期，1945 年 6 月 14 日。三首：《人》、《夢》、《歡樂—鳥》。

6 月 15 日

《法國浪漫主義運動與雨果的〈歐那尼〉》（論文），陳瘦竹，《時與潮文藝》第 5 卷第 2 期，1945 年 6 月 15 日。一法國浪漫運動、二雨果「怪誕說」、三雨果《歐那尼》。111～120 頁。《美國晚近文藝思潮訊論》（論文）〔美〕葛來登作，林柯譯。

6 月 17 日

《膳廳》〔法〕耶麥（Francis Jammes）著，戴望舒譯，香港《華僑日報・文藝週刊》第 72 期，1945 年 6 月 17 日。

6 月 21 日

《旅人——贈費囊・弗勒萊》〔法〕阿波里奈爾著，戴望舒譯，《香港日報・香港藝文》第 30 期，1945 年 6 月 21 日。

6 月 30 日

《西力東漸史》馮承鈞著，北京新民印書館，1945 年 6 月 30 日初版。書前有作者「序」。

6 月

《詩言志辨自序》朱自清，《國文月刊》第 36 期，1945 年 6 月。

《列格勒的早晨》尼古拉・勃郎作，羚譯，《蘇聯文藝》第 1 卷第 14 期「詩歌」，〔蘇聯〕羅果夫編，上海蘇商時代書報社，1945 年 6 月。《你可以自豪！》布柯夫作，臨譯。《每個人都有自己的愛》達皮子作，苓譯。

《屠格涅夫散文詩集》〔俄〕屠格涅夫著，李岳南譯，重慶正風出版社，1945 年 6 月初版，98 頁，36 開。1947 年 5 月上海 2 版〔註34〕，1948 年上海正風出版社 12 月 3 版。改書名為《散文詩》。目次：《碧空的王國》《我們自然要戰鬥下去》《瑪莎》《在海上》《鴿子》《玫瑰》《對於一個烏拉斯基女郎的回憶》《布施》《自然》《對話》《絞死他》《菜羹》《世界的末日》《利己主義者》《狗》《我的敵人》《傻子》《兩個富有者》《僧侶》《東方的傳奇》《老人》《基督》《岩石》《朋友和敵人》《山林的女神們》《神祇的宴會》《獅身人面像》《多麼嬌美，多麼鮮麗，這裡玫瑰》《最後的見面》《明天！明天！》《乞丐》《停留住》《採訪員》等。

《語體詩歌史話》李岳南，成都拔提書店，1945 年 6 月初版。收入詩焦點叢書之二，共 116 頁，定價二元。敘述白話詩歌的淵源與流變。書前有「小序」：「為了寫這部東西，收集材料已經為時很久了，到今天才脫了稿，總算

〔註34〕待 1947 年上海正風出版社再版和 3 版時，《屠格涅夫散文詩集》改書名為《散文詩》。可參照 1948 年上海正風出版社 12 月 3 版條目

完結一樁心思。我知道，對於我這為古今白話詩歌及民間文學聲辯的立場，有些人或許根本就不同意，但是我預先聲明：根本不希望他們的諒解，至於志同道合者，我很願意接受他們珍貴的批評和指正！」〔註35〕全書有十六章：「最好的語言就是當代的活語言」；「活的語言來自民間」；「『詩三百篇』中無名作者及其作品」；「『楚辭』的保姆就是民間歌謠」；「漢代詩的兩大壁壘」；「魏晉南北朝的『樂府』是一塊沃饒的詩原」；「給詩歌戴上枷鎖的罪人們」；「另鑄偉辭的『新樂府』作者」；「白居易在白話詩歌方面的不朽功業」；「草擬民間歌謠而成功的帝王和貴族作家們」；「深入民間的白話歌劇」；「由傳奇到崑腔和亂彈」；「詩成了士大夫佔有品的清兩季」；「文學革命後中國詩歌的大解放」；「抗戰以來白話詩歌——爭取民族自由的號角」；「我的預言（結論）」。

　　《詩與詩論譯叢》袁水拍譯，重慶詩文學社，1945 年 6 月初版，179 頁，36 開（詩文學叢書 4）。此書分兩部分：一、詩論，收《變節的桂冠們》（V.J.Jerome），《柯勒律治與華茲華斯合論》（Joseph Freeman），《惠特曼論》（D.S.Mirskg），《論當代英國青年詩人》（D.Capetanakis），《反抗中的詩人》（Stephen Spender），《現代詩歌中的感性》（Stephen Spender），《愛列克·鈕頓論藝術》（Eric Newton），《扎爾斯泰對於藝術的見解》（L.Tolstoy）等 8 篇詩學論文；二、譯詩，收《軍火在西班牙》（Rex.Warner），《眼睛》（佚名／參加西班牙政府軍的某國際縱隊某隊員作），《許斯加》（John Cornford），《給我們這一天》（James Neugass，美國詩人），《紅土壤的相思》（L.Argon），《荊棘之歌》（L.Aragon，法國著名詩人阿拉貢）等 6 首詩歌。附《論詩歌中的態度》，係譯者給臧克家的信，寫於 1943 年。

　　《一間自己的屋子》（女權學著作）〔英國〕伍爾孚（VIRGINIA WOOLF）著，王還譯，（巴金主編《文化生活叢刊》第三十九種），文化藝術出版社，1947年 6 月初版。平裝，186 頁。定價 5 元 8 角。初版本無序跋。內文凡五章。

　　《青年軍歌集》歌曲，軍事委員會全國知識青年志願從軍編練總監部〔印行者〕1945 年 6 月初版，無版權頁，出版地未詳。65 頁。內收《國旗歌》、《大中華》、《三民主義青年團團歌》、《軍事委員會幹部訓練團團歌》、《青年遠征軍第二零一師師歌》、《從軍去中國青年》、《新戰士進行曲》、《巾幗英雄》、《長征》、

〔註35〕「序」末著者記：「一九四五，一，廿七於渝郊」。

《建設新中國》、《勝利中華》、《歡呼歌》、《凱歌》、《國殤》、《驪歌》等 40 首歌曲。其中外國國歌有《美國國歌》（燦爛的星條旗）（Francis S.Key 詞 1814，John S.Smith 曲 1775，張洪島譯）、《英國國歌》（神佑我王）（Henre Carey 曲，李士劍譯）、《蘇聯國歌》（米哈爾科夫曲，A.亞歷山德羅夫曲，戈寶權譯）和《法國國歌》（馬賽曲）（R.De L'ise 曲、詞，星可譯）等。

7 月 5 日

《戰時法國文藝動態》，焦菊隱，《文哨》第 1 卷第 2 期（倍大號）《戰時法蘭西文藝特輯》（「歐戰勝利紀念特輯之一」）〔註36〕（1945 年 7 月 5 日）。

《被屠殺的幼女》（外一首），路易・阿拉貢作，焦菊隱譯，《文哨》第 1 卷第 2 期。

《他們》，保羅・愛呂阿爾作，焦菊隱譯（就是上文之「外一首」，同一頁，12 行）。Paul Éluard（1895～1952）

《在獄中》，〔法〕若望・博蘭作，焦菊隱譯，《文哨》第 1 卷第 2 期。

《集中營裏的歌聲》（詩），焦菊隱譯，共 6 首，無介紹文字，《文哨》第 1 卷第 2 期。目錄：《獄中的歌》，傑克・西爾夫作，《俘虜——獻給愛麗絲》，比得・卡斯太克斯作（1940 年 7 月 4 日），《信》，加斯登・克里愛爾作（1942 年 9 月 4 日），《可憐的戰俘》，安德烈・德爾浮作，《黑・白・紅》，亨利・愛德爾斯堡作，《我們的姐妹——煉火》，傑克・封丹作（1941 年）。

7 月 10 日

《吳宓日記》：「七月十日，星期二。陰。雨。……無燈，早寢。夜中大雷雨。是日，讀《東方雜誌》四十一卷八期。中有方豪撰《唐代景教史稿》附記有關祆教者。《長安志》卷七京城一注曰，『城中……有……波斯寺二（豪謂此二當係景教寺與摩尼寺）胡天祠四』。此四祆教寺，據宋敏求《長安記》謂唐貞觀間，長安有祆祠四。在布政坊、醴泉坊、普寧坊、靖恭坊。又據宋姚寬《西溪叢語》卷上，唐貞觀五年（631）有傳法穆護（＝Magus）何祿將祆教詣闕聞奏，敕令長安崇化坊立祆寺，號大秦寺，又名波斯寺。（二名常混淆，開元時始改正）〔註37〕。……」

〔註36〕同期還有「之二：戰時蘇聯文藝」，刊出蘇俄作品五種。
〔註37〕作者原稿此段有眉注：應入《世界文學史講義》波斯文學筆記。

7 月 11 日

《朱自清日記》:「11 日,星期三,暴風雨。讀完《現代中國詩選》〔註38〕。
準備明日講課提綱〔註39〕。……」

7 月 15 日

《論「裸體詩」》(54〜58 頁)〔日〕小泉八雲演講,詹鍈譯,《東方雜誌》
第 41 卷第 13 號,1945 年 7 月 15 日。

7 月 22 日

《法國名詩人華勒里逝世》(附編者按〔註40〕),重慶《新華日報》1945 年
7 月 22 日三版。

7 月 25 日

《吳宓日記》:「七月二十五日,星期二。晴。……考試院考選委員會李
競容,號白蘇,字曉滄,河北贊皇人。年六十一。北洋陸軍速成學堂畢業,
原拔貢。歷任三十二軍副軍長等職,近年任河南省府委員。豫省淪陷後,始
改今職。早年曾任河北省財政廳長。年五十四,始習英文。得友助,略如林
紓之於小說,譯英詩(Wordsworth,Burns,Fitz Gerald,etc.〔註41〕)百餘首
為舊體詩。曾由李觀高介紹,並直函宓。頃來蓉,寓老玉沙街五十五號楊宅
(電話 901)。今晨如約來訪。其舊屬何文仁君(福建福清)先來侯。何為燕
京 1938 畢業,又研究院 1941 畢業,現任外交特派員公署秘書。約近 10:00,
李競容先生至,極健爽。先談在豫曾與父晤識,極佩父之康健勤勞。宓因略
稱父在豫西(去年五六月)歷劫脫險情事。次述其譯詩經過,及就正於宓之
意。攜來所譯詩稿三冊。宓以《學衡》四冊及雪萊畫片四幅示之。10:30 重

〔註38〕 《現代中國詩選》*Modern Chinese Poetry*,〔英〕Harold Aeton(哈羅德·阿克
頓)、陳世驤合譯,1936 年倫敦 Duckworth 達科沃斯出版公司初版。

〔註39〕 1945 年 7 月 12 日《朱自清日記》:「12 日,星期四,陰……上午到燕京大學
講新詩課,表慢一小時,頗窘。又聲音過低,講課很不成功。……」

〔註40〕 「華勒里最初是象徵派作家。後來受紀德之勸,以事詩作,一九一七年以後才
以「抒情詩」和「大蛇」諸作,名噪一時,1925 年繼法郎士之後任法國學士
院主席,詩風晦澀,但他的散文被認為是法國文學中的絕品。」當日還有另一
條消息,1944 年冀果獎贈與法國女作家……,是詩人亞拉貢的妻子云云。

〔註41〕 Wordsworth,Burns,Fitz Gerald,etc.華茲華斯,彭斯,菲茲吉拉德等。Edward
Fitz Gerald 愛德華·菲茲吉拉德(1809〜1883),英國作家。

訂後會而別。」

7月26日

　　《吳宓日記》：「七月二十六日，星期四。晴。晨何文仁來。又 8：30 李競容先生來，慷慨爽直。請宓閔記早餐，甚飽。坐少城公園文化茶座山上茗談。先譯詩，次經歷，次國事。正午，復請宓老鄉親便宴，進白酒。情誼甚可感。……夕 4～7 李競容先生再來，同校閱其所譯 Wordsworth 詩篇。一冊。急雨，頓減暑熱。」

7月27日

　　《朱自清日記》：「27 日，星期五，陰。讀《中國史論集》〔註42〕與《月光下的人》〔註43〕。讀今年 3 月 24 日的《S.R.L》〔註44〕其中兩篇文章頗有趣。一是羅伯特‧希利爾的《現代詩歌與普通讀者》（生活在隱喻時代的詩人太多事），談明喻、隱喻與象徵之不同作用。結論是：在普通讀者或普通群眾耳中，詩人之語言應簡單、樸實、悅耳，因詩人本身即普通群眾之一員！另一篇是傑拉德‧普敏‧邁耶（Gerard Previn Meyer）的《詩人與蜻蜓》（現代詩詞中缺乏人的個性）。他說：『另一方面，蜻蜓從不纏住自己的腿。他在陽光下飛舞，比有獨創性的詩人更優美。然而，在寫作過程的某些方面，有獨創性的詩人，雜質被淨化後，詩的純潔、本質和真正的詩意也隨之消失了。』」

7月31日

　　《從西洋詩看中國詩的特點》，戴鎦齡〔註45〕，《文藝先鋒》第 7 卷第 1 期「論著」，1945 年 7 月 31 日。《論直覺與表現答難》朱光潛。

8月5日

　　《音樂》（*La Musique*）〔註46〕，〔法〕波特萊爾著，戴望舒譯，《香港日報‧日曜文藝》第 6 期，1945 年 8 月 5 日。

〔註42〕翦伯贊著《中國史論集》。
〔註43〕海倫‧麥克洛伊（Helen Mecloy）的偵探小說《月光下的人》。
〔註44〕未詳。或一本英文期刊。
〔註45〕著者文末記「五月十二日於武大」。
〔註46〕此詩譯自《惡之華》。

8月7日

《吳宓日記》:「八月七日,星期二。陰。微雨。早起,航函馮友蘭,復其七月六日來函。言,決即回聯大,並祈告 F.T. 〔註47〕以功課事。宓且願授《英詩》《英散文》云云。……」

8月9日

《吳宓日記》:「八月九日,星期四。陰。大雨。……誠之〔註48〕原約宓今晚家宴。食麵,進茅臺酒,宓只飲一杯。客為何魯之(四川人,留法。今華大西洋史教授。年五十二。)、孫恩三(山東人,留美。教會世家。新任齊魯大學教務長,以佐新任校長吳克明。)、黃稚荃〔註49〕而已。孫君欲聘宓為齊魯大學外文系主任,兼國學研究所導師。宓敬辭卻。席散,荃獨留,久談。得讀誠之口授而荃筆譯舊詩體。之 Browning 'porphia's Lover'〔註50〕,甚佳,勝荃自作之詩。誠之又以生死事大、人世一切空虛之義,勸說荃歸依耶教。荃則仍擬在紅塵中浮游若干年。……」

8月10日

《燕子的文字》(博物志之四),〔法國〕裴耳·合勒挪爾作,文之譯,《雜誌》第15卷第5期(1945年8月10日)。(未見原刊,細日不詳。)

〔註47〕F.T.為陳福田。

〔註48〕宋誠之(1892~1955),又名忠廷,四川省成都市人。基督教聖公會川西教區會長,四川省文史研究館館員。1909年考入成都高等學堂分設的中學,後進入嘉定外國語學學校、外交署譯材養成所。因其精擅英語,畢業後即為多所中學聘為英文教員。1917年,考入華西協合大學英文系,攻讀英國文學。1919年,加入中華聖公會。1924年畢業,獲文科學士。1927年,到英國牛津、劍橋研究院攻讀西方文學,1928年畢業。後獲得加拿大威里克佛大學神學博士學位。回國後,受聘於華西協合大學、四川大學、光華大學等,任文科講師、教授。並擔任聖公會西川教區會長。

〔註49〕黃稚荃(1908~1993)女,詩人、書法家、畫家。筆名杜鄰,四川江安縣人。早年畢業於成都高等師範國文系,1931年以全國前四名考取北京師範大學研究院。後任成都第一女子師範、四川大學文學院教授等職。黃長於詩、書、畫、史,號稱四絕,有蜀中才女之譽。著有《杜詩在中國詩史上的地位》、《杜詩札記》、《李清照著作十論》、《稚荃三十以前詩》、《楚辭考異》、《文選顏、鮑、謝詩評補》、《杜鄰存稿》等。

〔註50〕Browning 'porphia's Lover'羅伯特·勃朗寧的《波菲麗婭的情人》(1836年創作)。這是一首戲劇性的抒情詩,用戲劇獨白的方式敘述故事。敘述人為波菲麗婭的情人,他為了永久佔有她,用她的長髮把她勒死。

8 月 12 日

《歌德與人的教育》馮至，《雲南日報》1945 年 8 月 12 日。

8 月 15 日

《談談〈萬葉集〉》錢稻孫演講，1945 年 8 月 15 日華北作協第 5 次文學講座。

8 月 25 日

《中法文化與中法大學》，李書華，《中法文化》第 1 卷第 1 期（1945 年 8 月 25 日）。《中法文化》月刊，1945 年 8 月 25 日創刊於昆明，1946 年 7 月 31 日終刊，共出 12 期。中法文化月刊社編輯兼發行，發行人熊慶來，主編陳倉亞，編輯葉汝璉等。撰稿人多為中法大學師生。內文有：《中法文化交換之回顧與前瞻》陳定民。《漫談法國詩風》林文錚。《密納波橋・獄中詩（三首）》〔法〕阿波里奈爾，聞家駟譯。

8 月 31 日

《碎了的花瓶》〔法〕Suddy Prudhomme 著，金炳譯，《文藝先鋒》第 7 卷第 2 期「詩」，1945 年 8 月 31 日。

8 月

《新文學與西洋文學》卞之琳，《世界文藝季刊》〔註 51〕第 1 卷第 1 期，1945 年 8 月。《論新詩的內容與形式》君培（馮至）作。《路易・麥克尼斯〔註 52〕的詩》楊周翰。

《類書與詩》聞一多，《國文月刊》第 37 期，1945 年 8 月。

《夢雨集——文藝批評與文藝教育》李長之著，1945 年 8 月重慶商務印書館初版。書前有作者「序」。內收《釋文藝批評》《文藝與科學的距離及其關涉》《論中國人美感之特質》《論中國過去學者治學之失》《德國的古典精神・序》《論德國學者治學之得失與德國革命》《十六世紀末的中國之「狂飆運動」》——湯顯祖及其〈牡丹亭〉》《評朱光潛先生著的三本文藝理論的書》等論文。

〔註 51〕《世界文藝季刊》由楊振聲、李廣田編輯，原名《世界學生》。
〔註 52〕路易・麥克尼斯，英國當代詩人，與英國詩人臺・路易斯、奧登和斯本德為同時代人。

《詩人梵樂希逝世》戴望舒，《南方文叢》第 1 輯，1945 年 8 月。文章說：「梵樂希和我們文藝界的關係，不能說是很淺。對於我國文學，梵樂希一向是關心著的。梁宗岱的法譯本《陶淵明集》、盛成的法文小說《我的母親》，都是由他作序而為西歐文藝界所推賞的；此外雕刻家劉開渠，詩人戴望舒，翻譯家陳占元等，也都做過梵樂希的座上之客。雖則我國梵樂希的作品翻譯的很少，但是他對於我們文藝界一部分的影響，也是不可否認。所以，當這位法國文壇的巨星隕墮的時候，來約略介紹他一下，想來也必為讀者所接受吧。」「梵樂希不僅在詩法上有最高的造就，他同樣也是一位哲學家。從他寫詩為數甚少看來，正如他所自陳的一樣，詩對於他與其說是一種文學活動，毋寧說是一種特殊的心靈態度。詩不僅是結構和建築，而且還是一種思想方法和一種智識——是想觀察自己的靈魂，是自鑒的鏡子。……他也早已認為詩是哲學家的一種『消遣』和一種對於思索的幫助了。……而在他的《答辯》之中，他甚至說，詩不但不可以放縱情緒，卻反而應該遏制而阻攔它。但是他的這種『詩法』，我們也不可過分地相信。在他自己的詩中，就有好幾首詩都是並不和他的理論相符的；矯枉過正，梵樂希也是不免的。」

《屈服的柏林》馬爾沙克作，凌譯，《蘇聯文藝》第 1 卷第 15 期「詩歌」，〔蘇聯〕羅果夫編，上海蘇商時代書報社，1945 年 8 月。《勝利的日子》蘇爾柯夫作，陵譯。

《太戈爾獻詩集》太戈爾著，張炳星譯，譯者自刊，1945 年 8 月初版，33 頁，36 開。本書即抒情詩集《吉檀迦利》，書前有譯者序《談太戈爾獻詩集 Gitanjali》。中國日報社印刷，印度各大書店發行。譯者序《談太戈爾獻詩集 Gitanjali》：「這些詩是在太戈爾喪妻喪子，最悲痛的時候寫來安慰他的心的，全書無異一本靈魂呼籲錄，情真語摯，如泣如訴，極為沉痛動人。」初版本共收 103 首，無篇名。

9 月 3 日

《吳宓日記》：「九月三日，星期一。晴。……適李夢雄〔註 53〕、石璞夫婦，自川大來探宓病，並送書 'Loci Critici'〔註 54〕，遂陪同宓遷居。」

〔註 53〕 李夢雄，時任四川大學中文系主任。
〔註 54〕 'Loci Critici'，《批評之軌跡》。此書為聖茨伯里教授編著，係西方文學理論名著之節選本，二三十年代我國高等學校外語系常用作教材。George Saintsbury 喬治‧聖茨伯里（1845～1933），英國文學史家、批評家。

9月4日

《吳宓日記》：「九月四日，星期二。陰。小雨。晨，食饅頭。9～10訪鑑，隨至校長室，招外文系周國屏女士來，商宓授課事。屏儼以系主任自居，除宓願授《文學批評》四小時，《約翰生博士》二小時外，又命宓授《第二年英文》三小時，並改作文卷。宓怒而嚴詞拒之。又命宓指導全班畢業生（四人）之畢業論文。宓允任其半，即二名。旋改為三名，即金建申、張秀敏、孫亦椒，皆女生。頗恨屏之性行，正同 F. T. 之在聯大外文系也。」

9月6日

《吳宓日記》：「九月六日，星期四。陰，小雨。……上午，張秀敏來，欲譯魯迅《野草》為畢業論文。〔註55〕」

9月10日

《吳宓日記》：「九月十日，星期一。陰。微雨。……夕，讀所借得之 Smith & Parks ‘*The Great Critics*’（1939）〔註56〕。……」

9月11日

《吳宓日記》：「九月十一日，星期二。陰。微雨。……近兩日，專讀英人 S.C.Roberts 著 ‘*Introduction to Boswell's Life of Johnson*’〔註57〕完。」

9月13日

《吳宓日記》：「九月十三日，星期四。陰，午晴。燕京校務長司徒雷登先生 Dr.J.Leighton Stuart 由渝來蓉，誤傳多日，幾度虛迎，今日上午 9：00 始到。宓未下樓迎見。日來惟專讀 Charles Lane Hanson's Edition of Macaulay's Life of Johnson〔註58〕完。下午 1：30～3：20 上《約翰生博士》課。……」

〔註55〕此處以下及 1945 年 9 月 7 日日記，「文化大革命」中被抄後丟失。

〔註56〕Smith & Parks ‘*The Great Critics*’（1939），史密斯和派克司著《批評大家》。此書為西方文論名著之節選本之一。

〔註57〕S.C.Roberts 著 ‘*Introduction to Boswell's Life of Johnson*’，S.C.羅伯茨著《博斯維爾的〈約翰生傳〉導讀》。Janes Boswells 詹姆斯‧博斯維爾（1740～1795），蘇格蘭傳記作家，他的《約翰生傳》為西方文學傳記文學之名著（用詳細記述言行之方法撰寫傳記）。

〔註58〕查爾斯‧萊恩‧漢森版本的麥考萊著《約翰生傳》。

9 月 14 日

《吳宓日記》:「九月十四日,星期五。陰,微有晴意。……上午 10:30
～12:0 上《文學批評》課,第四、五教室。下午,讀書。川大外文系主任羅
念生來,付宓代售七月份米$8500。又欲宓為外文系開課,乃議定,以宓之《中
西比較文學》改隸外文系,並《文學人生要義》皆定為中文系、外文系三四年
級選修云。」

9 月 15 日

《沒有終止的議論後》石川啄木作,張夊士譯,《文藝大眾》第 1 期「詩」
欄目,1945 年 9 月 15 日。

《問愛》(詩),Beauty 作,畢樹棠譯,《和平鐘》第 1 卷第 1 期(創刊號)
「文藝」,1945 年 9 月 15 日。

9 月 16 日

《吳宓日記》:「九月十六日,星期口。晴。……宋誠之來,送假 Boswell's
‘*Life of Johson*’ (Abrdged) MacMillan Pocket Classics〔註 59〕備讀。宋君之
Boswell ‘*Life of Johnson*’ (Everyman) 2 Vols.〔註 60〕則先已借與 Mrs.Sergeant 云。
旋知燕京圖書館即有此書,遂取得之。」

9 月 17 日

《吳宓日記》:「九月十七日,星期一。陰。上下午細讀 Pope ‘*Essay on
Criticism*’〔註 61〕。上午張光裕來送 Heath ‘*Readings. in Lit. of Europe*’〔註 62〕三
冊,餘書未得。」

9 月 20 日

《吳宓日記》:「九月二十日,星期四。中秋。晨,陰,微雨。讀 Mac Millan
Pocket Abrid. Boswell 至 92 頁。……下午 1:30～3:20 上課。向宇芳在。回

〔註 59〕博斯維爾著《約翰生傳》(節略本)麥克米倫公司袖珍經典。
〔註 60〕博斯維爾著《約翰生傳》(人人叢書)兩卷本。
〔註 61〕蒲柏的《論(文學)批評》(1711 年創作)。此書為英國詩人 Alexander. Pope
亞歷山大·蒲柏(1688～1744)的著名詩體論文之一,論文學批評原理。
〔註 62〕西思編《英國文學讀本》。

舍，函孫亦椒，示論文題 Dr. Johnson & the Ladies〔註63〕並做法。……」

9 月 21 日

《吳宓日記》：「九月二十一日，星期五。晴。……午飯後，李夢雄夫婦遣
侄李又華送來在川大借得之書 Johnson 'Lives of the Poets'（Everyman）〔註64〕
二冊。寢息。下午及晚，續讀 Mac Millan Pocket Abrid. Boswell 至 154 頁。晚
8：00 王鍾瀚請本樓同人，在廳中，共食『中秋佳節』大蛋糕。」

9 月 22 日

《藝術的本質》高爾基作，都昂譯，《大路》（北平，旬刊），創刊號，1945
年 9 月 22 日。

《西洋道統上之民主主義》張東蓀，《大路》創刊號、第 2、3 期合刊上連
載，9 月 22 日～10 月 22 日。

《吳宓日記》：「九月二十二日，星期六。晴。續讀昨書至 184 頁。……下
午，浴身。夕及晚，續讀 Mac Millan Pocket Abrid. Boswell 至 280 頁。」

9 月 23 日

《吳宓日記》：「九月二十三日，星期日。陰。……午飯後，寢息。2：00
羅念生來。商談間，而潘重規〔註65〕亦至。乃共議定宓在川大教課，改如下：
每星期二，上午 10～12 為外文系講授《文學批評》一小時，作為二小時。下
午 1～3 為中文系講授《中西比較文學》二小時，實共三小時，兩系之爭持方
決。……（晚）宓不思睡，乃就電燈讀 Mac Millan Pocket Abrid. Boswell 至 349
頁，並注。全書讀畢，乃寢。已午（夜）前 3：15 矣。雨。」

〔註63〕 約翰生博士與女士們。
〔註64〕 約翰生著《詩人傳》（人人叢書）。薩繆爾‧約翰生 1779～1781 年間撰寫的《詩
人傳》，全書共 52 篇，每一篇敘述一位英國詩人之生平，並評論他的詩歌作
品。
〔註65〕 潘重規，1907 年出生，安徽徽州婺源（今屬江西）人。2003 年 4 月 24 日逝
世於臺北國泰醫院，享年 97 歲。南京中央大學（1949 年更名南京大學）中文
系畢業，曾任東北大學、暨南大學中文系教授，四川大學、安徽大學中文系教
授兼主任，臺灣師範大學國文系教授兼國文研究所所長，新加坡南洋大學中
文系教授，香港中文大學新亞書院中文系主任、文學院院長、臺灣文化大學中
文系教授兼研究所所長、文學院院長，臺灣東吳大學中文研究所研究員等職，
曾獲法國法蘭西學術院漢學茹蓮獎、韓國嶺南大學頒贈榮譽文學博士。

9 月 24 日

《吳宓日記》：「九月二十四日，星期一。陰，小雨。……宓忙作英文函，復女生（淑同學友。）程佳因。謂程生英文優長，獨具文學氣味，將以 Dr. Johnson 之 Fanny Burney〔註66〕與 Goethe 之 Bettina BrentanQ〔註67〕視之矣。……」

9 月 30 日

《古爾蒙與艾略特》楊周翰，《中法文化》第 1 卷第 2 期，1945 年 9 月 30 日。《巴黎丁香花·悲天曲》林文錚。《道路》〔註68〕，葉汝璉。

《吳宓日記》：「九月三十日，星期日。陰。……春熙路商務書店翻閱陳康譯注之 Plato 'Parmenides'〔註69〕及陳築山著《人生藝術》。……晚，讀 Princeton Abridged Boswell〔註70〕。……」

9 月

《我的國家》詩歌，〔美〕戴文波（R. W. Davenport）著，楊周翰譯，重慶中外出版社，1945 年 9 月初版，102 頁，32 開。長詩。卷首有關於作者及其作品的簡介。書名原文：*My Country*。

《少女與死神》〔註71〕〔蘇〕高爾基等著，秦似譯，上海雜誌公司，1945 年 9 月 2 版。目次：《姆采里》（萊蒙托夫）《少女與死神》（高爾基）《俄羅斯》（拜依里）《一切已經被劫奪》（亞琪瑪杜娃）《你和我》（顧密里夫）《馬》（鐵霍諾夫）《無題》（彼里薩）《憤怒的話語》（雷爾斯基）《後記》（譯者，1943 年 1 月 11 日）。

《陶淵明之思想與清談之關係》陳寅恪著，燕京大學哈佛燕京書社，1945

〔註66〕約翰生博士之與范妮·伯尼。約翰生與范妮·伯尼（1782～1840）之父，音樂家 Charles Burney 查理·伯尼（1726～1814）熟識。范妮幼時隨父與約翰生有交往，她所寫《早年日記》中有對約翰生的一些生動有趣的描述。

〔註67〕歌德之與貝蒂娜·勃倫塔諾。貝蒂娜·勃倫塔諾（1785～1859），德國女作家。其丈夫 Achim von Arnim 與其兄 Clemens Brentano 克萊曼·勃倫塔諾皆為德國浪漫主義詩人。貝蒂娜幼年常與歌德有交往，因此她有一部重要著作即《歌德和一個孩子的通信》（1853），就記錄這段往事。

〔註68〕正文標題為：《道路——自己底一本小詩的序》。

〔註69〕柏拉圖著《巴門尼德》篇，古希臘哲學重要著作，成書時間未能確定。中譯本 1944 年重慶商務印書館初版，陳康譯，以後多次印刷。

〔註70〕普林斯頓大學出版社為教學之需出版的博斯維爾著《約翰生博士傳》節略本。

〔註71〕可參看《民國總書目》，216 頁。

年 9 月出版。58 頁。敘述魏晉時期所崇尚的清談的演變，研究陶淵明的思想
與清談之間的關係。

　　《三十年代的英國文學》Cyril Connolly 著，蘇芹蓀譯，《東方副刊》第 7
期，商務印書館 1945 年 9 月。

10 月 1 日

　　《法國現代詩歌的動向》〔法〕杜安作，葉明譯，《文哨》第 1 卷第 3 期，
1945 年 10 月 1 日。《詩人和戰爭》（小民族詩集）袁水拍選譯。

　　《美麗的謊言》〔巴西〕Adelmar Tavares 作，紀真譯，《新野》〔註 72〕創刊
號，1945 年 10 月 1 日。《文藝箴言》本納特作，介白譯。

10 月 2 日

　　《吳宓日記》：「十月二日，星期二。大晴。……至川大，先訪念，偕至圖
書館，擇取參考書。上午 10～12 在數理館二樓 14 教室，上外文系三四年級選
修《文學批評》課。……下午 1～3 在數理館一樓 5 教室，上中文系二年級必
修之《中西文學比較》課。……」

10 月 5 日

　　《吳宓日記》：「十月五日，星期五。陰。上午，閱《約翰生》課學生筆記。
升平園加餐（$110）。10：30～12：10 上《文學批評》，發還筆記。……晚，無
電燈。在長山室中，就其油燈讀《晉書》。夜，雨。〔補〕下午錢穆來，出示其
近著《中國文化史簡編》，及全書英文譯稿，命為校閱一過。宓厭苦之，允為
擇可疑處對勘云云。」

10 月 7 日

　　《吳宓日記》：「十月七日，星期日。晴。……下午，寢息，讀《晉書》。
晚，6～8 顧綬昌〔註 73〕來，談莎士比亞研究。宓以講義及筆記，託其代交李

〔註 72〕《新野》為文藝月刊，1945 年 10 月 1 日創刊於上海。現僅存創刊號。

〔註 73〕顧綬昌教授（1904 年 9 月～2002 年），江蘇省江陰縣人。在無錫省立第三師
　　　　範就讀間他就與英語結下了不解之緣，並對西方古典哲學產生了濃厚興趣。
　　　　1922 年，未滿十八歲的他就在《時事新報》上發表了第一篇論文《感覺與認
　　　　識論》。當時該報主編張東蓀先生曾予以高度評價。1924 年，顧綬昌考入北京
　　　　大學，先讀預科，後讀本科，大學期間，因受古希臘、古羅馬、經中世紀及文

夢雄，以助雄授《世界文學史》云。吳海梁來。」

10月8日

《吳宓日記》：「十月八日，星期一。陰，微雨。上午在圖書館，翻閱 'Johnson's England' Vol.I〔註74〕插畫。下午，讀川大翻印之 Babbitt 'New Laocoon'〔註75〕等。是晚無電燈。7～10 至桂、櫻〔註76〕宅，再聽唱崑曲。……」

10月9日

《吳宓日記》：「十月九日，星期二。晴。……宓至（川大）圖書館，參考書亂集於一處，又不許教員借出。乃至外文系晤念生。10：0～11：30 上課，講文學批評十則。遇宋誠之等。正午，純宅飽餐。下午 1～3 上課，中文系主任潘重規亦坐聽。講稿另具。3～5 訪顧綏昌，談莎士比亞研究。」

10月10日

《我並不愛你》詩，〔英〕Carolian E.S.Norton 作，莊彌譯〔註77〕，《前進婦女》（上海，創刊號），1945 年 10 月 10 日。《女性和作曲家》李珏。

《論寫實主義》左拉奴司 Zolanus 著，楊丙辰譯，《一般》（創刊號）北平

藝復興時代直至 19 世紀西方文學名著的薰陶，加之本人的刻苦鑽研，顧綏昌因此奠定了堅實的文學功底，並從此確定了從事莎士比亞研究的學術方向。1930 年夏，顧綏昌自北大畢業，獲文學士學位，並於 1930 年至 1936 年間，先後在北京孔德中學和濟南高中等校任英語教師。1936 年夏，顧綏昌自費到英國倫敦大學攻讀碩士學位，除學習古英語、中世紀英語、盎格魯撒遜時代詩歌和散文等課程外，仍繼續從事莎士比亞研究工作。1937 年抗日戰爭爆發後，身在異邦的顧綏昌，時刻思念著處於災難之中的祖國，再也無心羈留國外求學，遂於 1938 年春回國。自 1938 年夏至 1946 年暑期，顧綏昌應邀到四川大學任教，先任講師，一年後任副教授，次年升為教授。在川大任教時，曾為學生開設莎士比亞和英國 18 世紀文學等課程。

〔註74〕《約翰生時代之英國》第一卷（多卷本歷史著作）。
〔註75〕白璧德著《新拉奧孔》。
〔註76〕李方桂、徐櫻夫婦。李方桂（1902 年 8 月 20 日～1987 年 8 月 21 日），男，學者，籍貫山西昔陽縣。1902 年 8 月 20 日生於廣州，1987 年 8 月 21 日卒於美國加利福尼亞州，享年八十五歲。先後在密執安大學和芝加哥大學讀語言學。為國際語言學界公認之美洲印第安語、漢語、藏語、侗臺語之權威學者，並精通古代德語、法語、古拉丁語、希臘文、梵文、哥特文、古波斯文、古英文、古保加利亞文等，著有《龍州土語》、《武鳴土語》、《水話研究》、《比較泰語手冊》、《古代西藏碑文研究》等，及論文近百篇，有「非漢語語言學之父」之譽。
〔註77〕文末譯者附記，介紹這位女詩人和她的這首詩。

一般雜誌社發行，1945 年 10 月 10 日。

《吳宓日記》：「十月十日，星期三。陰。國慶節，放假。上午 8～10 孫貫文來，久談時局。按中國今成南北朝之形勢。河、淮以北，甚至江、淮以北，將為共黨所據，而隸屬於俄；近新疆已有爭戰。南方則為國民黨之中國，號稱正規，以孫中山為國父，與古昔斷絕。而秉命於美。異日縱橫相鬥，俄與英、美、日等國大戰，中國適成戰場。而分立鬩牆，互攻互慘。赤縣古國，遂至末日，淪胥以盡。況文字已擅改，歷史不存。教化學術，悉秉承於美、俄，即中國名號猶在。甚至人民安富尊榮，其國魂已喪失，精神已蕩滅。我輩生息此國中，所感直如異國異世之人。此則今已久然，不待來遠矣。……」

10 月 11 日

《吳宓日記》：「十月十一日，星期四。陰。……在圖書館翻閱 '*Johnson's England*' Vol. II〔註 78〕插畫。……」

10 月 14 日

《醒名錄》格言詩，〔法〕Fnancois la Rochefoucauld（1613～1680）著，畢樹棠選譯〔註 79〕，《鄉土雜誌》（創刊號）1945 年 10 月 14 日〔註 80〕。

10 月 23 日

《幸福的設計》L.愛倫堡作，夏衍譯，《文萃》第 3 期「筆尖」，1945 年 10 月 23 日。

10 月 31 日

《弔梵樂希》，林文錚，《中法文化》第 1 卷第 3 期（梵樂希紀念專號）（1945 年 10 月 31 日）。（國圖見原刊：民國三十四年十月卅一日出，昆明市南門外鼎新街鼎新印刷廠承印。）《詩聖梵樂希論》林文錚。《紀念梵樂希》（Pour PaulValery），Prof A Granger，李丹譯。《水仙辭‧紡紗女》（梵樂希詩選），孫陽譯。《平時的梵樂希》Prof A Granger，方於譯（Paul Valeryen Hommede

---

〔註78〕《約翰生時代之英國》第二卷（多卷本歷史著作）。
〔註79〕文後譯者記：此格言詩為法國 Fnancois la Rochefoucauld（1613～1680）著，共五百餘則，此文選譯自 1939 年英譯本。
〔註80〕封頁署為「民國三十四年十月十四日」，版權頁署為 10 月 4 日。

Tous Lesjours)。《梵樂希著作編年表》。

10 月

《從奧布洛莫夫・羅亭論中國知識分子的幾種病態生活》盧崠，《中原》第 2 卷第 2 期，1945 年 10 月。《屈原問題——敬質孫次舟先生》聞一多。

《浮士德研究》〔德〕H.Lichtewberg 著，李辰冬譯，重慶商務印書館，1945 年 10 月初版，195 頁，25 開，收入中法比瑞文化叢書，中法比瑞文化協會主編。本書對歌德的著名悲劇《浮士德》的創作和內容進行了詳細的敘述和研究。書前有譯者序言〔註81〕。書名原文：*Etude sur Faust*。

《中國與我》〔美〕項美麗（Emmily Hahn，1905～1997）著，倉聖譯，上海復興出版社，1945 年 10 月初版，82 頁，32 開。書名原文：*China to Me*。回憶錄。目次：《序》（桑榆）〔註82〕、《譯者小序》（倉聖）、《中國與我》（項美麗）。

《孔雀女》（一名：《沙恭達羅》）詩劇。〔印〕迦梨陀婆者，盧前譯。重慶正中書局，1945 年 10 月初版。

《中國譯詩選》（*From The Chinese*），主選者和譯者為當代古典派英國詩人崔微揚 R.C.Trevelyan，牛津大學印書館 1945 年 10 月。

11 月 1 日

《鴿》〔英〕濟茲，蘇民譯，《筆戈》第 1 卷第 4、5 期，1945 年 11 月 1 日。《夏夜小曲》（譯詩，未署作者）黃藥眠譯。

〔註81〕「譯者序言」:「一九三二年的秋季，我從布魯塞爾到巴黎，開始作紅樓夢的研究。為想認識紅樓夢在世界文學上的地位，於是將它與神曲，吉訶德先生，漢姆雷特，羅曼歐與朱麗葉，浮士德，人間喜劇，戰爭與和平，約翰・克雷斯多夫等作品先做一番比較的工夫。適恰這時期巴黎大學開有 Baldensperger 教授的『歌德研究』，H. Lichtewberg 教授的『浮士德研究』等課程，以前曾在巴黎大學講授的 H.Hauvette 教授的『神曲導論』，於在法蘭西學院講授的 P.Hazard 教授的『吉訶德先生』均已出版。這些教授都是專家，而又作專題講授，給我的啟發非常之大，提起了我很高的興趣；尤其吸引我的是黎克登貝吉教授的『浮士德研究』一課。」

〔註82〕桑榆「序」說:「本來，這本書我預備請洵美譯，洵美的太太表示反對；而老友倉聖卻『搶』著要譯，譯完後，洵美的太太又表示反對，於是『前言』有『序』，目的當然想了此公案，雖然我也相信洵美的太太不至於吃過年的洋醋的。話說的太遠了，就此打住。——桑榆」。

11月4日

《陳夢家致信胡適》（1945年11月4日）：

適之先生：

好久沒有寫信問候，先生想必一切都好。前聞先生將回國主持北京大學，不勝歡喜。我今年秋季仍舊在芝加哥大學教兩門課，一門論語，一門文字學，每班有六七個學生。程度都不壞，因此興趣尚佳。為哈佛燕京社所作的銅器目錄，也已開始，所得材料比預料的好，且有許多重要之器，我想乘此機會對於形制花紋、年代和地域分布三事，特別注重，作一有系統的研究，十一月底到紐約時再要當面請教。

先生雖則你常謙虛的以外行自居，但我以為先生的批評與指教必大有益於我的計劃。

聯大預備復員後，明春四月遷回北平，想你早已知道，我們早盼望早日回到那裏。蘿藎去年對美國文學大大用了一番工夫，今年選了板本學和古英文，讀的很有滋味，只是太忙一點，我希望她聖誕節來紐約、波士頓玩幾天。

專此並請　撰安　夢家敬上　十一月四日

11月6日

《新法國的文學》（特稿），〔法〕安德蘭羅素作，孫源譯，《文萃》第5期（1945年11月6日）。

11月10日

《霍思曼詩抄》周煦良譯，《月刊》第1卷第1期1945年11月10日。目次：《石像》《寶藍島》。

《神曲‧地獄篇》朱維基譯〔註83〕，《月刊》第1卷第1期、第2期、第3期、第4期、第5期、第6期、第2卷第1期（6/7月合刊）、第2期、第3期、第4期上連載：1945年11月10日、12月10日、1946年1月5日、3月

〔註83〕譯者「前言」：「神曲三部——地獄，煉獄，天堂——的拙譯初稿完成，是在三年前，而我開始這工作還要早七年。……」「我根據的是英國J.M.Dent Temple Classies中的卡賴俪博士（Dr.Carryle）的散文譯本，該書並附有原文，這是著名的直譯本，幾乎是字對字，句對句的，卻不失為好文章。另外有疑難的地方，則參閱其他幾種英譯本，現在不一一舉出。」「最後，我只恨不能讀原文，不得已而求其次，只能根據英譯本，希望懂意大利文的讀者能不吝的指正。——譯者一九四五年十月二十二日」。

20 日、4 月 20 日、5 月 20 日、7 月 10 日、9 月 20 日、10 月 20 日、12 月 10
日，《神曲‧地獄》連載至第十三歌，第七圈第二環。未見此後各期。

《歌謠的由來與婦女問題的發生》蟬作，《新婦女》月刊，第 1 卷第 2 期，
1945 年 11 月 10 日。《郵票上的婦女》美作。

11 月 15 日

《美國的流行歌曲》〔註 84〕，李吉拜軍曹 Walter Rigby 原作，陳詩譯，《西
點》（半月刊）第 1 年第 1 期（創刊號），1945 年 11 月 15 日。

11 月 17 日

《中國古籍中的日本語》夏丏尊，《新語》（半月刊）第 4 期，1945 年 11
月 17 日。

11 月 30 日

《惡之花》〔法〕C.Baudelaire 波特萊爾，王了一〔註85〕譯，《中法文化》
第 1 卷第 4 期，1945 年 11 月 30 日。〔連載至 11～12 合刊，8 期無，9 期缺
日，7 期後署名波特萊，11、12 期署名波特萊爾〕卷一《愁與願》《致讀者》
《謝天曲》《安巴鐸》。

《王爾德詩抄》伯石譯，《文藝先鋒》第 7 卷第 5 期「詩歌」，1945 年 11
月 30 日。《黃色交響曲》《在森林中》。

《雲雀之歌》，解楚蘭譯，《女青年》第 2 卷第 5 期「譯叢」欄，1945 年
11 月 30 日。

11 月

《羅曼‧羅蘭的〈歌德與悲多汶〉》，芳濟，《世界文藝季刊》書評，第 1
卷第 2 期，1945 年 11 月。《歌德與人的教育》君培。《詩兩首》：一、讀歌德
的 Selige Sahnsacht、二、獻給悲多芬，鄭敏。

《關於斯吉邦與死神的故事》伊薩柯夫斯基作，凌譯，《蘇聯文藝》第 1
卷第 16 期「詩歌」，〔蘇聯〕羅果夫編，上海蘇商時代書報社，1945 年 11 月。

〔註 84〕正文署譯自 Coronet 九月號。
〔註 85〕王力（1900 年 8 月 10 日～1986 年 5 月 3 日），字了一，廣西博白人。博士畢
　　　　業於巴黎大學，語言學家，中國現代語言學的奠基人之一。

12 月 1 日

《戰爭與英國青年作家》〔註86〕，袁水拍譯，《西點》第 2 期，1945 年 12 月 1 日。

《北風來了》〔朝鮮〕黃錫禹著，天均、丁來東合譯，《中韓文化》第 1 卷第 1 期，1945 年 12 月 1 日。

《朝鮮底脈搏》〔朝鮮〕樑柱東作，丁來東譯。

《阿爾明‧巴萊論〔註87〕》〔印尼〕A.HAMZAH 著，金丁譯，《南方文藝》〔註88〕創刊號，1945 年 12 月 1 日。

12 月 5 日

《夜鶯曲》〔英〕濟茲，蘇民，《筆戈》第 1 卷第 6 期，1945 年 12 月 5 日。

12 月 6 日

《談中西詩歌》〔註89〕，錢鍾書，1945 年 12 月 6 日，錢鍾書在上海對美國人的一次演講〔註90〕。錢氏的博學與幽默，講到了中西「詩心」的相通，與形式和發展路徑之異同，也有他鄉遇故知的心有靈犀的會心：

翻譯者的藝術曾被比於做媒者的刁滑，因為他把作者美麗半遮半露來引起你讀原文的欲望。這個譬喻可以移用在一個演講外國文學者的身上。他也只是個撮合的媒人，希望能夠造成莎士比亞所謂真心靈的結婚。他又像在語言的大宴會上偷了些殘羹冷炙，出來向聽眾誇張這筵席的豐盛，說：「你們也有機會飽嘗異味，只要你們肯努力去克服這巴貝爾塔的咒詛（The curse of the Babel）。」

諸位全知道《創世紀》裏這個有名的故事。人類想建築一個吻雲刺天的高塔，而上帝呢，他不願意貴國紐約的摩天樓給那些蠻子搶先造了，所以咒詛到人類語言彼此阻格不通，無法合作。這個咒詛影響於文學最大。旁的藝術是超越國界的，它們所用的材料有普遍性，顏色、線條、音調都可以走遍世界各國

〔註86〕正文署約翰‧萊曼原著（自重慶寄）。

〔註87〕阿爾明‧巴萊，印度尼西亞詩人、小說家。

〔註88〕馬來西亞純文藝刊物，僅見一期。

〔註89〕此篇文章來源於《詩刊子曰》2016 年 5 月 21 日。

〔註90〕此次演講，可參閱《中國詩與中國畫》錢鍾書著。亦可參閱錢鍾書《談中國詩》。

而不須翻譯。最寡陋的中國人會愛聽外國音樂；最土氣的外國人會收中國繪畫和塑像。也許他們的鑒別並不到家，可是他們的快感是真正的。只有文學最深閉固拒，不肯把它的秘密逢人便告。某一種語言裏產生的文學就給那語言限止了，封鎖了。某一國的詩學對於外國人總是本禁書，除非他精通該國語言。翻譯只像開水煮過的楊梅，不夠味道。當然意大利大詩人貝德拉克（Petrarch）不懂希臘文而酷愛希臘文學，寶藏著一本原文的《荷馬史詩》，玩古董也似的摩挲鑒賞。不過，有多少人會學他呢？

不幸得很，在一切死的，活的，還沒生出來的語言裏，中國文怕是最難的。這也許可以解釋為什麼中國從事文化工作的人裏，文理不通者還那樣多。至少中文是難到拒人於千里之外的程度。有位批評家說，專學外國語言而不研究外國文學，好比向千金小姐求婚的人，結果只跟丫頭勾搭上了。中文可不是這樣輕賤的小蹄子。毋寧說它像十八世紀戲劇裏所描寫的西班牙式老保姆（duenna），她緊緊地看管著小姐，一臉的難說話，把她的具有電氣冰箱效力的嚴冷，嚇退了那些浮浪的求婚少年，讓我從高諦愛（Gautier）的中篇小說（Fortunio）裏舉個例子來證明中文的難學。有一個風騷絕世的巴黎女郎在她愛人的口袋裏偷到一封中國公主給他的情書，便馬不停蹄地坐車拜訪法蘭西學院的漢學教授，請他翻譯。那位學者把這張紙顛倒縱橫地看，汗珠像清晨聖彼得教堂圓頂上的露水，最後道歉說：「中文共有八萬個字，我到現在只認識四萬字：這封信上的字恰在我沒有認識的四萬字裏面的。小姐，你另請高明吧。」說也奇怪，在十七世紀，偏有個叫約翰·韋伯（John Webb）的英國人，花了不少心思和氣力，要證實中文是人類原始的語言。可是中文裏並沒有亞當跟夏娃在天堂裏所講體己話的記錄。

中國文學跟英美人好像有上天注定的姻緣，只就詩歌而論，這句話更可以成立。假使我的考據沒有錯，西洋文學批評裏最早的中國詩討論，見於一五八九年出版的潑德能（George Puttenham）所選《詩學》（Art of Poesies）。潑德能在當時英國文壇頗負聲望，他從一個到過遠東的意大利朋友那裏知道中國詩押韻，篇幅簡短，並且可安排成種種圖案形。他還譯了兩首中國的寶塔形詩作例，每句添一字的畫，塔形在譯文裏也保持著——這不能不算是奇蹟。在現代呢，貴國的龐特（Ezra Pound）先生大膽地把翻譯和創作融貫，根據中國詩的藍本來寫他自己的篇什，例如他的《契丹集》（Cathay）。更妙的是，第一首譯成中文的西洋近代詩是首美國詩——朗費羅的《人生頌》（A Psalm of Life）。

這當然不是西洋詩的好樣品，可是最高尚的人物和東西是不容易出口的，有郎費羅那樣已經算夠體面了。這首《人生頌》先由英國公使威妥瑪譯為中國散文，然後由中國尚書董恂據每章寫成七絕一首，兩種譯本在《蕉軒隨錄》第十二卷裏就看得見。所以遠在 ABC 國家軍事同盟之前，文藝女神早借一首小詩把中國人美國人英國人聯絡在一起了。

什麼是中國詩的一般印象呢？

發這個問題的人一定是位外國讀者，或者是位能欣賞外國詩的中國讀者。一個只讀中國詩的人決不會發生這個問題。他能辨別，他不能這樣籠統地概括。他要把每個詩人的特殊、個獨的美一一分辨出來。具有文學良心和鑒別力的人像嚴正的科學家一樣，避免泛論、概論這類高帽子、空頭大話。他會牢記詩人勃萊克的快語：「作概論就是傻瓜。」

假如一位只會欣賞本國詩的人要作概論，他至多就本國詩本身份成宗派或時期而說明彼此的特點。他不能對整個本國詩盡職，因為也沒法「超以象外，得其環中」，有居高臨遠的觀點。因此，說起中國詩的一般印象，意中就有外國人和外國詩在。這立場是比較文學的。

據有幾個文學史家的意見，詩的發展是先有史詩，次有戲劇詩，最後有抒情詩。中國詩可不然。中國沒有史詩，中國人缺乏伏爾所謂「史詩頭腦」，中國最好的戲劇詩，產生遠在最完美的抒情詩以後。純粹的抒情詩的精髓和峰極，在中國詩裏出現得異常之早。

所以，中國詩是早熟的。早熟的代價是早衰。中國詩一蹴而至崇高的境界，以後就缺乏變化，而且逐漸腐化。這種現象在中國文化里數見不鮮。譬如中國繪畫裏，客觀寫真的技術還未發達，而早已有「印象派」「後印象派」那種「純粹畫」的作風；中國的邏輯極為簡陋，而辯證法的周到，足使黑格爾羨妒。中國人的心地裏，沒有地心吸力那回事，一跳就高升上去。梵文的《百喻經》說一個印度愚人要住三層樓而不許匠人造底下兩層，中國的藝術和思想體構，往往是飄飄凌雲的空中樓閣，這因為中國人聰明，流毒無窮地聰明。

貴國愛倫・坡主張詩的篇幅愈短愈妙，「長詩」這個名稱壓根兒是自相矛盾，最長的詩不能需要半點鐘以上的閱讀。他不懂中文，太可惜了。中國詩是文藝欣賞裏的閃電戰，平均不過二三分鐘。比了西洋的中篇詩，中國長詩也只是聲韻裏面的輕鳶剪掠。當然，一篇詩裏不許一字兩次押韻的禁律限制了中國詩的篇幅。可是，假如鞋子形成了腳，腳也形成了鞋子；詩體也許正是詩心的

產物，適配詩心的需要。比著西洋的詩人，中國詩人只能算是櫻桃核跟二寸象牙方塊的雕刻者。不過，簡短的詩可以有悠遠的意味，收縮並不妨礙延長，彷彿我們要看得遠些，每把眉眼蹙麼。外國的短詩貴乎尖刻斬截。中國詩人要使你從「易盡」裏望見了「無垠」。

一位中國詩人說：「言有盡而意無窮。」另一位詩人說：「狀難寫之景，如在目前；含不盡之意，見於言外。」用最精細確定的形式來逼出不可名言、難於湊泊的境界，恰符合魏爾蘭論詩的條件：

那灰色的歌曲

空泛聯接著確切。

這就是一般西洋讀者所認為中國詩的特徵：富於暗示。我願意換個說法，說這是一種懷孕的靜默。說出來的話比不上不說出來的話，只影射著說不出來的話。濟慈名句所謂：

聽得見的音樂真美，但那聽不見的更美。

我們的詩人也說，「此時無聲勝有聲」；又說，「解識無聲弦指妙」。有時候，他引誘你到語言文字的窮邊涯際，下面是深秘的靜默：「此中有真意，欲辨已忘言。」「淡然離言說，悟悅心自足。」

有時他不了了之，引得你遙思遠悵：「美人捲珠簾，深坐蹙蛾眉；但見淚痕濕，不知心恨誰。」「松下問童子，言師採藥去。只在此山中，雲深不知處。」這「不知」得多撩人！中國詩用疑問語氣做結束的，比我所知道的西洋任何一詩來得多，這是極耐尋味的事實。試舉一個很普通的例子。西洋中世紀拉丁詩裏有個「何處是」的公式，來慨歎死亡的不饒恕人。英、法、德、意、俄、捷克各國詩都利用過這個公式，而最妙的，莫如維榮的《古美人歌》：每一句先問何處是西洋的西施、南威或王昭君、楊貴妃，然後結句道：「可是何處是去年的雪呢？」

巧得很，中國詩裏這個公式的應用最多，例如：「壯士皆死盡，餘人安在哉？」「閣中帝子今何在，檻外長江空自流。」「今年花落顏色改，明年花開復誰在？」「同來玩月人何在，風景依稀似去年。……春去也，人何處？人去也，春何處？」莎士比亞的《第十二夜》裏的公爵也許要說：

夠了。不再有了。就是有也不像從前那樣美了。

中國詩人呢，他們都像拜倫《哀希臘》般地問：

他們在何處？你在何處？

　　問而不答，以問為答，給你一個迴腸盪氣的沒有下落，吞言咽理的沒有下文。餘下的，像哈姆雷特臨死所說，餘下的只是靜默——深摯於涕淚和歎息的靜默。

　　西洋讀者也覺得中國詩筆力輕淡，詞氣安和。我們也有厚重的詩，給情感、思戀和典故壓得腰彎背斷。可是中國詩的「比重」確低於西洋詩；好比蛛絲網之於鋼絲網。西洋詩的音調像樂隊合奏。而中國詩的音調比較單薄，只像吹著蘆管。這跟語言的本質有關，例如法國詩調就比不上英國和德國詩調的雄厚。而英國和德國詩調比了拉丁詩調的沉重，又見得輕了。何況中國古詩人對於叫囂和吶喊素來視為低品的。我們最豪放的狂歌比了你們的還是斯文；中國詩人狂得不過有凌風出塵的仙意。我造過 aeromantic 一個英文字來指示這種心理。你們的詩人狂起來可了不得！有拔木轉石的獸力和驚天動地的神威，中國詩絕不是貴國惠特曼所謂「野蠻犬吠」，而是文明人話，並且是談話。不是演講，像良心的聲音又靜又細——但有良心的人全聽得見，除非耳朵太聽慣了麥克風和無線電或者……

　　我有意對中國詩的內容忽略不講。中國詩跟西洋詩在內容上無甚差異；中國社交詩特別多，宗教詩幾乎沒有，如是而已。譬如田園詩——不是浪漫主義神秘地戀愛自然，而是古典主義的逍遙林下——有人認為是中國詩的特色。不過自從羅馬霍瑞斯《諷訓集》卷二第六首以後，跟中國田園詩同一型式的作品，在西洋詩卓然自成風會。又如下面兩節詩是公認為洋溢著中國特具的情調的，「採菊東籬下，悠然見南山。山氣日夕佳，飛鳥相與還。」「眾鳥高飛盡，孤雲獨去閒。相看兩不厭，只有敬亭山。」我試舉兩首極普通的外國詩來比，第一是格雷《墓地哀歌》的首節：

　　　　晚鐘送終了這一天，
　　　　牛羊咻咻然徐度原野，
　　　　農夫倦步長道回家，
　　　　僅餘我與暮色平分此世界。
第二是歌德的《漫遊者的夜歌》：
　　　　微風收木末，
　　　　群動息山頭。
　　　　鳥眠靜不噪，
　　　　我亦欲歸休。

口吻情景和陶淵明、李太白相似得令人驚訝。中西詩不但內容常相同，並且作風也往往暗合。斯屈萊欠就說中國詩的安靜使他聯想起魏爾蘭的作風。我在別處也曾詳細說明貴國愛倫·坡的詩法所產生的純粹詩，我們詩裏幾千年前早有了。

所以，你們講，中國詩並沒有特特別別「中國」的地方。中國詩只是詩，它該是詩，比它是「中國的」更重要。好比一個人，不管他是中國人，美國人，英國人，總是人。有種卷毛凹鼻子的哈巴狗兒，你們叫它「北京狗」，我們叫它「西洋狗」。《紅樓夢》的西洋花點子哈巴狗兒」。這只在西洋就充中國而在中國又算西洋的小畜生，該磨快牙齒，咬那些談中西本位文化的人。每逢這類人講到中國文藝或思想的特色等等，我們不可輕信，好比我們不上「本店十大特色」那種商業廣告的當一樣。

中國詩裏有所謂「西洋的」品質，西洋詩裏也有所謂「中國的」成分。在我們這兒是零碎的，薄弱的，到你們那兒發展得明朗圓滿。反過來也是一樣。因此，讀外國詩每有種他鄉忽遇故知的喜悅，會引導你回到本國詩。這事了不足奇。希臘神秘哲學家早說，人生不過是家居，出門，回家。我們一切情感、理智和意志上的追求或企圖不過是靈魂的思家病，想找著一個人，一件事物。處地位，寄託我們的身心在這茫茫漠漠的世界裏有個安頓歸宿，彷彿病人上了床，浪蕩子回到家。出門旅行，目的還是要回家，否則不必牢記著旅途的印象。研究我們的詩准使諸位對本國的詩有更深的領會，正像諸位在中國的小住能增加諸位對本國的愛戀，覺得甜蜜的家鄉因遠征增添了甜蜜。

12 月 10 日

《生命》（詩）〔英〕A. L. Barbauld 作，莊彌譯〔註91〕，《前進婦女》第 3 期，1945 年 12 月 10 日。

《女子與學術》未署作者，《新婦女》月刊，第 1 卷第 3 期，1945 年 12

〔註91〕文末譯者記：「艾鏗女士（Anna Letitia Aikin）即後來的博伯特夫人（Mrs.Barbauld），生於一七四三年，死於一八二五年，是一個努力的作家；她底詩在當時的英國十分風行，內容多涉宗教。其作品有《詩集》（Poems），《兒童散文詩韻》（Hymns in Prose for Children），《女發言者》（Female Speaker）及其他。其《女發言者》係為年青女子們所作的精選的文章，頗有多年的含有教育性的勢力。此處所譯的是她底一首題名《生命》（Life）的較長的詩底第一節和末一節，中間的十八節曾為名詩選家勒格瑞夫（F.T.Pnlgrave）在他底《詩選》（Golden Treasury）中刪去。——譯者」。

月 10 日。

12 月 11 日

《希臘詩選》徐遲譯，《文萃》第 10 期、11 期上連載，1945 年 12 月 11
日、1946 年 1 月 20 日。

12 月 15 日

《冥想》詩，〔法〕鮑特萊（Ch.Baudelaire 波特萊爾）原著，顧啟源譯（選
譯自《罪惡之花》），《人之初》上海，創刊號，1945 年 12 月 15 日。

12 月 20 日

《英國漢學家的回顧與前瞻》，方豪著，重慶《中央日報》1945 年 12 月
20 日。

12 月 26 日

《談中國詩》〔註92〕論文，錢鍾書，《大公報》綜合副刊，第 19 期、20 期
上連載，1945 年 12 月 26 日、27 日。

12 月 31 日

《惡之花》（待續）C.Baudelaire，王了一譯，《中法文化》第 1 卷第 5 期，
1945 年 12 月 31 日。目次：《交感》《逍遙遊》《無題》《薤子有疾》（一）《薤
子自嚳》《劣僧》《仇》《蹇運》《前生》《流浪客》《人與海》《驕傲之報》《美神》
《巨人》《面具》《頌美神歌》《異國之鄉》《發》。

《法國寓言詩詩人拉封登》，吳達元。

《狄德羅與百科全書》，〔法〕P.Orsini，劉葆寰譯

《古今中外詩人交響曲》，林文錚。

12 月

《瓦萊里紀念特輯》《法國文學》第 1 卷第 1 期，1945 年 12 月。《瓦萊里
的生平與作品》F.盎浦利葉，章明譯。《悼念瓦萊里》G.杜哈邁爾，焦菊隱譯。
《星光殞沒》L.P.法而格，居尹譯。

〔註92〕此文為錢鍾書 1945 年 12 月 6 日在上海美軍俱樂部演講稿的節譯。

《歸來》史起巴巧夫作，苓譯，《蘇聯文藝》第 1 卷第 17 期「詩歌」，〔蘇聯〕羅果夫編，上海蘇商時代書報社，1945 年 12 月。《新房子》抑連柯夫作，靈譯。《我的歌》阿加曼密陀夫作，海明譯。

本年內

《為什麼》W.S.蘭冬作，胡曲譯，《火之源文藝刊物》第 4 期「譯詩」，1945 年詩人節。

《春天》〔捷〕丁斯拉狄克作，荒弩譯，《火之源文藝刊物》第 4 期「譯詩」，1945 年詩人節。

《知更鳥》Suqney Lanier 作（原文拼寫或有誤，照錄），詩秀譯，《火之源文藝刊物》第 4 期「譯詩」，1945 年詩人節。

《詩與詩論譯叢》袁水拍譯，重慶詩文學社，1945 年出版。分兩部分：一、詩論，收《變節的桂冠們》（V.J.Jerome），《柯勒律治與華茲華斯合論》（Joseph Freeman），《惠特曼論》（D.S.Mirskg），《論當代英國青年詩人》（D.Capetanakis），《反抗中的詩人》（Stephen Spender），《現代詩歌中的感性》（Stephen Spender），《愛列克‧鈕頓論藝術》（Eric Newton），《托爾斯泰對於藝術的見解》（L.Tolstoy）等 8 篇詩學論文；二、譯詩，收《軍火在西班牙》（Rex.Warner），《眼睛》（佚名／參加西班牙政府軍的某國際縱隊某隊員作），《許斯加》（John Cornford），《給我們這一天》（James Neugass，美國詩人），《紅土壤的相思》（L.Argon），《荊棘之歌》（L.Aragon，法國著名詩人阿拉貢）等 6 首詩歌。附《論詩歌中的態度》，係譯者給臧克家的信，寫於 1943 年。

《中國文學》Chinese Literatune，錢鍾書，《1944～45 中國年鑑》（Chinese Year Book 1944～1945）第 115～128 頁，Edited by Cao Wenyan, Shanghai Daily Tribune。

《中國詩選》（From the Chinese）〔註93〕，〔英〕屈維廉（R.C.Trevelyan,

〔註93〕《中國詩選》主要是從一些已有的譯詩集中編選而來，包括翟理斯（《中國詩選》Chinese Poetry）、韋利（《詩經》《遊悟真寺詩》《中國詩選續篇》《漢詩170首》等）、弗洛倫斯‧艾思柯和埃米‧洛威爾合譯（《松花箋》）、賓納（《玉山》）、葉女士（《龍之書》）、阿克頓和陳世驤合譯（《現代中國詩選》）等人的譯詩集。此書有屈維廉的導言，導言認為偉大的詩篇標準為簡潔而真誠，他還認為中國最優秀的詩人可以和希臘、英國的詩人媲美。此詩集共收入 62 首譯詩，其中唐代詩歌有 37 首，宋詞闕如。編者破例收入 12 首中國現代詩作，包括徐志摩、戴望舒和何其芳等人的詩作。

1872～1951）〔註94〕編譯，英國 Oxford University Press 1945 年初版。

《河上歌：中國詩歌論》（*Chant sur la rivière: essai sur la poesie chinoise*），〔法〕Leplae，Charles，1945 年比利時布魯塞爾出版。

《〈天問〉淺釋》，〔德〕衛德明（Hellmut Wilhelm，1905～1990）〔註95〕著譯，北平《華裔學誌》（427～432 頁），1945 年。

《天主教對中國婦女的最初影響》（*I primi influssi del Cristianesimo sulla donna in Cina*），〔意〕德禮賢（Pasquale M.D'Elia，1890～1963）著，意大利《羅馬觀察報》Osservatore Romano，1945 年。

《1601 年北京宮廷中的意大利樂曲和歌曲》（*Sonate e canzoni italiane alla Corte di Pechino nel 1601*）〔註96〕，〔意〕德禮賢（Pasquale M.D'Elia，1890～1963）著，意大利《天主教文明》（La Civiltà Cattolica）雜誌，1945 年第 3 期（總 96 卷），pp.158～165。

《中國詩歌起源》（*Le origini della poesia in Cina*），〔意〕德禮賢（Pasquale M.D'Elia，1890～1963）著，意大利《詩》（國際特刊）（Poesia: Quaderni Internazionali）雜誌，1945 年第 1 期，pp.213～215〔註97〕。

《公元前 11 世紀、公元前 8 世紀和公元前 7 世紀的中國詩歌（翻譯及注釋）》（*Poeti cinesi dell'XI, VIII e VII secolo a.C. Traduzione e note*），〔意〕德禮賢（Pasquale M.D'Elia，1890～1963）著，意大利《詩》（國際特刊）（Poesia: Quaderni Internazionali）雜誌，1945 年第 1 期，pp.216～226。

《擬輓歌詞》（*Tre canti funebri*）〔東晉〕陶潛著，〔意〕白佐良 Bertuccioli，G.譯，意大利《詩》（國際特刊）（Poesia: Quaderni Internazionali）雜誌，1945 年第 2 期，pp.487～488。

《選自中國》（*From the Chinese*），〔英〕特里威廉編著，1945 年英國倫敦。此書選編的整個過程在阿瑟・韋利的建議下進行，且收錄阿瑟・韋利《漢詩 170 首》中的四首、《中國詩文續集》中的四首、《廟歌及其他》中的四首和《詩經》中的三首。

《禹域戰亂詩解》〔日〕鈴木虎雄著，日本東京弘文堂書房 1945 年版。

〔註94〕屈維廉（R.C.Trevelyan，1872～1951），英國詩人和翻譯家。

〔註95〕衛德明（Hellmut Wilhelm，1905～1990），衛禮賢之子，以研究《易經》著稱。

〔註96〕德禮賢在這篇論文中將利瑪竇的中文作品《西琴曲意八章》翻譯成意大利文。

〔註97〕德禮賢首次在《詩：國際特刊》上發表了對中國詩歌的溯源和幾首先秦詩歌的翻譯（主要出自《詩經》）。

　　《現代中國的文學》〔日〕近藤春雄著，日本京都印書館 1945 年版。

　　《千年之竹》（《詩經》選譯 46 首），〔德〕弗里茨·米倫維克（Fritz
Mühlenweg，1898～1961）〔註 98〕由《詩經》英譯本改譯，1945 年德國漢堡初
版。

〔註 98〕弗里茨·米倫維克（Fritz Mühlenweg，1898～1961），德國畫家、作家和飛行
　　　　員，作為飛行員曾三次深入蒙古戈壁，譯者以《詩經》迻譯作為逃避納粹政治
　　　　的精神慰藉。他轉譯的版本來自於探險時結識的一位名叫徐進之的中國青年
　　　　送給他的理雅各英漢對照版《詩經》。《千年之竹》選譯了 46 首《詩經》詩歌：
　　　　國風 34 首，小雅 7 首，頌 5 首。

1946 年

1 月 1 日

《象做總督》(詩) 〔俄〕N.克里羅夫作，陳原譯，《文藝生活》光復版第 1 期 (總第 19 號)，1946 年 1 月 1 日。

《神曲》(*The Divine Comedy*) 但丁著，老梅譯，《高原》新第 1 卷第 1 期，1946 年 1 月 1 日《屠格涅夫論》〔蘇〕瓦格拉夫斯基作，錢新哲譯。

《湧出來吧，偉大的力量！》(朝鮮新體詩選之一)，〔朝鮮〕金海剛著，天均、來東合譯，《中韓文化》第 1 卷第 2 期，1946 年 1 月 1 日。

《古來征戰幾人回》，未署原作者，林疑今迻譯，《文選》創刊號，1946 年 1 月 1 日。

《文論神氣說與靈感》(72～78 頁) 傅庚生，《東方雜誌》第 42 卷第 1 號 1946 年 1 月 1 日。《樂調五音與字調五音》(78～84 頁) 詹鍈。《戲劇批評家萊森》(93～101 頁) 陳瘦竹。

《歌德小曲集》〔德〕歌德著，羅賢譯，重慶四維出版社，1946 年 1 月 1 日初版，147 頁，32 開。正風出版社 1948 年 12 月三版 (書名改為《野薔薇》)。初版本目次：《小序—譯者》《獻詞》《卷頭語》《給親愛的讀者》《新勇士 (新的阿馬特士)》《狐死皮存》《野薔薇》《盲鬼》《克麗絲特》《無情的女郎》《有情的女郎》《救》《詩神的寵兒》《發現》《相互的喜悅》《舞場的唱和》《自欺》《宣戰》《愛慕者》《打金店的學徒》《樂和苦》《三月》《解答》《一個場所的種種感想》《誰買愛神》《厭世者》《藕斷絲連》《真的享樂》《牧童》《別離》《美麗的夜》《幸福的夢》《有生命的紀念》《別離的幸福》《月的女神》《新婚之夜》

《創傷的喜悅》《無心》《假死》《接近》《十一月之歌》《給被選擇者》《最初的損失》《回憶》《愛人之傍》《出現》《遠別的人》《河畔》《哀愁》《別離》《變化》《反省》《同樣》《海的靜止》《幸福的航路》《勇氣》《注意》《歡迎和別離》《新愛和新生》《給碧琳蒂》《五月之歌》《有著圖畫的赤繩》《黃金的項鍊》《給萊特苻》《湖上》《由山上下來》《夏》《五月之歌》《早春》《秋思》《沒有休息的愛》《牧童的歎息》《淚的安慰》《夜之歌》《憧憬》《給美昂》《山城》《靈魂的獻詞》《項上掛著金鏈》《悲哀的快樂》《旅人的夜歌》《相同》《獵人的晚歌》《月》《限制》《希望》《憂慮》《所有》《給莉娜》等八十八首。附譯者《小序》：

> 已是十多年前的事了！
>
> 在日本東京第一高等學校念書的時候，一位德國老師選了這本書──《歌德小曲集》給我們讀，並且還要背誦，當時試譯了好幾首。
>
> 抗戰以還，軍中工作八年，誠恐把德語完全忘掉，這本書總帶在身邊，暇時輒取閱讀，偶而又譯了若干首；最近打算把它譯完，了卻心願。
>
> 三十年主持江西華光日報，發表了幾首，後又在樂幹月刊分期刊登一部分，現在彙集起來，就正親愛的讀者。
>
> 譯者三十四年九月一日勝利前夕於重慶

1月3日

《夏濟安日記》〔註1〕：「元月三日，星期四。陰冷。'On Native Grounds'（《美國近代文學概評》）尚未讀完，然為了要趕還圖書館，今日又改讀諸家合作的'Impressions of English Literature'（《英國文學印象》）。下午出去看電影'Thirty Seconds over Tokyo'（《轟炸東京》），上半段夫婦瑣事有些惹厭，下半段尚有趣。女主角難看得很。」

1月4日

《鐘》，〔法〕阿波里奈爾著，戴望舒譯，香港《新生日報・新趣》1946年1月4日。

1月5日

《最近法國文藝另訊》，孫源輯譯，《文聯》（創刊號）第1卷第1期（1946

〔註1〕夏濟安《夏濟安日記》（夏志清注）（新世紀萬有文庫），瀋陽，遼寧教育出版社，1998年3月。

年 1 月 5 日）。（《文聯》，編輯者：重慶，中外文藝聯絡社，主編：茅盾、葉以群，上海，永祥印書館發行。雜書館存 7 期。）

《最近英國文藝活動》（牛津通訊）裘克安。《美國文藝另訊》本社。

《夢》〔法〕若望·瓦爾著，戴望舒譯，香港《新生日報》（第 4 頁），1946 年 1 月 5 日。

1 月 10 日

《古訓德精神》吳景崧，《青年界》新第 1 卷第 1 號，1946 年 1 月 10 日。

《從文人的性情思想論到狷性的文人》郭紹虞，《文藝復興》〔註2〕月刊，第 1 卷第 1 期 1946 年 1 月 10 日。

《讀了幾首葉賽寧的譯詩》詩，亦門，《聯合特刊》〔註3〕第 1 卷第 2 期，1946 年 1 月 20 日。

1 月 15 日

《杜南密奇，莫茉莉斯》〔註4〕，〔英〕濟慈，蘇民譯，《筆戈》第 2 卷第 1 期（創刊週年紀念特大號），1946 年 1 月 15 日。

《和應》（詩）〔法〕鮑特萊（Ch.Baudelaire 波德萊爾）原著，顧啟源譯（選譯白《罪惡之花》），《人之初》上海，第 2 期，1946 年 1 月 15 日。

《悼保羅·華萊里》，〔法〕A.紀德，未署譯者，《時與潮文藝》第 5 卷第 4 期，1946 年 1 月 15 日《華萊里小論》（John Russell: Paul Valery）〔註5〕，路寒爾，未署譯者。《蘇聯文學二十五年》〔英〕史掘維大著，王家新節述。

《湯顯祖與莎士比亞》趙景深，《文藝春秋》第 2 卷第 2 期，1946 年 1 月 15 日。

《美感經驗的分析》（一），朱光潛，《世界與中國》第 1 卷第 1 期「特載」，

〔註2〕 《文藝復興》月刊，創刊於 1946 年 1 月 10 日上海，文藝復興社發行，鄭振鐸、李健吾編輯，上海出版公司總經銷。1947 年 11 月 1 日出至第 4 卷第 2 期停刊，共出 20 期。16 開本。1948 年 9 月 10 日起，至 1949 年 8 月 5 日，另出《中國文學研究專號》上、中、下冊。16 開本。

〔註3〕 《聯合特刊》半月刊，為《中原》、《文藝雜誌》、《希望》和《文哨》四個文藝雜誌聯合出版的臨時性特刊。1946 年 1 月創刊於重慶，同年 6 月 25 日出至第 1 卷第 6 期終刊，共出 6 期。

〔註4〕 正文副標題為：「紀念她，寫在她去後的第二個春天。」

〔註5〕 「摘錄自 1945 年 8 月 11 日英國新政治家及國家週刊」。有編者附識簡述瓦萊里逝世及安葬情況。

1946 年 1 月 15 日。

《神話學與民俗學》Franz Boas 作，梁釗韜譯，《文訊》第 6 卷第 1 期（新 1 號），1946 年 1 月 15 日。

《中國戲曲中之蒙古語》周貽白，《文章》創刊號，1946 年 1 月 15 日。

1 月 20 日

《美國化的林語堂》愛特蒙・威爾遜作，馮亦代譯，《文聯》第 1 卷第 2 期，1946 年 1 月 20 日。

1 月 28 日

《寓言詩三首》（方言試譯——蘇州話），〔法國〕拉・豐戴納作（la Fontaine），倪海曙譯〔註6〕，《新文學》第 2 號（1946 年 1 月 28 日）。《新文學》，半月刊，1946 年 1 月 1 日創刊於上海，實際上不定期出版。主編孔另境，權威出版社出版，發行人馬桂權。《借冬糧》（原名《知了和螞蟻》）《比水牛》（原名《青蛙要和水牛一樣大》）《騙奶糕》（原名《烏鴉和狐狸》）。

1 月 31 日

《拉封登的寓言詩》陳倉亞，《中法文化》第 1 卷第 6 期，1946 年 1 月 31 日。《惡之花》（續），〔法〕C.BAUDELAIRE 作，王了一譯。《波特萊的詩》王佐良〔註7〕。《中國藝術的新路》〔註8〕，孫福熙。

1 月

《悼伯希和教授》，陸侃如，《文藝先鋒》第 8 卷第 1 期（1946 年 1 月）。《哀憶伯希和先生》，鈞〔註9〕。

《吉檀伽利》（一至十節）〔印度〕太戈爾作，謝冰心譯，《婦女文化》（重慶，李曼瑰編輯）第 1 卷第 1 期（創刊號），1946 年 1 月。

〔註 6〕前有譯者識，說明翻譯原則，交代所譯為《寓言詩》頭三篇。
〔註 7〕王佐良，1916 年 2 月 12 日生，詩人、翻譯家、教授、英國文學研究專家，浙江上虞人。1995 年 1 月 19 日，於北京去世。1947 年英國牛津大學留學，師從威爾遜教授，獲 B.Lirt 學位。1949 年回國，長期任北京外國語學院教授。代表作有《一個中國詩人》（1946.6）、《論契合》（1985）、《英國詩史》（1993）、《英國文學史》（1993）等。
〔註 8〕附有說明：「此稿原為在英國出版之新中國號所作」。
〔註 9〕馮承鈞。

《列寧》蘇爾柯夫作，嚴洪譯，《蘇聯文藝》第 18 期「詩歌」，〔蘇聯〕羅果夫編，上海蘇商時代書報社，1946 年 1 月。《克列姆裏宮》拉烏德作，海明譯。

《彼美人兮》（小說），徐仲年著，正風出版社，1946 年 1 月初版。257 頁。

2 月 1 日

《瑪納斯的誕生——新疆柯爾克孜族人的史詩之一章》（60～64 頁）〔土耳其〕Abdülkadir Inan 著，羅郁重譯〔註 10〕，《東方雜誌》第 42 卷第 3 號，1946 年 2 月 1 日。

2 月 5 日

《關於美國文學》徐遲，《文聯》第 1 卷第 3 期，1946 年 2 月 5 日。《美國文藝的趨向》（紐約通訊）楊剛。

2 月 8 日

《狼和羔羊》（寓言詩），〔法〕Jean de la Fontaine 作，戴望舒譯，香港《新生日報·生趣》，1946 年 2 月 8 日。

2 月 10 日

《阿剌伯文學》范泉，《青年界》新第 1 卷第 2 號，1946 年 2 月 10 日。有「緒言」、「英雄時期（A.D.500～622）」、「開展時期（A.D.622～750）」、「黃金時期（A.D.750～1055）」等四個部分。《韻腳的週期性》於在春。

2 月 14 日

《小山羊和狼》（寓言詩），〔法〕Jean de la Fontaine 作，戴望舒譯，香港《新生日報》（第 4 頁），1946 年 2 月 14 日。

2 月 15 日

《思》萊芒托夫作，朱維基譯，《文藝春秋》第 2 卷第 3 期「詩」，1946 年 2 月 15 日。

《近年來介紹的外國文學》（論著），《文訊》第 6 卷第 2 期（新 2 號），1946 年 2 月 15 日。

〔註 10〕文末附注。

2月20日

《航海者》（轉載）普希金，《白山》創刊號，1946年2月20日。

2月23日

《吳宓日記》：「二月二十三日，星期六。半陰晴。讀 'Victorians & After' （Bonamy Dobrée）〔註11〕。純〔註12〕來，小坐。」

2月25日

《戰時英國作家的創造》蘇桑・伊爾次作，金近譯，《文聯》第1卷第4期，1946年2月25日。

《吳宓日記》：「二月二十五日，星期一。半陰晴。預備教課。讀 Tennyson 及 Browning〔註13〕詩。……」

2月27日

《吳宓日記》：「二月二十七日，星期三。陰。……上午閱《文學批評》考卷，完。仍預備教課。下午3：30～5：30上課，講 '2nd Locksley Hall'〔註14〕。櫻〔註15〕自今日起，宓課悉來旁聽，並鈔讀所講詩篇。」

2月28日

《詩人史杜爾・美利》L.斐哈納，胡品清譯（正文署名詩人史居阿爾梅里兜），《法國文學》第1卷第2期，1946年2月28日。《一筆賢明的獎金》，D.禾里，秋實譯〔註16〕。

〔註11〕 'Victorians & After'（Bonamy Dobrée），《維多利亞時代及其以後的作家》（博納密・多佈雷）。Benamy Dobrée 博納密・多佈雷（1891～？），英國作家，文學史家。

〔註12〕 李思純。

〔註13〕 丁尼生及勃朗寧。

〔註14〕 （丁尼生）詩《洛克斯利大廳》。

〔註15〕 徐櫻。

〔註16〕 文前編者說明：此文所指的獎金，乃係法蘭西學院（Academies francaise）的大文學獎金（Grand Prix de Litterature）。該獎自1912年起，每年頒發一次，1945年的受獎者約翰・博韓（Jean Pauhan）曾承紀德為《新法蘭西雜誌》主筆多年。德軍佔領巴黎後，因該雜誌地位重要，施以威脅利誘，紀德、博韓，以及其他名作家聯署推出該雜誌。博韓另創《法國文學週報》（Les Lettres Francaises），鼓動地下運動。博韓自身則為思想家。

《詩人阿波里奈爾特輯》:《詩人阿波里奈爾》J.拉克爾黛兒,胡品清譯;《阿波里奈爾《酒精集》選詩十二首》徐仲年譯。目錄:《米哈蒲橋》《泊藍夫草》《王宮》《死人的屋》《瑪麗》《訣別》《魔鬼與老婦》《秋》《玫瑰世界》《五月》《某晚》《一九〇九年》。

《紀念法國漢學家馬伯樂教授》,陳定民,《中法文化》第 1 卷第 7 期(1946 年 2 月 28 日)。《克羅德‧柏爾納》,夏康農。《服爾德》(未完),吳達元。《惡之花》〔法〕C.BAUDELAIRE 作,王了一譯。《蒼茫樓詩稿》(未完),林文錚。

2 月

《海涅詩抄》〔註17〕,韋宜譯,《黎明》(月刊)(貴州)第二期,1946 年 2 月(民國三十五年二月)出版(1 期未見)。

《燦爛的星條旗》(美國國歌),張洪島、李上釗合譯,《青年知識》(半月刊)第 2 卷第 1 期「文藝」欄,重慶 1946 年 2 月。《方言、歌謠與新詩》土述平。

《高爾基》(詩)柳里斯基作,嚴洪譯,《蘇聯文藝》第 19 期「詩歌」,〔蘇聯〕羅果夫編,上海蘇商時代書報社,1946 年 2/3 月合刊。《她是誰?》華西里葉夫作,嚴洪譯。

《婦女與文學》丁芃著,(上海圓明園路 203 號)滬江書屋版,1946 年 2 月刊行初版。

3 月 3 日

《吳宓日記》:「三月三日,星期日。陰。寒。晨,讀書。10:30 狀元街 34 訪桂、櫻夫婦。李安宅夫人於道淵來習崑曲,遂留同飯。下午,為櫻等講 'Locksley Hall' 詩。3:00 回舍。旋 3～5 孫貫文來談,述其搜輯中國詩話及論詩之作,甚見用功,且多為宓所未知者。晚,研讀 Browning 詩。」

3 月 4 日

《吳宓日記》:「三月四日,星期一。陰。……是日為教育部審查某撰 Renascence of Chinese〔註18〕講師論文。」

〔註17〕正文副標題為:《歌之書》序曲,在歌兒的翅膀上。
〔註18〕中國文學的復興。

3 月 5 日

《吳宓日記》：「三月五日，星期三。晴。……10～11 上《文學批評》課，學生到者三人，為講英文句法。11～12 訪潘重規系主任。規意甚殷勤，可感。示宓其近讀陶詩箋注，所解甚當。……下午 1～3 上《中西比較文學》。規〔註19〕仍每次聽講。……」

3 月 10 日

《吳宓日記》：「三月十日，星期日。陰。上午讀 Vicrorian Prose〔註20〕一篇，昏倦思睡。……」

3 月 11 日

《馬賽曲》〔法〕竇禮爾作，田湜譯〔註21〕，《國民雜誌》（廈門）第 1 卷第 1 期，1946 年 3 月 11 日。

《美感經驗的分析》（二、完），朱光潛，《世界與中國》第 1 卷第 2 期，1946 年 3 月 11 日。

《生產的山》，〔法〕Jean de la Fontaine 作，藝圃〔註22〕譯，香港《新生日報》（第 4 頁），1946 年 3 月 11 日。

3 月 17 日

《吳宓日記》：「三月十七日，星期日。昨夜歸舍，讀孫貫文借閱《聖歎尺牘》一冊（民國六年鉛印本）。其分解唐人律師之說，頗似 W.Pater〔註23〕每一文句先結後解之法。……」

3 月 20 日

《〈中詩外形律詳說〉序》，郭紹虞作，《國文月刊》第 41 期〔註24〕，1946 年 3 月 20 日。文中說：

〔註19〕潘重規，時任四川大學中文系主任。
〔註20〕維多利亞時代的散文。
〔註21〕文末譯者記：「一月末於仙遊」。
〔註22〕戴望舒。
〔註23〕Walter (Horatio) Pater 瓦爾特（賀拉托）佩特（1839～1894），英國批評家。
〔註24〕此期由國立西南聯合大學師範學院編輯發行改為開明書店編輯發行，有卷首語說明。主編由余冠英，改為夏丏尊、葉聖陶、郭紹虞和朱自清四位編輯。

可惜我在劉大白先生的生前緣慳一面，沒有見到他的風采，聽到他的言論；雖然如此，對於他的著作卻讀過不少。現在還有機會讀他的遺著，而替他的遺著作序；這也可說是對於已逝的劉先生猶有未了之緣，足以補償生前未獲一面的缺憾了。

我讀到劉先生的詩詞及批評文字，在我想像中的劉先生總覺應是一個情感熱烈的人物；及我讀完這部遺著又覺得劉先生是一個理智冷靜的人物。我以前在小說月報上早已讀過劉先生中國舊詩篇中的聲調問題，與說中國詩篇中的次第律諸文，而且在民國二十七年我為燕京大學編國故概要教材的時候，對於文學理論的部分，也把劉先生這幾篇文學輯在內。最近讀了他經過修改補充的定本，真佩服他心細如髮，能下這樣爬梳搜剔的工夫。假使他不是極理智地極冷靜地，誰耐煩作這般查帳結帳的工作！

無疑地，這種工作真如劉先生所說「查帳結帳於新舊兩方面都是有利的工作。」……

這一篇寫於三十二年十月八日，當時因劉先生此書出版的地方有些問題，所以臨時抽取。紹虞附識。

《中國語的特性》高名凱著，《國文月刊》第 41 期。一、中國語是否孤立語；二、中國語是否屈賈語；三、中國語是否黏著語；四、中國語之具體性。《中詩外形律詳說序》郭紹虞。

《中印智慧的寶庫：〈印度智慧〉序》林語堂著，蘇思凡譯，《宇宙風》第142 期，1946 年 3 月 20 日。

3 月 21 日

《吳宓日記》：「三月二十一日，星期四。陰。寒。……今日上午，讀 James Thomson ‘*City of Dreadful Night*’〔註 25〕。」

3 月 25 日

《解放以來的法國文壇》，（法）馬尼埃作，孫源譯，《文聯》第 1 卷第 5 期（1946 年 3 月 25 日）。《美國文訊》本社。《話說另一個文壇——訪周揚》（北平通訊）張大雷。

〔註 25〕James Thomson ‘*City of Dreadful Night*’，詹姆斯 · 湯姆森的（詩）《恐怖的夜之城》。

3月29日

《吳宓日記》：「三月二十九日，星期五。陰。……晚 7～9 赴桂、櫻邀晚飯於其家。為 Peter 及 Lindy 講故事。歸讀 John Lehmann 'New Writing in Europe'（1940）〔註 26〕。」

3月31日

《郭萊脫夫人特輯》《法國文學》第 1 卷第 3 期，1946 年 3 月 31 日。《郭萊脫夫人小傳》徐仲年。《郭萊脫・維里》D.莫爾耐，徐仲年譯。《郭萊脫》G.居馬尼，徐仲年譯。《摯愛破碎的法蘭西》郭萊脫，胡品清譯。

《魏爾林諾抒情詩》藍煙譯，《法國文學》第 1 卷第 3 期。目次：一《我的眷戀夢》、二《淒涼的對話》、三《這裡是葉子果木和花叢》、四《「智慧」之首兩章》（De Sagesse）（一）（二）、五《柔雨飄落在大街上》、六《秋日之歌》、七《給卡妮敏娜》、八《憂鬱》、九《屋頂上邊的天空》、十《姑娘和貓》。譯者附識：「他的詩地位很高，因為主要有細膩的情調，極美的音樂性」。

《新法蘭西的文學》，L.D.維爾丹，婁紹蓮譯，《法國文學》第 1 卷第 3 期。

《法國民歌選譯》（一），謝康譯，《法國文學》第 1 卷第 3 期。《為了我保留你的愛情》〔註 27〕。

《蒼茫樓詩稿》（續），林文錚，《中法文化》第 1 卷第 8 期，1946 年 3 月 31 日。《服爾德》（續完），吳達元。

3月

《吉檀迦利》（十一至二十）〔印度〕太戈爾作，冰心譯，《婦女文化》（重慶，李曼瑰編輯）第 1 卷第 3 期，1946 年 3 月。

4月1日

《寓言詩又三首》〔法〕拉・豐戴納著，倪海曙譯，《新文學》（半月刊）

〔註 26〕 John Lehmann 'New Writing in Europe'（1940），約翰・萊曼編《歐洲新作》（1940）。John Lehmann 約翰・萊曼（1907～？），英國詩人，編輯、出版家、文學家。所編《歐洲新作》及《企鵝新書》對當代英國文學發生過重大影響。

〔註 27〕 前有說明，系數年前法國有聲電影《愛情之後》片中的插曲，曾風行一時。

第三號，1946 年 4 月 1 日。1.《愛自由》（原名《狼和狗》）2.《請吃飯》（原名《城鼠與田鼠》）3.《吃小羊》（原名《狼和羔羊》）。同期有陳煙橋論文《近代藝術頹廢論》。

《女性文明》（節選）Roy Helton 作，新命譯，《新婦女》月刊，第 2 卷第 1 期「兒童專號」，1946 年 4 月 1 日。

《論荷馬詩》，布萊克，《文藝復興》第 1 卷第 3 期（3·4 月號）「補白」欄，1946 年 4 月 1 日。

《情詩兩首》：〔英國〕哈代《灰色》、夏芝《愛德之願》，未央譯〔註 28〕，《世界與中國》（又名《譯文月刊》，特人號）第 1 卷第 3 期「文學」欄目，1946 年 4 月 1 日。

《吉訶德的精神》〔波蘭〕馬茨粹斯基 Ignacy Matusziwski 作，未署譯者，《世界與中國》第 1 卷第 3 期「文學」欄。

4 月 5 日

《列寧是我們的太陽》瑪耶可夫斯基著，之分輯譯。1.大連海葉書店，1946 年 4 月 5 日初版，149 頁，32 開。2.上海海燕書店，1949 年 7 月新 1 版，149 頁，32 開。3.大連新文化書店，1949 年 7 月新 1 版，詩集。分「蘇聯詩選」和「萊蒙托夫詩選」兩輯：前者包括馬雅可夫斯基、特瓦爾多夫斯基等 6 位詩人的詩 8 首，據蘇聯英文版《國際文學》譯出；後者包括《生命的杯子》、《孤帆》等 6 首。詳細目次：蘇聯詩選：《老人》（阿力蓋）《母與子》（吐伐屠夫斯基）《列寧是我們的太陽》（傑巴也夫著）《獻給斯大林》（史太爾斯基）《一九三九年在英國》《好啊！》（瑪耶可夫斯基）《家》（瑪耶可夫斯基）《瑪耶可夫斯基出現了》（亞西也夫）；萊蒙托夫詩選：《生命的杯子》《孤帆》《當田野間黃色的麥苗》《魔鬼》《被俘的戰士》《一曲歌》。

4 月 10 日

《史太林之歌》江布爾作，向葵譯，《文藝生活》光復版第 4 期（總第 22 號），1946 年 4 月 10 日。《普希金之金》江布爾作，向葵譯。

《英國文學中的戰時傾向》（論文）W.B.Kaufman 作，王楚良譯，《文壇月報》第 1 卷第 2 期，1946 年 4 月 10 日。

〔註 28〕文前有譯者題記。

4 月 15 日

《法蘭西的文藝獎金》，Bjhn L. Rown 作，勞榮譯，《文聯》第 1 卷第 6 期，1946 年 4 月 15 日。《雜談翻譯》荒蕪。《關於「文壇」和知識分子》（魯迅書簡）魯迅。《法國文訊》孫源。《蘇聯文藝雜訊》孫漳。

《我國韻文之西譯》張其春〔註 29〕，《文訊》第 6 卷第 4 期（新 4 號），1946 年 4 月 15 日。

《羅馬大哲人西塞羅》（37～46 頁）黎正甫，《東方雜誌》第 42 卷第 8 號，1946 年 4 月 15 日。

4 月 16 日

《這位女郎，她死了，她死了正當戀愛的時節》，〔法〕PAUL FORT 作，珍珮譯，《文地》創刊號，1946 年 4 曰 16 日。《我從來不曾見過》，〔英〕John Skelton 作，偉能譯。《那有什麼關係？》，〔英〕Siegfired Sassoon 作，蕭心冷譯〔註 30〕。

4 月 20 日

《中國文字可能構成音節的因素》郭紹虞著，《國文月刊》第 42 期，1946 年 4 月 20 日。

4 月 21 日

《吳宓日記》：「四月二十一日，星期四。晴，熱甚。上午 9～11 考《安諾

〔註 29〕 張其春（1913～1967），浙江寧波人。翻譯家，辭書編纂家，教授。1931 年，考入國立中央大學外文系，受業於英語名家范存忠、郭斌龢。抗戰開始後，先後任浙江大學龍泉分校、暨南大學、復旦大學外文系講師、副教授。1948 年～1949 年秋，轉任上海正中書局英文編審，1949 年，兼任江蘇學院外文系教授及江蘇社會教育學院新聞系教授，中央人民政府成立後，調入文化部對外文化聯絡局，先後任亞洲處及第五處處長。1951 年，受聘為北京大學文學院兼任教授。1958 年，調任北京編譯社翻譯、譯審。後又兼任商務印書館編審。著譯宏富，多為職務作品，署名著作主要有《簡明英漢詞典》（與蔡文縈合編）、《翻譯之藝術》、《綜合英語會話》、How to Translate（《中英比較語法》）等。其中，《簡明英漢詞典》是新中國成立後我國學者編纂的靠前部中型英漢詞典，影響廣泛。

〔註 30〕 譯文後記：「作者是英國的一個著名的戰爭詩人。本篇作於第一次世界大戰後，是一首為殘廢軍人向社會控訴的詩。……本篇譯自 Contemporary British and American Poet by B.P. Jameson（商務版）。」

德研究》（Matt.Arnold）。……」

4 月 22 日

《吳宓日記》：「四月二十二日，星期一。晴，熱甚。……至下午 1：30 閱考卷畢，即繳入 Victorian Prose & Poetry〔註31〕成績。寢息。」

4 月 31 日

《論戰後法國文學》，P.臺加佛，孫源譯，《法國文學》第 1 卷第 4 期（1946 年 4 月 31 日）。

《法國的聲光》，伐勒利拉它，李青崖譯，《法國文學》第 1 卷第 4 期。（原文見法國《文學新聞》第 956 號）

《恰如囊昔面目的波德萊爾》，艾司榮，李青崖譯，（譯自法國《文學新聞》第 955 號）

《法國民歌選》，謝康譯，《法國文學》第 1 卷第 4 期。譯曰：《這不過是您的手》，《當我遠離開你的時候》，《如果我們一不相識》（？），《黑麥的花》，《在你房門口》。

4 月

《論近代美國詩歌》楊周翰，《世界文藝季刊》第 1 卷第 3 期，1946 年 4 月。目錄：惠特曼：《我聽見美國在歌唱》《我聽說有人控告我》《自我之歌》（第六節）《自我之歌》（第二十一節）《自我之歌》（第四十節）《當丁香花上一次在門前開放》（第一至三節），第金生：《我為美而死去》《天很低》，魯濱孫：《理查柯利》《魯本·勃萊特》，瑪斯特斯：《寡婦》，福洛斯特：《雪夜林邊駐馬》《踏葉人》《進來》，山德堡：《芝加哥》《霧》《像對於不 X 的人顯得不同》，麥克李盧：《詩藝》《枕木邊的墓地》（「洛克菲勒先生都市裏的壁畫」之一）《對群眾的演說詞》，柯萊恩：《河》，本奈特：《「約翰勃朗的屍體」》（選譯）《午刻的夢魘》（一九四零）；「黑人詩歌」：蘭斯頓·休士：《銅痰盂》《想家藍歌》，康提·克倫：《塞里尼亞人西門的話》《遺產》。

《范勒里論詩》〔法〕保爾·范勒里作，陳建耕譯，《黎明》第 3、4 期合刊，「論文」欄目 1946 年 4 月。《沉淪的天使》（失樂園第一章）〔英〕彌爾登

〔註31〕維多利亞散文和詩歌。

著，廖忠管譯，《黎明》第 3、4 期合刊「譯詩」欄（以下均為譯詩）:《在維勒其葉》〔法〕雨果作，穆木天譯。《英格蘭歌》〔英〕雪萊作，江雪邨譯。《小花》〔俄〕普希金作，端木蕻良譯。《預感》〔俄〕普式庚作，金絲垂木譯。《塔瑪拉》〔俄〕樂芒托夫作，金絲垂木譯。《山中使女》〔意〕約翰巴斯古里作，田德旺譯。《愛的憐憫》〔愛爾蘭〕葉芝作，謝文通譯。《秋》〔德〕雷諾作，芳汀譯。《吹來又去》〔英〕烏安納德作。《美女》〔希臘〕沙弗作，端木蕻良譯。

《吉檀伽利》（廿一至卅），〔印度〕太戈爾作，冰心譯，《婦女文化》（重慶，李曼瑰編輯）第 1 卷第 4 期，1946 年 4 月。《中、希樂歌故事》蘇雪林。

《我的一代》波列伏伊作，林陵譯，《蘇聯文藝》第 20 期「詩歌」，〔蘇聯〕羅果夫編，上海蘇商時代書報社，1946 年 4～5 月合刊。《沒有鬍子的熱情工人》維克多・烏郎作，林陵譯。《孩子》柳夫林作，海明譯。

《評裴化行神父〈利瑪竇司鐸和當代社會〉》書評，C.S.Ch'icn〔註32〕，《書林季刊》1946 年 4 月。(《利瑪竇司鐸和中國當代社會》為法文，1937 年在天津出版，漢譯本於 1934 年在上海出版。）

《蘇聯衛國戰爭詩選》林陵等譯，上海時代書報出版社，1946 年 4 月初版，1948 年 8 月再版，172 頁，32 開。本書自蘇聯文藝刊物中輯譯關於衛國戰爭的詩歌 52 首，分「為祖國，為斯大林！」、「在戰場上」、「戰爭中的婦女」、「保衛列格勒」、「勝利的日子」等 11 輯。作者有江布爾、蘇爾科夫、施巴喬夫、維拉・英倍爾、伊薩柯夫斯基、西蒙諾夫等三十餘人。譯者還有白寒、嚴洪等。卷首有譯者序及蘇聯國歌。書末附作者介紹。目次:《序》（編譯者)《蘇聯國歌》（米哈爾柯夫艾里・列其斯坦著，知白、林陵合譯）為祖國！為斯大林《國防人民委員長頌》（強布爾著，白寒譯)《紅軍》（鐵震諾夫著，林陵譯)《勇士讚歌》（蘇爾柯史著，林陵譯)《我們風暴的報信者》（古歇夫著，林陵譯）在戰場上《戰場》（史起巴巧夫著，林陵譯)《戰地公路》（史起巴巧夫著，林陵譯)《泥土》（畢爾伏馬伊斯基著，林陵譯)《金色頭髮翹聳聳》（列別吉夫・庫馬赤著，林陵譯)《嚴寒的時候》（愛倫堡著，林陵譯）戰爭中的婦女《致婦女》（維拉・英倍兒著，林陵譯)《致蘇維埃婦女》（阿麗格爾著，林陵譯)《穿外套的姑娘》（蘇爾柯夫著，嚴洪譯)《親愛的姑娘》（維

〔註32〕 「C.S.Ch'icn」為錢鍾書。

拉・英倍爾著，林陵譯）《女主人》（阿麗格爾著，林陵譯）《母親》（克龍高土著，林陵譯）游擊隊《老友相見》（古歇夫著，林陵譯）《列寧》（史起巴巧夫著，群譯）《老人》（伊薩柯夫斯基著，易貝譯）莫斯科武裝起來《莫斯科人民武裝起來》（亞先耶夫著，林陵譯）《莫斯科》（柳里斯基著，林陵譯）《關於莫斯科》（史起巴巧夫著，林陵譯）保衛列格勒《宣誓》（普羅柯菲亦夫著，林陵譯）《冷》（維拉・英倍爾著，白塞譯）《給母親的信》（別爾戈麗茨著，林陵譯）斯大林格勒《斯大林格勒保衛者》（蘇爾柯夫著，林陵譯）《斯大林格勒》（陀爾馬托夫斯基著，林陵譯）解放祖國土地《最前線》（史起巴巧夫著，林陵譯）《波爾達伐》（都莉娜著，林陵譯）《返回故城》（西蒙諾夫著，林陵譯）《白俄羅斯》（勃羅夫卡著，林陵譯）《清算》（特伐爾陀夫斯基著，林陵譯）《關於史吉邦和死神的故事》（伊薩柯夫斯基著，林陵譯）勝利的日子《勝利的日子》（蘇爾柯夫著，林陵譯）《屈服的柏林》（馬爾沙克著，林陵譯）《莫斯科的禮炮》（喜米羊・別德納著，林陵譯）《歸來》（史起巴巧夫著，林陵譯）《你可以自豪！》（布柯夫著，林陵譯）戰地抒情詩《美麗頌》（史起巴巧夫著，林陵譯）《無題》（史起巴巧夫著，林陵譯）《等著我》（西蒙諾夫著，林郭譯）《兒子》（安扦柯里斯基著，林陵譯）《愛》（西蒙諾夫著，林陵譯）《每個人都有自己的愛》（達皮子著，林陵譯）《勸酒歌》（普羅柯菲亦大著，林陵譯）復興《灰燼》（索夫羅諾夫著，林陵譯）《列格勒的早晨》（尼古拉・勃朗著，林陵譯）《新房子》（柳林柯夫著，林陵譯）《老家》（列歇特尼柯夫著，白寒譯）《我的歌唱》（阿加曼密陀夫著，海明譯）《作者介紹》（編者）。

《普式庚傳》〔蘇〕基爾波丁著，呂熒譯，上海國際文化服務社，1946 年 4 月初版，101 頁，36 開。

5 月 1 日

《橋》M.H.黑德遜作，有笛譯，《詩墾地》第 5 期，1946 年 5 月 1 日。《時光，吉卜西老人》〔英〕P.赫德遜作，蔚青譯。

《等待著我吧》（詩）K.西蒙諾夫作，戈寶權譯，《清明》創刊號，1946 年 5 月 1 日。《一個邊防軍從服役的地方回來》（詩）M.伊薩科夫斯基作，戈寶權譯。

《在某夕》（譯詩），未署原作者，李滿康譯，《青年生活》第 6/7 期合刊，

1946 年 5 月 1 日。

《翻譯的原則》，泰特勒，《文藝復興》第 1 卷第 4 期（5 月號）「補白」，1946 年 5 月 1 日。《語言》《表現》（補白），拉‧布芮耶爾。

《夜鶯》〔蘇聯〕涅克拉索夫作，孫用譯，《少年讀物》第 2 卷 5 期〔註 33〕，1946 年 5 月 1 日。

5 月 5 日

《年青的死去的兵士們》麥克雷西作，青村譯，《天下週刊》（天津）第 1 卷第 1 期，1946 年 5 月 5 日。

5 月 10 日

《論特種喻辭的比喻格》於在春，《青年界》新 1 卷第 5 號，1946 年 5 月 10 日。《論英文俚語》文啟昌。

5 月 11 日

《吳宓日記》：「五月十一日，星期六。陰。……臥讀 Lord Acton 'History of Freedom & Other Essays'〔註 34〕。……」

5 月 15 日

《浮士德》（名著新譯）〔德〕歌德著，梁宗岱譯，《時與潮文藝》第 5 卷第 5 期，1946 年 5 月 15 日。《詩七首》（譯詩）〔德〕海涅著，謝文適譯。《法國文學史序》（書序），吳達元。《法國古典悲劇與〈熙德〉》（論文），陳瘦竹。《當代英國文學批評的動向》（論文），戴鎦齡。

5 月 31 日

《文藝與政治》，林文錚，《中法文化》第 1 卷第 10 期（1946 年 5 月 31 日）。《惡之花》（續），〔法〕波特萊，王了一譯。《中法大學的過往與遠景》，王樹勳。《盧梭》（未完），吳達元。《蒼茫樓詩稿》（續完），林文錚。《西海感舊記》，向達。

〔註 33〕《少年讀物》復刊後的第 2 卷第 5 期。
〔註 34〕Lord Acton 'History of Freedom & Other Essays'，阿克頓著《自由史及其他論文》。Lord Acton 阿克頓（1834～1902），英國歷史學家。

5 月

《聲音》(la Voce)〔意大利〕葛拉甫 A.Craf 作，田德旺譯，《詩與批評》〔註35〕第 1 期，1946 年 5 月。

《給一個早逝的運動員》〔美〕A・E・Housmau 作，蔣炳賢譯。《詩與批評》(論文) 聞一多。

《新美學》蔡儀著，上海群益出版社，1946 年 5 月初版。書頁寫 1947 年。313 頁。印行 1500 冊。基本定價十三元。書前有序。本書從方法論入手論述美學的領域，美，美感，以及美的本質，藝術的本質等問題。全書分美學方法論，美論，美感論，美的種類等 6 章。附「序」：

> 舊美學已完全暴露了它的矛盾，然而美學並不是不能成立的。因此我在相當困窘的情況中勉力寫成了這本書。這是以新的方法建立的新的體系，對於美學的發展不會毫無寄興吧。

> 當前文化資料的貧乏，猶如物質資料的貧乏，在我寫時，手邊僅有三數本淺薄的和美學有關的書。雖然兩三年來曾寫信或跑腿到那些可能有這些書的地方去買，去借，但是都無所得獲。因此對於舊美學，我根據的資料都是間接而又間接，零碎而又零碎的。我不敢著力於舊美學的批判；即不得已而論及之處，恐怕尚有誤解。

> 既是美學，便須詳細地論到藝術。但是去年曾有拙著《新藝術論》在商務出版，為著避免重複，只將《新藝術論》中的要點和沒有論到的問題，分別附入本書相關各處，一則以作《新藝術論》的補充，一則以求本書的完整。

> 原來的計劃尚有幾章，論美和美感的變化及藝術的史的根源，其中大部分已有書稿。不過這些問題相關的範圍更廣。要說的有點條理，在目前實太困難；且本書的篇幅也不算少，因此將那些省略了，等將來的機會再說。

> 關於音樂我完全外行，幸得朋友叔虹君的幫忙，能夠寫成單像向美的藝術那一節，並此致謝。作者一九四四年十二月廿日於重慶。

6 月 1 日

《詩人與戰爭》(詩) 華丁格爾，袁水拍譯，《現代文獻》第 1 卷第 2 期（5/6 月合刊）1946 年 6 月 1 日。同期有譯詩《一個字》〔奧地利〕伐梅斯基，文哨譯。《屠格涅夫散文詩》(補白)。

〔註35〕王田、李一痕等編輯，浙江道義浙江大學詩與批評社出版發行。

《茵夢湖怨婚》〔註36〕（譯詩），郭沫若譯，《新少年》（半月刊），第 1 卷第 2 期，1946 年 6 月 1 日。

《一個輕騎兵》（一篇韻文的童話），〔俄〕普希金作，孫用譯，《少年讀物》第 2 卷第 6 期，1946 年 6 月 1 日。《琉璃草與鈴蘭》，Maurice Baring 作，孫用譯。

《論藝術的分類》Vietor Consin 著，黃軼球譯，《文壇》新 5 期，1946 年 6 月 1 日。

《景教碑之 SARAG 為「洛師」音譯》（24～26 頁）岑仲勉〔註37〕，《東方雜誌》第 42 卷第 11 號，1946 年 6 月 1 日。《音韻平仄及四聲淺釋》（49～54 頁）計終勝。

6 月 4 日

《吳宓日記》：「六月四日，星期二。晴。是日端陽。……上午 10～12 上《文學批評》課，結束。正午，侃宅赴端午節宴。下午 1～3 上《中西比較文學》，寫詩數首。……」

6 月 20 日

《大學中文系和新文藝的創造》王了一著，《國文月刊》第 43、第 44 合期，1946 年 6 月 20 日。《文學與文化：論新文學和大學中文系》李廣田著。《肌理說》郭紹虞著。

6 月 22 日

《吳宓日記》：「六月二十二日，星期六。陰。小雨。……朱自清來，略談聯大近情。大抵學生教授皆分二黨，對立相爭。而學生更極驕橫，教授為其指揮云云。宓欲探清華內情，而朱君不肯久坐，託故徑去。但云，清華極望宓歸授《英國文學史》課。……晚 5～8 赴唐玉虯宴於其宅，陪濟等。敬在，介識空軍中校（大隊長）楊紹廉（河北鹽山）。畫士周千秋、梁粲纓夫婦，合繪柳下隱士（云，其頂肖宓）。一幅贈宓。題用李後主詩意。詩云：風情漸老見春羞，到處銷魂感舊遊。風謝長條似相識，強垂煙態拂人頭。詩頗佳，且合。宓髀瘡已結痂，而右背胛之瘡又起，故仍止酒。小雨。晚，閱，閱川大《中西比

〔註36〕原刊未注明原詩作者。
〔註37〕文後附注。

較文學》《詩與小說》考卷。夜中，雨。」

6 月 27 日

《讀王國維〈觀堂丙午以前詩〉札記》槐聚，《文匯報》1946 年 6 月 27 日。

6 月 30 日

《法國歌曲價值及其發展──《法國近代歌曲選》導言》〔註 38〕馮沅君作，1946 年 6 月 30 日。「《法國文學名著叢書》中的這部歌曲選，人們在開始是驚異的。歌曲是種文學嗎？當它已不能歌詠時，它還能算是歌曲嗎？無疑的，它只在音樂與文字的密切的結合上才能存在，才有價值，而且也許人們永遠不應該將這些歌辭和完成它們、支持它們的曲調分開。不過一部不與音樂配合的歌曲集在文學名著叢書中出現的理由是很容易說明的。」「在這些小詩中，有些形式是如此完美，措辭是如此妥貼，致使讀者玩味它們渾如篇『純粹的詩』（Pure Poesie）。但是它們不應該與其他一切的詩相混淆。因為我們知道它們曾被歌詠過，它們是非歌詠不可的，同時它們保存有歌詠的秀美、輕盈或機智等優點。這些優點不管怎樣都使它們獨樹一幟。」

〔註 38〕 據袁世碩、嚴蓉仙編《馮沅君創作譯文集》，山東人民出版社，1983 年 3 月初版。據行文所知此法文本歌詞選集為「復興書店」出版發行，出版時間大約在 1937 年盧溝橋事件爆發後至 1938 年春之間。編者為 Jean Gillequin。譯者說：「這本小冊子曾取材於些歌曲專家的珍貴集子。如巴黎加思東（Gaston Paris）的，韋開爾蘭（Weckerlin）的，基愛騷（Tiersot）的，勒盧得蘭西（Le Roux De Lincy）及最近逝世的大民俗學家愛惹奈羅朗（Eugene Rolland）的。」「最後，為要使音樂不完全被忘卻，『複習書店』毫不遲疑的用音樂的附錄來裝飾這卷書，而不少讀者將為此而愉快。因為即使我們儘量把這個附錄縮短，這裡面所選的幾個調子還可以使它顯示我們的歌曲音樂的縮影。」另「跋」記：「抗戰期內，書的獲得是極度的困難，外國書尤屬不易。這《法國近代歌曲選》是一位朋友去夏臨別時留作紀念的。他當時擔負著時代的痛苦走向遠方，而這部書又載著他在兵戈中長途旅行的回憶──它是他（民國）二十七年春隨著長沙臨時大學由湘邊滇道經安南時買下的。我初次讀這本書的時地也不太尋常。去年秋初，接踵著勝利的狂歡，四川沿江各地大都受到水的迫害。三臺所遭遇的據說是六十年來所未有。……我避居到東大教授宿舍樓上，對著盞秋螢般的菜油燈……將它大體翻閱完，夜已過半，水勢方稍殺。而今，兵事乃急，歸家不得，羈因在這小城裏，將這本書的導言（我初讀時感到趣味的部分）譯出來排遣長夜。贈書人及水的恐怖我還時時想到。四六年六月三十日記於三臺。」

《中國智慧・序》林語堂著，蘇思凡譯，《宇宙風》第 143 期，1946 年 6 月 30 日。

6 月

Le Père Matthieu Ricci la Sociéte Chinoise de son temps（1551～1610），by R.P.Henri Bemard（評裴化行神父《利瑪竇和當代社會》書評，C.S.Ch'ien（錢鍾書），《書林季刊》第 1 期，1946 年 6 月。該刊由錢鍾書主編，國立中央圖書館出版。《利瑪竇和當代社會》為法文，1937 年在天津出版，漢譯本 1943 年由上海出版。

《詩五首》：（愛、初步、家族照相薄、兩個年份、讓我死吧），史起巴巧夫作，林陵譯，《蘇聯文藝》第 21 期「詩歌」，〔蘇聯〕羅果夫編，上海蘇商時代書報社，1946 年 6 月合刊。《致路中人》阿麗格爾作，林陵譯。

《中國文學概論》（上、下冊）〔日〕鹽谷溫著，日本東京弘道館 1946 年 6 月～1947 年 8 月。

《英國人對中國藝術的興趣》蘇芹蓀，《東方副刊》第 13 號，1946 年 6 月。

《一個中國詩人》王佐良著，原載倫敦 LIFE AND LETTERS 雜誌，1946 年 6 月號。北平《文學雜誌》（1947 年 8 月號）；收入《穆旦詩集（1939～1945）・附錄》，瀋陽，1947 年 5 月版。《一個中國詩人》（節選）：

……

他的名字是穆旦，現在是一個軍隊裏的中校，而且主持著一張常常惹是非的報紙。他已經有了二個集子，第三個快要出了，但這些日子他所想的可能不是他的詩，而是他的母親。有整整八年他沒見到母親了，而他已不再是一個十八歲的孩子。

這個孩子實際上並未長大成人。他並沒有普通中國詩人所有的派頭。他有一個好的正式的教育，而那僅僅給了他技術方面的必要的知識。在好奇心方面，他還只有十八歲；他將一些事物看作最初的元素。

> 當我呼吸，在山河的交鑄裏，
> 無數個晨曦，黃昏，彩色的光，
> 從崑崙，喜馬，天山的傲視，
> 流下了乾燥的，卑濕的草原，
> 當黃河，揚子，珠江終於憩息……

　　如果說是這裡有些太堂皇的修辭，那麼讓我們指出：這首詩寫在一九三九年。正當中國激動在初期的挫敗裏。應該是外在的陌生的東西，在一個年青的無經驗的手中變成了內在的情感。

　　我們的詩人以純粹的抒情著稱，而好的抒情是不大容易見到的，尤其在中國。在中國所寫的，有大部分是地位不明白的西方作家的抄襲，因為比較文學的一個普通的諷刺是：只有第二流的在另一個文字裏產生了真正的影響。最好的英國詩人就在穆旦的手指尖上，但他沒有模仿，而且從來不借別人的聲音唱歌。他的焦灼是真實的：

> 我從我心的曠野裏呼喊，
>
> 為了我窺見的美麗的真理
>
> 而不幸，彷徨的日子將不再有了，
>
> 當我縊死了我的錯誤的童年，
>
> （那些深情的執拗和偏見，）

主要的調子卻是痛苦：

> 在堅實的肉裏那些深深的
>
> 血的溝渠，血的溝渠灌溉了，
>
> 翻白的花，在青銅樣的皮上，
>
> 是多大的奇蹟，從紫色的血泊中
>
> 它抖身，它站立，它躍起，
>
> 風在鞭撻它痛楚的喘息，

是這一種受難的品質，使穆旦顯得與眾不同的。人們猜想現代中國寫作必將生和死寫得分明生動，但是除了幾閃魯迅的兇狠地刺人的機智和幾個零碎的悲憤的喊叫，大多數中國作家是冷淡的。倒並不是因為他們太飄逸，事實上，沒有別的一群作家比他們更接近土壤，而是因為在擁抱了一個現實的方案和策略時，政治意識悶死了同情心。死在中國街道上是常見景象，而中國的知識分子虛空地斷斷續續地想著。但是穆旦並不依附任何政治意識。一開頭，自然，人家把他當作左派，正同每一個有為的中國作家多少總是一個左派。但是他已經超越過這個階段，而看出了所有口頭式政治的庸俗：

> 在犬牙的甬道中讓我們反覆
>
> 行進，讓我們相信你句句的紊亂
>
> 是一個真理。而我們是皈依的，

> 你給我們豐富，和豐富的痛苦。

我並不是說他逐漸流入一個本質上是反動的態度。他只是更深入，更鑽進根底。問題變成了心的死亡：

> 然而這不值得掛念，我知道
> 一個更緊的死亡追在後頭。
> 因為我聽見了洪水，隨著巨風，
> 從遠而近，在我們的心裏拍打，
> 吞蝕著古舊的血液和骨肉。

就在他採用了辯證，穆旦也是在讓一個黑暗的情感吞蝕著：

> 勃朗寧，毛瑟，三號手提式，
> 或是爆進人肉去的左輪，
> 它們能給我絕望後的快樂，
> 對著漆黑的槍口，你們會看見
> 從歷史的扭轉的彈道里，
> 我是得到了二次的誕生。

他總給人那麼一點肉體的感覺，這感覺，所以存在是因為他不僅用頭腦思想，他還「用身體思想」。他的五官銳利如刀：

> 在一瞬間
> 我看見了遍野的白骨
> 旋動

就是關於愛情，他的最好的地方是在那些官能的形象裏：

> 你的眼睛看見這一場火災，
> 你看不見我，雖然我為你點燃，
> 唉，那燃燒著的不過是成熟的年代，
> 你的，我的，我們相隔如重山。
> 從這自然底蛻變底程序裏，
> 我卻愛了一個暫時的你。
> 即使我哭泣，變灰，變灰又新生，
> 姑娘，那只是上帝在玩弄他自己。

我不知道別人怎樣看這首詩，對於我，這個將肉體和形而上的玄思混合的作品是現代中國最好的情詩之一。

　　但是穆旦的真正的迷卻是：他一方面最善於表達中國知識分子的受折磨而又折磨人的心情，另一方面他的最好的品質卻全然是非中國的。在別的中國詩人是模糊而像羽毛般輕的地方，他確實，而且幾乎是拍著桌子說話。在普遍的單薄之中，他的組織和聯想的豐富有點似乎要冒犯別人了。這一點也許可以解釋他為什麼很少讀者，而且無人讚譽。然而他的在這裡的成就也是屬於文字的。

　　現代中國作家所遭遇的困難主要是表達方式的選擇。舊的文體是廢棄了，但是它的詞藻卻逃了過來壓在新的作品之上。穆旦的勝利卻在他對於古代經典的徹底的無知。甚至於他的奇幻也是新式的。那些不靈活的中國字在他的手裏給揉著，操縱著，它們給暴露在新的嚴屬和新的氣候之前。他有許多人家所想不到的排列和組合。在《五月》這類的詩裏，他故意將新的和舊的風格相比，來表示「一切都在脫節之中」，而結果是，有一種猝然，一種剃刀片似的鋒利：

　　　　負心兒郎多情女

　　　　荷花池旁訂誓盟

　　　　而今獨白倚欄想

　　　　落花飛絮漫天空

　　　　而五月的黃昏是那樣的矇朧，

　　　　在火炬的行列叫喊過去以後，

　　　　誰也不會看見的

　　　　被恭維的街道就把他們傾出，

　　　　在報上登過救濟民生的談話後

　　　　誰也不會看見的

　　　　愚蠢的人們就撲進泥沼裏，

　　　　而謀害者，凱歌著五月的自由，

　　　　緊握一切無形電力的總樞紐。

　　穆旦之得著一個文字，正由於他棄絕了一個文字。他的風格完全適合他的敏感。

　　穆旦對於中國新寫作的最大貢獻，照我看，還是在他的創造了一個上帝。他自然並不為任何普通的宗教或教會而打神學的仗，但詩人的皮肉和精神有著那樣的一種飢餓，以至喊叫著要求一點人身以外的東西來支持和安慰。大多數中國作家的空洞他看了不滿意，他們並非無神主義者，他們什麼也不相信。而在這一點上，他們又是完全傳統的。在中國式極為平衡的心的氣候裏，宗教

詩從來沒有發達過。我們的詩裏缺乏大的精神上的起伏，這也可以用前面提到過的「冷漠」解釋。但是穆旦，以他孩子似的好奇，他的在靈魂深處的窺探，至少是明白衝突和懷疑的：

> 雖然生活是疲憊的，我必須追求，
> 雖然觀念的叢林纏繞我，
> 善惡的光亮在我的心裏明滅。

以及一個比較直接的決心：

> 看見到處的繁華原來是地獄，
> 不能夠掙扎，愛情將變作仇恨，
> 是在自己的廢墟上，以卑賤的泥土，
> 他們匍匐著豎起了異教的神。

以及「辨識」的問題，在《我》這首詩裏用了那樣艱難的，痛苦的韻律所表示的：

> 從子宮割裂，失去了溫暖，
> 是殘缺的部分渴望著救援，
> 永遠是自己，鎖在荒野裏，
> 從靜止的夢離開了群體，
> 痛感到時流，沒有什麼抓住，
> 不斷的回憶帶不回自己，
> 遇見部分時在一起哭喊，
> 是初戀的狂喜，想衝出樊籬，
> 伸出雙手來抱住了自己
> 幻化的形象，是更深的絕望，
> 永遠是自己，鎖在荒野裏，
> 仇恨著母親給分出了夢境。

這是一首奇異的詩，使許多人迷惑了。裏面所牽涉到的有性，母親的「母題」，愛上一個女郎，自己的一「部分」，而她是像母親的。使我想起的還有柏拉圖的對話，在一九三六年穆旦與我同時在北平城外一個校園裏讀的。附帶的，我想請讀者注意詩裏「子宮」二字，在英文詩裏雖然常見，中文詩裏卻不大有人用過。在一個詩人探問著子宮的秘密的時候，他實在是問著事物的黑暗的神秘。性同宗教在血統上是相聯的。

就眼前說，我們必須抗議穆旦的宗教是消極的。他懂得受難，卻不知至善之樂。不過這可能是因為他今年還只二十八歲。他的心還在探索著。這種流動，就中國的新寫作而言，也許比完全的虔誠要更有用些。他最後所達到的上帝也可能不是上帝，而是魔鬼本身。這種努力是值得讚賞的，而這種藝術的進展——去爬靈魂的禁人上去的山峰，一件在中國幾乎完全是新的事——值得我們注意。

　　　　　　　　　　　　　　　　　　　　　一九四六年四月昆明

　　《蘆笛集》〔白俄羅斯〕楊卡‧庫巴拉（1882～1942）著，朱筍譯，上海中蘇文華協會編譯委員會，1946 年 6 月滬初版，1947 年 10 月 2 版，（67）＋154 頁，36 開。收入蘇聯文學叢書（小型本）4，曹靖華主編。封面叢書題名：中蘇文化協會文藝叢書。目次：《楊卡‧巴拉自傳》（戈寶權譯）《白俄羅斯人民詩人楊卡‧庫巴拉的生活與創造之路》（戈寶權）1905～1918 年：《是誰在那兒走著？》《菲稼漢》《我不是詩人》《我的鄉村》《給兄弟》《我是白俄羅斯的農夫》《就是這樣活下去》《我們的太陽》《你要上升嗎？》《濛霧的村子喧鬧著》《我們要去到那些地方》《去吧？》《當我沿著田野步行》《為真理》《當我從茅屋中走出》《太陽頌》《春天將再來！》《給農夫》《牧人》《在收割的時節》《在割草場上》《收割的少女》《懸鈴木與雪球花》《在庫巴拉節》《村中的湖》《夏天的露》《暑熱》《春天時代到我這兒來》《長久等待著的》《歌》《夏天的時候》《你聽見嗎？》《摘自秋天的歌》《冬天來了》《冬日在林中》《從前有個》；1918～1942 年：《做個勇敢的人》《嚴寒》《新的秋天》《致青年詩人們》《祖國》《搖籃歌》《日安，莫斯科》《我最好的歌是歌唱斯大林》《詩人》《古冢》。

　　《少年遊》歌德等著，劉盛亞譯，上海雲海出版社，1946 年 6 月一版。目次：（歌德）：《淚底安慰》《幸福與夢》《不死》《情人近》《對花》《回憶》《死之跳舞》《初次底損傷》《海行》《山上》《有所得》《靜海》《小花與蜜蜂》《贈麗娜》《草原上的玫瑰》；（海涅）：《兒岩》《回聲》《老國王》《早上》《把手放在我的心上呢》《兩兄弟》《當年輕人失戀的時候》；（普式庚）：《歌》《歌謠》《玫瑰》《新聞》《給愛爾維娜》《歡宴》《悲歌》《小鳥》《冬夜》《夜鶯》《鐵與金》《花》《你與您》《無題》《吉卜西人》；（其他）：《古歌》（〔德〕無名氏）《菩提樹》（德國民歌）《行路人與他的影子》（尼采）《威尼斯》（尼采）《樂園》（尼采）《歌》（斯篤謨）《少女之歌》（席勒）《從前與現在》（阿爾德林）《好同志》

（烏蘭德）《回音》（烏蘭德）《懷鄉曲》（白歇）《出亡者》（福恩堡）。

《逃亡者》萊蒙托夫著，梁啟迪譯。1.昆明東方出版社，1946 年 6 月初版，142 頁，32 開；2.瀋陽東北書店，1949 年 4 月初版，102 頁，32 開。收入作者詩歌代表作《逃亡者》等 18 首。卷首有譯者序和艾亨鮑姆的《萊蒙托夫評傳》（占 43 頁）。書末附萊蒙托夫年表。

《英國人對於中國藝術的興趣》蘇芹蓀作，《東方副刊》第 13 期，商務印書館 1946 年 6 月。

《詩與詩論》V.J.Jerome 等著，袁水拍譯，上海雲海出版社，1946 年 6 月再版。內容分兩部分：一、詩論，收《惠特曼論》（D.S.Mirskg），《托爾斯泰對於藝術的見解》（L.Tolstoy）等 8 篇論文；二、詩歌，收《軍火在西班牙》（R.Warner），《眼睛》（失名），《荊棘之歌》（L.Aragon）等 6 首詩歌。係譯者給臧克家的信，寫於 1943 年。〔註 39〕

7 月 1 日

《青衫曲》〔英〕Thomas Hood 作，徐帆譯，《詩激流》第 1 期，1946 年 7 月 1 日。《安那布‧里》E.A.Poe 作，琤瑽譯。

《囚徒》〔俄〕普希金作，端木蕻良譯，《文藝生活》光復版第 6 期（總第 24 號），1946 年 7 月 1 日。《獄裏》（詩）〔法〕魏爾侖作，端木蕻良譯。《論語言的創造》徐中玉。

《詩文評的發展》（書評），朱自清，《文藝復興》第 1 卷第 6 期，1946 年 7 月 1 日。

《海涅小詩》陸怡譯，《文合》（上海）月刊第 1 卷第 1 期〔註 40〕，1946 年 7 月 1 日。

7 月 9 日

1946 年夏，陳夢家和趙蘿蕤夫婦在哈佛大學會見了回美國探親的艾略特。7 月 9 日晚上，艾略特請趙蘿蕤在哈佛俱樂部晚餐，詩人即席朗誦了《四個四重奏》的片段，並且在她帶去的兩本書《1909～1935 年詩歌集》和《四個四重奏》上簽名留念，還在前者的扉頁上題寫了：「為趙蘿蕤簽署，感謝她翻譯了

〔註39〕又稱雲海版。
〔註40〕《文合》月刊，上海，發行人陸怡，僅見一期。

荒原」的英文題詞。艾略特還送給趙蘿蕤兩張簽有自己名字的照片〔註41〕。

7 月 13 日

《古代東西文明的特性》鄭學稼,《民主與統一》第 9 期,1946 年 7 月 13 日。

7 月 15 日

《海涅詩》(四首)高蕭譯,《學生雜誌》第 23 卷第 6、7 期合刊,1946 年 7 月 15 日。

《瓦雷里的生平與作品》F.盎蒲利葉作,章泯譯,《現代文獻》月刊,天津,第 1 卷第 3 期,1946 年 7 月 15 日。《悼保羅・瓦雷里》〔法〕A.紀德作,(未署譯者)。同期有譯詩:《請吃飯》〔法〕拉豐戴納,倪海曙譯;《吃小羊》(注:「原名『狼和羔羊』」)〔法〕拉豐戴納,倪海曙譯。

《屠格涅夫及其作品》〔蘇〕N.博格斯洛夫斯基,李蘭譯,《萌芽》第 1 卷第 1 期,1946 年 7 月 15 日。

7 月 16 日

《紐約街頭的山歌》袁水拍譯,《清明》第 3 號,1946 年 7 月 16 日。《喀秋霞》(詩)M.伊薩科夫斯基作,戈寶權譯。

〔註41〕據趙蘿蕤《我與艾略特》:艾略特同樣對中國文化充滿好奇,他曾通過龐德認識了中國詩,並提倡中國詩的創作方法。在一次演講時他說:「我認為中國人的思想同印度人相比較,更接近於盎格魯──撒克遜人的思想。」(T.S Eliot: Afer Strange Gods, London: Faber & Faber Ltd.1934, p.44)他還說過:「我對中國人的思想,中國的文明極其敬重:我心悅誠服地相信,中國文明在其發展的頂峰時期具有文雅精湛之處,這使歐洲顯得粗劣昏穢。」他在《四個四重奏》之《燒毀的諾頓》一詩中有如此詩句:「只有通過形式,布局,/ 字詞音樂方可以達到 / 靜態,彷彿一個紋絲不動的中國花瓶那樣 / 靜而不止地動。」這裡的「中國花瓶」和中國文化中的動與靜變動不居的辯證思想表達。不過到後來艾略特皈依天主教之後,就失去了這樣的興趣。他在《追隨異神》中說:「作為一個西方人,我不明白,既對中文一竅不通又沒有接觸過中國上流社會的人怎麼能懂得孔子?」在一篇文章中他還提到龐德和白璧德,把這兩個人對中國哲學的共同愛好說成是「拋棄了基督教文明傳統」。龐德在一封寫給艾略特的夥伴莫利(F.V.Morley)的信中表達了對艾略特的擔憂:艾略特將不會贊成他追隨異教神:「他不願在一本書化的書中看到中國人和黑人。這正是這個唯一神教徒可憎的愚昧之處。」(萬桂錄著《中英文化關係編年史》,上海三聯書店,2005 年 3 月,第 249 頁。)

7月19日

《吳宓日記》：「七月十九日，星期五。晴。風。熱甚。閔記早餐（$300）。上午 9～12 至華西圖書館訪書〔註 42〕，還借書。就讀 R.G.Collingwood（Oxford）之 '*Metaphysics*'（1939）〔註43〕及 Cornford 之 '*Republic of Plato*'（1941）〔註44〕，均不許借出。……晚，讀芃攜來之 '*Lady Chatterley's Lover*'（1930）〔註45〕，未為淫藝也。」

7月20日

《中國語法結構之內在的關係》高名凱，《國文月刊》第 45 期，1946 年 7月 20 日。《詩三百成書中的時代精神》，朱東潤。

7月21日

《朱自清日記》：「21 日，星期日，晴。……參加西南聯大校友的聞一多追悼會，並做了《聞一多和中國文學》的講演。……」

7月23日

《吳宓日記》：「七月二十三日，星期二。半陰晴。……合記午餐（$700）。下午晴，仍熱。夕，讀 R.W.Livingstone '*Greek Ideals & Modern Life*' pp.v~x〔註46〕；1～175。Oxford 1935 完。若在二十年前，此書宓必譯布之也。晚，順江取湯（$40），在捨食，無燈。尹德華來，留示高語罕著《紅樓夢寶藏》1946 七月陪都書店出版。」

7月25日

《真偉大》，戴維斯作，杜秉正譯，《讀書通訊》第 113 期「詩一首」，1946年 7月 25 日。

〔註42〕 此處《日記》誤記為「訪午」。

〔註43〕 R.G.Collingwood（Oxford）之 '*Metaphysics*'（1939），羅‧喬‧科林武德（牛津版）之《形而上學》（1939）。R（obin）G（eorge）Collingwood 羅賓‧喬治‧科林武德（1889～1943），英國歷史學家和哲學家。

〔註44〕 Cornford 之 '*Republic of Plato*'（1941），康福德之《柏拉圖的理想國》。

〔註45〕 '*Lady Chatterley's Lover*'（1930），《查泰萊夫人的情人》（1930）。

〔註46〕 R.W.Livingstone '*Greek Ideals & Modern Life*' pp.v~x，R.W.利文斯通著《希臘精神與現代生活》5～10 卷。Sir Richard Winn Livingstone 理查德‧溫‧利文斯通（1880～1960），英國古典文學學者。

7 月 31 日

《從感覺主義到行為主義》（續），〔法〕A.Burloud，朱錫侯譯，《中法文化》第 1 卷第 11、12 合期（1946 年 7 月 31 日）。《阿波里納爾在火線上》，法A.Rouveyre，徐知免譯。《惡之花》（續），波特萊爾，王了一譯。《本刊啟事》（國圖僅見 3-4 和 6-7，大成 3-5）《盧梭》（續完），吳達元。《悼馮承鈞》〔註47〕，朱傑勤。《哀法蘭西》林文錚。《人與城，Presentiment》，葉汝璉。

7 月

《法國象徵派三大詩人鮑德萊爾、魏爾萊諾與藍苞》（論著　上），張若茗，《文藝先鋒》第 9 卷第 1 期（6～16 頁，無出版日期〔註48〕）。

《法國的高貴，風流人》，法國十五世紀無名氏作，沅君譯（文後說明「譯自法國樂府詩選，頁 17」），《文藝先鋒》第 9 卷第 1 期「詩園地」。

《拜倫傳》〔英國〕John Nichol（1833～1894）著，高殿森譯，南京，獨立出版社，1946 年 7 月初版，214 頁，25 開。全書共 11 章敘述拜倫的生沿和創作道路。

《滿洲詩鈔》：（去敦化之路、夜景、英明的人），柯馬洛夫作，林陵譯，《蘇聯文藝》第 22 期「詩歌」，〔蘇聯〕羅果夫編，上海蘇商時代書報社，1946年 7 · 8 月合刊。《童鞋》米哈爾柯夫作，林陵譯。「文鋒」欄「亞歷山大·勃洛克特輯」：《俄國文學的巨匠——亞歷山人·勃洛克》溫格羅夫作，北泉譯；《關於〈十二個〉的回憶》拜凱托娃作，葆全譯；《十二個》（長詩）亞歷山大·勃洛克作，戈寶權譯。

8 月 1 日

《中國學術的大損失》（悼聞一多先生），朱自清，《文藝復興》第 2 卷第 1 期，1946 年 8 月 1 日。

《吳宓日記》：「八月一日，星期四。晴。……宓是夕讀蕭公權《中國政治思想史》第一冊，部定大學用書。商務出版。三十四年四月初版，定價$350，凡一九六頁，完畢。極佩。」

〔註47〕正文標題為：悼馮承鈞先生。
〔註48〕國圖所藏，版權頁手寫出版時間「35 年 7 月」即 46 年 7 月。

8月2日

《吳宓日記》：「八月二日，星期五。晴，風。……下午及晚，讀 Lord Acton 'History of Freedom' 〔註49〕。連日甚熱。」

8月3日

《吳宓日記》：「八月三日，星期六。晴。風。……接濟〔註50〕七月二十七日珞珈山函，謂已於武大校長鯁生〔註51〕商定，聘宓。……今濟及武大，不於實際利益方面，為宓謀助，而只責宓以犧牲盡職，則今秋之往武大，實為愚不可及之躁妄動作，恐將索我於枯魚之肆，或將死於武大，如碧柳〔註52〕之殉於江津中學也！於是勉強讀書，讀 R.G.Collingwood 'An Essay on Metaphysics' Oxford 1940〔註53〕, pp. v~x；1～343 數章。」

8月14日

《班瑙克波恩的戰爭》彭斯作，舒凡譯，《詩生活》創刊號「譯詩」欄，1946年8月14日。

〔註49〕 Lord Acton 'History of Freedom'，阿克頓爵士著《自由史》。當指阿克頓所著《古代自由史》和《基督教自由史》，這是阿克頓計劃寫的「自由史」的一部分。Lord Acton 阿克頓（1834～1902），英國歷史學家。曾任劍橋大學近代史欽定講座教授，開設《法國大革命》和《近代史》兩門課程。

〔註50〕 劉永濟（1887～1966）字弘度，宏度，號誦帚，晚年號知秋翁，室名易簡齋，晚年更名微睇室、誦帚庵，湖南省新寧縣人。1911年就讀於清華大學。1916年畢業於清華大學語文系。歷任長沙中學教師，瀋陽東北大學教授，武昌武漢大學教授兼文學院院長，浙江大學、湖南大學及武漢大學語文系教授、文學史教研組主任。湖南文聯副主席，中國作家協會武漢分會理事。《文學評論》編委。1919年開始發表作品。1955年加入中國作家協會。

〔註51〕 周鯁生（1889～1971），又名周覽，漢族，湖南長沙府長沙縣人。中華民國及中華人民共和國的國際法學家、外交史家、教育家，中央研究院院士，中國第一部憲法起草的四位顧問之一。早年留學日本，加入同盟會。後留學英法，獲愛丁堡大學博士學位及巴黎大學國際法學博士學位。歷任國立北京大學、國立東南大學、國立武漢大學教授及校務長。1939年赴美國講學。回國後任國立武漢大學校長，兼任中央研究院院士。主要在武漢大學從事學術活動，因嚴屬批判李頓調查團的報告書而著稱。中華人民共和國成立後，任中南軍政委員會委員兼文教委員會副主任、外交部顧問、外交學會副會長等職。1956年加入中國共產黨。主要著作有《國際法大綱》、《近代歐洲政治史》、《不平等條約十講》等。

〔註52〕 吳芳吉。

〔註53〕 科林武德《形而上學論》牛津版1940。

《遺囑》〔烏克蘭〕T.雪夫蒹珂作，蔣埧譯，《詩生活》創刊號「譯詩」欄目。

8 月 15 日

《文學中所表現的中西戀愛觀》，王德箴，《女青年》第 4 卷第 2 期，1946 年 8 月 15 日。

《憶葉賽寧》，高爾基，孫湋譯，《萌芽》第 1 卷第 2 期，1946 年 8 月 15 日。《摩登堂·吉訶德的一種手法》，郭沫若。

8 月 20 日

《聞一多先生與中國文學》朱自清著，《國文月刊》第 46 期，1946 年 8 月 20 日。《中國語法結構之外在的關係》，高名凱。《建立中國文法體系的基本問題》，陳剛。《語言與文字的失真性與獨立性》，余敏。

8 月 28 日

《朱自清日記》：「28 日，星期三，雨。劉逅相來訪，出乎意外。他暫住牛角沱 40 號。讀完《夜歌集》〔註 54〕，何的作品以新運動為方向，為通俗散文體。晚李廣田、何其芳來訪。」

8 月 31 日

《東方丙西征》〔註 55〕，鄭學稼，《民主與統一》第 12 期，1946 年 8 月 31 日。

8 月

《歌唱自由》Lewis Allan 作，蕭剛譯，《詩激流》第 2 期「譯詩」欄，1946 年 8 月。《古歌》A.O.Shanhnessy 作，葉逸民譯。《告別布格營房》Alfred Kittner 作，曉帆譯。《萊蒙托夫詩抄》無以譯。

《法國象徵派三大詩人鮑德萊爾、魏爾萊諾與藍苞》（下）（續完），張若茗，《文藝先鋒》第 9 卷第 2 期（27～31 頁，無出版日期）〔註 56〕。《明治維新詩話》（上），張其春。

〔註 54〕何其芳詩集。
〔註 55〕正文副標題為：論回教徒的世界與基督徒的世界。
〔註 56〕所見國圖該期版權頁相應位置手寫補入「8 月」。

《英詩人論中國詩》（第 72～79 頁）蘇芹蓀，《東方副刊》第 15 號，商務印書館 1946 年 8 月。〔註 57〕文前題記：牛津大學印書館，在今年（一九四五年）十月出版了一本《中國譯詩選》（*From The Chinese*），主選者為當代古典派英國詩人崔微揚 R.C.Trevelyan，他融貫了許多英國批評家的意見，寫了一篇序文，向英國讀者解釋中國詩，同時又引用歐洲文學來作對比。現在根據選集序文節譯，由此可以看出英國詩人眼中所見的中國詩。並且又附帶譯了一位批評家論中國詩的意見。

9 月 1 日

《鷹與鴿》詩，〔匈牙利〕K.Kalocsay 著，水煤譯。《北平中學生》創刊號，1946 年 9 月 1 日。

9 月 9 日

《吳宓日記》：「九月九日，星期一。半陰晴。……夕，大風雷電雨。晚在曾君室中坐。案頭有《日本儒學史》及《日本漢文學史》合一冊，應讀。」

9 月 10 日

《海燕歌》高爾基作，瞿秋白譯，《人民文藝》第 6 期，1946 年 9 月 10 日。《全世界最快樂的人》〔美〕艾爾伯特瑪爾茲作，阿默譯。

9 月 12 日

《元朝的西征》〔註 58〕，鄭學稼，《民主與統一》第 14 期，1946 年 9 月 12 日。

9 月 15 日

《恰如本身所示之波德萊爾》〔註 59〕，〔法國〕艾司堂作，李青崖譯，《文訊》第 6 卷第 6 期（1946 年 9 月 15 日）（新 6 號）

《河的兩岸漸漸昏朦》布洛克作，賈固譯，《嘉樂》創刊號，1946 年 9 月 15 日。《乞丐》屠格涅夫著，幹影譯。《今天》嘉爾英作，卡林譯。

〔註 57〕後附英文參考書目。
〔註 58〕正文副標題為：東方最後的一次遠征西方。
〔註 59〕題下注：「原文見法國《文學新聞》955 號」。該文正文標題誤為「彼德蘭爾」，文內均為波德萊爾。

《論詩境的擴展與結晶》袁可嘉〔註 60〕，北平《經世日報‧文藝週刊》
1946 年 9 月 15 日。

《詩人密克維支》，李蘭，《萌芽》第 1 卷第 3 期，1946 年 9 月 15 日。

9 月 28 日

《吳宓日記》：「九月二十八日，星期六。晴。風。上午繆朗山〔註 61〕來，
議授《英詩一》《現代英美文學》《俄國十九世紀文學》三課，俄文最好不開。
宓至文院，久待濟〔註 62〕不至。旋知文學院長室竟為訓導長占去。宓建議四系
主任辦公室設樓下，濟未允從。宓以濟忍讓遲緩，殊為失望，又有去此之
意。……」

9 月

《歐戰六年來英國名著簡目》〔註 63〕，蘇芹蓀，《東方副刊》第 16 期，
1946 年 9 月。

〔註 60〕 袁可嘉（1921 年～2008 年 11 月 8 日），浙江餘姚（現屬慈谿）人，畢業於西南
聯合大學，中國現當代文學史上的著名詩人、翻譯家和詩歌理論家，九葉派代
表詩人之一。他於 1941 年秋天入學西南聯大，並被其「現代風」薰染開始走上
了現代派道路，後來始終圍繞著現代派這個圓心進行創作、翻譯和研究等工作。
1946 和 1949 幾年間，他在幾位前輩著名作家沈從文、朱光潛、楊振聲和馮至
等主編的報刊上，發表了新詩 20 餘首和以「論新詩現代化」為總標題的一系列
評論文字。他的專著有《現代美英資產階級文學理論文選編譯》（1961）、《西方
現代派文學概論》（1985）、《現代派論‧英美詩論》（1985）、《論新詩現代化》
（1988）、《半個世紀的腳印──袁可嘉文選》等，主編《歐美現代十大流派詩
選》《現代主義文學研究》等。主要詩歌譯著有《米列詩選》（1957）、《布萊克
詩選》（與穆旦等合譯，1957）、《彭斯詩鈔》（1959）、《英國憲章派詩選》（1960）、
《美國歌謠選譯》（1985）、《葉芝詩選》《威廉斯詩選》《休斯詩選》等。
〔註 61〕 繆朗山（1910～1978），男，廣東中山人。著名的西方文學及西方文藝理論研
究學者。1934 年至 1936 年，任法籍教團開辦的聖羅撒女子師範學校校長。
1936 年至 1942 年，自設「靈春學舍」，講授英語和西方文學。1942 年參加文
藝界抗敵協會，並開始發表作品。1944 年後歷任武漢大學外文系教授、香港
大學英國文學系教授、北京大學西語系教授、中國科學院文學研究所任文藝
理論組和西方文學組研究員、中國人民大學語文系教授。著有專著《繆靈珠美
學文集》、《西方文藝理論史綱》，譯著有《俄國文學史》、《美學論文選》等。
〔註 62〕 劉永濟。
〔註 63〕 文中羅列有《象徵主義的承襲》和《從維吉爾至彌爾頓》等詩學專著，後附注
釋。列出的詩集有德拉邁爾《看看這個夢想者》《愛》、雷德《戰爭中的世界》
《如此我歌》、司提芬史本德的《毀滅與異象》、施可薇的抒情詩《菊影集》、
狄思施蒂薇爾女士的《青歌》等。

《評賴德烈〈中國：其歷史與文化〉》書評，錢鍾書，《書林季刊》第 2 期，1946 年 9 月。

《西洋文學研究》柳無忌著，上海大東書局，1946 年 9 月初版，220 頁，36 開。有《西洋文學的研究》、《西洋文學與東方頭腦》、《希臘悲劇中的人生觀》《莎士比亞的該撒大將》、《吉卜齡的詩》、《歐戰與英國詩人》、《少年歌德與新中國》等 16 篇文章。

《波爾塔瓦》普式庚著，余振譯，北平詩文學社，1946 年 9 月初版，74 也，36 開。（《詩文學》副刊之一，魏荒弩主編）。長詩。有注釋及譯者後記。詩文學社初版本卷首有《獻》（著者），作品共三篇。

《明治維新詩話》（下），張其春，《文藝先鋒》第 9 卷第 3、4 期合刊，1946 年 9 月。〔註 64〕

《得獎詩六首》阿威梯克・伊薩克楊〔註 65〕作，戈寶權譯，《蘇聯文藝》第 23 期「詩歌」，〔蘇聯〕羅果夫編，上海蘇商時代書報社，1946 年 9 月。六首：《獻給我的祖國》（我依偎著……）、《獻給偉大的史大林》、《獻給我的祖國》（我站在波動著的田野的堤岸上）、《作戰的號召》、《我的心呀在高山之巔》、《永遠紀念柴吉揚》。

10 月 1 日

《魯迅與王國維》郭沫若，《文藝復興》第 2 卷第 3 期，1946 年 10 月 1 日。

10 月 3 日

《斐斐怨》（歌曲），田漢譯，《文萃》第 50 期，1946 年 10 月 3 日。

10 月 5 日

《路易斯　阿拉貢》（文藝家介紹），《文藝大眾》（復刊）新生號（1946 年 10 月 5 日）。《受刑者所唱的歌》，阿拉貢，未署譯者。

10 月 15 日

《布萊克詩三首》鄭川原譯，《文訊》第 6 卷第 7 期（新 7 號）「詩輯」，

〔註 64〕無出版日期，據推測為 1946 年 9 月。
〔註 65〕阿威梯克・伊薩克楊，前蘇聯亞美尼亞詩人，1945 年斯大林文學頭等獎獲得者。

1946 年 10 月 15 日。三首：《病的薔薇》《哦！向日葵》《愛的花園》。

10 月 20 日

《詩》〔美〕Eleanor Farjeon 作，鄭川原譯，《青年界》第 2 卷第 2 號，1946 年 10 月 20 日。《文藝的普遍性與永久性》〔美〕杜德萊（L.Dudley）作，趙景深譯。

10 月 25 日

《華斯華茲詩抄》鄒綠芷譯，《詩生活》第 2 期「譯詩」欄目，1946 年 10 月 25 日。《跨過港門》（譯詩），〔英國〕A.唐里孫作，李冰若譯。《往日的光輝》（譯詩），〔愛爾蘭〕T.穆爾作，舒凡譯。《詩經·將仲子》（今譯），紀淙譯。《論革命智識分子的寫詩》（論文），石煙。

10 月 27 日

《論現代詩中的政治感傷性》袁可嘉，天津《益世報·文學週刊》1946 年 10 月 27 日。

《從〈浮士德〉裏的「人造人」略論歌德的自然哲學》馮至作，天津《大公報·星期文藝》1946 年 10 月 27 日。

10 月

《一九一七年的十月》布留索夫作，戈寶權譯，《蘇聯文藝》第 24 期「詩歌」，〔蘇聯〕羅果夫編，上海蘇商時代書報社，1946 年 10 月。《祖國頌歌四首》伊薩柯夫斯基作，戈寶權譯。

《中法漢學研究所圖書館館刊》第 2 卷第 2 號，1946 年 10 月北平中法漢學研究所。

11 月 1 日

《保爾愛侶亞》（Claude Roy 著），沈寶基譯，《文藝時代》第 1 卷第 5 期（1946 年 11 月 1 日）。

《雨天》〔英〕雪萊原作，鄭蘋試譯，《文藝大眾》新 2 號 1946 年 11 月 1 日。

《萊蒙托夫特輯》戈寶權譯，《文藝復興》第 2 卷第 4 期（11 月號）1946

年 11 月 1 日。

《芝加哥》C.桑德堡作，鄒荻帆譯，《呼吸》創刊號「詩集」，1946 年 11 月 1 日。《詩底定義（初型）試擬》C.桑德堡作，方青譯。

《蘭德詩選》藍煙譯，《文潮》第 2 卷第 1 期，1946 年 11 月 1 日。

11 月 5 日

《吳興華致宋淇》（1946 年 11 月 5 日）：「……你提起所想作的翻譯工作，我也覺得不大值得費力，其實你若喜歡 Strachey〔註 66〕那本 *Eminent Victorians*〔註 67〕，無妨仿其體裁，用中文寫一些值得深思的人物，裒成一書，分而觀之，各自成文，合則自有其 unity〔註 68〕，豈不甚妙？Pater 的 *Renaissance*〔註 69〕也是屬於此類。Austin Dobson 的 *Eighteenth Century Vignettes*〔註 70〕雖略顯

〔註66〕 里頓・斯特拉奇（Lytton strachey，1880～1932），英國著名傳記作家。畢業於劍橋大學，與法國的莫洛亞、德國的茨威格，同為 20 世紀傳記文學的代表作家。其傳記文學作品打破了長期以來那種歌功頌德的官方傳記傳統，具有強烈的破壞偶像成分。他的作品不多，傳記僅四部，包括：《維多利亞》、《維多利亞女王時代名人傳》、《伊麗莎白與支付塞克斯》、《人物小傳》。其中《維多利亞》是成就最高、影響最大的一部，它集中體現了作者的傳記文學觀。除此之外，他還有著有詩集《依利》（1902）、和劍橋同學合著詩集《歐佛洛緒涅》（1905），《法國文學里程碑》（1912）等等。斯特拉齊還是較早評論中國古典詩歌翻譯的學者之一，1908 年他讀了英國漢學家翟理斯的《中國文學選珍・詩歌卷》──《古今詩選》（又譯《中詩英韻》或《用英語詩律翻譯的中國詩歌》）（*Chinese Poetry in English Verse*）〔英〕翟理斯譯，1884 年初版，1898 年 10 月修訂版。斯特拉齊高度評價翟理斯的譯文，認為翟理斯翻譯再現了中國古典詩含蓄優美的風格：「這些聲音是低沉而奇妙的，其迴蕩猶如夏日的風，其細碎猶如鳥的鳴囀；人們聽到這些聲音，會陶醉，而當他們聽不到這些聲音時，他們也會陶醉。這些詩篇很完美，很簡潔，讀了使人想到希臘雕像的古典美。」在他看來，翟理斯的翻譯契合了神秘的東方文明在歷史亂離中，如何達到的古樸與純粹，其中有的詩篇猶如瓷瓶中風乾的玫瑰，還帶著往昔夏日的芬芳。

〔註67〕 里頓・斯特拉齊《維多利亞時代名人傳》（1918）。該書以「發人深思的諷刺文體、栩栩如生的描寫、別具一格的選材和偵探式的心理分析」很大程度上改變了英倫知識分子對維多利亞時代的看法，也永遠改變了傳記文體。

〔註68〕 和諧或統一。

〔註69〕 Walter Pater 寫的「*The Renaissance*」《文藝復興》。

〔註70〕 奧斯丁・多布森，全名亨利・奧斯丁・多布森（1840～1921），英國詩人、評論家和傳記作家，他將自己對十八世紀的愛和學識賦予詩歌作品，並由此激發了他的文學批判性研究。代表作有《押韻小品文》《瓷器箴言》《天琴座》《十八世紀插圖》（1895）等。

浮淺，文筆也甚可喜，再者，這類工作最先的需要是作者有一副深廣的同情心和闊大的背景，那時研究的題目那怕很小也自會有獨到之處。……我詩放下已久，然而讀書很多──大部分是線裝書。以亮〔註71〕今年畢業，論文打算講希臘悲劇，……」「現在最使人消沉的是舉目無可親近之人，大凡朋友來找我談話不是講財米油鹽，就是故意表示親熱，高談詩文。前者我是一竅不通，後者我又知道的太多太深，結果總是格格不入。一般學生則拿我當作一個十足 Americanized〔註72〕的少年看──just think of it!〔註73〕」

11 月 10 日

《幸福的生活》Sir H.Wotton 作，杜秉正譯，《讀書通訊》第 120 期「詩一首」，1946 年 11 月 10 日。

《天才詩人愛倫坡》〔註74〕，朱泯，《幸福》第 1 卷第 4 期，1946 年 11 月 10 日。《歌德與夏絲蒂》堅衛。《歌德與拿破崙》，伯遜著，羅先珂譯。

11 月 14 日

《吳宓日記》：「十一月十四日，星期四、陰。……嫻宅午飯。同嫻訪允，立託姚鷹祿入城，取慶匯款，並購來 Alder《十八世紀英文選》一書（$35000）。今借與戴鎦齡。」

11 月 15 日

《兵士的歌曲》（論文）施蟄存〔註75〕，《文藝春秋》第 3 卷第 5 期，1946 年 11 月 15 日。本文對兩個英國人，約翰‧勃洛斐及艾烈克‧柏屈立琪合編了一卷《一九一四年至一九一八年間英國兵士的歌曲與俚語》作了比較詳細的介紹，作者認為在這些無名氏的歌曲或俚語裏大致可分為八類：「第一是對於戰

〔註71〕 孫道臨。
〔註72〕 美國化。
〔註73〕 想想吧。
〔註74〕 正文副標題為：一段小詩寫了十年。
〔註75〕 文中說：「一九三○年，即第一次歐戰結束之後的十二年，有兩個英國人，約翰‧勃洛斐及艾烈克‧柏屈立琪合編了一卷《一九一四年至一九一八年間英國兵士的歌曲與俚語》，總算把第一次歐戰中流行於英國軍中的歌曲與俚語記錄了下來。俚語的生命比歌曲還長久些，在這第二次歐戰中，我們知道英法兵士所用的俚語，有許多還是第一次歐戰中遺留下來的，而歌曲則全是新的了。所以那歌曲部分是更可寶貴的。」

爭的諷刺」，「第二是對於軍隊儀注的諷刺」，「第三是對於上級軍官的諷刺」，「第四是對於太平時代生活的讚頌」，「第五是對於飲酒及其他慰安品的歌頌」，「第六是毫無意義的及滑稽的歌謠」，「第七是性的穢褻歌曲」，「第八是一些感傷和消沉的歌曲」。

《浮士德》〔德〕歌德著，梁宗岱譯，《宇宙風》第 144、145 期合刊、第 146 期、第 147/148 期合刊、149 期、150 期、151 期、152 期上連載，1946 年 11 月 15 日至 1947 年 8 月 10 日。

《吳宓日記》：「十一月十五日，星期五。陰。……近午，回舍。如廁，至嫻宅，允在，同飯。畢，學生（本系二年）。三人來見。呈二函，簽名者十六人。（一）請撤換允授《十八世紀英國文學》。（二）請《會話》等課，置該班於一組中。宓同至允宅，出函示允。允自請退，並商定善後辦法。宓即訪戴鎦齡，慨允改換。宓即至註冊組，請出布告。四年級《文學批評》改由宓授。於是宓八小時矣。而《十八世紀英國文學》改由戴鎦齡授。宓並函上教務長、濟、袁報告。夕，再訪允告知，並取《十八世紀英文選》書。」

11 月 16 日

《吳宓日記》：「十一月十六日，星期六。晴。……上午 8～9 上《長篇英詩》，學生三女一男，其一女生端美。……歸途以 Alder《十八世紀英文選》送交戴鎦齡借用。嫻宅午飯。回舍，接信。……審查張其春《綜合英語會話》《中英文字姻緣》《翻譯之藝術》三書，填撰表格。……」

11 月 18 日

《吉卜寧：有所為而作的詩人和小說家》（上），T.S.艾略特著，蕭望卿譯，《新生報》副刊《語言與文學》（朱自清主編）第 5 期，1946 年 11 月 18 日。

11 月 20 日

《當我長眠時》〔英〕羅賽諦女士作，鄭川原譯，《青年界》新第 2 卷第 3 號，1946 年 11 月 20 日。《亞里士多德的修辭學》嵐力；《顧亭林的治學方法和學術思想》汪永泉。

11 月 23 日

《風景》，波特萊爾作，戴望舒譯，上海《文匯報》副刊「筆會」（第 103

期）（1946 年 11 月 23 日）。

11 月 24 日

《吳宓日記》：「十一月二十四日，星期日。晴。……又訪李儒勉〔註 76〕（夫人名彗專）。於其獨居之 1104 新宅，觀藏書。承勉贈宓牛津曾晤識之 A.L.Rowse 著 '*The Spirit of English History*'〔註 77〕書一冊。……」

11 月 25 日

《吉卜寧：有所為而作的詩人和小說家》（下），T.S.艾略特著，蕭望卿譯，《新生報》副刊《語言與文學》（朱自清主編）第 6 期，1946 年 11 月 25 日。

《康熙帝與西洋文化》楊衛玉、潘公昭，《讀書通訊》第 121 期，1946 年 11 月 25 日。

11 月 30 日

《詩與晦澀》袁可嘉，天津《益世報·文學週刊》1946 年 11 月 30 日。此文認為 20 世紀傳統價值的解體與一切傳統標準的崩潰，新的傳達媒介的尋求，已不再有共同的尺度；「詩人為忠實於自己的所感所思，勢必根據個人心神智慧的體驗活動，創立一獨特的感覺、思維、表現的制度」，現代詩人文字背後「思想泉源或感覺方式離常人意識十分遼遠，每一個意象，每一個表現法，每一個單字，到了他們筆下，也各具特殊的象徵意義，為一群無窮而特殊的暗示，記憶，聯想所包圍散佈」。作者指出「晦澀是現代西洋詩核心性質之一」，它「來自詩人想像的本質」，「一種晦澀不明多半起於現代詩人的一種偏愛：想從奇異的複雜獲得奇異的豐富」。「第四種晦澀是由現代詩人構造意象或運用隱喻明喻的特殊法則所引起，也就是現代詩中最可明確辨認的性質之一。由於今日詩人對於傳統形容方法的厭棄及十七世紀玄學詩派的影響，現代詩的比

〔註 76〕 李儒勉（1900～1956）名貴誠，鄱陽縣人。年幼時，隨從時任九江縣知事的父親李奎漢在九江讀小學及初中。1920 年，考入南京金陵大學，攻讀心理學。畢業後，先後在東南大學（現南京大學前身）附中及東南大學教英語，編有《英漢詞典》出版。1931 年，經武漢大學文學院院長聞一多教授推薦，受聘為武漢大學英語系副教授、教授。1936 年，自費去英國牛津、劍橋大學學習莎士比亞文學，被聘講授語音學。1938 年，回武漢大學。

〔註 77〕 A.L.Rowse 著 '*The Spirit of English History*'，A.L.羅斯著《英國歷史的精神實質》。

喻意象都具有新奇到令人吃驚的程度；當我們憑積累的閱讀經驗及對詩人風格的熟諳去接近這類因新奇誘致的困難，我們發現，在初步障礙越過以後，我們的努力將或致一連串閃耀，突出，明朗，帶有撞擊性衝力的美麗意象與比喻。他們不僅以新奇帶給我們愉快，而且以詩情發展的配合，使詩境擴展，或使詩境結晶，在在使我們心神震盪，為另一種想像境界的實現而久久驚愕」。「最後一類，也即是最不易得到世人同情的一類晦澀是由於詩人們故意荒唐地運用文字，他們根據潛意識的發現，認為這樣寫詩，最足以顯示人類心智活動的真蹟；他們相信想像無意識地暴露等於一個奇妙的故事的敘述或奇妙戲劇的演出。」文章結尾作者似乎想說，與其說現代詩的「晦澀」倒不如說是現代詩創造的「奇蹟」——「作為一個讀者，我們恐怕只能以忍耐和努力去爭取那麼一個瞭解的奇蹟，正如詩人馮至所寫的：我們準備深深地領受／那些意想不到的奇蹟；／在漫長的歲月裏忽然有／彗星的出現，狂風乍起。」此文還專門以英國詩人奧登一首現代詩《這是破壞錯誤的時間》為例，和艾略特的《阿爾弗萊德・普魯勞克情歌裏》抒情主人公幾經自嘲的片斷討論了現代詩晦澀之一類。

《讀魏吉牧歌第四章》楊憲益，《文訊》第 6 卷第 9 期（新 9 號）1946 年 11 月 30 日。

11 月

《織工歌》〔註 78〕〔德〕海涅著，林林譯，人間書屋，1946 年 11 月初版，收入人間譯叢。250 頁。目次：《序文》（靜聞）一、《自〈歌的書〉》《擲彈兵》二、《自〈新詩集〉》《創造之歌》《教義》《亞當一世》《警告》《秘密》《籌建歌德的紀念碑》《夜衛士到了巴黎》《鼓手長》《給某政治詩人》《給黑爾威》《傾向》《中國皇帝》《長老普羅米修士先生》《給夜衛士》《顛倒世界》《等一會兒》《夜思》《雜詩》三、《自〈羅曼采洛〉》《織工歌》《路德弋王贊》《新亞歷山大》《大衛王》《前活人》《世相》《回顧》《缺隱》《所羅門》《讚歌》《決死的哨兵》《遺囑》四、《自〈最後詩集〉》《拋掉神聖的寓言》《靈魂和肉體》《紅拖鞋》《黑奴船》《慈善家》《K 市恐怖時期憶記》《忠告》《晉謁》《給變節者》《淚之谷》《馬和驢》《在我的墓上》《後記》。

《海涅詩選》〔註 79〕，〔德〕海涅著，林林譯，上海橄欖社，1946 年 11 月

〔註 78〕據賈植芳、餘元桂《中國現代文學總書目》錄。
〔註 79〕據北京圖書館編《民國總書目》外國文學卷錄。

初版，79 頁，冠像，42 開。印 1500 冊。內分上、下兩輯，收入《快樂的春天》、《你的臉頰》、《我的創傷》、《耀眼》、《美麗的人間》、《無論過去和現在》、《他們》、《兩兄弟》、《牧童》等 40 首戀詩。書末附譯者後記。

《新的詩章》海涅著，廖曉帆譯，上海，詩歌新地社，1946 年 11 月初版，26 頁，32 開。詩集。收入短詩數十首，分「新的春天」（12 首）、「羅曼采曲」（9 首）、「時事詩篇」（6 首）3 輯。書前有作者小傳（另 8 頁）。

《法國文學的主要思潮》，徐仲年著，上海，商務印書館，1946 年 11 月初版，236 頁，25 開，定價國幣五元。（中法文化叢書），「序」說明所收五篇論文，「《法國文學的主要思潮》和《堅忍詩人維宜》研究性重於報導性，《四十年來的法國文學》，《納粹鐵蹄下的法國文學》和《巴黎解放前的法國文學》報導性重於研究性」；後有附錄：《龔古爾獎歷屆獲獎小說表》（1903～1945，中法文），後記（重慶，1946 年 4 月 25 日）。

《曼殊大師譯詩集》（全 Ⅲ·漢英對照），蘇玄瑛譯著〔註 80〕，上海教育書店 1946 年 11 月出版。

12 月 1 日

《寫給一隻水禽》（詩）布賴安特，秦希廉譯，《文潮》第 ? 卷第 ? 期，1946 年 12 月 1 日。

《道德與知識與毀滅》（補白），梵樂希〔註 81〕，《文藝復興》第 2 卷第 5 期（12 月號）（1946 年 12 月 1 日）。《思想危機》（補白），梵樂希。《侮辱》〔註 82〕，布窪樓。《感動》《記憶》《詩》《意象》《現代作家》《語言》《芽子》《作家與作品》，茹拜〔註 83〕。

《俄羅斯文學語言的創始者：普希金》徐中玉，《民主世界》第 3 卷第 9 期，1946 年 12 月 1 日。

《論詩歌風格的形成》，餘元桂，《協大藝文》第 18/19 期合刊，1946 年 12 月 1 日。

〔註 80〕包括英譯漢詩《漢英三昧集》和漢譯英詩《拜輪詩選》《泰西名人詩選》。
〔註 81〕未署譯者，文末僅標注原著者及原著《精神危機》。
〔註 82〕文後標注「布窪樓 Boileau 諷刺詩之一」。標題在《彙編》2466 頁誤為《悔辱》。
〔註 83〕文末標注：Joubert《思維錄》。應該是 Joseph Joubert（1754～1824），著有 *Recueil des pensées de M. Joubert*。

《近代波斯文學》論文，李金髮著〔註84〕，《文壇》新 11、12 期合刊，1946 年 12 月 1 日。

12 月 10 日

《窮孩子的催眠歌》，路易服阿旦冷作，諸侯譯，《少年讀物》第 3 卷第 6 期「詩」欄，1946 年 12 月 10 日。

12 月 15 日

《海涅詩選譯》（譯目：山野的呼聲、每天懷著無窮的希望起床、海程、親愛的摸摸我的胸口、年華如水的逝去了、清澈的天空、當情侶們別離的時候、深秋的時候），柳西譯，《北國雜誌》第 1 期，1946 年 12 月 15 日。《梵劇的起源》（上），吳曉鈴。

12 月 19 日

《波德萊爾與貓》，陳敬容著，《文匯報‧浮世繪》，1946 年 12 月 19 日。文中說：「波德萊爾時常命我聯想到貓。」——「十九世紀前半的歐洲文壇，是浪漫主義的維權時代。」——「漸漸地人們厭倦了那種浪漫的熱情，因為它有時近於誇張。」——「波德萊爾最先一個把那種深入的感情和明睿的智慧的奇蹟投給了法國文壇，……他第一次把這本詩集（《惡之華》）給當時浪漫派大師雨果看，雨果在回信中說：『你給了我們的藝術一種新的戰慄』」。——「波德萊爾是生活的忠實的熱愛者」。——「讀波德萊爾的詩，令人有一種不自禁的生命之沉湎。」——「我們在波德萊爾的作品中找到那積極的一面，我們發現了那無比的『真』。」——「波德萊爾不同於其他象徵派詩人們，雖然它事實上是象徵派的創始人……他比任何象徵派詩人都來得廣博，豐富。」——文末作者記：「十二，十一夜」。

12 月 20 日

《泰戈爾散文詩選》劉納夫譯，《文藝先鋒》第 9 卷第 5、6 期合刊，1946 年 12 月 20 日。篇目：在荒寂無人的河岸、我已得到允許、在一個夢裏的幽暗路上。

〔註84〕此文主要講述近代波斯詩歌並譯有多人詩作。

12 月 21 日

《煩悶》，波特萊爾作，戴望舒譯，《文匯報》副刊「筆會」（第 126 期）（1946 年 12 月 21 日）。

《人與海》，波特萊爾作，戴望舒譯，《文匯報》副刊「筆會」（第 126 期）。

12 月 29 日

《那赤心的女僕》《邀旅》，波特萊爾作，戴望舒譯，天津《大公報・星期文藝》第 11 期（1946 年 12 月 29 日）。前一首重刊於北平的《國民新報・人間世》（1947 年 11 月 3 日）。

12 月

《獻給查奇斯的詩》L.休士作，林林譯，《文藝生活》光復版第 10 期（總第 28 號），1946 年 12 日。

《詩與近代生活》楊振聲作，《現代文錄》第 1 集，1946 年 12 月《〈浮士德〉裏的魔》馮至作。

《滿洲詩鈔六首》柯馬洛夫作，林陵譯，《蘇聯文藝》第 25 期「詩歌」，〔蘇聯〕羅果夫編，上海蘇商時代書報社，1946 年 12 月。六首：《暴風雨之後的黑龍江》、《松花江之黃昏》、《哈爾濱即景》、《兵士墓畔》、《瓷花瓶》、《梅琳》。本期「文錄」欄「俄國大詩人尼克拉索大一百二十五週年紀念」：《尼克拉索夫的生平和事業》葉戈林作，北泉譯；《在伏爾加河上》（節譯）尼克拉索夫作，北泉譯；《尼克拉索夫詩十章》：（1.昨天六點鐘的時光；2.我的詩；3.沒有收割過的田地；4.給播種者；5.給靜娜；6.再給靜娜；7.給繆斯；8.倦極了；9.夢啊 10.繆斯！）北泉譯。

《法國文學史》（上、下冊），吳達元編著，上海，商務印書館，1946 年 12 月初版，2 冊（740 頁），25 開（中法教育基金委員會叢書）。自中古到 20 世紀的法國文學史。

《評〈陸游的劍：中國的愛國詩人〉》（書評）〔註 85〕，C.S.CH'LEN（錢鍾書），《書林季刊》第 3 期，1946 年 12 月。The Rapier of Lu, Patriot Port of China, trunslations and biography by Clara M.Candlin Young. The wisdom of the

---

〔註 85〕 此書評評價的書為英國克拉拉・凱德琳（Clara Candlin）譯著《中國的愛國詩人——陸游之劍》The Rapier of Lu, Patriot Poet of China），英國倫敦 J. Murray 1946 年出版。

East series London: John Murray. 1946.

《中國詩歌》，〔英〕阿瑟・戴維・韋利（Arthur David Waley，1889～1966）譯，由 George Allen & Unwin Ltd.1946 年 12 月出版。此書中的譯作絕大多數選自《漢詩 170 首》、《中國詩文續集》《詩經》、《廟歌及其他》等幾種舊作，但收入此書前作過修訂。此書共 213 頁，收入 230 餘首詩歌的譯文，其中白居易的詩占 101 首。阿瑟・韋利在序言中坦言：「我將白居易的詩歌翻譯上十次，並不意味著他的詩就比別人好十倍……這也不表示我對唐代及宋代詩人不熟悉，我也曾努力翻譯李白、杜甫、蘇軾的詩，但並不令人滿意。」此書後來曾多次重印，1961 年新版在選目上有所增刪。1963 年，被譯為德語出版。其中一些作品被配樂。

本年內

《論翻譯》，朱光潛，《華聲半月刊》〔註 86〕，第 1 卷第 4 期，1946 年。〔註 87〕《泰戈爾與夏芝的距離》，蔣星煜。

《歌德席勒訂交時兩封討論藝術家使命的信》，宗白華，《文化先鋒》第 6 卷 12/13 合刊，1946 年。〔註 88〕

《作為漢學家的威廉・瓊斯爵士》（Sir William Jones as Sinologue），〔英〕阿瑟・戴維・韋利（Arthur David Waley，1889～1966）作，在 1946 年《倫敦大學東方學院學刊》（第 11 卷第 4 期）上發表。

《亞洲學者威廉・瓊斯爵士的生平與影響》阿伯里（A.J.Aberry）著，1946 年倫敦。

《范成大的黃金年代》（*The Golden Year of Fan ch'eng-ta*），〔英〕格勞特・佈雷德（Gerald Bullett）譯著，英國 Cambridge University Press1946 年出版。

《中國的愛國詩人——陸游之劍》（*The Rapier of Lu, Patriot Poet of China*），〔英〕克拉拉・凱德琳（Clara Candlin）譯著，英國倫敦 J. Murray 1946 年出版。

〔註 86〕綜合性文化刊物，發表隨筆、時事雜文、散文詩歌各種文體，包括譯文。作者有梁實秋、朱光潛、穆旦、吳晗等。發行地長春新發路 114 號，華聲半月刊社。

〔註 87〕無出版時間，據《華聲半月刊》第 2 卷第 1 期（新年號）1947 年 1 月 1 日。本期出版應為 1946 年底。

〔註 88〕無版權頁。據 1946 年 2 月 28 日《文化先鋒》第 5 卷 18/19 期合刊推測，應為 1946 年 6 至 8 月間。

《歌曲改變了歷史》Dorook Antrim 作，健聲譯，《世界與中國》（又名《譯文月刊》）第 1 卷第 5 號〔註 89〕。

《何為而粗壯》（詩）司空藍譯（正文注：譯自海軍鹽質詩欄），《文鐸》第一輯，1946 年出版。《新文學家做舊詩》（論文），湖山源。《文藝翻譯論》沈清。

《法國的高貴，風流人》法國 15 世紀無名氏作，馮沅君譯，《文藝先鋒》第 9 卷第 1 期「詩園地」（無出版日期）。

《威廉·瓊斯爵士與英國文學》，德·索拉·平托（De Sola Pinto），見倫敦大學亞洲研究學院學報，1946 年第 4 期，686～691 頁。（范存忠《中國文化在啟蒙時期的英國》上海外語教育出版社，1991 年 4 月，188～189 頁。）

《科學的起源：為什麼科學沒有在中國獲得發展；數學與技術——數學概念的起源與發展；邏輯、數學和數理邏輯——算術假設和相容》（*Origini della scienza. Tre saggi: Perché non si è sviluppata la scienza in Cina. Matematica e tecnico. Origine e sviluppo dei concetti matematici. Logica, matematica e logistica. Sui postulate dell'aritmetica e la loro compatibilità*），〔意〕嘉華 Vacca，G. 著，意大利羅馬 Editrice Parthenia，1946 年出版。

《首先是人，然後是詩人：七位中國詩人介紹》（*Homme d'abord, poète ensuite, Présentation de sept poétes chinois*）Homme d'abord, poète ensuite, 1946, La Baconnière A Neuchatel，Suisse 瑞士。

《〈詩經〉注釋》，〔瑞典〕高本漢（Bernhard Karlgren，1889～1978），1946 年瑞典斯德哥爾摩出版。高本漢從 1942 年開始陸續發表《國風》、《小雅》、《大雅》、《頌》的注釋，於 1946 年在斯德哥爾摩合集出版了《〈詩經〉注釋》一書。

《元積的〈鶯鶯傳〉》（副博士論文），〔蘇聯〕柳包芙·德米特里耶夫娜·波茲涅耶娃（1908～1974）著，1946 年莫斯科科學院東方學研究所。

《歐洲學術中的李白》（副博士論文），〔蘇聯〕奧爾加·拉扎列夫娜·費什曼〔註 90〕著，1946 年蘇聯出版。

《中國古代詩歌》*Zpěvy stare Činy*，〔捷克〕博胡米爾·馬泰休斯意譯，

〔註 89〕 此期未見版權頁。
〔註 90〕 奧爾加·拉扎列夫娜·費什曼（1919～1986），前蘇聯女漢學家。畢生研究中國古典文學。

捷克布拉格 1946 年第 6 版。92 頁，普實克「後記」。普實克在「後記」中說：
詩歌表達一種永恆，馬泰休斯恰恰抓住了這種感覺，富於格律和音韻，猶如溪
水在淡淡的憂愁中淌過。輕吟這些詩句，誰會在意，這些詩賦是轉譯自俄國阿
列克謝耶夫的手筆，抑或德語或者法語譯本呢。〔註91〕

　　《中國古詩新編》*Nové zpěvy stare Činy*，〔捷克〕博胡米爾・馬泰休斯意
譯，布拉格 1946 年第 5 版。50 頁，普實克校對。

　　《一把米》*Hrst rýže*（中國抒情詩選），〔捷克〕奧塔卡爾・日什卡譯，1946
年捷克特謝比奇。45 頁，內附 4 幅插圖。

　　《酒之星辰——李白詩歌反響》*Hvězda vina Ozvěny z Li Povy poesie*，
〔捷克〕Palát，Augustin 白利德、Hrubin，František 弗朗齊歇克・赫魯賓合譯，
1946 年 Praha: Jaroslav Picka.全書收 95 首唐詩，印製 30 冊，典藏本。

　　《江戶文學與中國文學：近世文學的中國原劇本與讀本的研究》〔日〕麻
生磯次著，日本東京三省堂 1946 年版。

　　《經書的成立：中國精神史序說》〔日〕平岡武夫著，日本大阪東方文化
研究所報告 1946 年第 18 冊。

〔註91〕博胡米爾・馬泰休斯《中國古代詩歌》*Zpěvy stare Činy*，布拉格 Melantrich 出
　　　版社，1946 年，第 86～87 頁。

1947 年

1 月 1 日

《希望之歌》（詩）〔英〕哈代作，鄭川原譯，《青年界》新第 2 卷第 4 號，1947 年 1 月 1 日。

《她》（詩）〔英〕哈代作，鄭川原譯。

《昨夜的歌》（詩）〔瑞士〕海斯作，大行譯（文前有譯者題記：「赫塞（海斯）是本屆得諾貝爾文學獎金者。他是瑞士人，生於德國，現年六十九歲，以前為神學家。所著小說詩文，在文學界流傳不廣。這首詩是我從德國出版的一種世界語刊物《靜靜的河流》中譯出來的。全詩情意逼真，大有民歌意味。」文末記有「三五、十二、十四，譯於象山大眾日報社」）。

《哲學與文學》洪深。《詩的血脈》臧克家。《新詩和新美學》臧雲遠。

《普希金詩八章》戈寶權譯，《文藝復興》第 2 卷第 6 期（1 月號）「普希金逝世一百十週年祭」1947 年 1 月 1 日。《靈魂與感情》茹拜。《歷史的深淵》〔法〕梵樂希作〔註1〕。《翻譯》〔英〕渥茲渥司。《預約》〔英〕渥茲渥司。《對象》〔英〕渥茲渥司。《詩是藝術》〔英〕渥茲渥司。《詩是使命》〔英〕渥茲渥司。

《美國化的林語堂》V.斯密爾諾夫作，馮亦代譯，《東北文藝》第 1 卷第 2 期，1947 年 1 月 1 日。

《結婚曲》（詩）（譯文）梁實秋譯，《文潮》第 2 卷第 3 期，1947 年 1 月

〔註1〕文末標注原著名《精神危機》。

1 日。

　　《老太婆》（散文詩），〔俄〕屠格涅夫作，李傑譯，《華聲半月刊》第 2 卷第 1 期，1947 年 1 月 1 日。《狗》（散文詩），〔俄〕屠格涅夫作，李傑譯。

　　《草原詩人江布爾》（詩人介紹），王采，《詩地》〔註 2〕第 1 期，1947 年 1 月 1 日。

1 月 12 日

　　《都露雷》（譯詩），〔美〕愛默生作，韋如〔註 3〕譯旨，《山東新報‧文學週刊》第 2 期，1947 年 1 月 12 日。

1 月 14 日

　　《詩與主題》袁可嘉，天津《大公報‧文學副刊》1947 年 1 月 14、17、21 日（連載 3 期）。

1 月 15 日

　　《傾國傾城的海倫》〔希臘〕荷馬作，徐遲譯，《文藝春秋》第 4 卷第 1 期，1947 年 1 月 15 日。

1 月 18 日

　　《從分析到綜合——現代英詩底發展》袁可嘉，《益世報‧文學週刊》1947 年 1 月 18 日。「翻過任何一冊現代英詩選集的讀者，在日後玩味追思之中，常常驚愕於現代詩的全體所綜合呈現的橫衝直撞，掙扎痛苦的形相；我們如果以造型藝術作比，則湧現在冷靜觀照中的現代詩歌，斷然不是一座充滿智慧慈愛的觀音塑像，淡漠超脫中一派春光和煦氣象，令人收心斂神，垂首膜拜；卻十足表現一位印度苦行主義者表現肌肉控制時，頭胸互抵，四肢交疊的可怕情景；對於後者，人體肌肉已不再遵循光滑的流線行進，而徑取九十度以上的急轉直彎；極度矛盾中極度克制，隱隱中我們似乎聽見骨骼之間格格作響。」與這掙獰的面目相連，我們想起現代人生及現代詩中奇異地缺乏純粹抒情成分的事實；正如在現代生活裏我們不再有抒泄性靈的閒逸際遇，詩歌中如伊麗莎白時代輕靈透明的抒情體裁也久與現代人絕緣。一脈青山，一片綠水在人眼中

〔註 2〕雜書館。武漢詩地社出版，李一痕編輯。
〔註 3〕王統照。

都是精神境界的外射圖形，我們看見，必先考慮他們的戰略價值或是否可以借來挖苦別人。」行文論證中列舉艾略特《普魯佛勞克情歌》《荒原》、史本特《一九四零年六月》《維也納》、魯易士《諾亞與洪水》、藍本《天主教堂中的謀殺案》和奧登《目前》等詩作片斷。

1 月 23 日

《吳興華致宋淇》（1947 年 1 月 23 日）：信末附言：「《里爾克詩選》附上。我自己只有這冊，希望你別丟了。又，我是否還有兩冊詩在你處，那些有的是無底稿的，得便請給我寄回。」

1 月 25 日

《比達蒙最近的大屠殺》（詩）密爾頓著，杜秉正譯，《讀書通訊》（半月刊）第 125 期，1947 年 1 月 25 日。文末譯者附注：「在慈溫格利（Zwingli）和卡爾文（Calvin）領導下反抗舊教的瑞士，雖只是中歐的一個小國，卻放過異彩奪目的光芒。一六五五年發生的一次凡得人屠殺（Vandois Persecution）就是薩凡哀公爵給了她的一個宗教迫害。這位『我願為自由而犧牲我的目光』的清教徒大詩人密爾敦聽到這次流血，無限哀悼，從異國對這些英勇的殉道者唱出這首沉痛崇高的詩篇。」

1 月 26 日

《贈蒲公英》（譯詩），〔美〕羅威耳作，韋立譯，《山東新報·文學週刊》第 4 期，1947 年 1 月 26 日。譯者順附《羅威耳小記》。

1 月

《四季隨筆》〔英〕吉辛著，李霽野譯，臺灣省編譯館 1947 年 1 月初版。印 2050 冊。

《新法國的文學》Dumont Wilden 作，馮沅君譯〔註4〕，《婦女文化》第 2 卷第 1 期，1947 年 1 月。

2 月 1 日

《詩三章》伊薩科夫斯基，戈寶權譯，《民歌——詩音叢刊》第 1 期「譯

〔註 4〕文末譯者記：「譯自法大使館文學科學藝術週刊一卷十五期」。

詩」欄目，1947 年 2 月 1 日。《受刑者之歌》阿拉貢，楊剛譯。《東柯刻》艾略特，李嘉譯。

2 月 2 日

《黃金》（譯詩），愛倫坡作，劍三譯，《山東新報‧文學週刊》第 5 期，1947 年 2 月 2 日。

2 月 9 日

《離別》〔印度〕泰戈爾作，李鵬翔譯，《京滬週刊》第 1 卷 5 期，1947 年2 月 9 日。

2 月 10 日

《西洋近代人生哲學之趨勢》賀麟作，《讀書通訊》第 126 期，1947 年 2月 10 日。

《讀羅素的新著〈西洋哲學史〉》洪謙作，《讀書通訊》第 126 期。作者文末注：「卅五年十一月二十五日於牛津新學院」。

2 月 15 日

《希臘女詩人莎茀》，央廉，《人物雜誌》第 2 卷第 2 期，1947 年 2 月 15日。

「紀念普希金特輯」，《讀書與出版》，第 10 期，1947 年 2 月 15 日。目錄：《高爾基論普希金及其作品》葆全譯、《普希金年譜》、《普希金詩兩篇》戈寶權譯、《普希金的作品在中國》蕪萌。

《普希金年譜》牧軍，《文藝春秋》第 4 卷第 2 期，1947 年 2 月 15 日。

《老柔實格瑞》（詩），Lady A.Lindsay 作，莊彌譯，《婦女》第 11 期，1947年 2 月 15 日。

《愛之禱》（雪萊夫人日記），荊薪譯。

2 月 22 日

《吳宓日記》：「二月二十二日，星期六。晴。上午 8～10 代嫻在文院 101教室主考《現代英文散文選讀》。與濟談校局。宓深責周鯁生校長不應離校赴南京，並應早歸云云。濟謂鯁公非應變之才。……回舍，讀 Arnold 之 *Essay on*

Shelley〔註 5〕。……今日晴和，大有春意。夕讀 *Arnold* 之 *Essay on Byron*〔註 6〕。嫻宅晚飯，久談。」

2 月 25 日

《〈伊索寓言〉詩譯》（狼與羔羊），鄧及洲譯，《鐸聲月刊》〔註7〕第 1 卷第 1 期，1947 年 2 月 25 日成都。

《櫻桃熟了》ANON 作，索芒譯，《期待》〔註8〕第 1 卷第 1 期（創刊號），1947 年 2 月 25 日。

2 月 28 日

《詩人之死》〔俄〕萊蒙托夫作，呂熒譯，《詩音訊》創刊號，1947 年 2 月 28 日。《柴火》桑得普著，蔣塤譯。

《孟子論詩》（37～42 頁），楊榮春，《東方雜誌》第 43 卷第 4 號，1947 年 2 月 28 日。

2 月 30 日

《批評家賀拉斯及其詩的藝術》，演弦，《文藝先鋒》第 10 卷第 2 期，1947 年 2 月 30 日。

2 月

《普希金詩五章》戈寶權譯，《中學生》第 184 期「紀念普希金逝世一百十週年」，1947 年 2 月。

《歌德格言短詩二十首》馮至譯，天津《益世報·文學週刊》1947 年 2 月。

《紀念列寧的詩》三章：（我們不相信！烏拉地米爾·伊里奇·列寧〔片段〕，和列寧同志談話），馬雅可夫斯基作，北泉譯，《蘇聯文藝》第 26 期「詩歌」，〔蘇聯〕羅果夫編，上海蘇商時代書報社，1947 年 2 月。「文錄」欄「紀

〔註 5〕安諾德（1822～1888）之《論雪萊》。該論文收入他的《批評論文集》（*Essay in Criticism*，共二輯，1865 年、1888 年出版）。

〔註 6〕安諾德之《論拜倫》。該論文亦收入安諾德的《批評論文集》。

〔註 7〕《鐸聲月刊》封面引《論語》：「天下之無道也久矣，天將以夫子為木鐸」。「鐸」聲月刊，由此而來。

〔註 8〕北京，李定宇編輯，期待月刊社發行。僅見第 1 第 2 兩期。

念普希金逝世一百十週年」：《普希金的生平》（節譯），潘朗譯；《普希金與俄羅斯文學》魏里沙葉夫作，磊然譯；《詩五章》：（致察爾達耶夫、先知、致西伯利亞囚徒、阿里昂、紀念碑）普希金作，戈寶權譯；《波里斯・戈多諾夫》（戲劇、摘譯二場）普希金作，林陵譯。

《萌芽》（Rudolf Rocker，1873～？）著，春飛譯，芒種社，1947 年 2 月初版，22 頁，64 開。（芒種叢刊 1，吳沄編）。散文。據比利時《思想與行動》月刊的法譯文本轉譯。原名《來自彼岸》。書前有吳沄的小序，簡介作者。

《中國文學批評史》（下），郭紹虞著，1947 年 2 月上海商務印書館初版。

3 月 1 日

《戰爭與和平》〔匈〕裴多菲作，高朗譯，《世界月刊》第 1 卷第 7 期「新詩選」，1947 年 3 月 1 日。

《新古典派的再興》（論文）Joseph Pijoan 作，田禽譯，《文潮》第 2 卷第 5 期，1947 年 3 月 1 日。

《美國文學在蘇聯》（論文），趙景深。

《普希金小傳：1799～1837》甦姓，《臺灣文化》第 2 卷第 3 期，1947 年 3 月 1 日《魏晉風流與老莊思想》許世瑛。

《〈詩叢〉和〈詩刊〉》（書評），劉西渭，《文藝復興》第 3 卷第 1 期，1947 年 3 月 1 日。《堅定的風格》《比喻》《用和無用》《諧和》《瞭解和想像》（補白）茹拜。

《說「回家」》評論，錢鍾書，載 1947 年 3 月 1 日《觀察》週刊第 2 卷第 1 期。

《呵，歡愉的日子》〔俄〕謝夫琴科作，鄒綠芷譯，《詩壘》（創刊號）第 1 期，1947 年 3 月 1 日漢口創刊。《潺潺的河，潺潺的河呀》古西班牙民歌，沙金譯。《惡魔之歌》〔俄〕萊芒托夫作，鄒綠譯。

《尼采的悲劇藝術觀》季子，《春風》新 1 號，1947 年 3 月 1 日。

3 月 5 日

《吳宓日記》：「三月五日，星期三。晴。……上午編《文副》十三期稿。嫻宅午飯後入城，乘市政府汽車（票價$800）極擁擠，幸有學生讓座。宓至華中，2～4 上《文學批評》（英文講授）課，所講極多且精。」

3 月 15 日

《母親的祈禱》（詩），George Matthew Adams 原著，泉譯，《翻譯月刊》第 1 卷第 1 期（創刊號），1947 年 3 月 15 日。（藍星英文學會翻譯月刊社編印，江西）

《明天》，R.貝德羅梭作，高寒譯，《新詩歌》（《現代文摘　副刊》）（月刊）第 2 號，1947 年 3 月 15 日。目錄：《革命》，F.S.斯可列夫作，高寒譯；《戰爭與和平》，A.B.貝多斐作，高寒譯。《普山，牧人底上帝》（印度民歌選譯），沙金譯。

《自由之章》（譯詩）〔美〕羅威耳作，劍三譯，《星野》第 1 卷第 2 期 3 月號，1947 年 3 月 15 日文末附「譯後附記」。

3 月 18 日

《吳宓日記》：「二月十八日，星期二。晴。晨 8～9 上課，學生僅到四人，名為《世界文學史》，實則講授英國浪漫詩人之作。……」

3 月 20 日

《〈惡之花掇英〉譯後記》戴望舒，《和平日報》，1947 年 3 月 20 日。「對於我，翻譯波特萊爾的意義有這兩點：第一，這是一種試驗，來看看波特萊爾的質地和精巧純粹的形式，在轉變成中文的時候，可以保存到怎樣的程度。第二點是係附的，那就是順便讓我國讀者能夠看到一點他們聽說了長久而見到得很少的，這位特殊的近代詩人的作品。」「為了使波特萊爾的面目顯示得更逼真一點，譯者費了極大的、也許是白費的苦心。兩國文字組織的不同和思想方式的歧異，往往使同時顯示質地並再現形式的企圖變成極端困難，而波特萊爾所給予我們的困難，又比其他外國詩人更難以克服。然而，當作試驗便是不顧成敗，只要譯者曾經努力過，那就是了。顯示質地的努力是更隱藏不露，再現形式的努力卻較容易看得出來。把 alexandrin，décasyllabe，octosyllabe 譯作十二言、十言、八言的詩句，把 rimes suivies，rimes croisées，rimes embrassées 都照原樣押韻，也許是笨拙到可笑（波特萊爾的商籟體的韻法並不十分嚴格，在全集七十五首商籟體中，僅四十七首是照正規押韻的，所以譯者在押韻上也自由一點）；韻律方面呢，因為單單顧著 pied 也已經煞費苦心，所以波特萊爾所常有的 rythme quaternaire，trimètre 便無可奈何地被忽略了，而代之以寬泛

的平仄法，是否收到類似的效果也還是疑問。這一些，譯者是極希望各方面的指教的。在文字的理解上，譯者亦不過盡其所能。誤解和疏忽雖極力避免，但誰知道能達到怎樣的程度？」「波特萊爾在中國是聞名已久的，但是作品譯成中文的卻少得很。散文詩 Le spleen de paris 有兩種譯本，都是從英文轉譯的，自然和原作有很大的距離；詩譯出的極少，可讀的更不多。可以令人滿意的有梁宗岱、卞之琳、沈寶基三位先生的翻譯（最近陳敬容女士也致力於此），可是一共也不過十餘首。這部小書包含的多一點，但也只有二十四首，權當全詩十分之一。從這樣少數的譯作來欣賞一位作家，其所得是有限的（因而從這一點去判斷作者，當然更是不可能的事了），可是等著吧，總之譯者的這塊磚頭已經拋出來了。」「對於指斥波特萊爾的作品含有『毒素』，以及憂慮他會給中國新詩以不良的影響等意見，文學史會給予更有根據的回答，而一種對於波特萊爾的更深更廣的認識，也許會產生一種完全不同的見解。說他曾經參加二月革命和編（公眾幸福）這革命雜誌，這樣來替他辯解是不必要的，波特萊爾之存在，自有其時代和社會的理由在。至少，拿波特萊爾作為近代 classic 讀，或是用更時行的說法，把他作為文學遺產來接受，總可以允許了吧。以一種固定的尺度去度量一切文學作品，無疑會到處找到『毒素』的，而在這種尺度之下，一切古典作品，從荷馬開始，都可以廢棄了。至於影響呢，波特萊爾可能給予的是多方面的，要看我們怎樣接受。只要不是皮毛的模仿，能夠從深度上接受他的影響，也許反而是可喜的吧。」「譯者所根據的本子是一九三三年巴黎 Editions de cluny 出版的限定本（Lo Dantee 編校）。瓦雷里的《波特萊爾的位置》一文，很能幫助我們去瞭解波特萊爾，所以也譯出來放在這小書的卷首。一九四七年二月十八日。」

3 月 21 日

《吳宓日記》：「三月二十一日，星期五。陰。雨。晨 8～9 上課，講 Wordsworth 詩。辦公。10～11 為馬生莊敬上《文學批評》課。」

3 月 25 日

《中國語文學對於世界語文學之貢獻》〔註 9〕，羅逸民，《讀書通訊》第

〔註 9〕文前有編者對作者的介紹：「上海震旦大學中國語文學教授，羅逸民博士
　　　（Dr..E.Reifler）此文係在中國科學社三十一週年紀念會之演講原稿——編
　　　者」。

129 期，1947 年 3 月 25 日。

《伊索寓言詩》（群蛙求皇帝），鄧及洲譯，《鐸聲月刊》（成都），第 1 卷第 2 期，1947 年 3 月 25 日。

3 月 26 日

《亞伯和該隱》，波特萊爾作，戴望舒譯，《文匯報》副刊「筆會」（第 205 期）（1947 年 3 月 26 日）。

3 月 30 日

《新詩現代化——新傳統的尋求》袁可嘉，天津《大公報·星期文藝》1947 年 3 月 30 日。「新詩現代化——新傳統的尋求」的「後面的理論原則至少有下述七點：一、絕對肯定詩與政治的平行密切聯繫，但絕對否定二者之間有任何從屬關係」；「二、絕對肯定詩應包含，應解釋，應反映的人生現實性，但同樣地絕對肯定詩作為藝術時必須被尊重的詩底實質」；「三、詩篇優劣的鑒別純粹以它所能引致的經驗價值的高度、深度、廣度而定，而無所求於任何跡近虛構的外加意義，或一種投票＝暢銷的形式；因此這個批評的考驗必然包含作者寄託於詩篇的價值的有效表現」；「四、絕對強調人與社會、人與人、個體生命中諸種因子的相對相成，有機綜合，但絕對否定上述諸對稱模型中任何一種或幾種質素的獨佔獨裁，放逐全體；這種認識一方面植根於『最大量意識形態』的心理分析，一方面亦自個人讀書作人的經驗取得支持，且特別重視正確意義下自我意識的擴大加深所必然奮力追求的渾然一片的和諧協調」；「五、在藝術媒介的應用上，絕對肯定日常語言，會話節奏的可用性，但絕對否定目前流行的庸俗浮淺曲解原意的『散文化』；現代詩人極端重視日常語言及說話節奏的應用，目的顯在二者內蓄的豐富，只有變化多，彈性大，新鮮，生動的文字與節奏才能適當地，有效地，表達現代詩人感覺的奇異敏銳，思想的急遽變化，作為創造最大量意識活動的工具；一度以解放自居的散文化及自由詩更不是鼓勵無政府狀態的詩篇結構或不負責任，逃避工作的藉口」；「六、絕對承認詩有各種不同的詩，有其不同的價值與意義，但絕對否認好詩壞詩，是詩非詩的不可分，也即是說這是極度容忍的文學觀，但決不容忍壞藝術，假藝術，非藝術；我們取捨評價的最後標準是：『文學作品的偉大與否非純粹的文學標準所可決定，但它是否為文學作品則可訴之於純粹的文學標準』（艾略特）」；「七、這個新傾向純粹出自內發的心理需求，最後必是現世、象徵、玄學的綜合傳統；現

實表現於對當前世界人生的緊密把握，象徵表現於暗示含蓄，玄學則表現於敏感多思、感情、意志的強烈結合及機智的不時流露」。〔註10〕

3月

《惡之華掇英》，波特萊爾著，戴望舒譯，上海，懷正文化社，1947年3月初版，100頁，32開（懷正文藝叢書之三　劉以鬯主編）。詩集。目次：《波特萊爾的位置》（梵樂希，1～27頁），《信天翁》，《高舉》，《應和》，《人和海》，《美》，《異國的芬芳》，《贈你這幾行詩》，《黃昏的和諧》，《邀旅》，《秋歌》，《梟鳥》，《音樂》，《快樂的死者》，《裂鐘》，《煩悶》（一），《煩悶》（二），《風景》，《盲人們》，《我沒有忘記》，《那赤心的女僕》，《亞伯和該隱》，《窮人們的死亡》，《入定》，《聲音》，《譯者後記》（97～100頁）〔註11〕。《譯者後記》文末記：「戴望舒記　一九四七年二月十八日」。

《看哪這人》尼采著，高寒譯，重慶，文通書局，1947年3月貴陽初版；1948年4月上海1版。（13）＋144頁，冠像，32開。（世界文學名著，尼采選集）。散文集。收入《我為何如此智慧》、《我為何如此明澈》、《我為何寫出如此卓越的著作》、《悲劇之產生》、《非時之思想》、《人類，太人類了》、《查拉斯圖拉如是說》及《自我批判之企圖》等14篇。卷首有譯者自序。書名原文：*Ecce Homo*。

《游子還鄉》*The Return of the Native*（論文），署名 C. S. CH'IEN（錢鍾書），載1947年3月《書林季刊》（Philobiblon）第4期17～26頁，借用哈代小說名著《還鄉》的題目講中國的神秘主義。

《文人畫像》林語堂等作，上海哈爾濱路258號，金星出版社，1947年3月初版。

《中國的灰姑娘故事》（The Chinese Cinderella Story），〔英〕韋利（Waley, Arthur）著，《民間傳說》Folklore, Vol.1，1947年3月，pp.226～238。

《世界名歌集》陳曼鶴編，廣州，美樂圖書出版公司，1947年3月出版。內收《真情永在》、《唐‧奇奧伐尼》、《聽！聽！那雲雀》、《搖籃曲》、《小夜曲》、《野外玫瑰》、《菩提樹》、《蝴蝶夫人》、《我的太陽》、《跳蚤之歌》等60首。

〔註10〕 本篇文章為「上面的說明都不免略嫌抽象；結文時我們似不妨舉出一個實例以作印證，並可進而觸及技巧上一些特點；可作例詩中的一個是穆旦《時感》（見天津《益世報‧文學週刊》二月八日中的一首：……」
〔註11〕 可參閱《〈惡之華掇英〉譯後記》戴望舒，《和平日報》，1947年3月20日。

歌詞為英文，少數為意大利和德文。

4月1日

《鋼鐵的祈禱》詩，Car Sandburg 作，藍微譯，南昌《十月風》創刊號，1947 年 4 月 1 日。《中國文藝上所表現的女性》程開元。

《春天》（詩）Thomas Nash 作，田禽譯，《文潮》第 2 卷第 6 期，1947 年 4 月 1 日。

《安娜貝兒·黎》〔美〕愛倫波著，衛瓊譯，《世界月刊》第 1 卷第 8 期「新詩選」，1947 年 4 月 1 日。

《後代》M.臺維萊夫，嚴蒙譯，《東北文藝》第 1 卷第 5 期「詩歌」，1947 年 4 月 1 日。

《水仙花》，未署原作者〔註12〕，沉靜譯，《青年生活》第 15 期，1947 年 4 月 1 日。

《克羅齊美學批評的批評》宙平，《春風》新 3 號，1947 年 4 月 1 日。《杜鵑頌》，未署原作者，時初譯。

《詩文書畫論中的虛實之理》（《中國文學思想史》片斷）（上），〔日〕青木正兒著，隋樹森譯，《宇宙風》第 149 期，1947 年 4 月 1 日。

4月4日

《吳宓日記》:「四月四日，星期五。晴。兒童節。晨函嫻，寄去 Daily Report 第 4 頁。讀 Milton 之 'Samson Agonistes' 〔註13〕詩。下午，續讀。」

4月5日

《慰藉》〔英〕莎士比亞作，芒丁譯，《期待》第 1 卷第 2 期，1947 年 4 月 5 日。《文學與現實》梁實秋。《論明代文學》郭麟閣。《清乾隆帝文藝政策的「成功」》睢渙。

4月10日

《修辭學與風格論》〔德〕Wackernagel 著，易默譯，《國文月刊》第 54 期，1947 年 4 月 10 日。

〔註12〕目錄未署原作者，正文署名：「WILLIAM WORDWORTH 著」。
〔註13〕Milton 之 'Samson Agonistes'，彌爾頓之《鬥士參孫》。

4 月 13 日

《綜合與混合——真假藝術底分野》袁可嘉，天津《大公報・星期文藝》1947 年 4 月 13 日。

4 月 15 日

《戰爭集》（英德詩選），沙金譯，《新詩歌》第 3 號（1947 年 4 月 15 日）。目次：出征的人們（Thomas Hardy）、黑夜和黎明的中間（Sir Owen Seaman）、在法蘭德斯的原野上（John Mac Crac）、夜襲、兵士、廢墟（後三首原作者看不清）。

《亥絲曼夫人詩兩首》劍三譯，《星野》第 1 卷第 3 期，1947 年 4 月 15 日。（一）影像、（二）輝耀的城。文前附譯者題記：「亥絲曼夫人 Fellcia Hemans 生於一九七三年〔註14〕，是十九世紀初年在英國以感覺見稱的女詩人。生於利物浦，乃一著名商人子女。幼受良母教育，六歲時便能讀莎士比亞戲劇，容貌美麗，天資聰慧，精通法，西，葡，德，意，諸國文字，對拉丁文亦有研究。十四歲時即已印行過她的第一卷詩集。在十八歲即與甲必丹亥絲曼結婚，婚後六年間生五子，但此後便墮墜入不幸的環境之中。她的丈夫往羅馬去，兩人遂未再會。亥絲曼夫人撫育子女，盡力著作，以遣憂思。曾與湖上諸詩人——司各得、華資渥斯等相識，一八三五年卒於愛爾蘭，時年四十二歲。——譯者——」

《赫爾曼・海塞 Hermams Hesse 和他的作品》楊丙辰〔註15〕，《正風》月刊，（創刊號）第 1 期，1947 年 4 月 15 日。

《正義終將必伸張》（詩）Gerald Massey 作，藍微譯，《翻譯月刊》（南昌）第 1 卷第 2 期，1947 年 4 月 15 日。

《歌與詩》論文，聞一多，《文藝春秋》第 4 卷第 4 期，1947 年 4 月 15 日《今日的巴爾幹效果文學》（介紹）趙景深。

4 月 25 日

《伊索寓言詩》三首：矜驕山鵲與孔雀（鄧及洲譯）、蟬子與螞蟻、尾巴（靜萍譯），《鐸聲月刊》第 1 卷第 3 期，1947 年 4 月 25 日。

〔註14〕此處「一九七三年」有誤，應為「一七九三年」。
〔註15〕文末注「民三四，六，二十日」。並有「著者附識三五，十一，十五日於北平」。

4 月 30 日

《希臘女詩人：莎芙》毛於美〔註16〕，《婦女文化》第 2 卷第 2 期，1947 年 4 月 30 日。

4 月

《英國文學史》（部定大學用書）〔英國〕莫逖（W.V.Moody）、勒樊脫（R.M.Lovett）著，柳無忌、曹鴻昭合譯，上海商務印書館，1947 年 4 月初版（15）＋401＋39 頁，25 開。本書分 17 章，先按時代、後按文學體裁敘述自古代至 1930 年的英國文學史。卷首有著者原序及譯者序。書末附《英漢專名對照表》。書名頁和封面題：國立編譯館出版，商務印書館發行。書名原名：*A.History of English Literature*。

5 月 1 日

《海涅抒情詩》（詩）林凡譯，《文潮》第 3 卷第 1 期，1947 年 5 月 1 日。《聖詠文學鑒賞》（論文）朱維之。

《普希金天才的根源》黃欣周，《青年生活》第 16 期，1947 年 5 月 1 日。

《瑪麗亞一題》〔西班牙〕阿索林作，戴望舒譯，《自由談》第一卷第一期，1947 年 5 月 1 日。

《〈新法蘭西雜誌〉與法國現代文學》〔註17〕，盛澄華，《文藝復興》第 3 卷第 3 期「現代世界文學專號」（1947 年 5 月 1 日）。《現代德國文學的動向》季羨林《英國文學的三變》蕭乾。《耿濟之先生與俄國文學》戈寶權。《偉大衛國戰爭中的蘇聯文學》戈寶權。

5 月 10 日

《〈奧德賽〉是怎樣使用比喻的》劉泮溪，《星野》第 1 卷第 4 期，1947 年

〔註16〕作者注明「一九四一年舊作」。

〔註17〕作者認為《新法蘭西評論》是瞭解近三十年法國文學主流，體察其發展變化的最好基點。全文分四部分，主要是「NRF 史的發展」和「法國現代文學的演進」。在緒論中陳述其重要性的事實依據，說「現代法國文學的四大巨人：普廬（Marcel Proust）、紀德、克勞臺（Paul Claudel）與梵樂希，或是較次一代最具聲望的作家如莫里雅克（François Mauriac）、杜加爾（Roger Martin du Gard）、羅曼（Jules Romains）、杜雅美（Georges Duhamel）、紀羅杜（Jean Giraudoux），或更新的一代如瑪樂（André Malraux）、紀歐諾（Jean Giono），聖狄瑞披里（Saint-Exupéry），無一非《新法蘭西評論》的中堅或撰稿人。302～328 頁。

5 月 10 日。《儒教與董仲舒》楊向奎。

《詩文書畫中的虛實之理》（《中國文學思想史》片斷）（下），〔日〕青木正兒著，隋樹森譯，《宇宙風》第 150 期，1947 年 5 月 10 日。

《詩歌的起源及其流變》王了一著，《國文月刊》第 55 期，1947 年 5 月 10 口。

5 月 15 日

《顛倒的世界》，〔德〕海涅著，曉帆譯〔註18〕，《新詩歌》第 4 號（1947年 5 月 15 日）。《勞工》，〔德〕R. Delmel 著，沙金譯。

《給藝術軍的命令》馬雅可夫斯基作，白澄譯，《詩音訊》第 1 卷第 2 期，1947 年 5 月 15 日。

《〈浮士德〉及其中譯本》婁塘，《文藝知識連叢》第 1 卷之 2，1947 年 5 月 15 日。《人性的天才——迦爾洵》潘樂述。

5 月 16 日

《法比象徵派詩擷萃》（上），徐仲年，《智慧》第 23 期（1947 年 5 月 16日）。（智慧編輯委員會編輯，大東書局發行。25～28 頁，先總括介紹象徵派，而後進入具體詩人，均有詩人簡介在前。）魏爾萊納二首：《祈願》《天真的人們》。韓浦二首：《感覺》《我的流浪》。馬拉爾梅二首：《顯現》《海風》。

5 月 18 日

《新詩現代化再分析——技術諸平面的透視》袁可嘉〔註19〕，天津《大公報‧星期文藝》1947 年 5 月 18 日。

《骷髏》〔印度〕泰戈爾作，餘人鳳譯，《京滬週刊》第 1 卷 19 期，1947年 5 月 18 日。

5 月 20 日

《囚徒歌三首》（詩）未署原作者，袁水拍譯，《人世間》復刊第 3 期，1947 年 5 月 20 日。目次：1.痛苦的歌，2.把這把鐵錘，3.在那溪谷裏。

〔註18〕譯詩未有注釋。
〔註19〕作者為了更好地說明自己詩學追求的四個主張，還在文章完整地引述了杜運燮的《露營》和《月》兩首短詩。

5 月 22 日

《吳興華致宋淇》（1947 年 5 月 22 日）：「談起詩來，我寄給你的詩三本，不知你都留有底稿沒有？我的詩稿七零八落，已遺失大半，有些得意之作也找不到了。所以你若還存有一份，則是田壤之間唯一一份了，希望你別弄丟了。我等身體一好，一定自己起來整理一下。」

《阿瑟·韋利談韓愈：中國最偉大的作家》(*China's greatest writer: Arthur Waley on Han Yu*)，〔英〕阿瑟·戴維·韋利（Arthur David Waley，1889～1966）作，1947 年 5 月 22 日在英國《聽眾》上發表。此文原為廣播稿。

5 月 25 日

《伊索寓言詩》鄧及洲譯，《鐸聲月刊》第 1 卷第 4 期，1947 年 5 月 25 日。目次：4.狗銜著肉過河；5.牛，羊，綿羊，獅；6.群蛙與太陽；7.狐與面具。

5 月 31 日

《進行曲及其他》（詩二首：進行曲、夏天的床、好孩了和壞孩了），Robert Lomis Steinsom 作，德譯，《婦女文化》（重慶，李曼瑰編輯）第 2 卷第 3 期，1947 年 5 月 31 日。《沙士比亞劇本中的女性》沈蔚德。

5 月

《維也納學派的基本思想》洪謙作，《學原》第 1 卷第 1 期 1947 年 5 月。有：一維也納學派與現代哲學、二哲學概念與哲學方法、三傳統的理性派與經驗派批評、四康德的先天論與維也納學派、五邏輯數學與幾何學、六真理理論與證實問題、七玄學問題的基本錯誤、八實在性問題的哲學分析、九邏輯論證與傳統實證論。

《詩的實質與形式》（對話）朱光潛作，《學原》第 1 卷第 1 期。

《十七世紀之德國文學：三十年戰爭與學究文藝》商章孫作，《學原》第 1 卷第 1 期。目次：三十年戰爭之利害、十七世紀之文藝潮流、學究派語言學會、鄂皮茲、《詩學通論》、抒情詩、通俗派抒情詩宗教詩等。

《僧皎然詩式述評》，餘元桂，《協大藝文》第 20 期，1947 年 5 月。《文藝上的哲學基礎辯證述要》，陳農華。

《江布爾自傳》（人民歌者的一生），江布爾作，北泉譯，《蘇聯文藝》第 28 期「文錄」，〔蘇聯〕羅果夫編，上海蘇商時代書報社，1947 年 5 月。《歌兩

首》（史大林之歌、偉大的史大林憲法），江布爾作，北泉譯。

《三大詩人的戀愛故事》艾秋編著，廣州美樂圖書出版公司，1947 年 5 月（粵）初版。180 頁。收拜倫、雪萊、歌德三位詩人的戀愛故事三篇。有編者前言，講述戀愛在三位詩人寫作上的位置及編寫此書的經過。

《散文詩》〔俄〕屠格涅夫著，李岳南譯，上海正風出版社，1947 年 5 月 2 版，參見 1945 年 6 月初版本《屠格涅夫散文詩集》。

《圍城》（小說）錢鍾書著，上海晨光出版公司，1947 年 5 月。小說虛擬了一本《十八家白話詩人》。其中特意提到曹元郎的一首十四行詩《拼盤姘伴》裏有詩人艾略特的「夜鶯歌唱」；「詩後細注著字句的出處，什麼李義山、愛利惡德（T.S.Eliot）、拷背延爾（Tristan Corbiére）、來屋拜他（Leopardi）、肥兒飛兒（Franz Werfel）的詩篇都有。鴻漸只注意到『孕婦的肚子』指滿月，『逃婦』指嫦娥，『泥裏的夜鶯』指蛙。他沒脾胃更看不下去，便把詩稿擱在茶几上，說：『真是無字無來歷，……這作風是不是新古典主義？』」「……鴻漸道：『曹先生，蘇小姐那本《十八家白話詩人》再版的時候，準會添進了你算十九家了。』」〔註20〕

6 月 1 日

《那本勒斯灣畔》（英漢對照），〔英〕雪萊作，胡光廷譯，《翻譯月刊》第 1 卷第 3 期「英詩選譯」，1947 年 6 月 1 日。藍星英文學會翻譯月刊社，南昌。

《法比象徵派詩擷萃》（下），徐仲年，《智慧》第 24 期，1947 年 6 月 1 日。沙曼二首：《沼畔散步》《秋》。斐爾阿央二首：《烘麵包》《廚房》。梅德林克二首：《晚上的靈魂》《三個瞎姊妹》。

《不要急促，不要停息》歌德作，伯石譯，《世界月刊》第 1 卷第 10 期「新詩選」，1947 年 6 月 1 日。

《牧羊人的哀怨》歌德作，伯石譯，《世界月刊》第 1 卷第 10 期「新詩選」。

《普希金詩選》梁蔭本譯，《文壇》第 5 卷第 6 期，1947 年 6 月 1 日。譯目：生命之車、預言者、寄西伯利亞、三泉、毒箭樹、失眠者的詩、秋——一首斷片的詩。

《梵文〈五卷書〉——一部征服了世界的寓言童話集》季羨林，《文學雜

〔註20〕錢鍾書著《圍城》（北京，三聯書店，2007 年 10 月版），第 40～41 頁。

誌》第 2 卷第 1 期，1947 年 6 月 1 日。同期有《古文學的欣賞》朱自清、《明
日世界與中國文化》吳之椿、《詩的難與易》朱光潛。

6 月 3 日

《批評漫步——並論詩與生活》袁可嘉，天津《大公報·星期文藝》1947
年 6 月 3 日。袁可嘉在這裡還就「晦澀現象」對作者、讀者和批評者之間的關
係作了具體分析：「（1）二十世紀詩的晦澀有它獨特的社會意義及藝術價值，
我們不能把看不懂作為好的標準，但也不能以它為壞的證明。（2）所謂晦澀，
作者讀者評者應分負責任：尤其是批評者要十分留神，許多晦澀是壞的批評文
字製造出來的。（3）面對晦澀，首先在作者方面要消除以晦澀自炫的心理，一
方面讀者也不要預感恐懼，及怕自尊受損而引起不安。常常讀者自作聰明，要
在他所認為晦澀的詩篇裏尋找本來不存在的東西，這種努力不僅徒費心神，而
且使讀者心境進入最不利的接受情況，這也是無中生有，造成不必要的晦澀的
原因之 一。（4）嚴格說來，詩篇只有真假好壞之分，晦澀與否應該在衡量上不
起作用，也即是說，作品能懂性的大小，或相對讀者人數的多少，應不決定作
品品質的高低」。

6 月 5 日

《中國的浮士德不會死》〔註21〕，郭沫若，《文萃》第 7 期，1947 年 6 月
5 日。

6 月 6 日

《法國浪漫派大詩人維宜百五十週年祭》，P.苔佳芙著，徐仲年譯，《學識
雜誌》第 1 卷第 4 期（1947 年 6 月 16 日）。（半月刊，1947 年 5 月 1 日創刊
於南京，學識社編輯，學識出版社發行。）

6 月 15 日

《中西論詩的比較研究》，張一勇，《文藝春秋》第 4 卷第 6 期，1947 年
6 月 15 日。《近年來介紹的外國詩》鄒絳。

《推動》馬雅可夫斯基作，海濤譯，《草原》第 1 卷第 2 期，1947 年 6 月
15 日。

〔註21〕正文副標題為：「《浮士德》第二部譯後記」。

《致希特勒》，M.C.Stopes 作，沙金譯，《新詩歌》第 5 號（1947 年 6 月 15 日）。

《壁像》〔英〕魯卡斯作，伯石譯，《宇宙風》第 151 期，1947 年 6 月 15 日。

《維璣尼亞和她的朋友》〔英〕T.S.艾略脫等著，柳無忌譯，《文訊》第 7 卷第 1 期，1947 年 6 月 15 日。一、維多利亞期文學傳統的支持者（〔英〕T.S. 艾略脫），二、一個文學時代的最後者（〔英〕R.麥考來），三、我的記憶（〔英〕V.薩克微爾韋斯特），四、一個無雙的性格（〔英〕W.卜絡邁）。

6 月 20 日

《西條八十詩抄》章容譯，《大家》第 1 卷第 3 期，1947 年 6 月 20 日。《紅荷包》西條八十原著，章容譯。

6 月 21 日

《〈春日〉散文詩譯跋》〔美〕艾梅‧羅蕙爾著，施蟄存譯〔註22〕，1947 年 6 月 21 日。

6 月 24 日

《屠格涅夫散文詩》天行，《春風》第 2 卷 1 期，1947 年 6 月 24 日。

6 月 25 日

《窮人是多麼良善》雨果著，英譯者 Bp.Alexander，鴻麒譯，《文藝青年》第十五期，1947 年 6 月 25 日。

《伊索寓言詩》鄧及洲譯《鐸聲月刊》第 1 卷第 5 期，1947 年 6 月 25 日。目次：8.狼與天鵝；9.麻雀為兔謀。

6 月

《夢》〔俄〕謝夫青科作，鄒綠芷譯，《詩壘》第 2、3 期合刊，1947 年 6

〔註22〕「譯跋」說：「艾梅‧羅蕙爾女士（1874～1965）是英美意象詩派的一個主要創始者，她的詩極受日本俳句及中國詩的影響。她曾與弗倫思‧愛斯考甫合譯一本中國詩選《松花箋》，她的一冊抒情詩集名為《浮世繪》，均可見其好尚。」「我試譯這《春日》五首，頗覺費力。……一九四七年四月十日譯詩，六月二十一日附記。」

月。《庫茲涅斯科建設的故事》（長詩）〔俄〕瑪雅珂夫斯基作，費雷譯。《悼林肯》Todn Gould Flefchey 作，洛楊譯〔註 23〕。《詩·音樂·民謠》（詩學隨筆）呂亮耕作。《方言詩的創造》王亞平。《略談楊卡·庫巴拉〔註 24〕——〈蘆笛集〉讀後》李白鳳作。

《卡萊爾與中國》，梅光迪著，《思想與時代》第 46 期，1947 年 6 月。

《詩六章》（早春之前的風、青春、生命之歌、紅軍戰士的母親、這一個晴天、小鷹弟兄們），莎樂美亞·賴妮絲作，葆全、朱笄合譯，《蘇聯文藝》第 29 期「詩歌」，〔蘇聯〕羅果夫編，上海蘇商時代書報社，1947 年 6～7 月。「文錄」：「詩人江布爾逝世兩週年」：《衛國戰爭中的江布爾》蔡林斯基作，北泉譯；《歌兩首》（堅不可破的堡壘、悼兒子的死），江布爾作，北泉譯；《江布爾——歌者與愛國主義者》摩康諾夫作，北泉譯。

《英譯唐人絕句百首》（又譯《中詩英譯比錄》）呂叔湘編注，上海開明書局，1947 年 6 月初版。126 頁。每冊定價國幣一元七角。書前有譯編者序。本書輯錄英譯唐人絕句 100 首，每首編者都略加注釋及解說，其中有 22 首曾發表在《中學生》雜誌上。所選作者包括王績、王維、孟浩然、李白、杜甫、盧綸、白居易、杜牧、李商隱等 55 位詩人。呂叔湘在《英譯唐人絕句百首》裏詳細研討西方諸家譯詩的得失，其中歷數的譯家談到阿瑟，韋利的譯詩最為翔實。呂叔湘舉阿瑟·韋利譯白居易《香山贈夢得詩》中「尋花借馬煩川守，弄水偷船惱令公」一句中「令公」一詞的翻譯，就有明顯的錯誤。但呂叔湘肯定阿瑟·韋利散體譯詩的方法。並進而研探「散體譯詩」與「詩體譯詩」之得失。呂叔湘認為：「不同之語言有不同之音律，歐洲語言同出一系，尚且各有獨特之詩體，以英語與漢語相去甚遠，其詩體自不能苟且相同。初期譯人好以詩體翻譯，即令達意，風格已殊，稍一不慎，流弊叢生。故後期譯人 Waley（韋利），小畑（薰良），Bynner（賓納）諸氏率用散體為之，原詩情趣，轉移保存。……自一方而言，以詩體譯詩，常不免削足適履，自另一方而言，逐字轉譯，已有類乎膠柱鼓瑟。硬性的直譯，在散文尚有可能，在詩殆絕不可能。Waley 在 More Translations 序言中云，所譯白居易詩不止此數，有若干未能賦以『詩形』，不得不終於棄去。Waley 所謂『詩體』，因所刊布者皆散體也。……故嚴格言之，譯詩無直譯意譯之分，唯有平實與工巧之別。散體諸譯家中，Lowell，Waley，

〔註 23〕 文前譯者附：林肯簡介。

〔註 24〕 楊卡·庫巴拉，前蘇聯詩人。

小畑，皆以平實勝。」下面順附編注者呂叔湘《英譯唐人絕句百首》書前「序」：

　　讀詩是一件樂事，名篇有佳譯，讀起來更是一件雙重的樂事。唐人絕句是中國文學裏的瑰寶，英文譯本如林，可不見得篇篇都好，平時瀏覽所及，揀那些比較有意思的隨手鈔錄，累積起來也有不少，現在輯出來公之同好。

　　譯的好的詩不一定都是好詩，譯的不好的詩也不一定不是好詩，原詩好，譯的又好，自然是上選。原詩平平，譯得雖好，也不容易出色，但也選錄一些，以見譯者的工夫。譯得不好是說「信」字上有些欠缺，可是不論譯而論詩也著實喜歡的也選錄幾首，以備一格。至於譯得既不老實，讀起來又乏味的當然在所不取。

　　輯錄這個小本子，還有一個意思。很多學生讀英文，不愛讀詩，因為不容易懂，因為詩的語言和平常的語言不同。其實這倒不是最大的困難，更根本的困難是中西詩人感興的不同。可以引起中國詩人詩興的事物未必都能觸發西方詩人的靈感，西方詩人所唱道的感情和思想也往往是讀慣中國詩的人所不易領悟。（這裡面當然還有時代問題，但中西兩方的詩的傳統是不可否認的。）因此，我想先讓中國學生讀一點英譯的中國詩，倒也不失為引他入門的一個辦法，存有這麼個意思，我曾經在這裡面選了二十二首，略加解說，刊載在《中學生》上。現在把這些解說附印在書後，帶便就著那其餘各首有可說的也說了幾句。這本是近乎畫蛇添足的事情，好在腳是畫在另外一張紙上的，愛看不看，大雅君子當可見諒。

　　至於各篇的次序，因為沒想到什麼更好的辦法，就依照自來相傳的格式，略以時代為序。對於初學讀英文詩的讀者，我還是勸他先把提出來解說過的二十二首讀過一遍，以後閱讀其餘各首，也還是隨便翻翻的好，不必拘泥次序。叔湘。三十三年元日。

　　《柯萊斯之生平及其創作》商章孫，《學原》第 1 卷第 2 期 1947 年 6 月。

　　《介紹偉根斯坦的〈邏輯哲學導論〉》（附錄該書序言）書評，洪謙，《學原》第 1 卷第 2 期。

　　《依利阿德選譯》〔希臘〕荷馬著，徐遲譯，上海群益出版社，1947 年 6 月出版。目次：《光火的起因》《臺爾錫蒂斯》《特洛亞軍和希臘軍》《傾國傾城的海倫》《赫可脫和安陀羅曼齊》《宙斯的天秤》《阿基勒斯和柏洛克羅斯》《阿基勒的祈禱》《柏脫洛克羅斯之死》《阿基勒斯的天馬》《阿基勒斯的盾牌》《斯卡曼特河伯》《阿基勒斯與赫可脫》《潑利姆與阿基勒斯》《特洛亞的哀歌》附

錄：《依利阿德》釋《光火的起因》釋《臺爾錫蒂斯》釋《特洛亞軍和希臘軍》釋《海倫》釋《赫可脫和安陀羅曼齊》釋《宙斯》釋《柏脫洛克羅斯》釋《阿基勒斯的盾牌》釋。

《蘇聯衛國戰爭詩選》長風編，林陵等譯，山東朝城冀魯豫書店，1947 年 6 月初版，51 頁，32 開。內收伊薩柯夫斯基、蘇爾科夫、施巴喬夫、英倍爾、多爾馬托夫斯基等 10 人的詩共 15 首。其中大部分係選自上海時代書報出版社，1946 年 4 月出版的同名編譯本。書前有編者前記。書末附作者介紹。

7 月 1 日

「聞一多逝世週年特輯」，《文藝復興》第 3 卷第 5 期，1947 年 7 月 1 日。《神仙考》聞一多遺著。《聞一多與〈死水〉》朱湘。《懷故友聞一多先生》顧一樵。《海──一多先生回憶錄》臧克家。《悼聞一多師》俞銘傳。《記詩人聞一多》馬君玠。

《高加索》〔俄〕萊蒙托夫作，穆木天譯，《文藝》（月刊‧武漢）第 6 卷第 1 期「詩歌」，1947 年 7 月 1 日。《紐約夜曲》〔美〕桑德德堡作，鄒荻帆譯。

《給瑪麗》（詩）梁實秋譯，《文潮》第 3 卷第 3 期，1947 年 7 月 1 日。

《惠特曼詩抄》〔美〕惠特曼作，藍微譯，《十月風》第 1 卷第 2 期，1947 年 7 月 1 日。目次：《願今日營地都寂靜》《夜裏的海灘上》。

《一首詩的形式》S.Sender 作，俞銘傳譯，《文學雜誌》第 2 卷第 2 期，1947 年 7 月 1 日。《一個中國新詩人》〔註25〕王佐良作。

《新世紀的詩歌運動》亞萍，《青年界》新第 3 卷第 5 號，1947 年 7 月 1 日。《散文與詩》卜束（作者認為「它（散文）也和詩一樣，其發展是沿著曲線進行的，大體可分為四個類型：1.北歐故事的文體型，2.英國的散文體型，3.屠格涅夫型，4.波特萊爾型」。）

《論普希金的悲劇〈波里斯‧戈杜諾夫〉》〔蘇聯〕G‧維諾古爾作，吳其人譯，《臺灣文化》第 2 卷第 4 期，1947 年 7 月 1 日。

7 月 6 日

《「人的文學」與「人民的文學」──從分析比較修正，求和諧》袁可嘉，天津《大公報‧星期文藝》1947 年 7 月 6 日。全文有「前言」、「『人的文學』

〔註25〕參閱《一個中國詩人》王佐良著，原載倫敦 LIFE AND LETTERS 雜誌，1946 年 6 月號。

基本精神」、「『人民的文學』的基本精神」、「『人的文學』與『人民的文學』相遭遇時所引起的矛盾的分析」、「調協的可能途徑：謹向『人民的文學』進一言」與「結論」等六部分。

7 月 10 日

《中國語詞的聲音美》，郭紹虞作，《國文月刊》第 57 期，1947 年 7 月 10 日。《國語輕重音之比較》，張洵如。

7 月 14 日

《鳳凰篇》（譯詩），愛默生作，王統照譯，青島《民言報‧譯文》第 15 期，1947 年 7 月 14 日。文末有「譯後附記」。（原文無標題）。

7 月 15 日

《屠格涅夫散文詩——薔薇》天行，《自由談》第一卷第三期，1947 年 7 月 15 日。

《詩賦繪畫與自然美之鑒賞》〔日〕青木正兒作，隋樹森譯，《文訊》第 7 卷第 2 期，1947 年 7 月 15 日。

《詩歌的聲韻美》（56～61 頁），傅更生〔註 26〕，《東方雜誌》第 43 卷第 13 號，1947 年 7 月 15 日。

7 月 18 日

《詩底道路》袁可嘉，天津《大公報‧星期文藝》1947 年 7 月 18 日。

7 月 20 日

《讓美國重新成為美國》（譯詩），朗斯敦‧休斯作，袁水拍譯，《人世間》復刊第 5 期，1947 年 7 月 20 日。

7 月 23 日

《吳宓日記》：「七月二十三日，星期三。晴。……命盛麗生候 Dianous〔註 27〕。午，宓宴 Dianous，費六七萬元。下午 3～4 室中談。Dianous 借去 'Mast.

〔註 26〕 以新詩為例證展開闡釋。
〔註 27〕 法國駐漢口副領事田悟謙 Jean Charles de Dianous 讓‧理查‧德‧狄阿奴。

of Mod.Fr.crit.' 〔註 28〕」

7 月 25 日

《伊索寓言詩》鄧及洲譯，《鐸聲月刊》第 1 卷第 6 期，1947 年 7 月 25 日。目次：11.驢獅同獵；12.鹿臨水泉；13.狐與老鴉（「伊索譯卷一終」）。《教友進行曲》靜萍譯，《我聽到了驚人的呼聲》靜萍譯。

7 月

《黃昏》海涅作，曉帆譯，《詩創造》〔註 29〕第 1 期（創刊號）「帶路的人」，1947 年 7 月，上海星群出版公司。（此刊為詩創造社編輯，上海星群出版公司刊行，每月一期，所見末期為一卷十二期。）

《鋼琴練習》里爾克作，徐遲譯。

《小東西》卡耐作，李白鳳譯。

《歌者》〔英〕湯姆斯·葛雷作 Thomas Gray 1716～1778，杜秉正譯。（前有譯者的介紹，後有注釋 43 條）。

《梵樂希論詩》〔註 30〕，唐湜。文章首先評價了近代批評家 M·安諾德，說「安諾德的時代正是維多利亞時代以後的懷疑時代，一切信條動搖了，宗教也物質化了，而且唯物主義的發展止要把宗教整個毀滅。於是，詩歌，因為在它『思想就是一切』，而『思想是長期渴求所獲得的花冠……』馬拉美說；因此，詩將會代替宗教情緒而存在，成為一切和諧生命的虔誠的寄託。」接著說「梵樂希是最近死去（關於他的死，有種種不同的傳說）的法蘭西最偉大的詩人，波特萊爾與馬拉美現代文學事業的繼承人。他說詩境是由對於一個新世界

〔註 28〕 《現代法國批評名家》（1912 年出版）──此為伊文·白璧德論法國文學批評家之專著。

〔註 29〕 《詩創造》為月刊，1947 年 7 月於上海創刊，編者為杭約赫（曹辛之）、林宏等，星群出版公司刊行。第一年出版十二輯，每輯有題名。1948 年 7 月改為「詩創造編委會」編輯。1948 年 10 月第 2 年第 4 輯出版後被查封，共出 16 輯。32 開本。其中「九葉」詩人杭約赫、辛笛、陳敬容、唐祈、唐湜、袁可嘉等詩人作品較突出。他們比較重視西方現代派詩歌的翻譯，如里爾克、愛侶雅、梵樂希等。刊物出版的第 2 年，詩創造社內部發生分化，杭約赫等「九葉」詩人退出該社，另辦《中國新詩》月刊，該刊編委會進行了改組。

〔註 30〕 唐湜《新意度集》（北京三聯書店，1990 年 9 月）收錄此文，標題改為《梵樂希論詩：讀曹葆華譯〈現代詩論〉》。

煥然地覺醒而發生的『一個宇宙的覺識』。……這是一個覺醒，一個『覺識』，也便是詩的情緒，用他自己的話說，詩是人類靈魂的『最美好最高遠的飛揚』」。「梵樂希對於所謂浪漫主義的詩的概念有過許多駁正。他首先聲明人之所以為人，是在於他能運用意志與才力設法恢復、挽救一切重要的東西，使不致受『自然的摧毀』。浪漫主義者常把詩境與夢與幻象混為一談。夢與幻象是『自然』的東西，有時可以含有詩意，但不一定是詩境。詩是情緒與思慮的和諧與洗練的產物，它主要是意志的作物。」

《現代西洋哲學之趨勢》上，倪青原，《學原》第 1 卷第 3 期 1947 年 7 月。《德國古典文學之創始》楊業治〔註31〕。

《中國詩與中國畫》錢鍾書，《開明》第 1 號（總第 39 號）1947 年 7 月。此文後收入《舊文四篇》和《七綴集》。〔註32〕

《文藝批評的職能》〔英〕E.W.Martin 作，胡仲持譯，《文藝生活》光復版第 15 期，1947 年 7 月。

8 月 1 日

《西風歌》（英漢對照），雪萊作，胡光廷譯，《翻譯月刊》第 1 卷第 4/5 期「英詩選譯」，1947 年 8 月 1 日。

8 月 10 日

《譯詩二首》，劉夢秋譯，《宇宙風》第 152 期夏季特大號，1947 年 8 月 10 日二首：《釵頭鳳》（陸游）、《玉樓春》（歐陽修）。

《評朱光潛〈詩論〉》張世祿作，《國文月刊》第 58 期，1947 年 8 月 10 日。

〔註31〕 楊業治（1908～2003），字禹功，生於上海，原籍浦東東杜行鎮（舊屬南匯縣，今屬上海縣）。1929 年畢業於清華大學外國語文系。1931 年獲美國哈佛大學德語系文學碩士學位。1931 年至 1935 年在德國海德爾堡大學日耳曼語文系從事研究工作。回國後，任清華大學、西南聯合大學教授。建國後，歷任北京大學教授、德語教研室主任，德語文學研究會理事。精通德語，兼通英語。撰有《論德國古典文學的創始》、《荷爾德林的古典格律詩》《荷爾德林與歌德》《荷爾德林和陶淵明的自然觀》等論文，主編《德漢詞典》，譯著有《陶淵明詩翻譯》（英文）《論音樂的美》《美學理論》等。2003 年在北京病逝，享年 95 歲。

〔註32〕 此文還可參閱《藍田國立師範學院學報季刊》第 6 期，1940 年 2 月、又載 1941 年 8 月 1 日《貴善》半月刊第 2 卷第 10 期。

《〈翻譯之藝術〉〔註33〕自序》,張其春著,《讀書通訊》第 138 期,1947 年 8 月 10 日。

8 月 15 日

《彭斯戀史》,上官牧,《幸福》第 1 卷第 10 期,1947 年 8 月 15 日。

8 月 18 日

《取蠣人小曲》(譯詩),〔美〕霍爾穆士作,修如〔註34〕譯意,青島《民言報·藝文》第 20 期,1947 年 8 月 18 日。

8 月 20 日

《惠特曼詩二首》伯文譯,《文藝知識連叢》第 1 集之 4,1947 年 8 月 20 日。

《在方場裏的死者們》(長詩)巴布羅尼魯達作,潘庚譯,《人世間》復刊第 6 期 1947 年 8 月 20 日。

《關於露西亞文學》,趙景深,《生活》第 3 期,1947 年 8 月 20 日。

8 月 25 日

《吳宓日記》:「八月二十五日,星期一。晴。⋯⋯煦〔註35〕宅午飯。下午,陰,浴,讀煦贈所譯《地球末日記》*When World Collide* (1932) By Edwin Balmer & Philip Wylie〔註36〕。」

《伊索寓言詩》卷二〔註37〕,鄧及洲譯,《鐸聲月刊》第 1 卷第 7 期,1947 年 8 月 25 日。目次:1.牛,獅及貪婪者;2.伊索對某人論及惡人之成功;3.XX、X〔註38〕、野豬。

〔註33〕文末編者對此著作作了介紹:「(按)本書已交作者書屋梓印,列為簡明英語叢書之一,總目如後:卷一音韻之美:巧合、摹聲、雙聲、疊韻、傳聲、韻文;卷二辭藻之美:妥貼、周密、簡潔、明晰、新奇、文采;卷三作風之美:古典派、浪漫派、象徵派、寫實派、自然派、唯美派;結論」。另張其春著《翻譯之藝術》於 1949 年 4 月上海開明出版。

〔註34〕王統照。

〔註35〕周煦良。

〔註36〕埃德溫·巴爾末與腓立浦·懷立合著《地球末日記》(1932)。

〔註37〕目錄為「卷二」,原刊內文誤植「卷三」。

〔註38〕模糊,無法辨認。

8 月

《魚玄機》〔日〕森歐外著，一葉譯，《婦女文化》第 2 卷第 5、6 期合刊，1947 年 8 月。

《略說中西文化》熊十力，《學原》第 1 卷第 4 期，1947 年 8 月。《現代西洋哲學之趨勢》下，倪青原。《克羅齊論政治與道德》楊人楩。《評述杜威論邏輯》牟宗三。

《告白》海涅作，李嘉譯，《詩創造》第 2 輯「丑角的世界」，1947 年 8 月。《魏爾哈侖詩兩首》：《風車》《窮人們》戴望舒譯。《茀朗琪和喬尼》（十九世紀美國民謠）袁水拍譯。《聲音》〔美〕W.平納作，黎明譯。《孩子們的哭聲》伊利莎白作，方平譯。

《自傳》葉賽寧作，葆荃譯，《蘇聯文藝》第 30 期「文錄」：「葉賽寧特輯」，〔蘇聯〕羅果夫編，上海蘇商時代書報社，1947 年 8～9 月。《抒情詩十章》：（譯詩前譯者寫有「題記」；1.已經是夜晚啦；2.細雪；3.喂，你，親愛的俄羅斯；4.我又重新在這兒，在親愛的家庭裏；5.明天早一點喚醒我吧；6.我離開了親愛的家園；7.在窗子上面是月亮；8.你聽見嗎——飛過了一輛雪橇；9.天藍色的短衫；10.雪風在狂烈的飛旋），葉賽寧作，戈寶權譯。

《談藝錄》伍蠡甫，上海商務印書館，1948 年 8 月初版。內收《文藝的傾向性》、《試論距離、歪曲、線條》、《中國古畫在日本》、《關於顧愷之「畫雲台山記」》、《中國繪畫的意境》、《中國繪畫的線條》、《故宮讀畫記》、《筆法論》等 9 篇。書末附譯文《最後晚餐》。

《詩言志辨》朱自清著，上海開明書店，1947 年 8 月初版。186 頁，每冊定價國幣二元。書前有作者「序」。內文收文 4 篇，舉例解釋「詩言志」篇：（一）「獻詩陳志」，（二）「賦詩言志」，（三）「教詩名志」，（四）「作詩言志」；「比興」篇：（一）「毛詩鄭箋釋興」，（二）「興義溯源」，（三）「賦比興通釋」，（四）「比興論詩」；「詩教」篇：（一）「六藝之教」，（二）「著述引詩」，（三）「溫柔敦厚」；和「正變」篇：（一）「風雅正辨」，（二）「詩體正辨」等 4 條詩論的本義與變義、源頭與流派。作者「序」：西方文化的輸入改變了我們的「史」的意念，也改變了我們「文學」的意念。我們有了文學史，並且將小說、詞曲放進文學史裏，也就是說放進「文」或「文學」裏；而曲的主要部分，劇曲，也作為戲劇討論，差不多得到與詩文平等的地位。我們有了王國維先生的《宋

元戲曲考》，這是我們第一部文學專史或類別的文學史。新文學運動加強了新的文學意念的發展。……

9 月 1 日

《告別辭》〔英〕阿弗列·丁尼生（Alfred Tennyson），衛瓊譯，《世界月刊》第 2 卷第 2 期「新詩選」，1947 年 9 月 1 日。

《人民頌》Aristide Bruant 作，馮沅君〔註39〕譯，《文潮》1947 年 9 月 1 日。《亞里士多德論悲劇》（埋論），陳瘦竹。

《上海的報紙和雜誌》林任民，《臺灣文化》第 2 卷第 6 期，1947 年 9 月 1 日。

《圖案》（詩）〔美〕愛米羅威爾作，綠原譯，《新中國》第 1 期（創刊號）開封新中國月刊社編輯發行，1947 年 9 月 1 日。

《文藝追憶與當前問題》〔法〕A.紀德作，盛澄華譯，《文藝復興》第 4 卷第 1 期，1947 年 9 月 1 日。

9 月 6 日

《批評相對論——批評底批評》袁可嘉，天津《益世報·文學週刊》1947 年 9 月 6 日。

9 月 9 日

《吳宓日記》：「九月九日，星期三。晴。……晚接馮友蘭函，秋薦宓至 Wisconsin〔註40〕為中國宗教哲學講師。」

9 月 10 日

《中國需要哲人政治》余文豪，《中國評論》第 3 期，1947 年 9 月 10 日。

〔註39〕 譯者按：「這首歌曲是 Aristide Bruant 作的，載在《法國歌曲選》中。法國以革命後的嶄新的姿態出現於十九世紀，所以這首歌曲的風度也極明快、矯健、堅定，雖與《馬賽曲》不全同（時代也略晚些），實可說是一家眷屬。讀這類作品，我們會看到個前途光明的新興人群，且不免有後之視今猶今之視昔之感，辭不達意之外，未能完全保留原作的旋律，我因此感到難言的歉仄。」

〔註40〕 美國威斯康辛大學。

9月11日

《吳宓日記》：「九月十一日，星期四。晴。……晚讀 *Cross Currents* 〔註 41〕。」

9月21日

《漫談感傷——感傷的公式是：從「為 Y 而 X」發展為「為 X 而 X」＋自我陶醉》袁可嘉，《大公報・星期文藝》1947 年 9 月 21 日。

《吳宓日記》：「九月二十一日，星期日。晴。遲起。晨，計劃 40 期《文副》稿。10：0 金宅同諸客小坐，借來 Bert. Russell '*A History of Western Philosophy*'（1945 Simon & Schuster）〔註 42〕翻讀至下午。泄一次。……田〔註 43〕宅晚飯。晚讀 *Cross Currents*。」

9月25日

《吳興華致宋淇》（1947 年 9 月 25 日）：

你那首詩很好，我不願對你作朋友的吹擂；但我想我可以誠實的說那篇詩每行每字都流露出一個 gentleman〔註 44〕；而我個人寧可看見一首這樣的詩也不願看見千百首目前搜章摘句或狀若狂囈的詩。近來我慢慢覺得詩文作為一種事業甚為無聊，把神智和精力耗費在鑽研字句上實在太可惜，當然文學修養和對於 Arnold〔註 45〕式的偉大的詩的愛好是必不可少的，但不必虛拋心力想要作詞章專家，假如一個人能讀書思考，而成為一個類似中世紀或文藝復興時代那樣的 well-rounded〔註 46〕上等人，學問淵博，志氣大，下筆作詩自然就好，而胸襟氣象也自然與那些整天在筆硯間討生活的人不同。你的詩看了使人覺

〔註 41〕 據 H.J.Grierson "*Cross Currents in 17ᵗʰ Century English Literature*"。H.J.C 格里爾森著《十七世紀英國文學中的逆流》。

〔註 42〕 貝特朗・羅素的《西方哲學史》（西蒙和舒斯特出版社 1945 年出版）。

〔註 43〕 田德望。

〔註 44〕 紳士。

〔註 45〕 馬修・阿諾德（Matthew Arnold）（1822 年～1888 年）英國詩人、評論家。拉格比公學校長、托馬斯・阿諾德之子。曾任牛津大學詩學教授（1857～1867）。主張詩要反映時代的要求，需有追求道德和智力「解放」的精神。其詩歌和評論對時弊很敏感，並能做出理性的評判。代表作有《評論一集》、《評論二集》、《文化與無政府主義》、詩歌《郡萊布和羅斯托》、《吉卜賽學者》、《色希斯》和《多佛灘》等。

〔註 46〕 多才多藝的。

得可愛，想認識作者和他所寫的人，這就是成功，我但願我的詩能夠都如此。
自然，現在懂文學的人幾乎要擎燈去找尋，未見得人人都能欣賞這樣的詩，但
我想遇到知音時，一定會覺得我的話不錯的，我尤其愛那 perfectly balanced〔註
47〕的一行；……

《伊索寓言詩》（第二卷），鄧及洲譯，《鐸聲月刊》第 1 卷第 8 期，1947
年 9 月 25 日。目次：4.凱撒與門者；5.鳳凰與烏鴉。

9 月 27 日

《補評〈英文新字辭典〉》書評，錢鍾書，《觀察》週刊第 3 卷第 5 期，
1947 年 9 月 27 日。

《契丹人之漢文學》，陳德裕，《民主論壇》（週刊），第 2 卷第 4 期，1947
年 9 月 27 日。

9 月

《新思潮的障礙》，侯外盧，《文匯叢刊》第 1 期「春天的信號」，1947 年
9 月。《新縱橫家的思想傾向》，侯外盧。《發展五四文化運動的幾個問題》，鄭
重之。

《自由》（譯文）〔法〕愛侶亞作，戴望舒譯，《文匯叢刊》第 2 期「救救
青年」號，1947 年 9 月。

《人民至上主義的文藝》郭沫若，《文匯叢刊》第 4 期「人民至上主義的
文藝」，1947 年 9 月。《京派與海派》，楊晦。《是該提出人民派的稱呼結束京
派與海派的無謂紛爭的時候了》，夏康農。《時代悲劇與詩人之死》，林如稷。

《日本人在臺灣留下的禮物》，梁希，《文匯叢刊「第 6 期「科學與軍事」
1947 年 9 月。

《答 Paul E. Burnand》（保爾·E·伯南德），書信，署名 C. S. CH'IEN（錢
鍾書），載 1947 年 9 月《書林季刊》（Philobiblon）第 2 卷第 1 期 27～30 頁。

《不貞之婦》〔西班牙〕洛爾加作，戴望舒譯，《詩創造》第 3 期「骷髏
舞」，1947 年 9 月。

《克利斯蒂娜·羅珊諦詩兩首》（《思憶》《歌》）方平譯。《譯詩兩首》（伊
薩柯夫斯基作《在黎明前一切又重新寂靜了》、巴里門特作《生活的法則》）

〔註 47〕完美平衡。

〔蘇俄〕伊薩柯夫斯基、巴里門特作，戈寶權譯。《我的祖國》〔蘇聯〕萊蒙托夫作，李嘉譯。《當我在 tychina 樹林裏散步》〔烏克蘭〕巴甫洛・狄青拉作，戈寶權譯（譯者記：「巴甫洛・狄青拉 Favlo tychina 是現代烏克蘭大詩人，曾以其詩作得過 1940 年度斯大林文藝獎金。狄氏現任烏克蘭共和國教育部長之職，此處所譯的，是他在 1917 年所寫的一首小詩，清雋有味」）。《學者》〔英〕蘇瑞作，杜秉正譯，（蘇瑞即今譯騷塞，文末「附注」：「羅般特・蘇瑞 Robert Southey，1774 年 12 月 8 日生於白列斯篤，因為他有一個時期和華茲華斯、古律己同住英北都湖區，他們就被稱為湖畔詩人。他的夫人就是古律己的妹妹。他熱衷於法國大革命，又想到美洲去建設泛的士克拉西主義的團體，以求實現共產主義社會的理想。1813 年榮膺桂冠詩人，直至 1832 年他死。所作長詩有《瑞萊白》和《格漢漠記事》。短詩中如《學者》算是他的傑作。」）。《一首小詩的研究》江清。

《東西文化雙系發展說發凡》（上）余精一，《學原》第 1 卷第 5 期，1947 年 9 月。《詩與散文》（對話），朱光潛。《柏拉圖國家篇中的教育思想》陳康。《論牛頓論科學方法》倪青園。

《驢的選舉》（詩），〔德〕海涅作，曉帆譯〔註48〕，《青年園地》第 1 卷第 1 期，重慶 1947 年 9 月。

《自然・創作・靈感》Jacques de Laeretelle 原作，陳占元譯，《文學雜誌》第 2 卷第 4 期，1947 年 9 月初。

《沫若譯詩集》沫若譯，上海建文書店，1947 年 9 月初版，本書即 1928 年 5 月版《沫若譯詩》的增訂本。目次：（伽里達若一首）《秋》；（克羅普遂妥克一首）《春祭頌歌》；（歌德十二首）《湖上》《五月歌》《牧羊者的哀歌》《放浪者的夜歌》《放浪者的夜歌二》《對月》《藝術家的夕暮之歌》《迷娘歌》《漁夫》《掘寶者》《暮色》《維特與綠蒂》；（席勒一首）《漁歌》；（海涅四首）《悄靜的海濱》《歸鄉集第十六首》《打魚的姑娘》；（施篤謨三首）《今朝》《林中》《我的媽媽所主張》；（賽德爾一首）《白玫瑰》；（希萊一首）《森林之聲》；（維爾萊尼五首）《月明》（都布羅柳波夫）《死傷不足傷我神》；（屠格涅夫五首）《睡眠》《即興》《齊爾西時》《愛之歌》《遺言》；（道生一首）《無限的悲哀》；（葛雷一首）《墓畔哀歌》；（雪萊九首）《小序》《西風歌》《歡樂的精靈》《拿波里灣抒懷》《招不幸辭》《轉徙二首》《死》《雲鳥曲》《哀歌》；《雪萊年譜》

〔註48〕內文署名：「海涅原作，廖曉帆譯」。

《雪萊世系》;《〈魯拜集〉莪謨·伽亞謨百零一首》《導言》《注釋》;《新俄詩選》《小序》;（布洛克一首）《西敘利亞人》,（柏里一首）《摘錄自「基督起來了」23》;（葉賢林一首）《變形三部曲》;（馬林霍夫四首）《強暴的游牧人》《十月》;（愛蓮堡一首）《我們的子孫之子孫》;（佛洛辛一首）《航行》;（阿克馬托娃二首）《完全賣了,完全失了》《他們是正直的》;（伊凡諾夫一首）《冬曲第三部》;（阿里辛二首）《不是由手創》《縫衣人》;（嘉斯特夫二首）《我們長自鐵中》《工廠汽笛》;（吉拉西摩夫一首）《第一球的轉動》;（白德官三首）《新林》ＮＥＰＭＥＮ《無人知道》;（馬亞柯夫斯基三首）《我們的進行曲》《巴爾芬如何知道法律是保護工人的一段故事》《非常保險的》;（柏撒門斯基一首）《農村與工廠》;（喀辛二首）《砌磚》《木匠的鉋子》。

《臺灣詩史》趙圖南著,南昌章江路蕉葉山館,1947 年 9 月初版。78 頁。定價國幣一萬元。按時代評述臺灣的詩壇:詩人（自明鄭成功至近代共 52 家）及其詩作。末附《臺灣之閨秀詩人》、《臺灣之日本詩人》及其參考書目。

10 月 1 日

《屠格涅大散文詩選譯》（選譯兩節）,李夾人,《十月風》第 1 卷第 3、4 期合刊,1947 年 10 月 1 日。

《惠特曼詩抄》,藍微譯,《十月風》第 1 卷第 3、4 期合刊,1947 年 10 月 1 日。篇目:我靜少著;反面;朋友與仇敵;給陌生人;母親與嬰孩;美麗的女子;跑者;呵,你！布施。

《譯詩二家》,洛揚譯,《十月風》第 1 卷第 3、4 期合刊。一、桑德堡詩抄（Carl Sandburg）:貧窮、失落、夜曲,二、勃魯克（Rupert Brooke）:兵士。

《藍色交響曲》（詩）〔英〕約翰·哥爾德·弗萊契（1886〜1950）作,伯石譯,《文潮》第 3 卷第 6 期,1947 年 10 月 1 日。

《孤寂的刈禾者》〔英〕威廉渥茲渥斯,William Wordsworth 著,衛瓊譯,《世界月刊》第 2 卷第 3 期「新詩選」1947 年 10 月 1 日。

《牧羊女》〔英〕靄理斯梅奈爾,Alice Meynell,衛瓊譯,《世界月刊》第 2 卷第 3 期「新詩選」。

《伊薩柯夫斯基抒情詩五章》戈寶權譯,《人世間》復刊第 7 期（第 2 卷第 1 期）,1947 年 10 月 1 日。五章:你在那兒、褐眼睛的姑娘、在我們村子裏、少女之歌、寧可沒有那朵花吧、田野的新綠穿透出來。

《浮士德簡論》郭沫若，《中國作家》第 1 卷第 1 期，1947 年 10 月 1 日。《論古西域畫》鄭振鐸。

《為了你啊！民主》（英漢對照），〔美〕惠特曼著，綠葉譯，《翻譯月刊》第 1 卷第 6/7 期合刊「英詩選譯」，1947 年 10 月 1 日。

《近代西洋文藝思潮》（文學講座）趙景深，《青年界》新第 4 卷對 2 號，1947 年 10 月 1 日。目錄：一、希臘思想和希伯來思想；二、黑暗時代和文藝復興；三、古典主義；四、浪漫主義；五、自然主義；六、新浪漫主義；七、新寫實主義。

《什麼叫作交易》（散文詩）〔日〕鹿地亙作，劉源譯，《臺灣文化》第 2 卷第 7 期，1947 年 10 月 1 日。

《楚辭女性中心說》（國學專論）楊國恩著，《天明》（月刊）北平、瀋陽，第 1 卷第 1 期（創刊號）天明出版社 1947 年 10 月 1 日。文前著者說：我國文學，首先與「女人」發生關係是《楚辭》。而在修辭技術上嶄新的一大進步的文學，也是《楚辭》。

10 月 6 日

《西烏克蘭舊民歌》斯庸譯，《野草》新 5 號「九儒十丐」，1947 年 10 月 6 日。

10 月 10 日

《兒童詩人馬爾夏克》矛盾，《新聞報》副刊《藝月》，1947 年 10 月 10 日。

《譬喻與修辭》郭紹虞著，《國文月刊》第 60 期，1947 年 10 月 10 日。

10 月 15 日

《論萊蒙托夫》（論文），何家槐，《文藝春秋》第 5 卷第 3 期，1947 年 10 月 15 日。

10 月 19 日

《吳宓日記》（1947 年 10 月 19 日）：

十月十九日，星期日。晴。在安康輪舟中。舟日夜行，每小時二十華里。晨過蕪湖，未停。宓細讀錢鍾書作《圍城》小說，殊佩。自恨此生無一真實成

就。《新舊因緣》既未動筆，即論才力，亦謝錢君，焉得如《圍城》之成績也者？……今後絕當深藏自隱，倚託佛教，而對外則隨緣應付，勿太熱心，勿多用力，逐漸脫離世務。勉強赴美講學一載（1948～1949）。歸來之後（1949），年正五十六，是我出世之年。即不可披薙為僧，亦決入蜀，定居成都，參研佛理，以佛教誠虔之居士終。至所著之《新舊因緣》，當以佛教及柏拉圖哲學為觀察人生、描寫人生之根據，而為融化無跡、自由改造之自傳。舉宓一生之小小知識、小小經驗之精華，人生、愛情之心得，道德、宗教之企望，文章、詩詞之成績，全入其中。……江行安穩，舟中閒靜。故重記此決心，以勉後來。……

10 月 25 日

《伊索寓言詩》（卷二），鄧及洲譯，《鐸聲月刊》第 1 卷第 9 期，1947 年 10 月 25 日。目次：6.兩隻驢；7.鹿與牛。

《永恆的住所》（詩）德蒙夫原著，靜萍譯，《鐸聲月刊》第 1 卷第 9 期。

10 月 27 日

《極聖山》（譯詩），〔美〕提塔金斯女士作，韋堅譯，青島《民言報‧藝文》第 30 期，1947 年 10 月 27 日。文末有「譯後附記」。

10 月

《兩次大戰前的法國文學》羅人剛，《文學雜誌》第 2 卷第 5 期，1947 年 10 月。《聞一多先生怎樣走著中國文學的道路》朱自清。

《葉賽寧詩四章》〔蘇俄〕賽爾格‧葉賽寧 Sergei Esenin1895 年 9 月 21 日～1925 年 12 月 28 日作，戈寶權譯，《詩創造》第 4 期「飢餓的銀河」，1947 年 10 月。四章：《已經是夜晚啦》《細雪》《明天早一點喚醒我吧》《你聽見嗎——飛過了一輛雪橇》。有「譯前記」：「近年來，我想系統地介紹一些俄國詩人和蘇聯詩人的作品，葉賽寧也是其中的一個。此地所譯的四首描寫俄羅斯農村生活與景色的抒情詩，都是從一九四六年蘇聯國家文藝書局出版局所出的新版《葉賽寧選集》中譯出的，至於他革命後的新作品，容有機會再為介紹。」

《霍思曼詩抄》（四首）周煦良譯。

《杜愛羅河謠》〔西班牙〕狄戈作，戴望舒譯。

《歌者》〔美〕朗菲羅作，李南嶽譯。

《我曾漫步》法國民歌，馮沅君譯〔註49〕。

《詩底粗獷美短論》勞辛。

《康德的先天論與現代科學》洪謙，《學原》第 1 卷第 6 期，1947 年 10 月。

《東西文化雙系發展說發凡》（下）余精一，《學原》第 1 卷第 6 期，1947 年 10 月。

《論雅歌》羅倬漢，《學原》第 1 卷第 6 期，1947 年 10 月。

《中國文學史》（林庚著，1947 年 5 月廈門大學出版）王瑤作，《清華學報》第 14 卷第 1 期「書評」欄，1947 年 10 月。

《文藝思潮小史》徐懋庸，上海，生活書店，1947 年 10 月出版。

11 月 1 日

《散文詩四篇》〔英國〕王爾德著，巴金譯，《世界月刊》第 2 卷第 4 期，1947 年 11 月 1 日。

《藝術家》《行善者》《弟子》《先生》。

《偉大的列寧在斯大林身上活著》江布爾作，朱允一譯，《東北文藝》第 2 卷第 5 期（總第 11 期）「詩歌」，1947 年 11 月 1 日。

《我們七人》未署原作者，張四維譯，《國風》第 1 卷第 1 期（創刊號）1947 年 11 月 1 日。

《民謠座談會》《臺灣文化》第 2 卷第 8 期，1947 年 11 月 1 日。

《重訂魯迅譯著書目》，唐弢擬定，《文藝復興》第 4 卷第 2 期，1947 年 11 月 1 日。

11 月 3 日

《吳宓日記》：「十一月三日，星期一。晴。甚暖。……宓獨至大圖書館撿取書籍。又在出版組，與龍門書局潘君議定《德文》課本事。以宓自藏之 Prokosch & Morgan 'Introduction to German'〔註50〕一部，犧牲付翻印。……」

〔註49〕 後有說明：「這是首法國十五世紀的民歌，載在法文名著叢書的法國歌曲選裏，作者姓名不詳。它的情調頗似古樂府中的吳聲歌；而每章都以『在這新季節』諸句作結，這種反覆詠歎的格式，在中國的詩歌中，自詩經北風、桑中以下，也極習見。」

〔註50〕 Prokosch & Morgan 'Introduction to German'，普羅柯許與莫根編《德文入門》。美國大學當年通用的德語教程（為吳宓珍藏）。

11 月 8 日

《盜賊》（譯詩）〔西班牙〕亞爾倍諦作，戴望舒譯，《文藝青年》第 17 期，1947 年 11 月 8 日。

11 月 10 日

《胡適論學術獨立十年計劃及其反響》胡適、顧毓秀、胡先驌、朱光潛、陳序經、吳澤霖、吳世昌等，《讀書通訊》第 144 期「參考資料」，1947 年 11 月 10 日。

11 月 12 日

《吳宓日記》：「十一月十二日，星期三。晴。……宓訪煦，讀其所作 *Essay on Poetry*。仍在飯團三餐。下午胡宗黿來，借去 *Shelburns Essays* III 一冊。宓讀 Matthew Arnold '*Essays*'。」

11 月 15 日

《一個斷手指的人》桑特堡作，袁水拍譯，《文訊》第 7 卷第 5 期文藝專號，1947 年 11 月 15 日。《普希金晚年詩抄》戈寶權譯。

11 月 21 日

《夏志清致夏濟安》（1947 年 11 月 21 日）。信中說：「……Empson 曾往芝加哥大學去過一陣，不知可否請他寫封介紹信，說明我的興趣和李氏獎金選的事實〔註51〕。〔此信〕由你寄 Oberlin College c/o R.A.Jellifffe（真立夫轉），我收到後同滬江成績單〔一併寄〕芝加哥大學申請，可趕上二月開學。Carver（卜乃夫）那裏可託他接洽 Yale，或者直接由 Empson 介紹適宜的大

〔註51〕 信中所說 Empson（William Empson，燕卜蓀，1906～1984），英國文學批評家、詩人、「新批評」派代表人物，著作有《朦朧的七種類型》（*Seven Types of Ambiguity*）等，任教西南聯大，戰後又在北京大學任教，也是李氏獎金主考人之一。1946 年 9 月夏志清在北大任教，報考李氏獎金（Li Foundartion），寫了一篇討論英國詩人布萊克（William Blake，1757～1827）的文章，得到燕卜蓀教授的欣賞，獲得文科獎金。因為奧柏林的教授真立夫（Robert A.Jelliffe）其時正在北京大學客座，又因為心儀的著名詩人兼文評家藍蓀（John Crowe Ransom），所以夏志清申請了奧柏林學院與肯吟學院。可這兩所學院都以大學部著稱，而非研究院，所以夏志清頗感不滿，想通過燕卜蓀的介紹信轉學芝加哥或耶魯等其他研究型大學。

學。」〔註52〕

11 月 22 日

《白朗：咬文嚼字》錢鍾書，載 1947 年 11 月 22 日上海《大公報》第六版《文藝副刊》第 95 期。

11 月 24 日

《家與路》（譯詩），〔美〕皮把德瑪克司作，韋堅譯，青島《民言報・藝文》第 34 期，1947 年 11 月 24 日。

11 月 25 日

《吳宓日記》：「十一月二十五日，星期二。晴。暖。……下午復教育部函催 1946 命宓審查盛澄華譯 Gide〔註53〕《偽幣製造者》一書。稽延太久，乃立即撰成寄去。3～4 赴聘任委員會。知校中已重聘陳世驤。……」

《伊索寓言詩》第二卷，鄧及洲譯，《鐸聲月刊》第 1 卷第 10 期，1947 年 11 月 25 日。目次：8.鞋匠醫師；9.驢與老牧人；10.羊、鹿、狼；11.羊、狗、狼。

11 月 29 日

《吳宓日記》：「十一月二十九日，星期六。陰。微雨。……袁昌英昨贈其所著《法國文學》及《行年四十》，今來係圖書館晤談。……夕晚編《文副》47 期稿，完。」

11 月

《蘇格拉底在中國》（對話），〔註54〕朱光潛，《文學雜誌》第 2 卷第 6 期，

〔註52〕《夏志清夏濟安書信集　卷一　1947～1950》，浙江人民出版社，2017 年 3 月，第 5 頁。此書分為四卷，收錄了 1947 年夏志清赴美求學到 1965 年夏濟安病逝的 17 年時間，兄弟兩人的通信 600 餘封。在書的封底編者說：「夏濟安、夏志清昆仲，中國現代文學評論界的兩大巨擘。他們早年從求學到進入學術研究的階段，正是近現代中國東西方學術與文化交融的密集期，他們置身其中，參與見證了這個歷程的複雜與艱辛。期間他們的往來書信由夏志清先生珍藏六十餘載，經夏志清太太王洞女士授權，蘇州大學季進教授注釋整理出版。」

〔註53〕安德烈・紀德（Andre Gide，1869 年 11 月 22 日～1951 年 2 月 19 日），法國著名作家。保護同性戀權益代表。主要作品有小說《田園交響曲》、《偽幣製造者》等，散文詩集《人間食糧》等。紀德 1947 年獲諾貝爾文學獎。

〔註54〕正文副標題為：談中國民族性和中國文化的弱點。

1947 年 11 月。《歌德的〈西東合集〉》馮至。《詩與意義》袁可嘉。《伐臻叫利三百詠》（選譯並跋），金克木譯。《詩與意義》袁可嘉。

《夕陽》〔德〕海涅作，李嘉譯，《詩創造》第 5 輯「箭在弦上」，1947 年 11 月。《莎士比亞的十四行詩》方平譯，《第八十九首》《第九十首》。《故鄉》〔蘇〕涅克拉索夫作，無以譯。《瑪德里之雪》〔美〕喬伊・達薇曼作，袁水拍譯（文末譯者記：「作者是美國的青年女詩人，此詩係西班牙內戰時代的作品」）。

《惠特曼詩抄》，譯者不詳，《人生雜誌》第 1 卷第 1 期「補白」欄，1947 年 11 月。

《在俄羅斯誰能快樂而自由》〔蘇〕尼克拉索夫著，高寒譯。上海駱駝書店，1947 年 11 月初版。目次：《譯者題記》《尼克拉索夫評傳》（〔蘇〕 V.Y.馬克西模夫）第一部《神父》《村莊》《狂歡之夜》《快樂的人們》《地主》；第二部《最後的地主》《老而不死》《村正克里木》；第三部《農家婦人》《序詩》《結婚》《一支古歌》《沙維里》《都馬斯加》《母狼》《大荒之年》《省長夫人》《婦人的傳說》；第四部《全村的歡宴》《序詩》《苦難的時代苦難的歌》《遊方僧和流浪人》《新與舊》《尾聲》。

《春情曲》〔德〕歌德、海涅等著，林凡譯，上海正風出版社，1947 年 11 月初版，88 頁，冠像，32 開，收入世界名詩選集第 2 種。收入歌德・里爾克等多位詩人 50 餘首詩歌。每位作家前有作者簡介。據英譯本轉譯。書前有「譯者題記」（「林凡、記於梅園一九四七年三月廿二日」）：「我卻走上了譯詩的路。不是因為我自信可以克服許多困難，而是因為我對某些詩愛之過甚，而想用翻譯的手段去佔有它，儘管有些部分曾被我扼殺，總有些是可以得到手，這對我也就夠了。」林凡對自己從英譯中重譯作了有利於自己的說明，他表示：雖然譯詩不如原詩美，甚至譯詩會誤傳原詩的神韻，但譯詩卻可以剝去原詩華麗的外衣，來裸露它詩的本質。……能經過英譯而保存其詩意的，翻成中文後也較能站得住。譯者並且自豪地說：「依理論是如此，依經驗也是如此」。譯者是第一次譯詩，卻談到「理論與經驗」，想來這「理論與經驗」，並不是來自譯者，而是來自俞大綱課堂上的所授，是俞大綱的理論與經驗吧，不知現今的翻譯家們有沒有這樣的感受。譯者既有自信，又有充分的心理準備，加上名師出高徒，這樣的翻譯自然是勝任愉快的。《春情曲》在付印前，林凡還特請美學家宗白華用德文原文作了一番校閱，可以這樣說，這本書是學生林凡向他的老師俞大綱奉獻的一份出色禮物。目次：《譯者題記》；（歌德）《普柔梅琴詩》《玫瑰》

《牧童哀歌》《永恆的思想》；（席勒）《虛幻》《少女歡情緒》《現》《知識》《播種》；（海涅）《序曲》《親愛的女郎》《我的歌是有毒的》《海裏有珍珠》《啊！可愛的捕魚女郎》《豐滿的月兒升起了》《坐在一起親愛的》《人們不會湊趣》《我愛的只有你》《再會》《航》《為什麼是蒼白的，這些薔薇》《風暴》《就好像一朵花兒》《說啊！她到那裏去了》《舊歡入夢》《我是青而又紫》《時間是一條跛腳的蛇》《黃昏》《尾聲》（郭歐果格）《島主》《斷片》《愛之篇（1）》《愛之篇（2）》（波姆）《怖》《愛的歌頌（1）》《愛的歌頌（2）》《愛的歌頌（3）》《愛的歌頌（4）》（孟信）《短歌》《睡夢中他們帶著我》；（里爾克）《愛情》《先知》《寂靜》《少女之禱（1）》《少女之禱（2）》；（海塞）《春情曲》（里特郝斯）《眼睛》（佚名）《西發爾之歌》。

　　《詩人雪萊的故事》鄭清文，上海文化供應社，1947 年 11 月初版。130頁，收入少年文庫，定價二元一角。

　　《浮士德》（全譯本）〔德〕歌德著，郭沫若譯，上海群益出版社，1947 年11 月出版。書前附有譯者新撰寫的長篇作品導讀《〈浮士德〉簡論》：「歌德的《浮士德》，我算全部把它譯完了，但我只能算得是一個《浮士德》的譯者，是沒有資格稱為《浮士德》的研究者的。研究《浮士德》的書。雖然不能夠說是汗牛充棟，但要把它們讀完，就費畢生的精力恐怕都是辦不到的。這些研究的書籍，除掉德國人著的之外，還有其他各國人的，你想想看，誰有這樣的精力讀完那些書？我在前也曾搜集過一些，就我所小小的搜集，也不下四五十種，而那些書都在北伐戰役後，我到日本去亡命之前，在上海完全失掉了。今天我雖然譯完了《浮士德》，我手中所有的就只有幾種《浮士德》，關於研究它的書是一本也沒有的。因此別的研究者們對於《浮士德》的看法是怎樣，或者在今天沒有什麼最新的看法，像大學教授們的貨郎擔那樣去敘述，我實在沒有資格來做，不要說讀一些研究書，事實上要想真正成為一位《浮士德》的研究者，起碼歌德的全部著作是應該通讀的，就再讓一點，在《浮士德》成形之前的《原浮士德》和《浮士德斷片》以及關於《浮士德》的殘稿和作者自己的記述與談話，至少是應該全部閱讀的。但這些我都沒有辦到，也沒有意思來辦到。今天要我來通讀《歌德全集》實在是多餘的事，……」有鑑於此，譯者只得承認這篇導讀是「譯讀了一部書，『讀後感』之類的東西」。譯者說《浮士德》「是一部很難理解的作品」，「是一部靈魂的發展史，或一部時代精神的發展史」。譯者還特別指出《浮士德》「是一部詩劇」。這篇「導讀」的重點全在以一個詩

人譯者的角度去解讀作品。此外譯者還從知人論世的角度解讀了著者歌德，說「歌德本是一位進化論的前驅者」：「浮士德主張的是有為哲學，你沒有看見老博士把《聖經》的『泰初有道』譯成為『泰初有為』，感受著狂熱的滿意嗎？」因此譯者說：「歌德並不是一位耶穌信徒，照他的生活方式和思維方式看來，毋寧是反耶教的。悲劇中所表現的浮士德也不是一位耶穌教徒，他那種毫無罪惡觀念的超人行徑，甚至在言談中坦白地表示人格神的存在，……」最後譯者說：「我所瞭解的《浮士德》就是這樣，正確與否我不敢保證，但這總不失為一個瞭解。我是在這樣的瞭解之下，化了工夫，把這全部翻譯了出來，不消說也把我自己三十年來的體驗融匯了進去。說不定已不純是歌德的《浮士德》而只是我所聽出的『不如歸去』吧。……——（一九四七年八月二十八日）」。

12 月 1 日

《譯詩兩首》，昱帆譯，《穀雨文藝》第 3 期（11/12 月合刊），1947 年 12 月 1 日。兩首：《悲鳴》菲列浦斯，《征婦淚》丁尼滋。《美國文學的閃爍》，李育中。

《給亞賽陀爾》（詩）L.愛倫坡，培因譯，《文潮》第 4 卷第 2 期，1947 年 12 月 1 日。

《面具》（The Mask）〔英國〕伊麗莎白，巴蕾白朗寧，Elezabeth Barret Browning 著，郁靈雷譯，《世界月刊》第 2 卷第 5 期，1947 年 12 月 1 日。

《由〈神曲〉談但丁》羅靈智，《臺灣文化》第 2 卷第 9 期，1947 年 12 月 1 日。

《假如上帝對我這麼說》詩，〔匈牙利〕裴多菲作，孫用譯，《文壇》第 6 卷第 6 期，1947 年 12 月 1 日。《看啊，一個播種者向前去播種》詩，〔俄〕普希金作，梁蔭本譯。《白鵠之歌》散文詩，〔保加利亞〕卡利瑪作，孫用譯。

12 月 4 日

《夏濟安致夏志清》（1947 年 12 月 4 日）：信中說：「火奴魯魯發一信，收到已多日，連日稍忙，無暇作覆，燕卜生〔蓀〕介紹信茲附上，希望發生作用。據他說，芝加哥大學（Univeraity of Chicago，以下簡稱『芝大』）他只認識一位英人 David Daiches〔註55〕，其人頗 'dull'，他不喜之，唯芝大則確為

〔註55〕 David Daiches（戴啟思，1912～2005），蘇格蘭文學史家，文學批評家，代表作有 *A Critical History of English Literature* 戴啟思《批評的英國文學史》（三卷），曾任教於愛丁堡、芝加哥、劍橋、印第安納等大學。

好學校云。這半年我勸你暫留 Kenyon，該校於明夏舉辦一暑期講習會。可稱『群英大會』，發請帖 18 封，請艾略特等名批評家講學。燕卜生也曾收到，渠希望如能供給來回飛機票，則他頗願一來。有機會能和這輩第一流腦筋切磋一堂，實是難得好事，你可真稱為『不虛此行』」。〔註56〕

12 月 7 日

《新寫作》（書評）袁可嘉，天津《天津《大公報・星期文藝》1947 年 12 月 7 日。The Penguin New Writing 30, John Lehmann 編，1947 年出版 Penguin Books, London.售價一先令，共 192 頁。「一九四七年的《新寫作》，茁實健壯一如往昔哦，裝訂卻更顯得精緻了些；詩、小說、批評照例擠得滿滿的，我們自無法逐篇評述；⋯⋯里爾克的《杜伊諾哀歌》，艾略特的《四首四重奏》，和我們家產的《阿 Q 正傳》也是；我們甚至可以說，稱得上偉大的文學作品幾乎無一不是的，在書評的範圍裏，我們對於這個主題所得加的注釋只能僅止於此；為什麼要有『象徵』，因為詩（文學）是想通過文字而超越文字！用金岳霖先生的話說『說那不能說的。』為什麼要有結構，成系統，因為大作品之所以成為大是由於它對宇宙人生的全面的，整體的處理；既然是全面性的，它自然得有次序，象徵系統本身也就因此得有內在的規律。」

12 月 11 日

《答〈大公報・出版界〉》編者問，錢鍾書載 1947 年 12 月 11 日上海《大公報・出版界》。

12 月 12 日

《夏志清致夏濟安》（1947 年 12 月 12 日）：「十二月二日離舊金山後還沒有寫信給你，因為行綜〔蹤〕不定。前天（十日）晨乘公共汽車這由 Oberlin 至 Gambier 訪 Ransom〔註57〕。Ransom 是一個 genuinely Kind old man（born 1888），真心待我，請我吃了午飯，他一直盼望我來，並告訴我消息，Empson〔註58〕今

〔註56〕《夏志清夏濟安書信集　卷一　1947～1950》，浙江人民出版社，2017 年 3 月，第 8 頁。

〔註57〕藍蓀（John Crowe Ransom，1888～1974），美國批評家、詩人，「新批評」派的領軍人物，代表作有《詩歌：本體論筆記》（*Poetry: a Note in Ontology*，1934）、《新批評》（*The New Criticism*，1941）等。

〔註58〕Empson，燕卜蓀。

夏已決定來 Kenyon，不知此消息在北平已傳出否？今夏 Kenyon 預備設立
Summer School of English 廣羅批評人才，Empson，Brooks〔註 59〕，Winters〔註
60〕，Tate〔註 61〕，Harry Levin〔註 62〕，Trilling〔註 63〕都答應來，屆時確是一
椿盛舉。我已決定去 Kenyon……」〔註 64〕

12 月 13 日

《遊歷者的眼睛》書評，錢鍾書，載 1947 年 12 月 13 日《觀察》週刊第
3 卷第 16 期。

《吳宓日記》：「十二月十三日，星期六。晴。寒。……晚讀 Winternitz '*Some
Problems of Indian Literature*'〔註 65〕薄冊，完。般赴漢，明日下午始歸。」

12 月 15 日

《戰後法國之報紙》（巴黎通訊），重馬，《文訊》第 7 卷第 6 期（1947 年
12 月 15 日）。《所謂存在主義》（國內文化述評），孫晉山。

〔註 59〕 Brooks（Cleanth Brooks，克林斯‧布魯克斯，1906～1994），美國批評家，耶
魯大學英文系教授，「新批評」派領軍人物，曾創辦《南方評論》（*The Southern
Review*），主要著作有《現代詩與傳統》（*Modern Poerty and the Tradition*，1939）、
《精緻的甕》（*The Well Wrought Urn*，1947）等。

〔註 60〕 Winters（Yvor Winters，伊沃爾‧溫斯特，1900～1968），美國詩人、文學批評
家，主要著作有《詩集》（*Callected Poems*，1952）、《批評的功用》（*The Functiom
of Criticism: Problems and Evercises*，1957）、《論現代詩人》（*On Modern Poets:
Stevens, Eliot, Ransom, Crane, Hopkins, Frost*，1959）等。

〔註 61〕 Tate（Allen Tate，艾倫‧泰特，1899～1979）藍蓀的學生，美國詩人、批評家、
散文家，主要著作有《論詩的局限》（*On the Limits of Poetry: Selected Essays,
1928~1948*，1948）等。

〔註 62〕 Harry Levin（哈利‧列文，1912～1994），美國文學批評家，比較文學家，1933
年畢業於哈佛大學，終身任教於哈佛。主要著作有《象徵主義與小說》
（*Symbolism and Fiction*，1956）、《折射：比較文學論文集》（*Refraction: Essays
in Comparative Literature*，1966）等。

〔註 63〕 Lionel Trilling（萊昂內爾‧特里林，1905～1975），美國批評家，「紐約知識分
子」群體的核心人物，任教於哥倫比亞大學。主要著作有《自由的想像》（The
Liberal Imagination，1950）、《超越文化》（Beyond Culture: Essays on Literature
and Learning，1965）等。

〔註 64〕 《夏志清夏濟安書信集　卷一　1947～1950》，浙江人民出版社，2017 年 3 月，
第 26～27 頁。

〔註 65〕 Winternitz '*Some Problems of Indian Literature*'，溫特尼茨《印度文學的若干問
題》。

《修養的讀書》東郭生，《聚星月刊》復刊第 1 卷第 6 期，1947 年 12 月 15 日。

12 月 16 日

《司班得詩抄》史魚譯，《創世曲》，燕京大學新詩社主編《詩土地叢刊之一》，1947 年 12 月 16 日。《奧登詩抄》吳季譯。《再談談白話詩的音韻》陸志韋。

《普希金的故事詩：沙皇薩爾旦的故事》普希金，戈寶權譯，《開明少年》第 30 期、32 期、33 期、34 期上連載，1947 年 12 月 16 日、48 年 2 月 16 日、3 月 16 日、4 月 16 日。

12 月 17 日

《夏濟安致夏志清》（1947 年 12 月 17 日）：「舊金山來信才到，讀後殊為興奮。燕卜生的介紹信已掛號寄 Jelliffe 轉，沒有注明給芝大，你如有意進別的大學，也可利用之敲門。現在 Kenyon 讀一個時期，此意甚善，將來究竟進什麼大學，慢慢地調查接洽可也。」「江南大學之事尚未決定。……我現在也不覺得江大有什麼誘惑，除非冒鋌而走險之心理，或者回去一試。其實江大決不會造成什麼事業，錢學熙〔註 66〕的 monomaniac 'Up-creatsm'〔註 67〕將難為西洋人接受，而他的胸襟因其自信過甚而難以展開。他的批評因對文學無真心欣賞而不能真有見地，結果他如有著作，恐也難以站得住。袁可嘉學力不夠，而欺世盜名之心甚切，好作詩論，而對於詩歌的興趣甚狹，假如其興趣是真，他的著作更難有價值。因錢學熙尚可自騙自地認為受高尚理想所激動，而他則毫無理想，就是大言不慚地談『新』詩、『新』批評而已。他們都是臉皮厚的人，我這個嫩臉皮的人恐怕和他們難以久處。……」〔註 68〕

〔註 66〕錢學熙（1906～1978），無錫世家，自學成才，專攻西方文論，對艾略特情有獨鍾。為此，他系統重讀利維斯（F.R.Leavis）、理查茲（I.A.Richards）、艾略特（T.S.Eliot）、布魯克斯（Cleanth Brooks）、燕卜遜等西方大家的著作，試圖理清他們的思想脈絡。他計劃先寫好艾略特和理查茲的研究，然後再往上溯源，研究柯勒律治（Samuel Coleridge）、亞里士多德等人，形成一本十多萬字的著作，書名就叫 Studiesin Literary Criticism（《文學批評研究》），最後還可以再寫一本自己的《批評原理》。

〔註 67〕Creatsm 英文無此字，可能是筆誤，應作 criticism，夏濟安認為錢學熙堅持自己的「向上」哲學，其時錢在北京大學講授文學批評。

〔註 68〕《夏志清夏濟安書信集 卷一 1947～1950》，浙江人民出版社，2017 年 3 月，第 16～17 頁。

12 月 19 日

《吳宓日記》:「十二月十九日,星期五。晴。風止,寒大減。然室內仍結冰。宓上午赴校,復田悟謙〔註69〕函。10～12 上課。下午,仍爇火盆,在小室中讀書。坐寐。所讀為 E.A.Poe 之 *Philosphy of Composition*(1846)〔註70〕等,晚同。」

12 月 21 日

《吳宓日記》:「十二月二十一日,星期日。晴。寒大減。室中盆水,僅浮碎冰。……終日在小室中,爇火盆,讀書,飲水而已。所讀 H.J.C.Grierson 'Cross Currents in 17th Century English Literature'深覺十七世紀之英國,極似今日之中國。……而人文主義在彼時與在今日,皆有不絕如縷之危險也。……」

12 月 24 日

《吳宓日記》:「陰。和暖。晨辦公。請學校撥款翻印《戲劇》讀本。函臺灣大學文學院長兼外文系主任錢歌川〔註71〕,介薦葉一明〔註72〕為教授。葉昨電話催求。附函。復助教齊邦媛〔註73〕十一月二十四日函。畢業論文寄到。上午 10～11 上《文學批評》課,到三四學生而已。……訪君超,食酥糖。宓

〔註69〕 田悟謙為法國駐武漢領事館副領事。

〔註70〕 E.A.Poe 之 *Philosphy of Composition*(1846),埃·亞·坡之《作文之原理》(1846)。Edgar Allan Poe 埃德加·亞倫·坡(1809～1849),美國詩人、小說家和文藝評論家。

〔註71〕 錢歌川(1903～1990),原名慕祖,筆名歌川、味橄等。湖南湘潭人。著名的散文家、翻譯家。1920 年赴日留學。1930 年進上海中華書局做編輯。1931 年參與主編《新中華》雜誌。1936 年人英國倫敦大學研究英美語言文學。1939 年回國後任武漢、東吳等大學教授。曾與魯迅、茅盾、田漢、郭沫若、郁達夫等文化名人交往,參與文化運動。1947 年春,前往臺北創辦臺灣大學文學院並任院長。1972 年底,以 70 高齡退出講臺,移居美國紐約。譯著有《地獄》、《翻譯漫談》等

〔註72〕 葉一明,漢陽人,清華 1937 經濟系畢業。當時卸任國立河南大學外文系主任。住漢口勝利街中美大藥房。(據《吳宓日記》1947 年 11 月 30 日)。

〔註73〕 齊邦媛(1924～),女,漢族,遼寧鐵嶺人,臺灣地區以及國民黨政界人士齊世英長女,國立武漢大學外文系畢業,1947 年到臺灣,1968 年美國印第安納大學研究,1969 年出任中興大學新成立之外文系主任,1988 年從臺灣大學外文系教授任內退休,受聘為臺大榮譽教授迄今。曾任美國聖瑪麗學院、舊金山加州州立大學訪問教授,德國柏林自由大學客座教授。代表作《巨流河》等。

述己意，宓今不當株守某校，從一而終。而當超空獨立，各方交際，往來兼顧。如離婚夫人，專為己之實利，周旋眾友間，不必再嫁，蓋不得已也。云云。超表示贊同。」

12 月 26 日

《吳興華致宋淇》（1947 年 12 月 26 日）：

最近雜誌上常登一個名叫穆旦的詩作，不知你見到過沒有？在許多角度看起來，可以說是最有希望的新詩人。他的語言是百分之百的歐化，這點是我在理論上不大贊成的，雖然在實踐上我犯的過錯有時和他同樣嚴重，還有一個小問題是他的詩只能給一般對英國詩熟悉的人看，特別是現代英國詩，特別是牛津派，特別是 Arden〔註74〕，這種高等知識分子的詩不知在中國走得通否？

《吳宓日記》：「十二月二十六日，星期五。陰。小雨。遲起。上午郭朝傑來，託以致錢歌川函送交葉一明。又託往見王錚如，商宓在漢講《石頭記》事。10～11 上《文學批評》課，講自由意志與定命論等。到者三人。」

12 月 31 日

《吳宓日記》：「十二月三十一日，星期三。晴。晨 8～9 上課。忘攜講義，遂改易次序。先講希伯來文學。9～10 辦公。10～11《文學批評》課，學生多不到。……」

12 月

《從翻譯說到批評》陸志韋，《文學雜誌》第 2 卷第 7 期，1947 年 12 月。《當前批評的任務》袁可嘉。《時勢造成的傑作》羅大剛。《浮士德悲劇選譯》梁宗岱譯。《兩部〈法國文學史〉》（法國 D. Nisard 著，中國吳達元著），陳占元。

〔註74〕 Arden，似筆誤，疑為奧登（Wystan Hugh Auden，1907～1973）1907 年生於約克郡。1922 年開始寫詩。1925 年入牛津大學攻讀文學。30 年代他以第一部《詩集》成為英國新詩的代表；被稱為「奧登派」或「奧登一代」的詩人，又是英國左翼青年作家的領袖。1936 年出版代表作詩集《看吧，陌生人》。1937 年赴馬德里支持西班牙人民反法西斯鬥爭，發表長詩《西班牙》。次年訪問中國。與衣修午德合著《戰地行》。1946 年加入美國籍。後期作品帶有濃重的宗教色彩，主要詩作有《阿基琉斯的盾牌》、《向克萊奧女神致敬》、《在屋內》、《無牆的城市》。奧登被認為是繼葉芝和艾略特之後英國的重要詩人。

　　《何謂「自由主義」？》From "life" Editorial，朱公趨譯，《名著選譯月刊》第 33 期，1947 年 12 月。

　　《喬叟的地位和他的敘事技能》方重，《浙江學報》（浙江大學編輯）第 1 卷第 2 期（第 63〜70 頁），1947 年 12 月。

　　《流浪漢的歌》（美國民謠）袁水拍譯，《詩創造》第 6 輯，「歲暮的祝福」，1947 年 12 月。

　　《戰時情詩七章》，〔法〕愛呂亞作，戴望舒譯〔註 75〕，七章：《公告》《受了飢饉的訓練》《戒嚴》《一隻狼》《勇氣》《自由》《蠢而惡》。據戴望舒手稿：「這裡所譯的七首詩，均自一九四六年巴黎子夜出版社刊行的《Au Rendez-vousallemand》譯出。」

　　《普希金詩四章》戈寶權譯，目次：《冬天的黃昏》《我又重新造訪》《先知》《三泉》。文前有題記：「十一年前俄國大詩人普希金逝世百年祭祀，上海蘇聯僑民曾在上海舊法租界祁齊路賈爾業愛路口建有詩人之銅像，以志永久紀念，不幸此銅像後日軍搬走。今春二月適為普氏逝世一百一週年祭，蘇聯僑民又集資重造新像。此新像係在莫斯科定制，出自蘇聯名雕刻家陀莫迦次基之手。現此新治之半身銅像已於日前自蘇聯運滬，聞於本月間舉行揭幕典禮。」

　　《和君新談詩》成輝，此文在談到自己在追求詩藝時的困惑時，引用 T.S. 艾略特的長詩《東柯刻》中幾行作注說明：「二十年大部分荒廢了，徘徊兩個世界之間——／想學習怎樣運用文字，而每一個企圖／都是一個暫新的出發，一種不同的失敗，／因為當一個人好容易學會了操縱文字／他又發現這種文字所能說出的東西他已經不願再說，／他所能適用的形式他已經不願再用。」（用李嘉譯文）

　　《詩五首》（五首：致芝加哥工廠家、在激流的轟響聲中在頭上飛逝、火苗在小爐子裏撲擊、一個人俯下身去看流水、春天的預感），蘇爾柯夫作，林陵譯，《蘇聯文藝》第 31 期「詩歌」，〔蘇聯〕羅果夫編，上海蘇商時代書報社，1947 年 12 月。「文錄」欄「萊蒙托夫特輯」：《萊蒙托夫與普希金》屠雷林作，葆荃譯；《詩十章》（1. 悼念詩人之死；2. 給……；3. 願望；4. 天使；5. 帆船；

〔註 75〕 後有「附記：作者愛呂亞（Paul Eluard），法國當代大詩人，超現實主義的領袖。在法國淪陷期中，他是抗戰作家的中堅份子，秘密出版社和地下戰鬥的組織者。勝利後加入共產黨。《戰時情詩七章》作於淪陷期，現收入 Au Rendez-Vous Allemend 集，自然不是情詩而是抗戰詩，晦澀了一點，那是不免的。第一，這是在敵人鐵蹄下寫出來的，其次，他到底還是一位超現實主義詩人。」

6.給摩辛娜・普希金娜伯爵夫人；7.再見吧，污穢的俄羅斯；8.一株松樹；9.夢；10.不要哭吧，我的孩子）萊蒙托夫作，戈寶權譯。

　　《普希金文集》〔蘇〕羅果夫編，戈寶權譯，上海時代書報社，1947 年 12 月初版，1948 年 10 月再版，1949 年 4 月 3 版，8 月 4 版。405 頁，有插圖，16 開。共分 3 部分：第 1 部分為普希金作品中譯，包括詩歌 40 餘首，戲劇 2 部，散文 3 篇。詩歌目次：詩選《譯者前言》《我的墓誌銘》《給娜泰霞》《玫瑰》《給黛麗亞》《再見吧，真誠的槲樹林》《致察爾達耶夫》《哀歌》《繆斯》《囚徒》《只剩下我孤獨的一個人》《真誠的希臘女郎啊！》《小鳥》《荒原中的自由底播種者》《蝗蟲飛呀飛》《致大海》《致巴赫切莎拉伊宮的水泉》《給凱恩》《假如生活欺騙了你》《致西伯利亞的囚徒》《夜鶯》《三泉》《阿里昂》《給奶娘》《美人，不要在我面前再唱》《預感》《一朵小花》《頓河》《冬天的早晨》《我曾經愛過你》《致詩人》《茨風》《回聲》《夜鶯》《我又重新造訪》《紀念碑》《長詩：茨岡》《後記》《故事詩：漁夫和金魚的故事》《牧師和他的工人巴爾達的故事》。第 2 部分研究普希金的論文，包括俄國、蘇聯及中國的作家和詩人論普希金的文章。第 3 部分為普希金在中國，包括《普希金在中國》（戈寶權）、《普希金作品中譯本編目》、《編目補錄》、《普希金生活與著作年表》、《普希金紀念碑在上海》（羅果夫）等。卷首有羅果夫的《普希金文集序》和魏列薩耶夫《普希金略傳》。

　　《華茨華斯及其序曲》李祁〔註 76〕著，上海商務印書館，1947 年 12 月初版，95 頁，32 開。本書對英國浪漫派詩人華茲華斯（1770～1850）及其長詩《序曲》作了評價，內分《華茨華斯的自然詩》、《作〈序曲〉的經過》、《序曲》《華茨華斯的故鄉》〔註 77〕等 4 篇。作者說她 1934 年春讀華茨華斯的詩歌，

〔註 76〕李祁（1902～1989），女，湖南長沙人。20 世紀 20 年代曾為徐志摩學生，與徐志摩有書信往來。1933 年李祁作為首屆庚款留學生留學英國牛津大學學習英國文學。後來李祁任教國內多所大學，講授英國文學。《華茨華斯及其序曲》是我國研究華茲華斯的最早專著。以後她又著有《英國文學史》（1948.1）。李祁 1951 年赴美，從事中國文學和英國文學研究，她在中國古典詩詞方面也頗有造詣，她還是當代著名的海外女詞人。擅長新儒學批評，學術著作近 10 種。

〔註 77〕作者在《華茲華斯的故鄉》裏說他在華氏故鄉度假，意識到了華氏故鄉的山水與其詩歌創作的血肉關係：「我望著那一幅山水，如同受了一下打擊，同時我也忽然瞭解了華氏的詩。我對於華氏的詩如同他的性格，曾有覺得不懂的地方，或是懷疑的地方。這時，面對著他的家鄉，我似乎一切都懂了，徹底的名了他的詩他的詩一定如此，不能是別樣的緣故。這樣的山水，自然產生華氏

想以華茲華斯作為牛津大學的論文題目,去華茲華斯家鄉度假。李祁的牛津導師戴碧霞女士(Miss. Helen Darbishire)是研究彌爾頓與華茲華斯的專家。

《新詩雜話》朱自清著,1947 年 12 月上海作家書屋初版。發行人姚蓬子。此書收有:

著者序、新詩的進步、解詩、詩與感覺、詩與哲理、詩與幽默、抗戰與詩、詩與建國、愛國詩、北平詩、詩的趨勢、譯詩、真詩、朗讀與詩、詩的形式、詩韻、詩與公眾世界。

著者序末署有:「朱自清　三三年十月,昆明。」

本年內

《為了你呵!民主》惠特曼作,綠葉,《翻譯月刊》第 5～6 號「英詩選譯」,1947 年。(未見封面,日期不詳,英漢對照)

《兒童的夏》〔美〕鮑爾遜著,蔣衡譯,上海現代出版社 1947 年出版。書內有:《一個懶惰的孩子》(詩)。

《看哪,這個人!》尼采著,劉恩久譯,瀋陽文化書店,1947 年出版,128 頁,32 開,散文集。

《白居易的早年生活》(*The Early Years of Po Chü-I*)〔註 78〕,〔英〕阿瑟‧韋利(Waley,Arthur)作,英國《科恩希爾雜誌》,1947 年冬。

《中國古代社會的組織》(Social Organization in Ancient China)〔註 79〕,〔英〕阿瑟‧韋利(Waley,Arthur)作,The Modern Quarterly, Vol.2, No.3, 1947 年。pp.208～214。

《秋聲賦》〔宋〕歐陽修著,〔英〕阿瑟‧韋利(Waley,Arthur)譯,英國《中學月刊》第 4 期,1947 年。

那樣的詩人和那樣的詩。」(81 頁)該書還特別提到華氏對自然山水的那份敬畏之心。「因此,他對於自然的態度,不僅是敬愛的,而且是感激莫名的。由於這許多情緒的交織,再由於那一點神秘的畏懼作為一點根源,所以華氏的詩內,常常有些句子非但不能翻譯,就連英國人也不能以英文來理解。欣賞及瞭解這些詞句的程度,全要憑藉讀者體會他的身世,他的故鄉山水的特色,再融以想像的理解力,才能有所領悟。」(第 58 頁)

〔註 78〕此文為《白居易的生平與時代》(The Life and Time of Po Chü-I,772～846 A.D.)的第一章。

〔註 79〕阿瑟‧韋利的《中國古代的社會組織》主要分析詩人白居易所生活時代的社會背景。後來也收入《白居易的生平與時代》一書中。

《〈金剛經〉菩提流之譯本》（The Diamond Sutra），〔英〕Price，A.F.作，英國倫敦 Buddhist Society 1947 年出版。

《中國語言與馬克思主義的實踐》〔法〕艾田蒲著，收在《六論三獨裁》，法國巴黎，清泉出版社，1947 年伽利瑪出版社出版發行。

《蘇東坡傳》（The Life and Times of Su Tungpo），林語堂著，1947 年美國紐約出版。

《唐人絕句百首》（Cent quatrains dans Tang）羅大剛譯，1947 年巴黎初版。

《倮倮婆民歌》，〔法〕Lieard，Alfred 譯，1947 年《震旦大學學報》第 3 輯第 8 期。

《倮倮婆民歌》，〔法〕Yo，You-Sya 譯，1947 年《震旦大學學報》第 3 輯第 8 期。

《中國當代詩選》（Contemporary Chinese Poetry）〔註 80〕，〔英〕Robert Payne（羅伯特・白英）主編，1947 年英國倫敦 Routledge 出版社初版。此書選譯現代詩人徐志摩 8 首、聞一多 14 首、何其芳 8 首、馮至 15 首、卞之琳 16 首、俞銘傳 11 首、臧克家 12 首、艾青 8 首、田間 12 首。

《白駒集：中國古今詩選》（The White Pony: An Anthology of Chinese Poetry from the Edrliest Times to the Present Day Company），〔英〕Robert Payne 羅伯特・白英主編，1947 年由美國紐約 The John Day Company 出版社初版。此書編選、翻譯工作與《中國當代詩選》同步進行，這部譯詩選集上起周代、下至民國，從《詩經》《楚辭》《離騷》到現代。其中現代有聞一多 4 首、馮至 8 首、卞之琳 2 首、俞銘傳 1 首、艾青 3 首、田間 3 首。

《讚頌十七世紀意大利耶穌會傳教士的中國詩人》（Poeti cinesi in lode dei missionary gesuiti italiani del Seicento），〔意〕德禮賢（Pasquale M.D'Elia，1890～1963）著，意大利《天主教文明》La Civiltà Cattolica 雜誌，1947 年第 4 期（總 98）。pp.560～569。

《中國古代詩歌》〔捷克〕博胡米爾・馬泰休斯意譯，1947 年捷克布拉格第 7 版。普實克「後記」，92 頁，印 10000 冊。

〔註80〕此譯詩集由英國詩人、戰地記者、報告文學作家 Robert Payne 主持編選、翻譯，西南聯大的許多師生如卞之琳、馮至、聞一多等，都參與了編選、翻譯和校對的全過程。

《中國古詩新編》〔捷克〕博胡米爾・馬泰休斯意譯，1947 年捷克布拉格第 6 版。50 頁。

《中國歷朝閨秀詩集》〔日〕那柯秀穗譯，日本東京地平社 1947 年版。

1948 年

1 月 1 日

《明月及其他》，英國 W.H.戴維斯作，伯石譯，《十月風》第 1 卷第 5 期，
1948 年 1 月 1 日。目次：《舞女》《錢》《綠色的天幕》《醫院候診室》。譯後記：
戴維斯（W.H.Davies），英國當代行吟詩人，1870 年生於威爾斯（Welles），少
年時代便出奔故鄉，在歐美兩大洲過著流浪生涯，做過乞丐、流氓、竊賊……
他的生活，形式上雖然是醜惡的，卻充滿著詩樣的情緒：浪漫、奔放、趣味、
刺激……後來被火車碾斷了腳，便終生殘廢。他底詩的題材，多是取自美麗大
自然，受難的人民和人類的愛；文筆清麗，內容新鮮，我們在他的詩裏，找不
出一絲塵土氣和世俗氣，他最反對都市生活，輕視金錢，蕭伯納首先賞識他的
詩才，稱讚他道：「他的技巧，完全出於兒童文學的一路，如沙漠的清泉，使
我在這兒見到了一位純潔的詩人。」他底《流浪者自傳》（Autobiography of A
Supertanap，我國有黃嘉德及魯丁的譯本），被公認為自傳文學的標準名著。詩
集出版甚多，於 1934 年刊行全集，這裡的幾首，便是從全集中選譯出來的。
譯者‧十一月‧南昌。

《泰史特爾詩抄》，（Sara Teasedale），洛揚譯，《十月風》第 1 卷第 5 期，
1948 年 1 月 1 日。標題誤為持爾，譯者前記：「泰史特爾（Sara Teasdale）是
美國近代詩人，於 1884 年生於聖路易，回國遊歷後，即居 Wear East，1914 年，
與 E.B.菲爾新格爾（Ernst B.Filsinger）結婚，1916 年後居於紐約，1918 年出
版之詩集《火焰和影》（Flane And Shadow）是她最出色的作品」。目次：一、
水百合；二、讓它忘去；三、燕；四、五月天；五、死後；六、債。

《亞里斯多德論悲劇》，陳夜，《十月風》第 1 卷第 5 期。

《我的心跳躍起來》〔英〕華茲華斯著，黃宗津譯，《青年界》新第 4 卷第 5 號，1948 年 1 月 1 日。

《在諾蒂哀家的一晚——法國浪漫主義作家的浪漫史》〔註1〕，獨山，《幸福》第 2 卷第 2 期（14 期）「名人戀歌」（1948 年 1 月 1 日）。

《論東西文化》陳力，《現代》第 6 期，1948 年 1 月 1 日。《羅馬史與史家》John Macy 著，管佩韋譯；《茶與宋禪的生活》程光裕。

《黃昏》〔俄〕普希金作，梁蔭本譯，《文壇》第 7 卷第 1 期，1948 年 1 月 1 日。

1 月 5 日

《夏濟安致夏志清》（1948 年 1 月 5 日）：「Empson 只要 Kenyon 肯出飛機票錢，他就肯來〔註2〕。他的兩個孩子在中國小學校念書，中文說得很好。他教『大四作文』和『莎士比亞』大受歡迎，唯『近代詩』一般人尚嫌太深，他的 *Seven Types*〔註3〕有新版出書，承他借我一閱，看後我對他的學問與智力均大為佩服。Brooks 確不如他。」〔註4〕

1 月 6 日

《吳宓日記》：「一月六日，星期二。晴。和暖。……下午，為正中書局編審部，審查王維克譯 Kālidasā〔註5〕《時令之環》及《雲使》二詩劇，並請金克木複審。明日，寫具《審查書》，連原件掛號寄滬……」。

1 月 8 日

《吳宓日記》：「一月八日，星期四。半陰晴。……下午 1：30 田悟謙 Jean

〔註 1〕有編者按語：1927 年，法國為了慶祝浪漫文學百週年紀念，在巴黎舉行了一次空前未有的集會，不但有有關浪漫文學的種種展覽，並為了一百年前為浪漫派所組成的「沙龍」的誕生紀念，特假座里昂音樂院，將當時著名的「諾蒂哀沙龍」搬上舞臺。諾蒂哀在兵庫圖書館的沙龍是一百年前最受人注意最令人敬仰的文會，也可以說浪漫文學完全是從這個沙龍產生出來的。

〔註 2〕指燕卜蓀參加 Kenyon 學院 1948 年舉辦的世界「新批評」文論研討會。

〔註 3〕指燕卜蓀著「*Seven Types of Ambiguity*」，《晦澀的七種類型》又譯《朦朧的七種類型》或《復義七型》。

〔註 4〕《夏志清夏濟安書信集　卷一　1947～1950》，浙江人民出版社，2017 年 3 月，第 39～40 頁。

〔註 5〕Kālidasā 迦梨陀婆（創作時期約 5 世紀），印度詩人、劇作家、梵文語言大師。

Charles de Dianous da la perrotine〔註6〕（法國駐漢口副領事，武大外文系特約講師）來，陪至文學院 2〜4 上《法國文學史》課。4〜5 上《法語會話》課。送上校車別去。」

1 月 10 日

《調整大學文學院中國文學外國文學二系機構芻議》，聞一多遺著，《國文月刊》第 63 期，1948 年 1 月 10 日。《關於大學中國文學系的兩個意見》，朱自清。

1 月 15 日

《戰後期歐美文學何處去》，孫晉三，《文訊》第 8 卷第 1 期（1948 年 1 月 15 日）。

1 月 17 日

《吳宓日記》：「一月十七日，星期六。晴。上午，在宿舍預備演講，以熱水濯足。下午 1：30 至系中，侯國文系三年級生郭銘鑫來，陪往為該系學生講《西洋學者論中國文字文學》，不至。……晚訪煦，研究英詩，讀所編《新語》中吳興華所作新詩，確係精上。」

1 月 25 日

《二十世紀幾種主義的剪裁》（內文標題為《二十世紀各種主義的剪裁》）剋夫，《烽火》北平烽火社發行，綜合月刊，第 1 期（創刊號）「專論」欄，1948 年 1 月 25 日。同期有：《從歷史上鳥瞰中國國民性》王翰芳、《論中國文藝的時代性》（內文標題為《談文藝之時代性》）張伯駒、《流氓導演了中國社會》賴夫、《論西洋史的研究》戚佑烈。

《泰戈爾與世界文化》〔註7〕，周子亞，《讀書通訊》第 149 期，1948 年 1 月 25 日。

1 月 31 日

《介紹幾首德國的戀歌》（包括 10〜19 世紀四首著名戀歌的譯文）張威

〔註6〕佩羅丁的讓·理查·德·狄阿奴。另一漢名田友仁。
〔註7〕內文署有副標題：「——亂世中念此世界偉人並介紹其和平鄉」。

廉，《文藝先鋒》第 12 卷第 1 期，詩歌專號，1948 年 1 月 31 日。《輕騎兵旅團之攻擊》〔英〕但尼生作，李洛夫譯。《正義終必伸張》〔英〕G.麥西作，伯石譯。《惠特曼詩抄》（譯目：晚上，孤獨地在海濱、撲燈蛾、蚯蚓、我坐著注意、我聽見亞美利加在歌唱）伯石譯。《給伯蒂》Thomas Burn 作，聖時譯。《把我搖睡》Elizabeth A.Allen 作，聖時譯。《戰地詩抄》〔美〕K.雪勃羅作，劉咸震譯。《薄暮》C.威爾拜作，言茄譯。

1 月

SOLE NOTES ON LITERARY CRITCISM 錢學熙作，《學原》第 1 卷第 9 期，1948 年 1 月。

《巴金（一個法國人的巴金論）》，（法）白利安作，簡正譯，《開明》新 3 號（總第 41 號）（1948 年 1 月）。

《愛呂亞詩抄》戴望舒譯，（附記：「作者愛呂亞（Paul Eluard），在戰前是法國超現實主義的領袖和罕有的天才詩人……這裡所譯的七首詩，均自 1946 年巴黎子夜出版社刊行的 Au Rendez-Vous Allemand 譯出」）《新詩潮》第 1 期，1948 年 1 月出版。《新詩潮》，詩歌季刊，1948 年 1 月創刊於上海，新詩潮出版社出版，新詩潮社編輯，浦東南匯惠豐印務局承印。1943 年曾在桂林出版 15 期，1948 年上海復刊，期號另起。僅錄所見上海 1～4 期。七首詩分別是：一、《公告》；二、《受了飢饉的訓練》；三、《戒嚴》；四、《一隻狼》；五、《勇氣》；六、《自由》；七、《蠢而惡》。

《前瞻》〔英〕勃朗寧作，屠岸譯，《詩創造》第 7 輯「黎明的企望」，1948 年 1 月。（文末有譯者記：「勃朗寧 R.Browning，十九世紀英國詩人，於其夫人 E.Barrett 亦名詩人，死後數月寫此詩……」）。

《拉德生詩兩章》戈寶權譯，題記：「塞萌・雅柯武萊維奇・拉德森（Semyon Yakovlevich Nadson）是俄國十九世紀後三十年中的一位名詩人。他誕生於 1862 年，早年喪父，生活非常窮苦，後來在彼得堡的中學和軍校讀過書，並曾在軍隊供過職，1887 年以肺病死於南俄的雅爾泰，時年方二十五歲。他的詩在十九世紀後三十年中甚為流行，直到二十世紀的初葉還銷行著。」目次：《無題》《月夜》。

《英美近代六大意象派詩人》蘇新，文中說「意象派（Imagism）這一名詞在英美詩壇上已成為過去，但是在中國知道它的源流和演變的人似乎還不

太多。現在把它的歷史和六個足以代表這一派的詩人提出做一個介紹」。
「1915 年意象派詩人們出版了一冊詩選，叫做《某些意象派詩人》」，作者特別引用這本詩選「序」中的一段話：應當呈現一個意象（Image），雖然我們並非畫家，但是我們相信詩應當把「特性「正確的表現出來，而非模糊不清地描寫一般的「普遍性」，無論這種「普遍性」是如何富麗堂皇。「他們當中有些人很羨慕中國藝術裏的『畫中有詩，詩中有畫』的境界，和日本人的微帶點憂鬱性的小庭院、假山、花草和俳諧了；也有些人甚至想用音樂來寫詩，你讀完他的詩便如同聽了一曲交響樂，特別注重詩歌的音樂性」。接著介紹意象派的六位詩人：1.「愛丁騰（Richard Aldington），1892 年生於倫敦……著有《舊有和新有的意象》，《欲望的意象》等詩集，他的詩不太注重感官的吸引，用字也很通俗質樸，但是卻充滿了人間味和熱力」；譯代表作《白楊》並淺析。2.「福林特（F.S.Flint）生長於倫敦。他是位意象派詩人，同時也是一位聰明的批評家。他的作品有《在星網中》，《節奏》，和《另一世界》，他的詩的主題較其他意象派詩人的更為接近於一般的人性一點，他多數的詩都與倫敦有關，他代表作如《倫敦》和《天鵝》等。」最後節譯代表詩作《倫敦》片斷，說明其意象詩特色。3.「勞倫斯（D.H.Lanrcnce）1885 年生於英國，他是一位小說家也是一位詩人，他在意象派中別樹一幟，作品多少帶點變態心理，文字是十分優美的。作品中像《蛇》《在黃昏裏》等篇，有人認為是不健康的心理表現，我卻愛著他那點淡淡的像薄暮一樣的憂鬱。」4.「愛彌·勞威爾女士（Amy Lcwell）於 1874 年生於美國麥塞諸塞赤州，歿於 1925 年。她的處女作《五彩玻璃的房子》於 1912 年問世，隨後又出版過《劍刃和罌粟花種》，《男人，女人和鬼》，《中詩選譯》等。她有一種輝煌的想像力和非凡的創造力。她雖然介紹過自由詩和多音散文（Polypbonic Prose），但是她一大部分的作品卻是傳統的有韻體，它也寫過十四行。她選擇題材的對象多半是顏色，香味，這在她的代表作《紫丁香》中可以明顯的看出，《範型》也是她的一首名詩，她很欣賞中國和日本的藝術，而且也很能領略中國人和日本人的藝術境界」，並翻譯《反映》說明其意象詩特色。5.「H.D.（Hilda Doolittle）是愛丁騰的妻子，他們夫妻二人俱是意象派中的佼佼者，她於 1886 年生於美國賓雪維尼亞州，當她旅行到英倫的時候認識了龐德（Ezra Pound）〔註 8〕，

〔註 8〕據趙毅衡《遠遊的詩神：中國古典詩歌對美國新詩運動的影響》，四川人民出版社，1985 年版。20 世紀美國最重要的詩人埃茲拉·龐德（Ezra Pound 1885

當時龐德正有意組織意象派，她便追隨龐德，刻意於意象的描寫，她的詩猶如希臘的雕刻，精心精意毫無缺陷的刻成的。她的詩集有《海的花園》，《希門》代表作為《海神》，《破碎的花園》等」。6.「佛萊契爾（John Gould Fletcher）於 1886 年生於美國亞坎薩斯州，而居住於英國，也是意象派中一員健將。《小鬼與塔》中他用豐富的色彩來作畫，《十二個交響曲》和《花崗石和破壞者》又蒙罩了一層神秘主義的色彩。他的《雨》，《滑冰者》，《藍色交響曲》都是稀有的佳作」，最後翻譯《雨》的片斷欣賞並作結。——「1947 年 12 月 8 日於滬」。

　　《戚廊的囚徒》〔英〕拜倫作，杜秉正譯。後有譯者「附注」：

　　這一首三百九十二行的長詩是拜倫一八一六年被迫離開祖國，到歐洲大陸和雪萊同住在日內瓦雷蒙湖畔寫的。這二位詩人碰在一起，湖光山色這樣美好，遊興自然很高。他們曾經去看過這戚廊小島，島上建有城堡，堡內囚禁過

～1973），他是 20 世紀對中國詩最熱情的美國現代詩人。龐德在新詩運動早期就把接受中國詩的影響提到運動宗旨的高度，此後又終身不懈地推崇中國詩學。1915 年，龐德在《詩刊》上發表的一篇文章中說，中國詩「是一個寶庫，今後一個世紀將從中尋找推動力，正如文藝復興從希臘人那裏找推動力」。他接著又說：「一個文藝復興，或一個覺醒運動，其第一步是輸入、印刷、雕塑或寫作的範本」，「很可能本世紀會在中國找到新的希臘。目前我們已找到一整套新的價值。」他閃爍其詞暗示的「一整套新的價值」，看來就是他當時正在研讀的費諾羅薩關於中國詩論文手稿。這裡我們簡單說一下龐德接觸中國詩的經過，以及他與費諾羅薩的關係，它牽涉到我們下面將要討論的許多問題。厄內斯特・費諾羅薩（ErnestFenollosa，1853～1908）是美國詩人，東方學家。他是西班牙裔美國人，自哈佛畢業後，到東京大學教經濟與哲學，自此改攻東方學，主要研究領域是日本美術。著有長詩《東方與西方》，認為中國文化唯心、唯思，而西方文化過於物質主義。全詩結於東西方文化融合的美夢之中。1896 年至 1900 年，他再次到日本遊學，向有賀永雄（ArigaNagao）、森海南（MoriKainan）等著名學者學習中國古典詩歌和日本詩歌、詩劇，做了大量的筆記。1908 年他逝世後，他的妻子瑪麗・費諾羅薩（MaryFenollosa）出版了他的著作《中日藝術時代》（The Epochsof Chineseand Japanese Art）。但是費諾羅薩翻譯，只是中國詩筆記（其中每首詩有原漢文、日文讀音，每個字的譯義和串解），顯然不能原樣付梓。於是瑪麗・費諾羅薩試圖找到一個合適的詩人與他死去的丈夫「合作翻譯」。大約 1912 年底，她在倫敦遇到 27 歲的青年詩人龐德，談得很投機。這個偶然事件，成為美國現代文學史上的大事。回美國之後，她就給龐德分批寄來了費諾羅薩的中國詩和日本詩筆記本。龐德從中整理出三本書：1914 年譯出中國詩集《神州集》（Cathay），1916 年譯出《日本能劇》（Noh，orAccomplishment），1921 年整理出版費諾羅薩的論文《作為詩歌手段的中國文字》（The Chinese Written Characterasa Medium for Poetry）。

愛國志士龐尼凡（Bonnlivard）。他們看到這陰慘的土牢，又聽說起龐烈士因爭取自由而被囚的往事，不禁憤慨。當拜倫回到一個村莊的小旅舍中，就在六月二十六和二十七兩天之內，寫成這篇著名的長詩。拜倫稱這首詩為寓言，他只怕讀者把它當作歷史的敘述，其實他自己申明並沒有注重龐尼凡的史實。按龐氏一四九六年生於日內瓦附近一個富有的家庭。當薩伏亞公爵攻擊日內瓦時，龐尼亞號召抗爭，遂與公爵結下仇恨。後來終被公爵捕獲，關在戚廊城堡六年。至一五三六年才為日內瓦人釋放，仍繼續領導抵抗到一五七一年他死。詩用囚犯悲憤凄慘的獨白組成。揭示人類的殘暴，想用囚禁，甚或殘殺，消滅護衛真理的勇士。但人類這種愚蠢的做法將永遠被詛咒，而另一面打擊這種舉動的崇高的行為亦將永遠被歌頌。——譯者。

　　《現代中國文學》朱光潛，《文學雜誌》第 2 卷第 8 期，1948 年 1 月。《文學意境中的夢與影》傅庚生。《紀德的藝術與思想的演進》盛澄華。

　　《原野與城市》，〔比利時〕凡爾哈侖著，艾青譯，上海，新群出版社，1948 年 1 月初版，48 頁，36 開，收入新群詩叢（之六）·收詩 9 首：《原野》、《城市》、《群眾》、《窮人們》、《來客》、《驚醒的時間》、《寒冷》、《風》、《小處女》。

　　《安娜·桂絲蒂》戲劇〔美〕奧尼爾著，聶淼譯，上海開明書店，1948 年 1 月初版。初版本有聶淼《譯者序》。

　　《黎琊王》（上、下《李爾王》）戲劇，〔英〕莎士比亞著，孫大雨譯，上海商務印書館 1948 年 1 月出版。此書譯者有長篇導言和注解，譯者說：「《黎琊王》這部氣沖斗牛的大悲劇，在莎士比亞幾部不朽的創制中，是比較最不通俗的一部。它不大受一般人歡迎，一來因為它那磅礡的浩氣，二來是因為它那強烈的詩情，使平庸渺小的人格和貧弱的想像力承擔不起而陣陣作痛。」後來有人評論這部譯作：「原作用散文處譯成散文，用韻文處譯成韻文」。從而成為不畏艱難用韻文翻譯莎劇的先行者之一。〔註 9〕

　　《道家布萊克》（Blake the Taoist）（論文、廣播稿），〔英〕阿瑟·戴維·韋利（Arthur David Waley，1889～1966）作，1948 年 1 月在 BBC 播出。此文後來收入其著譯集《蒙古秘史集》。文中阿瑟·韋利回憶徐志摩說：

　　　　二十年前，中國詩人徐志摩從我的書架上拿下來一本書，讀了幾行後，驚呼道：這是一個道家思想家。這本書是威廉·布萊克的預言長詩《彌爾頓》

〔註 9〕見顧綬昌《對孫譯〈黎琊王〉的一些意見》，載於《翻譯通報》1952 年 1 月號。

（Milton）。激動之餘，他把書翻到看的那一頁，至今這本書依然打開著，還是在讓徐驚呼這是一個道家思想家的那一頁。〔註10〕

2月1日

《愛的焦渴》（詩）T.史迪奈克，培茵譯，《文潮》第4卷第4期，1948年2月1日。《譯詩我見》（批評）冬陽。

2月8日

《Kierkegaard 雜感選譯》馮至，《大公報・星期文藝》1948年2月8日。

2月9日

《夏濟安致夏志清》（1948年2月9日）：「二月三日來信收到，悉已准入耶魯大學。聞之甚為欣慰。將來在一般留學生之前，亦可抬得起頭，望好好攻讀，得一 Ph.D 後回國，你得 Ransom〔註11〕氏賞識，將來在英美學術界不難出頭。關於 Donne〔註12〕的論文，R 氏可允在 KR 上發表否？如能發表，則一下子就可以嚇嚇北大的人了，也算出一口氣。」〔註13〕

2月10日

《蘇譯〈去國行〉〔註14〕箋注》，孫玄常作，《國文月刊》第64期，1948年2月10日。

《記徐蔚南之著作生涯》，高士，《茶話》第21期，1948年2月10日。

〔註10〕 Arthur Waley, "Blake the Taoist," in The Secret History of the Mongols, London: George Allen & Unwin, 1964. p.169.

〔註11〕 藍蓀（John Crowe Ransom，1888～1974），夏志清留美的恩師，美國批評家、詩人，「新批評」派的領軍人物，代表作有《詩歌：本體論筆記》（*Poetry: a Note in Ontology*，1934）、《新批評》（*The New Criticism*，1941）等。

〔註12〕 約翰・多恩（John Donne，1572年～1631年3月31日），十七世紀英國詹姆斯一世時期的玄學派詩人。他的作品包括十四行詩、愛情詩、宗教詩、拉丁譯本、雋語、輓歌、歌詞等。主要作品有：*Songs and Sonnets*《歌與十四行詩》、*Epithalamions, or marriage songs*《頌歌》、*Elegies*《輓歌》、*Divine poems*《聖歌》、*Holy Sonnets*《神聖十四行詩》、*The Flea*《跳蚤》、*The Good-Morrow*《早安》、*Break of Day*《破曉》等。

〔註13〕 《夏志清夏濟安書信集　卷一　1947～1950》，浙江人民出版社，2017年3月，第44頁。

〔註14〕 蘇曼殊譯拜倫《去國行》。

2 月 11 日

《吳宓日記》:「二月十一日,星期三。……上下午讀 Winternitz《印度文學史》。……〔補〕二月一日接馮友蘭一月二十四日檀香山函。二月二日始拆閱。附 Wisconsin〔註 15〕覆函,知聘宓至美講學之事不成。蓋該校欲藉此向 Rockefrller 基金會〔註 16〕請款,而未得也。」

2 月 12 日

《夏志清致夏濟安》(1948 年 2 月 12 日):「翌晨(十日,元旦)見了 Brooks,見了 Director of Graduate Studies〔註 17〕,Dr.Robert Menner〔註 18〕,他代我計劃這學期弄拉丁、法文,選兩門課。我大約預備選 Poetic Tradition of Renaissance〔註 19〕和 17th Century Literature〔註 20〕或 English Drama〔註 21〕;Brooks 在 Yale 沒有勢力,開了一門二十世紀文學,下午聽了他一堂(課)……開始講 T.S.Eliot〔註 22〕,assigned 參考書有 Matthi〔註 23〕,*Axel's Castle*〔註 24〕,*Eliot's Selected Essays*〔註 25〕等。……(Yale 每個 course 都是一年制,上半年講了海明威,Faulkner〔註 26〕,Yeats〔註 27〕,這學期預備講

〔註 15〕威斯康辛大學。
〔註 16〕洛克菲勒基金會。
〔註 17〕Director of Graduate Studies,研究生研究主任。
〔註 18〕羅伯特·門納博士。
〔註 19〕Poetic Tradition of Renaissance,文藝復興的詩歌傳統。
〔註 20〕17th Century Litery Literature,17 世紀文學。
〔註 21〕English Drama,英國戲劇。
〔註 22〕T.S.Eliot,T.S.艾略特。
〔註 23〕Matthi(Francis Otto Matthicssen,F.O.馬西森,1902～1950),美國文學批評家、政治評論家,哈佛大學教授,後因思想「左」傾及性向,跳樓自殺,著有《美國文藝復興》(*American Renaissance: Art and Expression in the Age of Emersan and Whitman*,1941)等。
〔註 24〕*Axel's Castle*(《阿克瑟爾的城堡》,1931),艾德蒙·威爾遜(Edmund Wilson,1895～1972)的論文集,該書分析了法國象徵主義的發展及其影響。
〔註 25〕*Eliot's Selected Essays*,《艾略特文選:1917～1932》,出版於 1932 年,收集了作者 1917 至 1932 年寫的批評文章,有《傳統與個人才能》(*Tradition and the Individual Talent*)和《批評的功能》(*The Function of Criticism*)等名篇。
〔註 26〕William Faulkner 威廉·福克納(1897～1962),美國作家,作品包括《喧囂與騷動》等,1949 年獲諾貝爾文學獎。
〔註 27〕William Butler Yeats 1865～1939,愛爾蘭詩人及劇作家,曾獲 1923 年諾貝爾文學獎。

Eliot，Joycce，Auden）。Ransom 認為 Yale 的好人是 René Wellek〔註28〕，
Brooks，Pottle；Wellek 是比較文學的主任，選他的課非通法德文不可；……」
〔註29〕

　　《吳宓日記》：「二月十二日，星期四。陰，微雨。霧。友誼三餐。上午復
F. T.〔註30〕一月十九日英文函，詢北平局勢是否危急，述宓來擬授《世界文學
史》（四小時），《文學與人生》（二小時）。二課。擬住西客廳。又顧將宓存北
平姑母家之西洋文學書籍，全捐與清華圖書館，而以其中一部分作為出售、取
價。望清華能早日接受該書，俾可及時運之南方安土，而免同罹浩劫……晚，
讀《印度文學史》。」

2 月 15 日

　　《哈爾次山遊記》（未完），海涅作，馮至譯，上海《文訊》第 8 卷第 2 期
（文藝專號），1948 年 2 月 15 日。《良心》V.雨戈作，戴望舒譯。《工人歌》杜
彭作，馮沅君譯。

　　《修養與休閒》東郭生，《聚星月刊》復刊第 1 卷第 8 期，1948 年 2 月 15
日。

2 月 17 日

　　《歌德抒情詩》白文，《幸福》第二卷第三期「散文之頁」，1948 年 2 月
17 日。

2 月 25 日

　　《外師造化中得心源》俞劍華，《讀書通訊》第 151 期「藝文叢談」，1948
年 2 月 25 日。

〔註28〕雷納‧韋勒克（René Wellek 1903 年 8 月 22 日～1995 年 11 月 1 日），文學批
　　　　評家，比較文學家，美國比較文學的奠基者。1939 年移居美國，長期任教於
　　　　耶魯大學。與奧斯汀‧沃倫合著《文學理論》（*Theory of Literature*，1949）。專
　　　　著《近代文學批評史（1750～1950 年）》八卷本中後兩卷是他在病床上寫成的，
　　　　從 1955 年開始出版，1992 年出齊，在文學界享有盛譽。在此專著中夏志清的
　　　　三位恩人：燕卜蓀、藍蓀和布魯克斯都有專章論述。
〔註29〕《夏志清夏濟安書信集　卷一　1947～1950》，浙江人民出版社，2017 年 3 月，
　　　　第 50～51 頁。
〔註30〕陳福田。

2 月 26 日

《儒家與中庸之道》(*Confucianism and the Virtues of Moderation*)〔註31〕，
〔英〕阿瑟・韋利著，英國《聽眾》雜誌，1948 年 2 月 26 日。

2 月

《從翻譯說到批評》續，陸志韋，《文學雜誌》第 2 卷第 9 期，1948 年 2
月。《詩的活力與新原質》林庚。

《種子》(詩) H.L.Hargrove 著，錢江濤譯，《青年界》新第 5 卷第 1 號，
1948 年 2 月。

《萊因河秋日謠》阿保里奈爾作，戴望舒譯，《詩創造》第 8 輯「祝壽歌」，
1948 年 2 月。

《死屋》〔美〕羅威耳作，王統照譯。

《村野鐵匠》〔美〕朗菲羅作，李岳南譯。

《幻景》約翰・魏勒作，杜秉正譯。(譯自芝加哥出版的《詩歌》月刊 68
卷第五號)

《到那兒去》洛生費爾特，曉帆譯。

《西風歌》雪萊作，方平譯。(後有譯者的說明，譯 1、4、5 章)

《先知者：讀〈西班牙詩歌選譯〉之後》嘉丁。

《詩的新生代》唐湜。在唐湜看來，「詩的新生代」正由兩個「浪潮」推
動著：「一個浪峰該是由穆旦、杜運燮們的辛勤工作組成的，一群自覺的現代
主義者，T・S・艾略特與奧登、史班德們該是他們的私淑者。他們的氣質是內
斂又凝重的，所要表現的與貫徹的只是自己的個性，也許還有意把自己誇大，
他們多多少少是現代的哈孟雷特，永遠在自我與世界的平衡的尋求與破毀中
熬煮」；「另一個浪峰該是由綠原他們的果敢的進擊組成的。不自覺地走向詩的
現代化的道路，由生活到詩，一種自然的昇華，他們私淑著魯迅先生尼采主義
的精神風格，崇高、勇敢、孤傲，在生活裏自覺地走向戰鬥。氣質很狂放，有
堂・吉訶德先生的勇敢與自信」。

〔註31〕該文原為廣播稿，是英國 BBC 電臺舉辦的評點世界宗教系列節目的第二套節
　　　目。

3月1日

《無題》（詩）〔荷蘭〕W.Kloos，范夫譯，《文潮》第 4 卷第 5 期，1948 年 3 月 1 日。

《中國文學史上的婦女作家》趙玉琤，《時代文學》第 1 卷第 2 期，1948 年 3 月 1 日。

《吳宓日記》：「三月一日，星期一。晴。宓另函武昌中國銀行王錚如主任，請代取銷宓與娟所定中航三月九日赴北平飛機票位。宓以善所贈之精印插圖 The Rubáiyát of Omar Khayyám〔註 32〕一冊，紙匣。轉增錚如與冼德岫夫人。」

3月6日

《夏志清致夏濟安》（1948 年 3 月 6 日）：「⋯⋯旁聽的 Brooks 的二十世紀文學，討論 Eliot 的 poetry，這課程輕鬆異常，Eliot 的作品和批評他的書加起來沒有多少。Brooks 為人和善，assignments 不多，所以學生特別多。Renaissance 這門課較麻煩，因為所讀的 poetry 都要到圖（書）館去看，閉了口讀詩，已經 cover *Venus & Adonis*〔註 33〕，Marlowe & Chapman: *Hero & Leander*〔註 34〕；Drayton: *Endymion & Phoebe*, *The Man in the Moon*〔註 35〕；George Sandys: Translation of Ovid's *Metamorphosis*（讀幾本 books）〔註 36〕，

〔註 32〕 《魯拜集》。11 世紀波斯詩人歐馬爾・海亞姆所著四行詩集。維多利亞時期英國詩人傑拉爾德將這部詩集譯成英文，1859 年出版。

〔註 33〕 *Venus & Adonis*（《維納斯和阿多羅斯》），莎士比亞詩歌，寫於 1592～1593 年間，情節係根據奧維德（Ovid，公元前 43 年至公元 17～18 年）的《變形記》（*Metamorphoses*）部分段落寫就。

〔註 34〕 Marlowe（Christopher Marlowe，克里斯托弗・馬洛，1564～1593），文藝復興時期英國劇作家和詩人，翻譯過古羅馬詩人奧維德的愛情詩，著有戲劇《帖木兒大帝》（*Tamburlaine*，1587～1588）。Chapman（George Chapman，喬治・查普曼，1559～1634），英國劇作家、翻譯家、詩人，馬洛的好友，因翻譯荷馬史詩而知名。*Hero & Leander*（《希羅與里安德》，1598），馬洛未完成作品，後由查普曼完成，來源於希臘神話中希羅與里安德的故事。

〔註 35〕 Drayton（Michael Drayton，邁克爾・德雷頓，1563～1631），文藝復興英國詩人。*Endymion and Phoebe*（《恩底彌翁和菲比》），*The Man in the Moon*.（《月亮上的人》）。

〔註 36〕 George Sandys（喬治・桑茲，1577～1644），英國旅行家、詩人。桑茲於 1621 年出版了奧維德《變形記》的部分英譯，至 1626 年完成。奧維德的《變形記》係拉丁文敘事長詩，由 15 卷組成，其故事取材於創世紀至凱撒（Julius Caesat）之間的歷史。

England's *Helicon*（第 150 首），接著要讀 Sidney: *Arcadia*〔註 37〕等等 pastoral poetry〔註 38〕。……」「Brooks 講 Eliot 也有不明了的地方，Ransom 講 Hopkins〔註 39〕也有不明了的地方，弄 modern poetry〔註 40〕中國人不比外國人有任何 Disadvantage〔註 41〕也（to encourage 袁可嘉）〔註 42〕。還有錢學熙的專門看批評書實在不好算研究學問，假如真的寫東西，非得要有實學不可。」〔註 43〕

《雜言——關於著作的》札記，錢鍾書，載 1948 年 3 月 6 日《觀察》週刊第 4 卷第 2 期。

3 月 7 日

《黃昏》Saki 著，王念茲譯，《京滬週刊》第 2 卷 9 期，1948 年 3 月 7 日。

3 月 8 日

《海神們》（譯詩），〔美〕H・D 作，王統照譯，青島《民言報・藝文》第 49 期，1948 年 3 月 8 日。文末有「譯者附記」。

3 月 10 日

《中外文學合系是必然的趨勢》朱維之作，《國文月刊》第 65 期，1948 年 3 月 10 日。《上海公私立大學教授對於中國文學系改革的意見兩個原則》，孫望道。

3 月 15 日

《最前哨》H.海涅作，鍾靜聞譯，《中國詩壇叢刊》第一輯《最前哨》（香

〔註 37〕 Sidney（Philip Sidney，菲利普・西德尼，1554～1644），英國詩人，重要著作有《為詩辯護》（*The Defence of Poesy*，1595）、《阿卡迪亞》（*The Countess of Pembroke' Arcadia*）等。

〔註 38〕 pastoral poetry，田園詩歌。

〔註 39〕 Hopkins（Gerard Manley Hopkins，傑拉爾德・曼利・霍普金斯，1844～1889），美國詩人，著有《詩集》（Poems，1918），死後享有盛名。霍普金斯對晦澀句和複合隱喻的運用啟發了喬治・赫伯特（George Herbert，1593～1633）和其他玄學派詩人。

〔註 40〕 modern poetry，現代詩歌。

〔註 41〕 Disadvantage，不利條件。

〔註 42〕 （to encourage 袁可嘉），激勵袁可嘉。

〔註 43〕 《夏志清夏濟安書信集 卷一 1947～1950》，浙江人民出版社，2017 年 3 月，第 57～58 頁、第 62 頁。

港），1948 年 3 月 15 日。

《阿當一世》H.海涅作，鍾靜聞譯。

《約翰‧婁馬司的萬首民歌——〈牧場之家〉》〔美〕唐納地作，端木蕻良譯，《文藝》第 6 卷第 3 期，1948 年 3 月 15 日。

《哈爾次山遊記》續，海涅作，馮至譯，《文訊》第 8 卷第 3 期，1948 年 3 月 15 日。《只消五分鐘》S.M.托拉耶夫作，何家槐譯。

《中國智識階級的傳統》東郭生，《聚星月刊》復刊第 1 卷第 9 期，1948 年 3 月 15 日。

《吳宓日記》：「三月十五日，星期一。陰。雨竟日。……10：0 與鄧〔註44〕、張〔註45〕同車，眾隨，至文化會堂，為空軍千數百人（亦雜二三女士），演講《希臘羅馬史詩》兼及 Thucydides 與 Euripides 之 ‘*Trojan Women*’〔註46〕。末論《三國演義》及《蕩寇誌》，影射今中國及世界之局勢，有所指稱。宓始用播音機演講。……」

3 月 18 日

《夏濟安致夏志清》（1948 年 3 月 18 日）：「英國文化協會舉辦了一個 Blake〔註47〕的書畫展覽會，Empson 講 Blake，一共講了一個鐘頭，關於 Blake 的三刻鐘，選談 Blake〔的〕詩一刻鐘。三刻鐘裏毫無新見，我只記得有一點：Empson 發現 Blake 畫裏〔的〕男人沒有生殖器，米琪昂吉羅〔米開朗琪羅〕他以為也是如此，什麼原因他似乎沒有說明。他講 Blake 就 eccentric、mystic、evolutionary〔註48〕三方面講，並不專門，可是 Los、Urizen 這些名詞對錢學熙也很陌生，一般聽眾更聽得莫名其妙也。」〔註49〕

〔註44〕 鄧志堅，空軍第四軍區副司令，兼成都空軍通訊學校校長。

〔註45〕 張翎，時任空軍新聞處處長。

〔註46〕 宿昔底德與歐里庇得斯之《特洛伊婦女》。

〔註47〕 Blake（William Blake，威廉‧布萊克，1757～1827），英國詩人、畫家，代表作有詩集《天真之歌》（*Sangs of Innocence*，1789），《經驗之歌》（*Song of Bxperience*，1794）等。

〔註48〕 eccentric、mystic、evolutionary，詭異的、神秘的、進化的。

〔註49〕 《夏志清夏濟安書信集　卷一　1947～1950》，浙江人民出版社，2017 年 3 月，第 80 頁。

3 月 20 日

《紀德的文藝觀》（北京大學「文藝社」講稿）盛澄華，《人世間》文藝月刊，桂林復刊第 2 卷第 4 期，1948 年 3 月 20 日。

3 月 21 日

《玫瑰樹》英.L.P.斯密司作，文遠譯，《京滬週刊》第 2 卷 11 期，1948 年 3 月 21 日。

3 月 22 日

《夏志清致夏濟安》（1948 年 3 月 22 日）：「來 Yale 後已近第七星期，日子過得好快，讀的功課頗能應付。就是每兩個星期一篇 essay，比較局促些。Renaissance Poetry〔註 50〕這只 course〔註 51〕算是難的，李賦寧、吳志謙〔註 52〕都勸我不要選，Louis Martz〔註 53〕為人頗 fastidious〔挑剔〕，可是我的 papers 和 critical perception〔註 54〕確高人一籌，上星期寫了十頁 'Tension in Poetry'（about Drayton's Muses Elizium）〔註 55〕，今天收回，頗得他的讚美。……」「我預備選 Brooks 的 Milton 和 Ransom 的 poetry〔註 56〕，Empson 同 Ransom 時間相同，或選 Empson 也不一定。上星期 I.A.Richards 來演講 Emotive languge〔註 57〕，事後才知道，頗遺憾。四月春假中 Johns Hopkins University〔註 58〕將有一特殊的 Symposium in Criticism〔註 59〕：代表英、法、意、美的是 Herbert Reed、Croce、Ransom 和 Tate。每人 on 一個 critic，從 Aristotle〔註 60〕起，

〔註 50〕 Renaissance Poetry，文藝復興詩歌。
〔註 51〕 Course，課程。
〔註 52〕 吳志謙，夏志清留學時的同學，後任教武漢大學，曾與周其勳等合譯《英國文學史綱》。
〔註 53〕 Louis Martz，路易·馬茲，時任耶魯大學英文系教授、系主任。
〔註 54〕 critical perception，批判性感知。
〔註 55〕 'Tension in Poetry'（about Drayton's Muses Elizium），「詩歌中的張力」（關於德雷頓的繆斯伊麗莎白）。
〔註 56〕 Brooks（Cleanth Brooks，克林斯·布魯克斯，1906～1994）的彌爾頓和藍蓀（John Crowe Ransom，1888～1974）的詩歌。
〔註 57〕 瑞恰茲來演講情感的語言。
〔註 58〕 約翰·霍普金斯大學。
〔註 59〕 批評研討會。
〔註 60〕 Aristotle，亞里士多德（公元前 384 年～公元前 322 年），代表作《詩學》等。

Longinus〔註61〕、Boileau〔註62〕、St.Beuve〔註63〕等，Ransom 講 Aristotle。公開討論三天，門票五元，所討論的與錢學熙的 scheme〔註64〕相仿，想必引起他的興趣也。……」信後附言：「錢學熙捨不得北大，也是個性的限制。我覺得他應把 English Poetry 從十六世紀到二十世紀從頭讀一遍才是。」〔註65〕

3 月 25 日

《中西意境之巧合》，張其春，《讀書通訊》第 153 期「藝文叢談」，1948年 3 月 25 日。

3 月 27 日

《吳宓日記》：「三月二十七日，星期六。……下午，雨。接廣州中山大學孔德三月二十四日兩函。即復，仍申前約。五月一日到粵講學。授《世界文學史》（四）。《文學批評》（三）。《文學與人生》（二）。三門九小時。凡五周。……」

3 月

《朗費羅〈生命頌〉的早期中譯》*An Early Chinese Version of Longfellow'S "Psalin of Life"*，論文，C.S.CH'IEN（錢鍾書），《書林季刊》第 2 卷第 2 期（第10～17頁），1948 年 3 月。

〔註61〕Longinus（朗基努斯），古羅馬修辭學家，有殘稿《論崇高》（*On the Sublime*）面世。

〔註62〕Boileau（Nicolas Boileau Despreaux，尼古拉・布瓦洛，1636～1711），法國詩人、文藝理論家，代表作《詩的藝術》（*L'Art poétique*，1674）等。

〔註63〕St.Beuve（Charles-Augustin Sainte-Beuve，夏爾・奧古斯丁・聖伯甫，1804 年12 月 23 日～1869 年 10 月 13 日），法國作家、文藝批評家。代表作有《十六世紀法國詩歌和法國戲劇批評史略》（*Tableau historique et critique de la poésie française et du théâtre français du X VI e siècle*，1828）、《約瑟夫・德洛爾姆的生平、詩歌和思想》（*Vie, poésie et pensée de Joseph Delorme*，1829）、詩集《安慰集》（*Les Consolations*，1830）、《情慾》（*Volupté*，1834）、《文學批評與肖像》（*Critiques et portraits littéraires*，1832～1839）、《周一漫談》（*Causeries du lundi*，1851～1862）、《婦女肖像》（*Portraits de femmes*，1844）、《文學肖像》（*Portraits littéraires*，1841～1864）、《現代肖像》（*Portraits cotemporains*，1846）、《新周一漫談》（*Nouveaux Lundis*，1863～1870）等。

〔註64〕Scheme，計劃。

〔註65〕《夏志清夏濟安書信集　卷一　1947～1950》，浙江人民出版社，2017 年 3 月，第 98～104 頁。

《詩的意象與情趣》朱光潛，《文學雜誌》第 2 卷第 10 期，1948 年 3 月。《〈天問〉注解的困難及其整理的線索》林庚。

《更進一步》惠特曼作，屠岸譯，《詩創造》第 9 輯「豐饒的平原」，1948 年 3 月。《巷上盛夏》楊雲萍〔註 66〕作，范泉譯。

《許多都城震動了》尼格拉索夫作，屠岸譯，《螞蟻小集》第 1 輯「詩」，1948 年 3 月。

《鄉紳文學》（文學講話），黎錦明，《青年界》新第 5 卷第 2 號，1948 年 3 月。

《快樂的王子集》〔英〕王爾德著，巴金譯，上海文化生活出版社，1948 年 3 月初版，收入譯文叢書。散文詩類：《藝術家》《行善者》《弟子》《先生》《裁判所》《智慧的教師》《講故事的人》《後記》。

《詩論》（增訂本），朱光潛著，上海正中書局，1948 年 3 月出版。書前有作者序（「三十一年三月朱光潛於四川嘉定。」）和「增訂版序」（「民國三十六年夏北京大學」）。共 243 頁，收入正中文學叢書，全一冊，定價國幣七元四角。本版在原版的基礎上增收了 3 章，計「中國詩何以走上律的路」上、下章及「陶淵明」一章。

《白居易詩中的音樂與舞蹈》(*Music and Dancing in the Works of Po Chii I*)〔註 67〕，〔英〕阿瑟·韋利著，英國《芭蕾》雜誌，1948 年 3 月。

《英華集》（《中詩英譯比錄》）呂叔湘編著，上海正中書局，1948 年 3 月初版。漢英對照，214 頁，每冊定價國幣七元七角。書前有呂叔湘「序」。正文輯有外國人用英文翻譯的中國古詩 59 首。分詩經及楚辭、漢魏六朝（詩）、李白與杜甫、唐諸家（詩）4 部分。先列每首詩的中文，後列不同譯者的英譯文，以便對比研究。「序」：海通以還，西人漸窺中國文學之盛，多有轉譯，詩歌尤甚；以英文言，其著者亦十有餘家。居蜀數載，教授翻譯，頗取為檢討論說之資，輒於一詩而重譯者擇優比而錄之：上起風雅，下及唐季，得詩五十九首，英譯二百有七首。客中得書不易，取資既隘，掛漏實多；然即此區區，中土名篇；彼邦佳譯，大抵已在。研究譯事者足資比較；欣賞藝文者亦得玩索而吟詠焉。將以付之剞劂，輒取昔日講說之言弁之卷首；所引諸例，雜出各家，不盡在錄之內也。——（一）以原則言，從事翻譯者與原文不容有一詞一語之誤解。

〔註 66〕臺灣詩人，係日語寫作。
〔註 67〕此文後經修改成為《白居易生平與時代》中的一部分。

然而談何容易？以中國文字之艱深，詩詞鑄語之凝練，譯人之誤會在所難免。前期諸家多尚「達旨」，有所不解，易為閃避；後期譯人漸崇信實，詮解詭誤，昭然易曉。如韓愈《山石》詩……然一種文字足以困惑外人者，往往不在其單個之實字，而在其虛字與熟語，蓋虛字多歧義，而熟語不易於表面索解也。此亦可於諸家譯詩見之。……（二）中文常不舉主語，韻語尤甚，西文則標舉分明，詩作亦然，譯中詩者遇此等處，不得不一一為此補出。如司空曙《賊平後送人北歸》（的翻譯）……（三）譯詩者往往改變原詩之觀點，或易敘寫為告語，因中文詩句多省略代詞，動詞復無語形變化，譯者所受限制不嚴也。其中有因而轉更親切或生動者。試引三五例，則如賈島《尋隱者不遇》詩：「松下問童子，言師採藥去」，Bynner（P.17）譯為……──（四）不同之語言有不同之音律，歐洲語言同出一系。尚且各有獨特之詩體以詩體，以英語與漢語相去之遠，其詩體自不能苟且相同。初期譯人好以詩體翻譯，即令達意，風格已殊，稍一不慎，流弊叢生。故後期譯人 Waley，小畑，Bynner，諸氏率用散體為之，原詩情趣，轉易保存。此中得失，可發深省。以詩體譯詩之弊，約有三端：一曰趁韻。二曰顛倒詞語以求協律。三曰增刪及更易原詩意義。前兩種病，中外惡詞所同有，初無問於創作與翻譯。第三種病，則以詩體譯詩尤易犯之，雖高手如 Giles 亦不能免。……──（五）自一方而言，以詩體譯詩，常不免以疫削足適履；另一方面而言，逐字轉譯，亦有類乎膠柱鼓瑟。硬性的直譯，在散文容有可能，在詩殆絕不可能。……──（六）上舉 Byeenr 諸例引起譯事上一大問題，即譯人究有何種限度之自由，變通應限於詞語，為可兼及意義？何者為必需變通？何者為無害變通？變通閾限之流弊又如何？譯事不可能不有變通……──（七）中詩大率每句自為段落，兩句連貫如「舊時王謝堂前燕，飛入尋常百姓家」者，其例已鮮。西詩則常一句連跨數行，有多至十數行者。譯中詩者嫌其呆板，亦往往用此手法，Bynner 書中最饒此例。如譯李太白詩「但見淚痕濕，不知心恨誰」……──呂叔湘，三十六年六月。（以上僅為摘錄，其餘略去）

4月1日

《美麗的月亮》（詩）（譯文），未署原作者，喬林譯，《文潮》第 4 卷第 6 期，1948 年 4 月 1 日。《莎士比亞墓誌》，梁實秋。《〈仲夏夜之夢〉・序》梁實秋。《劇聖莎士比亞》，田禽。

《吉訶德與羅亭》尊尼，《文壇》第 7 卷第 1 期，1948 年 4 月 1 日。

4 月 9 日

《夏志清致夏濟安》（1948 年 4 月 9 日）：「今天上午把 Holinshed〔註 68〕
關於 Edward 一世傳看掉，看的是 1577 Folio edition。下星期要寫一篇批評
Herrick：*Corinna's Going A-Maying*〔註 69〕要超過& assimilating Brooke'essay in
Well Wrought Urn〔註 70〕，並要有我在課堂 recite，一定要大 tax 我的 ingenuity
〔註 71〕。」〔註 72〕

4 月 10 日

《鍾嶸品詩的標準尺度》王忠著，《國文月刊》第 66 期，1948 年 4 月 10
日。《陸機〈文賦〉與山水文學》范甯著。

4 月 14 日

《吳宓日記》：「April14，Wednesday。陰。晨，食胡蘊輝贈糕點。8～10 西
大〔註 73〕上課。印度、Heb. Lit.〔註 74〕……下午西大《文論》課。……」

4 月 15 日

《哈爾次山遊記》續，海涅作，馮至譯，《文訊》第 8 卷第 4 期，1948 年

〔註 68〕 Holinshed（Eaphael Holinshed，拉斐爾・霍林斯赫德，1529～1580），英格蘭
編年史家，代表作《英格蘭、蘇格蘭和愛爾蘭編年史》（Chronicles of England，
Scotland，and Ireland，1577），通常稱為「霍林斯赫德的編年史」（Holinshed'
Chronicles），是莎士比亞許多劇本的主要參考書。

〔註 69〕 羅伯特・赫里克（Robert Herrick，1591 年～1674 年），英國資產階級時期和
復辟時期的所謂「騎士派」詩人之一」，「騎士派」詩主要寫宮廷中的調情作樂
和好戰騎士為君殺敵的榮譽感，宣揚及時行樂。不過赫里克也寫有不少清新
的田園抒情詩和愛情詩，如《櫻桃熟了》、《快摘玫瑰花苞》、《致水仙》、《瘋姑
娘之歌》等詩篇，成為英國詩歌中的名作而永久流傳。他的許多詩被譜曲傳
唱。赫里克傳世的約 1400 首詩分別收在《雅歌》（1647）和《西方樂土，或羅
伯特・赫里克先生的世俗和宗教詩》（*Hesperides: or theWorks both
Human&Divine of Robert Herrick Esq.*）（1648）中。作者選取的這首詩歌為
Corinna's Going A-Maying（《考利納前去參加五朔節》）。

〔註 70〕 *Well Wrought Urn*（《精緻的甕》，是克林斯・布魯克斯最為知名的文學理論著
作，也是美國「新批評」理論的經典著作。

〔註 71〕 Ingenuity，獨創性。

〔註 72〕 《夏志清夏濟安書信集　卷一　1947～1950》，浙江人民出版社，2017 年 3 月，
第 84 頁。

〔註 73〕 西北大學。

〔註 74〕 Hebrew Literature 希伯來文學。

4 月 15 日。

《論黑人詩》（論文），荒蕪，《文藝春秋》第 6 卷第 4 期，1948 年 4 月 15 日。

《吳宓日記》：「April 15，Thursday。晴。晨，父製醪糟雞蛋，命食。8～10 西大上課 Gr. Lit.. 〔註 75〕 ……」

4 月 17 日

《吳宓日記》：「April 17，Saturday。晴。晨，食一饅。8～10 西大上課，趕完 Latin Lit. 〔註 76〕 及世界文學史。……」

4 月 18 日

《吳爾芙夫人》，蕭乾作，上海《大公報・星期文藝》第 78 期，1948 年 4 月 18 日。

4 月 20 日

《同地異感》（詩），〔德〕歌德作，曉帆譯，《婦女》第 3 卷第 1 期，1948 年 4 月 20 日。

4 月 25 日

《近代美國詩歌簡史》董每戡，《文藝先鋒》第 12 卷第 3/4 合期，1948 年 4 月 25 日

4 月 26 日

《夏濟安致夏志清》（1948 年 4 月 26 日）：「……錢學熙的主任更成問題了。錢學熙很想逃難，但江南大學的事很使他灰心，他覺得很彷徨。他正在埋首研究 Eliot，現在用中文寫一篇一萬字的 Eliot 研究，他還想一遍復一遍讀 Eliot，一定要弄通他的思想才歇〔註 77〕。……」〔註 78〕

〔註 75〕 Greek Literature 希臘文學。

〔註 76〕 拉丁文學。

〔註 77〕 錢學熙的專業是西方文論研究，尤其對 T.S. 艾略特用力甚勤，寫過《T.S. 艾略脫批評思想體系的研討》、「*Dissociation & Unification of Sensibility*」（《感性的分裂與重合》）等中英文論文。

〔註 78〕 《夏志清夏濟安書信集　卷一　1947～1950》，浙江人民出版社，2017 年 3 月，第 91 頁。

4 月

　　《對於詩的迷信》，〔註79〕袁可嘉，《文學雜誌》第 2 卷第 11 期，1948 年
4 月初。《陶淵明的孤獨之感及其否定精神》李長之。《無題》詩，Paul Verlaine
作，聞家駟譯。《愛倫坡的〈李奇亞〉》，李廣田。

　　《持鋤人》〔美〕愛特溫　馬克亨作，袁水拍譯，《詩創造》第 10 輯（翻
譯專號），「美麗的敦河呵」，1948 年 4 月。「編餘小記」：在經常的投稿裏，譯
詩只占到十分之點五，自我們在上一輯裏把擬出版「翻譯專號」的消息透露後，
在半個月裏，所收到的譯稿，竟達七十篇以上，這是很使我們興奮的。在這些
譯稿中：國家方面，英美作家約佔了二分之一；個人方面，以海涅和惠特曼的
詩最多；時代方面，一世紀以前的約占十分之八強，近代和現代的還不到十分
之二。其中相同的譯稿也不少，我們更願意計劃想將全世界各國近世詩歌作一
普遍性的介紹，多少也好給今日中國的詩工作者把眼界放寬些，但因集稿匆
促，幾篇特約的譯稿如介紹蘇聯的、法國的、西班牙的都沒有如期交來，同時
篇幅的限制，雖然已增厚了四分之一，依然無法全部容納下我們所認為滿意的
譯稿，只有將一部分移在以後刊登了，尚祈投稿諸君諒解。再下一輯（六月號）
我們擬出版一「詩論專號」，關於新詩的理論及書評文字，歡迎投稿。

　　《當我還只二十一歲》霍思曼作，葉思風譯。

　　《海洋的歡頌》〔德〕海涅作，李嘉譯。

　　《亞當一世》〔德〕海涅作，廖曉帆譯。

　　《惠特曼詩抄》（凡五首）惠特曼作，費雷譯。（《一八六一年》《敲吧，敲
吧，敲啊！》《愛西烏皮亞向旗幟敬禮》《顫抖和動搖的年代》《致異邦》）

　　《我們兩個》惠特曼作，屠岸譯。

　　《霜》（此詩由英語轉譯）〔蘇〕陀馬托夫斯基作，金津譯。

　　《少女的祈禱及其他》（凡四首）R.里爾克作，陳敬容譯。（《民歌》《無題》
《天使們》《青春的夢》）有譯後記：「里爾克（Rainer Maria Rilke），德國人，
為歐陸近代最大詩人之一，有詩人中的貝多芬之稱。……梁宗岱《交錯集》馮
至《給青年詩人的十封信》，戰前的《新詩》月刊與戰時的《明日文藝》同卞
之琳《西窗集》諸氏皆譯過他的作品，馮至氏在紀念他的十週年祭日的文中曾
說他『只是觀看遍世上的真實，體味盡人與物的悲歡，後來竟像是聖者一般，

〔註79〕正文副標題為：「新批評」第五章。

達到了與天地精靈往還的境地』。」「他的初期的作品《祈禱集》裏『處處洋溢著北歐人的宗教情緒，那是無窮的音樂，那是永久的泛濫』，但他並不與其他浪漫詩人一樣只有青春沒有成年，他超過了他十八世紀的前輩，卻與歌德一樣轉向了克臘西克的成熟，他有一種新的意志產生：要使『音樂的變為雕刻的，流動的變為結晶的，從浩無涯涘的海洋轉向凝重的山嶽』，他向羅丹學習了工匠般的工作，他在他與塞尚（Cézanne）身上找到了『虔誠』。他以極度的自覺與仁愛來運用他的文字，使它們有泥土與顏料的可塑性與凝約性，他『懷著純潔的愛觀看宇宙萬物……他虛心侍奉他們，靜聽他們的有聲與無聲，分擔他們人人都漠然視之的運動，一件件的物事在他周圍，都像是剛剛從上帝手裏做成；他呢，赤裸裸地脫去文化的衣裳，用原始的眼淚來觀看……小心翼翼地發現許多物體的姿態』；他與羅丹一般地雕琢他的《新詩》（1907），在這些詠物詩中『再也看不到詩人在敘說他自己，抒寫個人的哀愁；只見萬物各自有他自己的世界，共同組成一個真實，嚴肅，生存著的共和國，美與醜，喜與惡，貴與賤，已經不是他取材的標準；他唯一的標準卻是：真實和虛偽，生存和游離，嚴肅和滑稽』（以上引文皆為馮至作）。他的詩每篇都是一個有機的整體的創造的行為，形式和意義無可剖析。『形式便是意義，和諧便是使命，韻律便是啟示』。」

《獄中》〔法〕魏侖作，張君川譯。

《詩人之死》〔俄〕萊蒙托夫作，余振譯。

《燃燒的諾頓》T.S.艾略忒作，唐湜譯。

《T.S.艾略忒的〈四個四重奏〉》史彭德作，岑鄂之譯。

《黑暗》拜倫作，杜秉正譯。

《四月九日》〔丹麥〕格來斯特作，天海譯。

《就義之歌》〔法〕阿哈貢作，勞榮譯〔註80〕。

〔註80〕1948 年 2 月 22 日譯完，有譯後附記：Louis Aragon 最初似乎是法國象徵派詩人，在第二次大戰中成了法國地下軍的桂冠詩人。他在抗戰時代法蘭西的地位正像美國革命時代的湯・潘（Tom Paine），作為一個詩人與小說家他在納粹佔領時期成了法國地下軍偉大領袖之一。……他以各種筆名在德法合作的淪陷時代用文字激發法蘭西人民的抗戰情緒，給予法蘭西人民不滅的希望。他的作品最初在「維其」治下的合法刊物公開發表，但到後來只能在秘密刊物上發表了。這一篇就是他抗戰期中的作品，譯自 1945 年美國紐約 Duell Sloan & Pearce 書店出版的《法國抗戰詩人阿哈貢》，英譯者是 Rolfe Humphries。

《詩二首》涅克拉索夫作，無以譯。(《沉悶啊，無限的長夜》《昨日走著，空氣還是這樣的沉悶》)

《船貨》〔英〕曼斯菲耳作，王統照譯。

《美麗的敦河呵》〔英〕彭斯作，何克萬譯。

《星星・歌曲・容貌》〔美〕卡爾・桑德堡作，柳一株譯。

《維納絲與阿童尼》莎士比亞作，方平選譯。

《內泊斯的少女》〔英〕司各脫作，沙金譯。

《近代英國詩一瞥》史彭德作，陳敬容譯。

《編餘小記》。

《流行歌曲的藝術價值》洪波作，《新風》第 1 期（創刊號），1948 年 4 月。

《新詩的形式》趙景深〔註81〕，《青年界》新 5 卷第 3 號，1948 年 4 月。

《詩三首》(兵士、雪片、向日葵)，史起巴巧夫作，林陵譯，《蘇聯文藝》第 32 期「詩歌」，〔蘇聯〕羅果大編，上海蘇商時代書報社，1948 年 4 月。

《西班牙人民軍歌》芳信譯，大連光華書店，1948 年 4 月初版。目次：《前言》(R.亨奴弗利斯)《引言》(L.瓦勒拉)《誰在這兒走過》《農民的勝利》《橄欖林》《流亡者》《村莊的風》《馬德里的木刻：戰鬥的前線》《馬德里與他的敵人們》《保衛馬德里》《抵禦叢山中的冷氣》《用刺刀衝鋒》《瞧，那些士兵》《西班牙是決不做奴隸的》《哥爾多巴的非拉法朗加》《拉維安娜的約翰》《裘恩・芒托耶》《琳娜・奧登娜》《佛蘭西斯卡・梭楞諾》《約瑟・珂絡姆・人民的隊長》《佛南杜、帝・羅莎》《被槍決的人》《人民的風》《他們把那個老師殺死了》《給死了人民軍的母親們的贊詞》《歸來》《罪惡發生在格拉那達》《給薩透尼諾・羅茲》《你們並沒有倒下》《將軍們——跪下》《致海盜佛朗歌》《雜種摩拉的謠曲》《賽維爾的無線電廣播》《杜威爾在逃走：人民前進著》《賣國兼斗牛士的生諾里托・甘納羅之死》《忠實的法西斯的總結》《阿爾巴的最後的公爵》《主教的祝福》《亞維拉的母牛》《不爾各斯門主教的謠曲》《一幕教訓》《沾水的跳虱》《古堡的復仇》《厄爾・卡皮奧的塔》《卡斯皮的攻陷》《開小差的摩爾人》《傑朱・皮里米臭號的軍艦》《警報》《鐵甲列車》《世界會為我們所有》

〔註81〕作者認為：「新詩在形式上曾經作過兩次嘗試：第一次是胡適等擬詩經的懸足協和雙聲疊韻，第二次是徐志摩朱湘等擬西洋體式的詩。現在分述這三點如下：……」

《致國際縱隊》《這時候的人》《後記》。

《詩與歌的分野及其消長》朱文振，《西大學報》第 1 卷第 1 期，桂林，廣西大學編輯，1948 年 4 月。

《普世詩歌》（金陵神學院音樂集），貝格儒女士編選，上海廣學會，1948 年 4 月初版。

5 月 1 日

《現代詩人的危機》〔英國〕史彭道（Stephen Spender）作，趙景深譯，《黃河》復刊第 3 期，1948 年 5 月 1 日。

《歌》Christina Georgina Rossetti 作，楊夏譯，《時代文藝》月刊，第 1 卷第 3 期，1948 年 5 月 1 日。

《約翰慕爾爵士的葬儀》詩，〔英〕窩爾夫作，孫用譯〔註82〕，《文壇》第 7 卷第 5 期，1948 年 5 月 1 日。

5 月 2 日

《夏志清致夏濟安》（1948 年 5 月 2 日）：「錢學熙的批評進行〔得〕如何？Ransom 年齡較大，我離 Kenyon 時，他在著手 Poetry III，這次春季號 KR 並未刊出，大約和錢有同樣的 predicament〔註83〕。這星期 Sewanee R.刊 Eliot 的 Milton。」「數星期前 Robert Frost〔註84〕來演讀自己的詩，我準時去聽，已經客滿，門外皆是人，聽客不是 graduate students〔註85〕，卻都是高中女學生慕名而來，我見的只是個白髮紅顏的老人坐著讀詩。」〔註86〕

5 月 4 日

《蘭斯吞・休斯》蘇夫，《詩生活叢刊》〔註87〕（我們的聖經），第 1 卷第 2 期，1948 年 5 月 4 日。（附休斯詩二首）。

〔註82〕據譯者文末記，本首詩譯自《英詩金庫》。作者卻爾斯・窩爾夫為愛爾蘭詩人（1791～1823）。

〔註83〕Predicament，困境。

〔註84〕Robert Frost（羅伯特・佛羅斯特，1874～1963），美國詩人，代表作有《少年的意志》（*A Boy'Will*，1913）、《波士頓以北》（*North of Boston*，1914）等。

〔註85〕graduate students，研究生。

〔註86〕《夏志清夏濟安書信集　卷一　1947～1950》，浙江人民出版社，2017 年 3 月，第 114～115 頁。

〔註87〕雜書館。南開大學新詩社編。

5 月 6 日

《吳宓日記》:「五月六日,Thurs.晴。……上午 8～9 上課。講法國文學史完。9～10 晤袁昌英,甫歸南京,談在國大代表會中,見彥。……」

5 月 10 日

《關於中外語文的分系和中文系課程的分組》,呂叔湘著,《國文月刊》第67 期,1948 年 5 月 10 日。

《漢字傳英考——「行」字,四種茶名,荔枝,人參,金橘》張其春,《讀書通訊》「藝文叢談」,1948 年 5 月 10 日。

5 月 15 日

《含羞草》〔英〕雪萊作,徐遲譯,《文訊》第 8 卷第 5 期(文藝專號),1948 年 5 月 15 日。《給拿破崙一世》〔英〕拜倫作,沙金譯。《哈爾次山遊記》續,海涅作,馮至譯。

5 月 16 日

《夏志清致夏濟安》(1948 年 5 月 16 日):「……五月的第一個星期,忙著打字,居然四天之內把五十頁的 Peele 打完,過後想想很不容易。上星期寫了一篇 *Chapman's Imagery*〔註 88〕,根據他翻譯的 *Odyssey*。五六篇 papers 寫下來,批評的技術大有進步,diction、imagery、structure〔註 89〕都能講得頭頭是道。主要的原因還是細讀 text〔註 90〕。錢學熙從思想著手,總不免空泛。他研究 Eliot〔的〕長文很希望一讀,不知有何心得。二十世紀的 creative writer〔註 91〕大多代表各種 attitudes〔註 92〕,沒有什麼系統的思想,把一首詩,或一個人的全部作品,從 thyme、meter〔註 93〕各方面機械化地分析,最後總能有新發現,並且由此漸漸可脫離各家批評家 opinions〔註 94〕的束縛,得到自己的

〔註 88〕*Chapman's Imagery*,《夏普曼的想像》。George Chapman 喬治·夏普曼:(1559？～1634),英國作家、戲劇家和翻譯家,曾翻譯荷馬史詩《伊利亞特》和《奧德賽》。

〔註 89〕diction、imagery、structure,措辭、想像、結構。

〔註 90〕Text,文本。

〔註 91〕creative writer,創造性寫作。

〔註 92〕Attitudes,態度。

〔註 93〕thyme、meter,韻律、節奏。

〔註 94〕Opinions,觀念。

judgment〔註 95〕。我覺得這是正當 criticism〔註 96〕著手的辦法。聽羅常培說，
錢託他買批評書，最近看到一本新出的 *Hudson Review*〔註 97〕，第一期有
Blackmur〔註 98〕 on *The possessed*〔註 99〕；Herbert Read〔註 100〕 on *Art*，其他
投稿人有 Josephine Miles、Mark Schorer 等，預告有 Yvor Winters on Hopkins
〔註 101〕、Allen Tate: The New Criticism〔註 102〕、Herbert Read on Wordsworth
〔註 103〕等，確實精彩。……」「附上照片一幀，……在我旁的是吳志謙，武漢
英文系多可以〔能〕認識他。今天晚飯時問我（始讀 Eliot: 'The Use of Poetry'
〔註 104〕），Eliot 認為那首 Keats〔註 105〕的詩最好，我答 'Old to Psyche' 〔註
106〕，他大為佩服。……」〔註 107〕

5 月 17 日

《批評與民主》袁可嘉，天津《民國日報・文藝》1948 年 5 月 17 日。

〔註 95〕 Judgment，判斷。
〔註 96〕 Criticism，批評。
〔註 97〕 *Hudson Review*，（《哈德遜評論》），季刊，1947 年創立於紐約。
〔註 98〕 Blackmur（Richard Palmer Blackmur，理查德・帕爾默・布萊克默，1904～1965），
美國詩人、文學批評家。
〔註 99〕 *The possessed*（《群魔》，1872），俄國陀思妥耶夫斯基代表作之一，塑造了 19
世紀 40 年代自由主義者和 19 世紀 70 年代初民主青年的群像。
〔註 100〕 Herbert Read（赫伯特・里德，1893～1968），英國詩人、藝術批評家和美學
家，代表作有《藝術的真諦》（*The Meaning of Art*，1931）、《現代藝術哲學》
（*The Philesophy of Modern Art*，1952）等。
〔註 101〕 Yvor Winters *on Hopkins*，伊沃・溫特斯《論霍普金斯》。
〔註 102〕 Allen Tate: *The New Criticism*，艾倫・泰特《新批評》。
〔註 103〕 威廉・華茲華斯（Willam Wordsworth，1770～1850），「湖畔派」詩人代表人
物。1798 年與塞繆爾・泰勒・柯勒律治（Samuel Taylor Coleridge，1772～
1834）合作發表《抒情歌謠集》（*Lyrical Ballads*，1798），後獲「掛冠詩人」
稱號。
〔註 104〕 Eliot: *'The Use of Poetry'*，艾略特：《詩之用》或《論詩的運用和批評的運用
與英國詩歌的關係》（*The use of poetry and the use of criticism: studies in the
relation of criticism to poetry in England*）（1933）。
〔註 105〕 Keats（John Keats，約翰・濟慈，1795～1821），英國浪漫派詩人，代表詩作
有抒情詩作《夜鶯頌》（*Old to a Nightingale*，1819）、《秋頌》（*To Autumn*，
1820）。
〔註 106〕 *'Old to Psyche'*（《賽姬頌》），濟慈於 1819 年創作的頌歌之一，詩歌借希
臘神話中靈魂女神賽姬為愛受苦的遭遇來喚醒自己懶散未經琢磨的靈魂。
〔註 107〕 《夏志清夏濟安書信集　卷一　1947～1950》，浙江人民出版社，2017 年 3
月，第 92～94 頁。

5 月 20 日

《卡爾·桑德堡詩抄》鄒狄帆譯，《文藝工作》第 1 號「翻譯詩歌」，1948 年 5 月 20 日。《哥倫布》〔美〕J.米勒作，李岳南譯。

《論文藝批評》未署原作者，纓哲譯，《同代人》第 2 期「理論」，1948 年 5 月 20 日。《美國文學的民主傳統》未署原作者，蕭源譯。《略談革命貴族》，張羽。

5 月 23 日

《托·史·艾略特研究》（書評）袁可嘉，天津《大公報·星期文藝》1948 年 5 月 23 日。T.S.Elieot，A Study of His Writings By Several Hands，Focus Three，Edited By B.Rajan Dennis Dobson LTD.London.153 頁，售價七先令六便士，一九四七年初版。附袁可嘉《托·史·艾略特研究》（書評）原文：

　　近一二十年來英美批評界對於艾略特的研究，無論從數量或質量著眼，都已很有資格自立為一種文學了。無怪本書的編者在《前言》裏一再抱歉的說，希望本書的印行个是可省的多餘。它確實个是多餘。在比較為人重視的二三部對於艾略特的研究中，美西遜的《艾略特的成就》寫成在十年以前，它的寫法使讀者無法對艾氏作連續的，一貫的研究；李維斯的《英詩新動向》是在一九三二年寫成的，威爾遜的《阿克賽爾的城堡》寫成於一九三一年，雖然都各有獨到的地方，在時間上卻顯然差了一大截，而這一截時間對於文學的影響是頗為重大的。比較接近的是波拉的《象徵主義遺產》（一九四三）和克利恒斯·布洛克斯的《現代詩與傳統》（一九三九），但他們都無法談到一九四二年才出現的艾略特的「四首四重奏。」作為專門處理當代文學的「焦點叢書」的第三種，本書的存在理由因此也就在它對艾詩的連續的研究和時間給我們的觀照欣賞上的益處。

　　本書一共收集了八篇獨一章，第一篇是布洛克斯的《〈荒原〉：一個分析》。這篇文章原是上面提到作者所著一書中的一章，這次只是重印了一遍。布洛克斯是美國新形式主義派健將之一，以分析的精密細膩見稱。新形式主義以心理學與文字學作分析的工具，本文就是這個批評方法的一個具體說明。他把《荒原》一節一節的分析，甚至有時一行一字的分析，指出他們的來源，變化及在目前行文中種種可能的蘊義；這樣的分析一方面憑藉學力，一方面尤其依賴感性的敏銳，感覺別人不能感覺的隱秘，已經很不容易，到最終還得運用直覺的

綜合的能力把這些支離破碎的意象統一起來，還給讀者詩的整體，尤其是難乎
其難，而一個批評家的天分學力恐怕也就在此表現。本文分析的精密細膩確實
使寫書評的人感覺無從說起，讀一首詩，尤其是現代詩，實在不是一般急於滿
足一點模糊情緒的人們所想像的那麼輕而易舉。

　　第二篇是瓊斯的《〈灰色星期三〉》，也是逐節分析。作者認為本詩所包含
的六節都是處理精神生活的懺悔方面，如何從自我發掘，自我檢查，歷經失望，
頹廢，而放棄自己，皈依神明。作者曾在文中指出十分重要的一點：「我們常
常聽見人說，艾略特的宗教詩重點在強調精神生活必須支付的代價。哈定說：
『他表現捨棄比表現捨棄後的所得更見生動』。我不認為這在本詩也是如此，
雖然它在《西蒙之歌》和《朝聖博士的旅程》中確是這樣。本詩的特點是一前
進生長的運動──『模式的底細是運動』──搖晃不定──甚至在最後他還說
『動搖與得失之間』──可是強烈而生氣勃勃。」這一節引語是在說明艾略特
如何在本詩中計較拋棄俗世與留戀俗世的得失，在極端痛苦的衝突矛盾中掙
扎前進而走「四重奏」的純詩的境界。

　　第三四篇是加特納的《評〈四首四重奏〉》與編者拉簡的《四重奏的統一
性》。「四重奏」在印行以後被公認為艾氏到目前為止最純的最上品的詩集。加
特納指出本詩在組織上與奏鳴曲有類似之處，並且進而說明，「它的五節暗示
一齣戲的五幕。詩是建築在辯證的基礎之上，在實際與文體方面都運用有意的
相反相成。這形式似極適合作者的思想感覺的方式：屈服於嚴格的詩的訓練同
時尋得最大的彈性與自由。二者的結合似是作者性格的內在必需。」他接著分
析這個相反相成的底細：「每一詩的首節都包含正面的說明與反面的說明。所
用的形式是無韻的詩體。次節前段是抒情詩，後段則是會話體，把前段中的比
喻與象徵擴展開去。三節是各詩的中心，不同因素的調和在這裡開始。四節又
歸於抒情。五節分兩段，恰與二節中的次序顛倒，如在某一詩中次節是先抒情
後會話，在五節中則是先會話後抒情。到末尾，詩的節奏轉緊，空氣愈為嚴重，
準備調和完成後的下墜的結束」。他對那四首詩的分析便是這個模式的證明。
編者一文也旨在提起對於本詩統一性的注意。

　　第五六篇分別是霍爾拉特的《艾略特的哲學主題》和瑞特勒的《語言問
題》。前者的見解大致足以反映在這個論題下一般人的看法，認為艾氏詩中的
哲學精神並沒有取得教義的結構而是活生生的題材的模式，雖然如在但丁的情
形，某一種教義存在著成為詩的背景。瑞特勒是位女詩人，她的詩集曾有艾氏

作序。她在本文中代表年輕的一代感謝艾略特在詩的語言上啟示後進的功績。

第七八篇是布拉特布洛克的《艾略特的批評方法》和曼柯維茨的《略評小老頭》。前者是本書中唯一提及艾氏批評的一篇論文，很有一些可喜的見解。「他的批評的獨到的好處是它的複雜性，它記錄了詩人智慧的成長，同時予讀者以啟示。」「艾氏的方法取決於他的文體；一種強調中性的文體，絕無感情的字眼與比喻，雖然不是沒有語調的變化，特別是諷刺的口吻。它是解釋性的，從否定著手將不相干的事物排斥於外，從而得出定義。」「艾氏的批評並非用來傳達真理，而是用來尋求讀者對於某一種詩經驗的互助的，自動的體會。」最後一文則是分析艾氏早期一詩的。

本書還有一個特點值得一提的，書末附有艾略特到一九四五年為止所發表的全部著作的名稱與出處，夠得上說完備，準確，詳細；雖然，據我們所知艾氏最近的關於密爾頓的演講還未收錄在內。

5 月 25 日

《美詩選譯》，金啟華譯〔註 108〕，《文藝先鋒》第 12 卷第 5 期，1948 年 5 月 25 日。譯目：戰爭之歌（意多耳·泰耳登作）、民主戰歌（米列耳·魏德華作）、戰場禮讚（波克耳作）、誰在準備著（波克吐耳作）。《桑納及其詩》，涂懷瑩。《錦瑟解》，鄭臨川。《歌德之生命情緒對人生的啟示》王聿均。

《養士與用士》朱光潛，《讀書通訊》第 157 期，1948 年 5 月 25 日。《近代的兩個學術大師王靜安和章太炎先生》，洪煥椿。

5 月

《現代英詩的特質》袁可嘉，《文學雜誌》（詩歌特號）第 2 卷第 12 期，1948 年 5 月。同期有：《屈原文藝論》游國恩、《屈原的人格美與〈離騷〉民字解》林庚、《安史之亂中的杜甫》馮至、《曹植與五言詩體》繆鉞、《離合詩之研究》王利器、《街與提琴》〔註 109〕羅大剛。

〔註 108〕 金啟華（1919～2011），安徽來安人。1947 年畢業於中央大學，獲碩士學位。西南聯合大學研究院肄業，中央大學文學碩士。歷任中央大學、國立戲專、山東師大、南京師大教授。主要著作有《國風今譯》、《詩經全譯》、《杜甫論叢》、《詩詞論叢》、《中國詞史論綱》、《匡廬詩》、《新編中國文學簡史》等。譯詩有英國拜倫、哈代，美國銳翁、計滿爾等。

〔註 109〕 正文副標題為：漫談現代詩的榮辱。

　　《惠特曼詩抄》費雷譯，《詩創造》第 11 輯「燈市」，1948 年 5 月。譯目：《致某歌女》《我聽見亞美利加在歌唱》《為了你，啊，民主》《看啊，這鬉黑的臉》《當我瀏覽著》《沒有節省勞動的機器》共六首。《談詩》張君川。

　　《翻譯的價值》董秋思，《中國作家》《五四談文藝》「文協十週年暨文藝節特刊」，1948 年 5 月。

　　《英國文學》李祁，1948 年 5 月上海華夏圖書公司出版。目次：英國詩人肖像、古英文同中古英文時代、過渡時代、現代英文時代。

　　《屠格涅夫和他的羅亭》（集體討論）趙景深、葉聖陶記錄，《青年界》新第 5 卷第 4 號，1948 年 5 月《儒、儒家和儒教》周予同。

　　《十二個》〔蘇〕勃洛克著，戈寶權譯，上海時代書報出版社，1948 年 5 月初版，7 月再版，88 頁，28 開。長詩。目次：《勃洛克的黑白畫像及簽名》《俄國文學的巨匠亞歷山大・勃洛克》（溫格羅夫）《十二個》《作者關於〈十二個〉的幾句話》《論勃洛克的長詩〈十二個〉》（季莫菲耶夫）《〈十二個〉是怎樣寫成的》（奧爾洛夫）《關於〈十二個〉的回憶》（拜凱托娃）《後記》（譯者，1948 年 5 月）。

　　《西里維奧》張頷著，北風社 1948 年 5 月初版，收入北風叢書。長詩，據普希金《射擊》改寫。書前有餘振《序》。

　　《畫中有詩》〔註110〕豐子愷繪畫並選配古詩，上海文光書店，1948 年 5 月初版，共 60 頁，收 60 幅漫畫，每幅均配有詩。定價國幣三元整。作者自序：「余讀古人詩，常覺其中佳句，似為現代人生寫照，或竟為我代言。蓋詩言情，人情千古不變；故好詩千古常新。此即所謂不朽之作也。余每遇不朽之句，諷詠之不足，輒譯之為畫。不問唐宋人句，概用現代表現。自以為恪盡鑒賞之責矣。初作貧賤江頭自浣紗圖，或見而詫曰：此西施也，應作古裝；今子易以斷髮旗〔註 111〕，其誤甚矣。余曰：其然，豈其然歟？顏如玉而淪落為貧賤者，古往今來不可勝數，豈止西施一人哉？我見現代亦有其人，故作此圖。君知其一而不知其他，所謂泥古不化者也，豈足與言藝術哉！其人無以應。吾於是讀詩作畫不息。近來累積漸多，乃選六十幅付木刻，以示海內諸友。名之曰畫中有詩。——三十二年元旦子愷記於重慶沙坪壩，寓

〔註110〕版權頁書名為「詩中有畫」。
〔註111〕「斷髮旗」疑為缺字，應為「斷髮旗（袍）」。

樓。」

　　《西洋文學近貌》趙景深，上海懷正文化社，1948 年 5 月初版。160 頁。
包括有關現代歐美文學的論文 15 篇，其中有：《近代西洋文藝思潮》、《七十五
年來的世界文壇》、《俄國小說及其民族性》、《英國六作家的新研究》、《美國文
學在蘇聯》、《最近的德意志文學》、《奧國文學的低潮》、《今日的巴爾幹小國文
學》、《近代優哥斯拉維亞文學》、《近代希臘文學》等。

　　《中國文學精神》，張琦翔著，1948 年 5 月金華印書局版。全書 98 頁。
書前有著者「序」（文末署：「三七年四月十五日張琦翔於北平育椿草堂」）。全
書共四章：第一章　緒論、第二章　上古至唐之文化學術、第三章　唐宋元明
清之文化學術、第四章　現代文化學術。

6 月 1 日

　　《雙牛吟》（詩）杜朋，馮沅君〔註 112〕譯，《文潮》第 5 卷第 2 期，1948
年 6 月 1 日。《譯詩的經驗》水長東。

　　《滂巴的哀歌》詩，〔愛爾蘭〕奧拉西梨作，孫用譯，《文壇》第 7 卷第 6
期，1948 年 6 月 1 日。《康考德頌歌》〔美〕愛謀孫作，孫用譯。《民主國的戰
爭頌歌》〔美〕豪作，孫用譯〔註 113〕。

　　《騎士托根堡》〔德〕Friedrich Schiller 席勒作，劉慶瑞譯，《臺灣文化》
第 3 卷第 5 期，1948 年 6 月 1 日。

6 月 7 日

　　《夏志清致夏濟安》（1948 年 6 月 7 日）：「Martz 的 Renaissance Poetry〔註
114〕沒有大考，一共寫了七篇 paper，大約可得 honours（相當滬江的 one）；
Prouty 的 drama 在前星期四考了三小時，二十個小題目（dates，facts，etc.）；
二個大題目，Jonson〔註 115〕的 theory & practice〔註 116〕；討論 Revenge

〔註 112〕　譯者按：杜朋（Pierre Dupont）是法國十九世紀的詩人與曲家。他的田園詩頗
　　　　　　負盛名。《雙牛吟》作於 1845 年，是他的這方面的傑作之一，茲據《法國歌
　　　　　　曲選》所載者試譯。
〔註 113〕　據譯者文末記：「朱理雅・豪夫人，原姓華特，美國女詩人」（1801～1876）。
〔註 114〕　Renaissance Poetry，文藝復興詩歌。
〔註 115〕　Jonson（Samuel Jonson，塞繆爾・約翰遜，1709～1784），英國詩人、評論家，
　　　　　　以《詩人傳》（Lives of the Most Eminent English poets）知名。
〔註 116〕　theory & practice，理論與實踐。

Tragedy〔註117〕。……前天去訪 Brooks，他聽〔說〕我 Prouty 課得 92 分，很高興，證明新派人弄老派東西，比老派人強。他這次教 Milton〔註118〕預備 demonstrate Milton 的 imagery 是 functional 而不是 decorative〔註119〕。他對詩的 approach 很簡單而 naive〔註120〕（他在 prepare 一本 book on Milton）〔註121〕，是個好的 expositor〔註122〕，對於 theory 和 criticism〔註123〕本身的貢獻恐怕並不大。」「你 recast 華茲華斯〔註124〕，甚好，只是北大圖書太少，達到湯用彤 scholarship〔註125〕目標，得大量買書和雜誌；Cambridge Bibliography〔註126〕上列的書目照理想應該都有。新出一本批評書，是 *Criticism of Criticism*〔註127〕，對錢學熙很有用。Stanley Hyman: *The Armed Vision*〔註128〕，全書分章批判近代批評家 Eliot，Richard，Empson，Blackmur etc 的方法。」〔註129〕

6 月 8 日

《談戲劇主義——四論新詩現代化》袁可嘉，天津《大公報・星期文藝》1948 年 6 月 8 日。文章大概分三個部分。一、「戲劇主義的理論從三個方面綜合產生」：「（一）從現代心理學的眼光看，人生本身是喜劇的：……」；「（二）以柯爾立奇（Coleridge）的想像學說做根據，現代的批評家們相信，想像，特別是詩的想像，有綜合不同因素的能力。……」為了說明此點文章還談到瑞恰茲的「詩想像」和克羅齊的「直覺」；「（三）根據文字學的研究，現代批評家

〔註117〕 Revenge Tragedy，復仇悲劇。
〔註118〕 約翰・彌爾頓（John Milton，1608 年 12 月 9 日～1674 年 11 月 8 日），畢業於劍橋大學，英國詩人、政論家，代表作《失樂園》《復樂園》等。
〔註119〕 論證彌爾頓的意象是功能性的而不是裝飾性的。
〔註120〕 他對詩的理解方式很簡單而天真。
〔註121〕 他在計劃寫一本論彌爾頓的書。
〔註122〕 Expositor，闡述者。
〔註123〕 理論和批評。
〔註124〕 重塑華茲華斯。
〔註125〕 獎學金。
〔註126〕 劍橋書目。
〔註127〕 *Criticism of Criticism*，《批評之批評》。
〔註128〕 Stanley Hyman（斯坦利・海曼，1919～1970），美國文學批評家，代表作有《武裝起來的洞察力》（*The Armed Vision*，1947）。
〔註129〕 《夏志清夏濟安書信集　卷一　1947～1950》，浙江人民出版社，2017 年 3 月，第 126～129 頁。

認為詩的語言含有高度的象徵性質。……」二、「當我們把戲劇主義看作一個獨立的批評系統時，我們發現它至少有下述四種特點和長處」：「（一）他的批評標準是內在的，而不依賴詩篇以外的任何因素：……」；「（二）戲劇主義的批評家，一方面為分析上的方便雖然承認詩有經驗與表現（即實質與形式）的分野，骨子裏卻是堅決否認二者的可分性的。……」；「（三）戲劇主義的批評體系十分強調矛盾中的統一，因此也十分重視詩的結構。詩即是不同張力得到和諧後所最終呈現的模式……」；「（四）戲劇主義的批評體系是有意識的，自覺的，分析的。……」。三、「最後還剩下幾個戲劇主義常用的批評術語需要我們略作解釋的」：「（一）機智（Wit）──它是泛指作者在面對某一特定的處境時，同時瞭解這個處境所可以產生的許多不同的複雜的態度，而不以某一種反應為特定的反應。……」；「（二）似是而非，似非而是（paradox）──現代詩人和玄學詩人都同樣喜歡用。……」；「（三）諷刺感（sense of irony）──這一術語最不好解釋，也最難憑空解釋。粗略說來，它是指一位作者在指稱自己的態度時，同時希望有其他相反的態度而使之明朗化的欲望與心情，它與機智不同：機智只是消極的承認異己的存在，而諷刺感則積極地爭取異己，使自己得到反襯烘托而更為清晰明朗。這兒所謂『異己』，在詩中便是許多不同於詩中主要情緒的因素」；「（四）辯證性（Dialectic）：戲劇化的詩既包含眾多衝突矛盾的因素，在最終卻須消融於一個模式之中，其間的辯證性是顯而易見的。」

6 月 11 日

《聞一多先生與聯大新詩社》郭良夫作，《詩聯叢刊》〔註 130〕（地獄篇）第 1 卷 1 期，1948 年 6 月 11 日。

6 月 15 日

《外國文的用處》東郭生，《聚星月刊》復刊第 1 卷第 12 期，1948 年 6 月 15 日。

《青年往何處去》張申府作，《天琴》第 3、4 期合刊，1948 年 6 月 15 日。

《唐代長安之春》〔日〕石田幹之助，未署譯者，《世界與中國》再生號第

〔註 130〕雜書館。北平新詩團體聯合會編輯出版。

1 期，1948 年 6 月 15 日。

《希臘抒情詩選》陳國樺譯，譯者自刊，成都綜合出版公司印刷廠代印，1948 年 6 月 15 日初版，30 頁，32 開。輯譯希臘抒情詩 45 首。卷首有譯者自序：「余於民國三十二年，在華西大學哲史系講授《希臘文藝思潮史》，至抒情詩部分，曾譯有小詩四十五首，近日清理積稿，決付諸廁剞，以免散佚，且以分贈友好，敝帚自珍，史有前例，明達君子，諒不厚非也。——陳國樺於成都華西大學，三十七年六月十五日」。書末附各詩人小傳。譯詩（皆以五言古體譯出）目錄：《詠愛》無名氏、《山谷夜景》無名氏、《酒歌》阿爾克亞、《雁來紅》（宴會歌）客利士特拉達斯、《酒歌》無名氏、《赤地》無名氏、《詠戰利品》阿爾克亞、《詠戰爭》阿吉洛加、《詠志》阿吉洛加、《詠自制》阿吉洛加、《詠春》伊必可、《溫泉關》西蒙宜德、《沙拉米》西蒙宜德、《酒與歌》無名氏、《詠樂土》品德、《勸弟詩》希西德、《春耕》希西德、《戒怠惰》希西德、《謙受益》希西德、《書憤》希西德、《勸耕》希西德、《詠詩人》阿爾曼、《吾儕》米納亞、《施米》無名氏、《夜景》薩福、《蘋果》薩福、《熟睡》卡賴奴斯、《郎貌》薩福、《和平頌》百吉力德、《詠葉盾》亞吉洛加、《格言詩》提阿尼、《慷慨》提阿尼、《詠美色》無名氏、《詠愛》無名氏、《失眠》薩福、《水聲》薩福、《詠自由》梭倫、《致雅典民眾詩》梭倫、《閒坐》希西德、《詠操作》希西德、《賢妻》希西德、《文人相輕》希西德、《致薩福詩》西爾克亞、《答西爾克亞》薩福、《詠朝陽》。

6 月 21 日

《夏志清致夏濟安》（1948 年 6 月 21 日）：「錢學熙的信〔註131〕已讀過，預備下次給他個答覆，我對 criticism as speculation〔註132〕沒有多大研究，不過他還是吃北大圖書的虧，在 Yale 一下子可把關於 Eliot criticism 的批評兩星期內都看完。解釋 Eliot 批評的書遠不如解釋他的 poetry 的多。最近有劍橋印度人 Rajan 編的 *T.S.Eliot: A Study by Several Hands*〔註133〕，Brooks 有一 copy，已從 reserve shelf 取去。Yale 英國出版的書買的不全，Yale Library 還

〔註131〕 錢學熙致夏志清的信附在夏濟安給夏志清的信裏，本信開頭說「來信及錢學熙附信已於大前天收到」，但錢學熙給夏志清的信未附入本書信集。

〔註132〕 criticism as speculation，作為猜測的批評。

〔註133〕 該書全名為 *T.S.Eliot: A Study of His Writing by Several Hands*，拉贊（Balachandra Raian），1947 年初版。

沒有（其中有幾篇如 by Miss Bradbrook 的關於他的批評）。Ransom 在 *New Criticism*〔註 134〕〔中〕稱 Eliot 為 historical Critic〔註 135〕，全文把 Eliot 的 criticism translate〔註 136〕到 Ransom 的 terminology〔註 137〕，因為 Eliot 文章中 technical terms〔註 138〕太少，不夠嚴密，全文沒有多大貢獻。另外 Yvor Winters 在 *The Anatomy of Nonsense*〔註 139〕中有一文 'T.S.Eliot, or The Illusion of Reaction'，亦批評 Eliot 的批評，態度有玩笑的性質，同 W.Lewis 的 *Men witbout Art*〔註 140〕相仿。最新的當推 Stanley Hyman 的 *The Armed Vision*〔註 141〕，可惜我沒有看到，附近書店不見，我想 order 一冊，看過了送給錢學熙。該書對重要的 critics 都有一個批判，對錢為 invaluable。我相信錢對 Eliot，Richards 不斷 ponder，其結果一定可超外國人。……」〔註 142〕

《夏濟安致夏志清》（1948 年 6 月 21 日）：「燕卜蓀這半年來我沒有去看過他，他離〔北〕平那天早晨我去送行，他還要同我討論慈禧太后，我說趕快到航空公司去吧，慈禧太后等你從美國回來後再談吧。」〔註 143〕

6 月 25 日

《胡旋舞小考》〔日〕石田幹之助作，張海澄譯，《讀書通訊》「藝文叢談」，1948 年 6 月 25 日。

6 月

《談藝錄》（收 1939 年至 1942 年作）收：序（1942 年 8 月 26 日作）。又記（1948 年 4 月 15 日作）、談藝錄，錢鍾書著，開明書店，1948 年 6 月初版。

〔註 134〕 Ransom 在 *New Criticism*，約翰・藍蓀在《新批評》。
〔註 135〕 historical Critic，歷史評論家。
〔註 136〕 criticism translate，批評翻譯。
〔註 137〕 Terminology，術語。
〔註 138〕 technical terms，技術術語。
〔註 139〕 該書名為 *The Anatomy of Literature Nonsense, New Ditections*，1943 年。
〔註 140〕 W.Lewis（Petcy Wyndham Lewis，珀西・溫德姆・里維斯，1882～1957），英國畫家和批評家。*Men witbout Art*（《無藝術的人》）是其 1934 年的批評理論著作。
〔註 141〕 Stanley Hyman 的 *The Armed Vision*，斯坦利・海曼的《武裝視野》。
〔註 142〕 《夏志清夏濟安書信集 卷一 1947～1950》，浙江人民出版社，2017 年 3 月，第 141～142 頁。
〔註 143〕 《夏志清夏濟安書信集 卷一 1947～1950》，浙江人民出版社，2017 年 3 月，第 144 頁。

1949 年 7 月再版。377 頁，每冊定價國幣四元，收入開明文史叢刊。錢鍾書《談藝錄》突破了「中體西用」的文化和思維模式，立足於中西文化、中西詩學的交匯點上，探討無論古今中外所共有的「詩眼」「文心」。此種「打通」式的研究使得《談藝錄》不僅在內容上，而且在方法論上成為中國詩學不可多得的典範。錢氏淵雅博健的學力和洞幽燭微、刀筆吏式的老辣為他從事「打通」式的研究提供了源源不絕的動能和可能。錢氏敢與古今中外詩家論短長的學術魄力，更體現了他獨有的魅力。《談藝錄》主要以文言形式、學術隨筆的寫法，對於中國古代特別是隋唐以來直到近代的詩人和詩歌，予以沿波探源、旁徵博引、中西比照式的論析，顯示了錢氏深厚的博通中西的學養，傳統與現代相結合的方法視角。夏志清說，《談藝錄》「是中國詩話裏集大成的一部巨著，也是第一部廣採西洋批評來診斷中國詩學的創新之作」。《談藝錄・序》原文：《談藝錄》一卷，雖賞析之作，而實憂患之書也。始屬稿湘西，甫就其半。養痾返滬，行篋以隨。人事叢脞，未遑附益。既而海水羣飛，淞濱魚爛。予侍親率眷，兵罅偷生。如危幕之燕巢，同枯槐之蟻聚。憂天將壓，避地無之，雖欲出門西向笑而不敢也。銷愁舒憤，述往思來。託無能之詞，遣有涯之日。以匡鼎之說詩解頤，為趙岐之亂思系志。掎摭利病，積累遂多。濡墨已乾，殺青甫計。苟六義之未亡，或六丁所勿取；麓藏閣置，以待貞元。時日曷喪，清河可俟。古人固傳心不死，老我而捫舌猶存。方將繼是，復有談焉。凡所考論，頗採「二西」之書，（「二西」名本《昭代叢書》甲集《西方要紀・小引》、《鮚埼亭詩集》卷八《二西詩》。）以供三隅之反。蓋取資異國，豈徒色樂器用；流佈四方，可徵氣澤芳臭。故李斯上書，有逐客之諫；鄭君序譜，曰「旁行以觀」。東海西海，心理攸同；南學北學，道術未裂。雖宣尼書不過拔提河，每同《七音略序》所慨；而西來意即名「東土法」，堪譬《借根方說》之言。非作調人，稍通騎驛。附說若干事，則《史通・補注》篇固云：「除煩則意有所恡，畢載則言有所妨；遂乃定彼榛楛，列為子註。」蕭志離亂，羊記伽藍，遺意足師，祖構有據。余既自歎頑愚，深慚家學，重之喪亂，圖籍無存。未甍善忘，不醉多謬；蓄疑莫解，考異罕由。乃得李丈拔可、徐丈森玉、李先生玄伯、徐君調孚、陳君麟瑞、李君健吾、徐君承謨、顧君起潛、鄭君朝宗、周君節之，或錄文相郵，或發篋而授。皆指饋貧之囷，不索借書之瓻。並書以志仁人嘉惠云爾。壬午中元日鍾書自記。

《關於〈老殘遊記〉》第二章的注釋》*A Note to the second Chapter of Mr. Decadent* 論文，錢鍾書，載 1948 年 6 月《書林季刊》（Philobiblon）第 2 卷第 3 期 8～14 頁。

《法國唯在主義運動的哲學背景》陳石湘，《文學雜誌》第 3 卷第 1 期，1948 年 6 月。《詩的戲劇化》袁可嘉。

《新詩戲劇化》袁可嘉，《詩創造》第 12 輯（詩論專號）「嚴肅的星辰們」，1948 年 6 月。引述英國詩人奧登《小說家》（卞之琳譯）一詩為例，說明「新詩的戲劇化」。「里爾克代表著沉潛的、深厚的、靜止的雕像美，奧登則是活潑的、廣泛的、流體美的最好樣本。前者有深度，後者有廣度。」「這也許就是為什麼奧登能在那麼大的天地中來往自如；如純從題材接觸面的廣度來說，奧登確定地超過梵樂希、里爾克和艾略特，只要一打開他的詩總集，你便得欽佩他在這方面的特殊才能。」「奧登寫過不少類似這樣的題目（《小說家》），他寫過作曲家、模特兒、旅行者、巴斯格爾、福斯特等等，所用手法大致如前面所描述的。他總是從對方的心理著手，而借思想的跳動，表現的靈敏來產生輕鬆，愉快。我們粗粗讀來，很容易覺得它只是淺易近人，而忽略其中的親切，機智等好處；奧登原是有名的詩壇的頑童。」

《嚴肅的星辰們》唐湜〔註 144〕。

《關於伊薩柯夫斯基》戈寶權。

《T.S.艾略忒論詩》沈濟。正文有「詩的鑒賞」、「詩的意象」和「詩與哲學」等三個部分。文末有「譯自 *Point of View*」。

《史彭德論奧登等詩人》李旦，文後有「譯者按：英國會鑒於戰時交通阻塞，各國間彼此不知情形，故於大戰後特聘專家撰文就各類藝術分別介紹，本文作者史彭德（Stephen Spehder）負責詩歌部門，原書名《一九三九年後的英詩》（Poetry Since1939）。本文就其中二節譯出。史氏示以公正之筆介紹了自己，文內所說史彭德就是作者本人。」

《編餘小記》編者。

《自由列車》〔美國〕L.休士，袁水拍譯，《中國新詩》第 1 集「時間與旗」，「譯詩」欄目，1948 年 6 月。

《詩六章》〔蘇聯〕伊薩科夫斯基，戈寶權譯，《中國新詩》第 1 集「譯詩」

〔註 144〕內文有：唐祈與他的《詩第一冊》、《渡運河》裏的詩人莫洛、《交響集》的作者陳敬容、杭約赫的《火燒的城》四篇。

欄目。六首標題為：風、春天、往日、我生長在窮鄉僻壤、高山上日光閃耀、吻。

《詩七章》〔希臘〕梭羅摩斯，藍冰譯，《中國新詩》第 1 集「譯詩」欄目。七首標題為：年老的戴摩、愛倫・查里斯、安德里柯的母親、雅尼・契吉奧提斯、鬼怪、游擊隊員、奧林匹亞山和基沙浮士山。

《論風格》唐湜，《中國新詩》第 1 集「詩論」。

《獄中》（譯者注：「詩人於一八七三年因行為不端而被捕入比利時蒙斯監獄，此即為其斯時在獄中所作。」）〔法〕魏爾冷著，繼祖譯，《人民世紀》南京，第 1 卷第 6 期，1948 年 6 月。

《幽會與黃昏》〔英〕渥滋渥斯、拜倫等著，沙金譯，上海中興出版社，1948 年 6 月滬初版，115 頁，36 開，收入中興詩叢第 2 集。收入英國浪漫主義全盛時代和維多利亞時代的詩歌十餘首，每位詩人附有作家簡介。目次：浪漫主義全盛時代《路茜格蕾》（W.渥滋渥斯）《黑女士》（S.T 索律勒已）《內泊斯的少女》（W.司各脫）《給拿破崙一世》（G.G.L 拜倫）《黃昏》（P.B.雪萊）《麥茲快樂呀》（I.基茨）《母親我不能照顧我底車輪》（W.S.蘭德）維多利亞時代《船主》（A.L.J.尼孫）《幽會》（R 白朗寧）《天鵝的窠巢的傳奇》（E.B.白朗寧）《快樂》（A.H.克勒夫）《詩的莊嚴》（M.五諾德）《三個影子》（D.G.馬塞蒂）《風》（C.羅塞蒂）《可恥的死》（W.莫瑞斯）《地球上的鹽》（A.C.史溫柏）《譯後記》。

《拜倫評傳》〔丹麥〕喬治・勃蘭兌斯（G.M.C.Brandes，1842～1927）著，侍桁譯〔註 145〕，上海國際文化書社，1948 年 6 月初版，157 頁，28 開。

7 月 1 日

《國際筆會》（介紹）（譯文）趙景深譯，《文潮》第 5 卷第 3 期，1948 年 7 月 1 日。《音樂治療》（詩劇、獨幕劇）蕭伯納作，宗仍譯。

《美麗之歌》（愛沙尼亞民歌），孫用譯〔註 146〕，《文壇》第 8 卷第 1 期，1948 年 7 月 1 日。

《論中國的出路：對於自由主義、中間路線、知識分子的探究》張申府作，《中國建設》第 6 卷第 4 期，1948 年 7 月 1 日。

〔註 145〕本書係侍桁譯勃蘭兌斯的《十九世紀文學之主潮》第 4 冊（商務印書館 1939 年 5 月初版）中關於拜倫部分的內容。本版對原譯文作了訂正。
〔註 146〕據譯者文前記，該詩譯自《愛沙尼亞文選》。

7 月 2 日

《夏志清致夏濟安》（1948 年 7 月 2 日）：「寄錢學熙的 *The Armed Vision*〔註 147〕，日內已看完，確對錢教批評極有用處，不知錢的詳細地址，假如你已不在，預備寄袁可嘉轉交。昨晚去看羅常培，……他給我代錢訂閱 *Sewanee Review* 一年的收條，假如錢學熙還沒有收到，我可以寫信去問。」「Empson 在美國名氣極高，這次來美或可 stimulate〔註 148〕他多寫幾本書。……」〔註 149〕

7 月 3 日

《吳宓日記》：「七月三日，星期六。陰。昨夜大雨。今日上午仍續雨。晨讀 Robert shafer '*From Beowlf to Thomas Hardy*'（1940）〔註 150〕凡二巨冊。……」

7 月 4 日

《傳統與個人的資稟》〔英〕艾略特著，孟實譯，《平明日報》副刊《星期文藝》第 63 期，1948 年 7 月 4 日。有注釋和譯後記。朱光潛只譯了第一部分（第一部分最後一段和全文第二部分也未譯出）。

7 月 10 日

《白朗蒂姊妹》馮小代，《人世間》文藝月刊，桂林復刊第 2 卷第 5 · 6 期合刊，1948 年 7 月 10 日。《一間自己的屋子》（〔英〕伍爾浮著，王還譯，文化生活出版社 1947 年 6 月初版）弓默書評。

《論詩教》張須著，《國文月刊》第 69 期，1948 年 7 月 10 日。

《夏濟安致夏志清》（1948 年 7 月 10 日）：「這兩天我一心在想做文章，精神很緊張。去年那篇 Wordsworth 現在看看差不多句句要改，見解並非沒有精彩處，但要在文章裏站得住，說的中肯，可並不容易。現在已決定不改老文章，另立新題目，是 '*Tintern Abbey*〔註 151〕的分析』，自以為發現不少，可以同 Brooks

---

〔註 147〕 *The Armed Vision*，斯坦利·海曼的《武裝視野》。

〔註 148〕 Stimulate，刺激。

〔註 149〕 《夏志清夏濟安書信集　卷一　1947～1950》，浙江人民出版社，2017 年 3 月，第 149～150 頁。

〔註 150〕 Robert shafer '*From Beowlf to Thomas Hardy*'（1940），羅伯特·謝弗著《從貝奧武甫到托馬斯·哈代》（1940）。《貝奧武甫》係一部英雄史詩。據信於 700～750 之間寫成，被認為是古英語文學的最高成就，最早用歐洲地方語言寫成的史詩。

〔註 151〕 *Tintern Abbey*，（《丁登寺》），英國詩人威廉·華茲華斯寫於 1798 年的詩作。

的論 Ode〔註 152〕相比，關於 symbolism、ambiguity、paradox〔註 153〕等處可以有些發前人所未發的話，結論歸到 *Wordsworth as Mystic-poet*〔註 154〕，材料已經搜集的差不多，明天大致可以開始。但是好久沒有寫英文，拿起筆來好像很沒有把握，不知道幾天才可以寫完。我同你一樣，讀了 *Seven Types*〔註 155〕以後，對燕卜生很佩服，而且讀詩時每有新見解，這篇文章如能寫成，大致可歸入燕卜生一派，至少是受了燕卜生一派的訓練的結果。……寫好了如果來不及印，預備給燕卜生看看。我一定得好好地寫。今年而且是 *Lyrical Ballads*〔註 156〕的 150年紀念，寫出來有雙重紀念價值。」「我們系裏袁可嘉不預備寫，別人寫什麼我不知道，只是燕卜生的寫 'Wit in Essay on Criticism'〔註 157〕，據他統計，wit 一字〔詞〕在 Pope 這詩裏，一共有廿二種不同意義，大約同他的 'word=contracted doctrine』一說有關，我沒有讀到，不知其詳。錢學熙這兩天也在埋頭苦寫，題目是 'Dissociation & Unification of Sensibility'（《情感的分離與統一》），大意是 Dissociation 並非 thought & feeling 的 separation，而是 suppression of either——這是心理學的研究；Unification 只有從宗教上可以獲得——拿 Eliot 自己為證。他這篇主要的還是研究 Eliot，歷史上的材料很少。」〔註 158〕

7 月 15 日

《萊孟托夫詩抄》余振譯，《新藝苑》第四期（暨《海內外》第一期），1948年 7 月 15 日。

《凱絲達》〔德〕凱塞林作，施蟄存譯，《文訊》第 9 卷第 1 期（文藝專號），1948 年 7 月 15 日。同期譯詩還有《假面具》〔英〕雪萊作，方敬譯。《在

〔註 152〕 Brooks 的論 Ode，布魯克斯的論抒情詩。Brooks（Cleanth Brooks，克林斯‧布魯克斯，1906～1994），美國批評家，耶魯大學英文系教授，「新批評」派領軍人物，曾創辦《南方評論》(*The Southern Review*)，主要著作有《現代詩與傳統》(*Modern Poerty and the Tradition*，1939)、《精緻的甕》(*The Well Wrought Urn*，1947) 等。

〔註 153〕 symbolism、ambiguity、paradox，象徵、模糊、悖論。

〔註 154〕 *Wordsworth as Mystic-poet*，《作為神秘主義詩人的華茲華斯》

〔註 155〕 *Seven Types*，《七類晦澀》（1930，燕卜蓀著）。

〔註 156〕 *Lyrical Ballads*，《1798，抒情歌謠集》（華茲華斯與柯爾律治的詩歌集）。

〔註 157〕 'Wit in Essay on Criticism」，大意是「『機智』一詞在（蒲柏）《人論》中的考證（使用）」。

〔註 158〕 《夏志清夏濟安書信集 卷一 1947～1950》，浙江人民出版社，2017 年 3 月，第 158～159 頁。

克隆斯達特前線》〔蘇〕英倍爾作，彭慧譯。《哈爾次山遊記》續，〔德〕海涅作，馮至譯。

《國文的問題》東郭生〔註 159〕，《聚星月刊》復刊第 2 卷第 1 期，1948 年7 月 15 日。

《夏志清致夏濟安》（1948 年 7 月 15 日）：「……*The Armed Vision*〔註 160〕已看完，以後不看閒書，專攻拉丁。（*The Armed Vision* 內最捧 Blackmur、Empson、Richards、Burke，對 Eliot 比較 unfair，完全看重 scientific criticism；書已於日前寄兆豐別墅，由你轉交錢學熙。）」「……哲學系的方書春在中國南方也算個新詩人，力捧穆旦；有閒時不時研究 Auden、D.Thomas〔註 161〕，所讀過的英詩大約不外莎翁的 Sonnets、Omar〔註 162〕、A.E.Housman〔註 163〕、Auden、Thomas。」「這次升級講師，在北大可抬得起頭，假如北方情形不惡化，要教書恐怕還以北大為妥。華茲華斯的 revision 已寫就否？甚念；一年多的研究，一定對華有了新的理解。……錢學熙的覆信還沒有寫，真不應該。預備今晚寫就，同時寄出。SR 的 Ransom 專號已出版，南派人都寫文讚揚他，可惜討論的都是他的詩，而不是他的批評；Ransom 喜歡弄 theory of poetry〔註 164〕，不能得到公共的同意；錢〔註 165〕弄 theory，也有同樣危險。夏季號 KR 有Ransom 的 'The Literary Criticism of Aristotle'〔註 166〕，沒有特殊貢獻（Johns Hopkins Symposium 的講稿），何時很長，可補充錢的講義。……」〔註 167〕

《夏濟安致夏志清》（1948 年 7 月 15 日）：「我近日正忙寫 'Tintern Abbey'

〔註 159〕 周作人。
〔註 160〕 （*The Armed Vision*，1947）（《武裝起來的洞察力》，又譯《武裝視野》），美國文學批評家 Stanley Hyman（斯坦利·海曼，1919～1970）著。
〔註 161〕 D.Thomas（Dylan M.Thomas，狄蘭·托馬斯，1914～1953）英國詩人，以《死亡與出場》（*Death and Entrances*，1946）最為知名，被認為是奧登以後的重要詩人。
〔註 162〕 Omar（Omar Khayyám，奧瑪·海亞姆，通譯莪默·伽亞謨，1048～1131），波斯詩人、數學家、天文家和哲學家，英國詩人愛德華·菲茨傑拉德選譯其《魯拜集》（*Rubaiyat of Omar khayyám*），在英語世界影響甚大，後轉譯中國。
〔註 163〕 A.E.Housman（Alfred Edward Housman，阿爾弗雷德·愛德華·豪斯曼，1859～1936），英國詩人、學者，代表作有《什羅普郡一少年》（*A Shropshire Lad*，1896）。
〔註 164〕 詩歌理論。
〔註 165〕 錢學熙。
〔註 166〕 亞里斯多德的文學批評。
〔註 167〕 《夏志清夏濟安書信集 卷一 1947～1950》，浙江人民出版社，2017 年 3月，第 163～167 頁。

研究，唯程綏楚時來打攪，文思時斷時續，加以我自己的種種弱點，文章進步很慢，大約還要半個月才能寫完。半個月後，是否去滬，現在還難說。」「近日有一個新的女性，進入我的生命，結果如何，現尚難言。她叫劉璐，是南開西文系二年級學生，因嫌南開不好要轉北大三年級。……那天談談兩校西語系的比較之後，我請她及他吃飯，飯後程陪她去報名。第二天他來拿北大的文學史與 *Golden Treasury*〔註 168〕，準備考試，又坐了一回（會）。最近她會來，要拿她的作文等等讓我看看。」〔註 169〕

7 月 16 日

《吳宓日記》：「七月十六日，星期五。……始讀 A.L.Rowse 撰 *The Spirit of English History*〔註 170〕小冊。……」

7 月 20 日

《蘇聯文學界清算的真相》未署原作者，林楠譯，《新人》（旬刊）第 1 卷第 2 期，1948 年 7 月 20 日。

7 月 23 日

《吳宓日記》：「七月二十三日，星期五。晴。……始讀張歆海新著 *Letters from a Chinese Diplomat*〔註 171〕，極喜且佩。蓋猶遵 Babbitt 師之教，但未肯明白承認耳。」

7 月 27 日

《現代英國詩人・序》聞一多著，《新生報》副刊《語言與文學》（朱自清主編）第 94 期，1948 年 7 月 27 日。此文為聞一多遺作：1931 年 2 月 15 日寫於青島。〔註 172〕

〔註 168〕 *Golden Treasury*，（《英詩金庫》，1861），英國弗朗西斯・帕爾格雷夫（Francis Turner Palgrave）編，全書收入英美著名詩人寫於 16 世紀末至 19 世紀末的共 433 首抒情詩。
〔註 169〕 《夏志清夏濟安書信集 卷一 1947～1950》，浙江人民出版社，2017 年 3 月，第 169～170 頁。
〔註 170〕 A.L.Rowse 撰 *The Spirit of English Histor*，A.L.羅斯撰《英國歷史的精神》。
〔註 171〕 《一個中國外交官的信函》。
〔註 172〕 《現代英國詩人》為費鑒照譯著，新月書店 1933 年 2 月出版。該書扉頁題簽：「獻給我的老師聞一多先生」。聞一多在序言裏說：「當然一提到『現代』

7 月 31 日

《新浪漫主義與中國文學》常燕生遺著,《時代文學》第 1 卷第 4 期,1948
年 7 月 31 日。該文認為:「『新浪漫主義』,這是西洋文化的精髓,而中國傳統
文化中最缺少的部分。」「因為中國人的生活態度是過分地現實,平易,而中
庸化了的緣故,影響到文化的各方面,包含文學藝術在內,都缺乏一種生動,
飛躍,幻想的成分,一切民族的文學都起源於史詩,獨獨中國沒有,甚至連稍
稍系統一點的神話傳奇也沒有,文學開始於《詩經》,『溫柔敦厚』的詩教就正
是與浪漫主義相反的文學教條。戰國時代的新型民族楚國,才出了一個偉大的
浪漫主義詩人屈原,《離騷》確可以算是中國文學中最偉大的浪漫主義作品,
可惜以後接不下去,魏晉六朝的文學是感傷的而非浪漫的。到了唐朝才因為新
舊民族血統的混合而產生了中國歷史上最偉大的浪漫詩人李白,但也沒有人
再接下去。明末清初的性靈派文學有一點浪漫的成分,但缺乏生命力,所以畢
竟不能脫感傷的氣氛,再以後更沒有了。」「中國要復興,整個的民族生活態
度必須浪漫化,要民族浪漫化,先得從文學藝術上發揚出浪漫的精神。」至於
何謂「新浪漫主義」,常燕生這樣界定:「浪漫主義本無新舊,為什麼要提『新
浪漫主義』?因為過去的浪漫主義與貴族的悠閒生活不無關係,貴族的子弟有
閒,可以馳馬試劍醇酒婦人,因此才浪漫起來。但這樣的浪漫是虛幻的,沒有
觸到人生的根底,貴族子弟生活於象牙之塔內,不知人事之艱難,也沒有生活
痛苦之經驗,因此情感是浮而不實,幻想是薄而無力,動得不帶勁跳得也不遠,
猶如煙火人物,不過是虛飄飄地一雲,爛漫是爛漫,但浮漚泡影,火樹曇花,
沒有腳跟的東西,不是我們所需要的。舊浪漫主義之所以失敗者在此。」此期
刊載的文章還有《談欣賞和批評的條件》孫望。《屠格涅夫散文詩》(凡五章:
《罪過是誰》《生活的標準》《尋巢》《我的樹》《茶杯》)史天行譯。《印度子夜
歌》 *The Indian Serenade* 〔英〕Shelley 雪萊著,王聿均譯。《燕先生永遠與我們
同在》謝澄平。《回憶常先生》陳一萍。

兩字,中國人的腦筋裏必然浮現著一幅有趣而驚人的圖畫:青面獠牙,三首
六臂,模樣怪到不合常理。因為那當然是其有一套不可思議的神道——瞧那
樣子便知道。本書講的是現代詩人,不幸都沒有進化到那程度。」「大概詩人
與詩人之間不拘現代與古代:只有個性與個性的差別,而個性的差別又是有
限度的,所以除了這有限的差別以外,古代與現代的作品之間,不會還有——
也實在沒有過分的懸殊。」

7 月

《屠格涅夫散文詩抄》史天行，《人生雜誌》第 1 卷第 2 期，1948 年 7 月。

《西班牙抗戰謠曲選》（待續）阿爾倍諦作，戴望舒譯，《新詩潮》第三輯，1948 年 7 月。〔正文標注：（RafaelAlberti: Defensade Madrid‧Defensade Cataluna）〕《保衛馬德里‧保衛加達魯涅》，戴望舒譯。

《戰時在中國作》〔英國〕奧登，卞之琳譯，《中國新詩》第二集（黎明樂隊）「譯詩」，1948 年 7 月出版。〔五首詩譯自奧登 1938 年在中國寫的《戰時作》（In Time of War），原次序為第 4、14、17、18、27 首（原作共 27 首）〕

《詩四章》〔蘇聯〕庫巴拉，戈寶權譯，《中國新詩》第二集（黎明樂隊）「譯詩」。四首：是誰在那兒走著、歌、在庫巴拉節、在河岸上。

《詩七章》〔奧〕里爾克，陳敬容譯，《中國新詩》第二集（黎明樂隊）「譯詩」。標題：秧、回想前生、先知（選自《意象集》）、戀歌、愛侶之死、琵琶（選自《新詩集》）、遺詩（選自《遺詩集》）。

《從生命到字，從字到詩》劉西湄，《中國新詩》第二集「詩論」。

《太戈爾詩一首》金克木譯，《詩創造》第 2 年第 1 輯「第一聲雷」，1948 年 7 月。《仿民歌調》莫倍爾作，彭慧譯。《收穫》〔美〕威爾支作，高寒譯。《詩的形象短論》勞辛。

《談對話體》朱光潛，《文學雜誌》第 3 卷第 2 期，1948 年 7 月。《詩歌的音調》徐家昌。《一部希臘的田園故事》（〈達夫尼斯與克洛衣〉），Longus 著，常風。

《詩五章》（當我在樹林裏散步；樹林裏的弔鐘花在合唱；在廣場上；哦咦，我的朋友從馬上跌下來啦；丹娘之歌），狄青納作，葆荃譯，《蘇聯文藝》第 33 期「詩歌」，〔蘇聯〕羅果夫編，上海蘇商時代書報社，1948 年 7 月。《詩五章》（雷雨之後；馬；空氣與水，閃電與雷；詛咒；德聶泊爾河），柳里斯基作，林陵譯；《詩兩章》（鐵十字；在懸崖上），巴尚作，林陵譯；《詩兩章》（同伴；黑夜），畢爾伏瑪伊斯基作，林陵譯。「文錄」欄：「烏克蘭女詩人烏克蘭英卡逝世三十五週年紀念」：《愛伊赫萊爾‧萊霞‧烏克蘭英卡的生平與創造》戈寶權譯；《詩五章》（我的路；希望；到處是哭聲；黃昏的時分——先給我親愛的母親；唱吧，我的歌），萊霞‧烏克蘭英卡作，戈寶權譯。「蘇聯作家群像」

欄:《烏克蘭四大詩人〔註 173〕》羅塞里斯作,曉雨譯。「理論」欄:《烏克蘭文學發展中的某些問題》柯爾楚納克作,蔣路譯。

8月1日

《布魯克詩抄》(詩)林凡選譯,《文潮》第 5 卷第 4 期,1948 年 8 月 1 日。

《知識分子與新文明》張申府作,《中國建設》第 6 卷第 5 期,1948 年 8 月 1 日。

8月7日

《現代英詩選譯》,陳國樺譯,《大學評論》第 1 卷第 5 期(1948 年 8 月 7 日)。棘林(A.E.霍斯曼作)、二十世紀之歌(慕爾作)。

8月8日

《批評的藝術》袁可嘉,天津《大公報・星期文藝》1948 年 8、15 日連載。(一)科學與藝術、(二)見解與表現、(三)客觀與主觀、(四)相對於絕對、(五)傳統與才能、(六)分析與綜合、(七)結論。

8月11日

《夏志清致夏濟安》(1948 年 8 月 11 日):「⋯⋯文藝青年 Louthan 已從 Kenyon School 回來,他聽 Empson 的課,講的多是 structure of words,不易 follow;Iowa 大學有聘書給 Empson,Empson 以為北平一日不失守,一日留北平。⋯⋯近日幫忙吳志謙開書單買書,供回國教書之用,他送了我一本 Yvor Winters 的 *In Defense of Reason*〔註 174〕,是他三本批評書(*Primitivism and Decadence*、*Maule's Curse*、*The Anatomy of Nonsense*)〔註 175〕集本,很合算;最近新出一本 Leonard Unger 篇〔編〕的 *T.S.Eliot: Selected Critique*〔註 176〕,

---

〔註 173〕 介紹烏克蘭四大詩人為:巴普洛・狄青納、馬克西姆・柳里斯基、米克拉・巴尚和列昂尼德・畢爾伏瑪伊斯基。
〔註 174〕 Yvor Winters 的 *In Defense of Reason*,伊沃爾・溫特斯的《為理性辯護》。
〔註 175〕 (*Primitivism and Decadence*、*Maule's Curse*、*The Anatomy of Nonsense*),(《原始主義與頹廢》1937、《摩爾的詛咒》1938、《對廢話的剖析》1943)。
〔註 176〕 Leonard Unger 篇〔編〕的 *T.S.Eliot: Selected Critique*,倫納德・安格爾編的《T.S.艾略特批評文選》。

近五百頁，我看它內容充實（Wilson，Lewis，Matthie，Ransom，Brooks 和許多 *Southern Review*〔註 177〕上以前未收集的好文章），價錢便宜就買了一本（$3.75）。……」〔註 178〕

8 月 15 日

《楊卡‧庫巴拉詩輯》高爾基譯，余振重譯，《新藝苑》第 6 期《海內外》第 3 期，1948 年 8 月 15 日。

8 月 16 日

《馬賽曲》（譯文），利爾，《開明少年》第 38 期，1948 年 8 月 16 日。

8 月 23 日

《吳宓日記》：「八月二十七日，Friday。晴。孔誕放假。晨超、雲赴漢。謙來。上午讀'*French Novelist of Today*' by Milton H. Stanburg〔註 179〕。……」

8 月 31 日

《近代蘇聯詩歌》董每戡，《文藝先鋒》第 13 卷第 2 期，1948 年 8 月 31 日。

8 月

《歌德之科學思想與康德的哲學》何君超，《學原》第 2 卷第 4 期，1948 年 8 月。同期廣告三則：《歌德對話錄》周學普譯，《歌德論自著之〈浮士德〉》梵澄譯，《浮士德》周學普譯。

《印度女子詩選》方敬譯，《中國新詩》第 3 集《收穫期》「譯詩」，1948 年 8 月。譯目：《思想的領導》《愛的秘密》《未曾見面的愛人》《在人生的市場裏》《你們不回顧嗎》。

《詩二章》〔菲列賓〕巴董巴赫，袁水拍譯，《中國新詩》第 3 集《收穫期》

〔註 177〕 *Southern Review*（《南方評論》），季刊，創辦於 1935 年，以發表小說、詩歌、文藝評論為主。
〔註 178〕 《夏志清夏濟安書信集　卷一　1947～1950》，浙江人民出版社，2017 年 3 月，第 189～190 頁。
〔註 179〕 '*French Novelist of Today*' by Milton H. Stanburg，彌爾頓‧H‧斯坦伯克著《今日之法國小說家》。

「譯詩」。《黎加雅，我的愛人》《這是他們的罪狀》。

《穆旦論》唐湜，《中國新詩》第 3 集、第 4 集「題跋‧詩人研究」連載，1948 年 8 月、9 月。

《〈十四行詩〉再版序》馮至，《中國新詩》第 3 集「題跋‧詩人研究」。

《論意象的凝定》唐湜，《大公報‧文藝副刊》1948 年 8 月。

《反叛》〔美〕德萊塞作，胡惠峰譯，《詩創造》第 2 年第 2 輯「土地篇」，1948 年 8 月。《勇士的告別》J‧肯開爾作，歌利譯。《悲傷》S‧高羅傑茲基作，戈寶權譯。《論詩二題》鍾辛。

《再論新詩的形勢》林庚，《文學雜誌》第 3 卷第 3 期，1948 年 8 月。

《沈特拉里煤礦慘案》（詩）密拉‧朗貝爾作，袁水拍譯，《人世間》復刊第 13 期（第 3 卷第 1 期），1948 年 8 月〔註 180〕。

《神曲‧淨界》〔意〕但丁著，王維克譯，上海商務印書館，1948 年 8 月初版，233 頁，32 開，收入漢譯世界名著。書名原文：Divina Commedia: Purgatorio。

《神曲‧天堂》〔意〕但丁著，王維克譯，上海商務印書館，1948 年 8 月初版，238＋10 頁，32 開，收入漢譯世界名著，附有附《〈神曲〉譯後瑣記》。書名原文：Divina Commedia, Paradiso.

《歌德論述》馮至著，上海正中書局，1948 年 8 月初版，99 頁，25 開，收入正中文學叢書，朱光潛主編。本書有《序》和《歌德與人的教育》、《歌德〈威廉麥斯特的學習時代〉》、《浮士德里的魔》、《從浮士德里的「人造人」略論歌德的自然哲學》、《歌德的〈西東合集〉》、《歌德的晚年》等 6 篇論文組成。附錄《畫家都勒》。著者「序」：這幾篇關於歌德的文字，不是研究，只是敘述；沒有創見，只求沒有曲解和誤解。它們都是由於某種機會而談論歌德的一本書，幾首詩，或是歌德創造的一個人物，因此也就不能把整個歌德介紹給讀者。談到威廉麥斯特的「學習時代」，而沒有談到「漫遊時代」；談到歌德東方的神遊，而沒有談到他的意大利旅行；談到他的自然哲學，而沒有談到他的文學和藝術的理論。但是這些篇處處都接觸到重要的幾點：蛻變論，反否定精神，向外而又向內的生活。書後附「畫家都勒」一篇，因為裏邊曾經把都勒和歌德相比較。——三十七年一月十八日北平。

〔註 180〕此期為《人世間》最後一期，未見版權頁，此據唐沅等編《中國現代文學期刊目錄彙編》。

　　《聞一多全集》，朱自清、郭沫若、吳晗、葉聖陶編輯，1948 年 8 月上海開明書店初版。收錄有關篇目：《甲集　神話與詩》：《伏羲考》《龍鳳》《姜嫄履大人跡考》《高唐神女傳說之分析》《說魚》《司命考》《道教的精神》《神仙考》《歌與詩》《說舞》《文學的歷史動向》《端午考》《端節的歷史教育》《屈原問題：敬質孫次舟先生》《人民的詩人：屈原》《什麼是九歌》《怎樣讀九歌》《〈九歌〉古歌舞劇之懸解》《廖季平論離騷》《匡齋尺牘》。《乙集　古典新義》：《周易義證類纂》《詩經新義》《詩經通義》《詩新臺鴻字說》《爾雅新義》《莊子內篇校釋》《莊子》《離騷解詁》《天問釋天》《楚辭校補》《敦煌舊鈔本楚辭音殘卷跋（附校勘記）》等。《丙集　唐詩雜論》：《類書與詩》《宮體詩的自贖》《四傑》《孟浩然》《賈島》《少陵先生年譜會箋》《岑嘉州繫年考證》《杜甫》《英譯李太白詩》（對日本小畑薰良譯《李太白詩》的評價）。《丁集　詩與批評》：《死水》《紅燭》《白朗寧夫人的情詩》（譯詩）《山花》（郝士曼詩）《女神之時代精神》《女神之地方色彩》《莪默伽亞謨之絕句》《〈烙印〉序》《〈西南采風錄〉序》《〈三盤鼓〉序》《時代的鼓手：讀田間詩》《鄧以蟄〈詩與歷史〉題記》《詩人的橫蠻》《詩的格律》《先拉飛主義》《泰果爾批評》《談商籟體：致夢家》。《戊集：雜文》：《家族主義與民族主義》《復古的空氣》《什麼是儒家：中國士大夫研究之一》《關於儒‧道‧土匪》《從宗教論中西風格》《五四運動的歷史法則》《五四斷想》《調整大學文學院中國文學外國語文學二系機構芻議》等。《庚集　書信》等。

　　《格林童話》〔德〕格林兄弟著，范泉譯寫，上海永祥印書館，1948 年 8 月初版。為少年文學故事叢書之一種。初版本卷末有范泉《附記》。正文收《大拇指》、《金鳥》、《漢薩和葛蘭姍》、《樹子‧驢子‧棍子》、》《白雪和紅玫瑰》和《老霧母》等六篇。

9 月 1 日

　　《被放逐者》（詩）A.S.柏拉加作，山城譯，《遠風》第 2 卷第 4 期，1948 年 9 月 1 日。

　　《戲劇詩人莫里哀》（作家研究），羅玉君，《文潮》（月刊）第 5 卷第 5 期（1948 年 9 月 1 日）。

9 月 7 日

　　《夏志清致夏濟安》（1948 年 9 月 7 日）：「……華茲華斯論文已寫就否？

甚念。你寫文章時 mood 太緊張，效果反而不快〔好〕。寫好後不妨打一份來信給 Brooks 看看。」「下學期選課尚未定：Brooks 的二十世紀文學，不好意思不選他，事實上他教些 Hemingway、Fitzerald〔註 181〕，我都沒有讀過，沒有什麼興趣。Pottle〔註 182〕是耶魯的大教授，中國學生自柳無忌〔註 183〕以來，一直經過他的手，我不去上他，好像也不好意思（他教 Age of Johnson〔註 184〕）。Old English 為 Ditector of Studies Menner 所教，為讀 Ph.D.所必修。中國學生讀 Old English 的成績都很好，我不去上，好像是畏怯。此外 Prouty 的莎士比亞，我已讀過他的 Drama，頗能駕輕就熟。Yale 的 assistant professor〔註 185〕都比較新派，上半年我選的 Martz 是一位，還有一位 T.W.Copeland〔註 186〕，這學年教 Introduction to Modern Criticism〔註 187〕，不外 Eliot、Richards 之類，對我非常容易；另一位 W.K.Wimsatt〔註 188〕開 Theories of Poetry，是很著實的一門，人很用功，已相當露頭角，他的哲學根底極好。……」「……李賦寧已得 Rockefeller 獎金，月得 175 元，很舒服。改用金圓後，每月收入想較充實些。下學期基本英文外，想另開 course 否？錢學熙近來研究些什麼？甚念。最近買了本 Oxford 的 Third Edition，Gerard M.Hopkins 的詩集〔註 189〕，係

〔註 181〕 海明威、菲茲古拉德。

〔註 182〕 帕德爾（Frederick A.Pottle，1897～1987），生於緬因州，1925 年獲得耶魯大學博士學位後即留校任教，做過英語學院的院長，當時已是史德林講座教授，是英語文學研究界舉足輕重的人物。帕德爾的詩歌理論與新批評背道而馳，不遺餘力地為浪漫主義辯護，但他提倡「批評的相對論」（Critical Relativism），認為所有的批評論斷都是短暫的、暫時的，必然會在下一個時代被推翻，現在浪漫主義文學和維多利亞文學的聲名不濟只是短暫的，所有偉大的浪漫主義詩人都將在合適的時機重獲輝煌，贏得大眾喜愛。夏志清博士論文《喬治·克拉伯的批評性研究》（George Crabbe: A Critical Study），的指導教師。

〔註 183〕 柳無忌（1907～2002）學者、詩人，畢業於清華大學，耶魯大學英文系博士。

〔註 184〕 Age of Johnson，約翰遜時代。

〔註 185〕 助理教授。

〔註 186〕 T.W.Copeland（T.W.科普蘭，1907～1979），曾參與編輯多卷本 The Correspondence of Edmund Burke 的出版。

〔註 187〕 Introduction to Modern Criticism，現代批評導論。

〔註 188〕 W.K.Wimsatt（威廉·K.威姆薩特，1907～1975），美國文學理論家、批評家，「新批評」理論的重要人物，與布魯克斯合著有《文論簡史》（Literary Criticism: A Short History，1957），與門羅·比爾茲利（Monroe Beardsley）合著《語象》（The Verbal Icon: Studies in the Meaning of Poetry，1954）。

〔註 189〕 Gerard M.Hopkins 傑拉爾德·曼利·霍普金斯（Gerard Manley Hopkins，1844～1889 年），英國詩人。從 1884 年起，他在都柏林大學教希臘語，一直到去

W.H.Gardner 所編，較以前兩 edition 所收的詩為完全。」〔註 190〕

9 月 9 日

《吳宓日記》：「九月九日，Thurs.晴。……與煦〔註 191〕商授課事，決定綏〔註 192〕授《彌爾頓》為外四必修，以代煦授之《長篇英詩》，而煦只授外三該課，為徇煦意。而鎦〔註 193〕亦求免《近代歐洲名著》合班。……」

《夏濟安致夏志清》（1948 年 9 月 9 日）：「Wordsworth 的文章（題目恐怕太 smart，'Wordsworth by the Wye'）〔註 194〕已經打好，現在在重打（訂）中，明後天可以脫稿。暑假做了這一件事情，總算還有成績。文章大約六千字長，文字技巧自己覺得很差，但是發現總算不少，困難的是如何把這些發現集合成一篇有條有理的文章，因為我不能逐行逐句地討論。我自己的計劃是下學期少與女人來往，多讀書。……」「Armed vision〔註 195〕已自上海轉來，已送交錢學熙，讓他看了我再看。錢學熙給你那封信，你回了信沒有？不妨再寫一封安慰安慰他，因為他很牽記你的回信，希望你能捧捧 Eliot〔註 196〕。」〔註 197〕

世。他的詩歌大多創作於十九世紀七八十年代，1918 年得以首次出版，書名是《詩集》（Poems）。霍普金斯最為人所知的是他使用的「跳韻」（sprung rhythm），這種韻律更關注重音的出現而不是音節數量本身。他在寫作技巧上的變革影響了 20 世紀的很多詩人。

〔註 190〕《夏志清夏濟安書信集 卷一 1947～1950》，浙江人民出版社，2017 年 3 月，第 204～206 頁。

〔註 191〕周煦良。

〔註 192〕顧綬昌。

〔註 193〕戴鎦齡。

〔註 194〕（題目恐怕太 smart，'Wordsworth by the Wye'），（題目恐怕太聰明，「瓦伊河畔的華茲華斯」）。

〔註 195〕Armed vision，《武裝視野》（The Armed Vision，1947）（《武裝起來的洞察力》，又譯《武裝視野》），美國文學批評家 Stanley Hyman（斯坦利・海曼，1919～1970）著。《夏志清致夏濟安》（1948 年 6 月 21 日）：「錢學熙的信已讀過，預備下次給他個答覆，……最新的當推 Stanley Hyman 的 The Armed Vision，可惜我沒有看到，附近書店不見，我想 order 一冊，看過了送給錢學熙。該書對重要的 critics 都有一個批判，對錢為 invaluable。我相信錢對 Eliot，Richards 不斷 ponder，其結果一定可超外國人。……」

〔註 196〕此處「捧捧 Eliot」，是指捧捧錢學熙的艾略特研究。

〔註 197〕《夏志清夏濟安書信集 卷一 1947～1950》，浙江人民出版社，2017 年 3 月，第 210、212 頁。

9 月 10 日

《音質與詩詞》高名凱，《文藝復興》「中國文學研究」（上），1948 年 9 月
10 日。《「好」與「妙」》朱自清。《魏晉時代的擬古與作偽》王瑤。《談吳聲歌
曲裏的男女贈答》余冠英。《明代的文人集團》郭紹虞。

《朱自清先生的學術研究工作》王瑤著，《國文月刊》第 71 期，1948 年
9 月 10 日。

《濟慈和他的夜鶯歌》，朱有琮，《讀書通訊》第 164 期，1948 年 9 月 10
日。

《吳宓日記》：「九月十日，Friday。晴。……宓與煦商定，煦與綏分授外
三，外四《長篇英詩》，但限定為煦授十八、十九世紀之詩，綏授喬叟至彌爾
頓之詩，以示分別。……」

9 月 14 日

《吳宓日記》：「九月十四日，Tues,晴。晨 8：30 入校，閱卷。辦公。與袁
昌英商定楊靜遠所授《美國文學史》課，宓從袁意定為三小時、六學分，二、
三、四年級選修。……」

9 月 15 日

《什麼是一位經典作家》〔法〕聖佩甫作，劉西渭譯，《文訊》第 9 卷第 3
期（文藝專號）（1948 年 9 月 15 日）。

《歷史的壓力》東郭生，《聚星月刊》復刊第 2 卷第 3 期，1948 年 9 月 15
日。

9 月 16 日

《密斯脫・屈斯脫》（故事詩），S.瑪爾夏克作，柏園譯，《開明少年》第
39 期，1948 年 9 月 16 日。

9 月 25 日

《V・吳爾芙與女權主義》論文，蕭乾著，《新路》週刊第 1 卷第 20 期，
1948 年 9 月 25 日。

《論中國如何走上文藝復興的道路》〔註198〕，右白，《中國評論》（月刊）

〔註198〕內文標題為：「論中國為何走上文藝復興的道路」。

第 10 期，南京，1948 年 9 月 25 日。《真美善與存在》景昌極。

9 月 28 日

《吳宓日記》：「九月二十八日，星期二。陰。風。微雨。頗寒。……晚，讀唐長孺攜借之中央研究院《歷史語言研究集刊》第二十本（上冊）完（三七年七月出版）。首為陳寅恪《元微之悼亡詩及豔詩箋證》。中有季羨林《浮屠與佛》，謂浮屠乃印度梵文俗語 Buddha 之對音，漢時即入中國，且通用。……」

9 月 30 日／10 月 1 日

《夏志清致夏濟安》（1948 年 9 月 30 日／10 月 1 日）：「今年選課：Old English 為保持 Ph.D.可能性起見，不能不選，星期二、四，九時至十時。此外本來預備選莎士比亞，……可是兩課都排在星期三，影響星期四的功課，所以放棄了莎翁，選了 Milton，莎士比亞需要 research，寫 paper 較多，選了 Milton 實在是偷懶（The Age of Johnson〔註 199〕要讀的 material 太多，我連 Life of Johnson 都沒念過，吃力不討好），所以今年雖然選了三課，恐怕還沒有上半年那樣忙，上半年的兩〔門〕課都相當難的。本來再想加一門更容易的 Modern Criticism，可是一年後 M.A.穩拿到手，不想把自己逼得太緊。Milton 是 Yale 老人 Witherspoon〔註 200〕教，很舒服，上課時他不大需要學生講話，我十七世紀很熟，所以不需要多準備。這 course 的好處，讀完了 Milton 的 prose works，可以把十七世紀的內戰，宗教等 background 弄清楚；讀 Milton 的拉丁文和譯文，可以 Keep up 我的拉丁。Brooks 我有些不情願選，我對近代文學最近不感興趣，另一方面，Brooks 的教授法我不喜歡，他專任學生亂發表意見，自己不肯多講話。選他的人有二十餘人，在 Yale 教授中號召力算是最大。他預備一年中讀七人，Hemingway、Faulkner、Joyce、Yeats、Eliot、Auden、Conrad〔註 201〕，其中除 Eliot 外，我都沒有好好看過，所以也可以從他那裏得到不少。

〔註 199〕 The Age of Johnson，十八世紀後半期為約翰遜博士（Samuel Johnson，1709～1784）為文壇祭酒，因此被稱為「約翰遜時代」（1744～1784），下文提到的 Life of Johnson（全名 The Life of Samuel Johnson.LL.D.，《約翰遜傳》，1791）係英國著名傳記作家詹姆斯‧鮑斯威爾所著。

〔註 200〕 Alexander M.Witherspoon（亞歷山大‧威瑟彭斯，1894～1964），耶魯大學碩士和博士學位，著有《羅伯特‧加尼亞論伊麗莎白時代戲劇的影響》（The Influence of Robert Garnier on Elizabethan Drama，1924）。

〔註 201〕 海明威、福克納、喬伊斯、葉芝、艾略特、奧登、康拉德。

Old English 是 language course，並不難，forms & syntax 都沒有拉丁那樣複雜，就是一星期要上兩次早課，使我相當緊張。……」「學校想已上課，今年教哪兩班英文？錢學熙想仍教『批評』，批評事實上很難教。Yale 的 Copeland〔註202〕教 Modern Criticism，把一年的工作分成三期：第一期教三人，Croce、Aristotle、Richards〔註 203〕代表三種 theories of poetry〔註 204〕；第二期教 Freud、Marx〔註 205〕及其他影響文學批評的哲學家；第三期才講 Eliot、Ransom〔註 206〕等當代 critics。錢學熙所 cover 的 material 也同他差不多。欠錢〔註 207〕先生的信已經很久，所以預備寫好他的信後一同發出。你華茲華斯寫就，甚好，希望打一份給 Brooks 看看。……」〔註 208〕

9 月

《菲列賓的聖誕節》巴董布赫作，袁水拍譯，《中國新詩》第 4 集《生命被審判》「譯詩」，1948 年 9 月。《佩弦先生的〈新詩雜話〉》陳洛〔註 209〕。

《我們底難題》〔註 210〕袁可嘉，《文學雜誌》第 3 卷第 4 期，1948 年 9 月。《譯义的風格》常乃慰。

《我的故鄉及其他》裴多菲作，孫用譯，《詩創造》第 2 卷第 3 輯，1948 年 9 月。目次：《我的故鄉》《山谷和大山》《我的過去的愛情》《假如上帝對我這麼說……》《我又聽到了雲雀唱著》。《雖然夜間我走在黑暗的街頭》涅克拉索夫作，無以譯。《做個勇敢的人！》楊卡・庫巴拉作，戈寶權譯。《談兩篇敘事詩》史篤。

《T.S.艾略脫 Eliot 批評思想體系的研討》〔註 211〕，錢學熙，《學原》第 2

〔註 202〕 T.W.Copeland（T.W. 科普蘭，1907～1979），曾參與編輯多卷本 *The Correspondence of Edmund Burke* 的出版。

〔註 203〕 Croce、Aristotle、Richards，克羅齊、亞里士多德、瑞恰茲。

〔註 204〕 theories of poetry，詩歌理論。

〔註 205〕 Freud、Marx，弗洛伊德、馬克思。

〔註 206〕 Eliot、Ransom，艾略特、藍蓀（John Crowe Ransom，1888～1974）。

〔註 207〕 錢學熙。

〔註 208〕 《夏志清夏濟安書信集 卷一 1947～1950》，浙江人民出版社，2017 年 3 月，第 214～218 頁。

〔註 209〕 陳羅即唐湜。

〔註 210〕 全文有「文學與文化」、「表現與創造」、「廣度與深度」、「相對於絕對」和「結論」等五部分。

〔註 211〕 未完，注明：「待續」。

卷第 5 期，1948 年 9 月。《詩的無限》朱光潛。《芳濟培根傳》吳壽彭。

《近代英國詩鈔》〔英〕豪斯曼等著，楊憲益譯，上海中華書局，1948 年 9 月初版，85 頁，32 開。選譯豪斯曼、波頓尼、唐墨斯、古爾德、安德魯揚、白冷頓、阿伯克倫昆、薩松、盧勃伯魯克、韋斯利等 25 位詩人的詩 50 首。書前有譯者序：「……這本書裏，共有五十首詩，作者共二十五人，都是近代英國詩人裏最熟悉的名字，這些詩差不多都是近代五十年代作品。」目次：譯者《序》（1943 年 7 月）《最可愛的樹》（豪斯曼）《栗樹落下火炬似的繁英》（豪斯曼）《在我的故鄉和我覺得無聊》（豪斯曼）《我的心充滿了憂愁》（豪斯曼）《初春》（波頓尼）《叢叢的荊棘》（愛得華唐墨斯）《人生》（古爾德）《最後的雪》（安德魯揚）《窮人的豬》（白冷頓）《墓銘》（阿伯克倫昆）《入睡》（薩松）《山上》（盧勃伯魯克）《魚的天堂》（盧勃伯魯克）《天明在戰壕裏》（埃瑟羅森堡）《回營時聽見天雞的叫聲》（埃瑟羅森堡）《將死者的歌》（維爾弗歐文）《秋》（赫永慕）《在船塢上》（赫永慕）《列寧》（韋斯利）《象徵》（葉慈）《所羅門與巫女》（葉慈）《愛爾蘭的空軍駕駛員》（葉慈）《空洞的人》（埃利奧）《鷹形的星群在天頂上翱翔》（埃利奧）《東方的朝聖者》（埃利奧）《北征的縱隊》（何伯瑞德）《在西班牙被炸死的兒童》（何伯瑞德）《我的願望》（約翰列門）《空屋》（太息蒙）《人幾乎能夠》（太息蒙）《園裏的樹》（安甫孫）《孤》（戴門特）《你臉上的水》（蒂藍唐墨斯）《為人道主義辯護》（伽思康因）《看異邦的人》（奧登）《和聲歌辭》（奧登）《空襲》（奧登）《我的父母》（史盤德）《我不斷的想到》（史盤德）《送葬》（史盤德）《雪》（路易麥克尼斯）《石凝》（路易麥克尼斯）《一個死在戰爭裏的人》（路易麥克尼斯）《飛天夜叉》（路易麥克尼斯）。

《騎馳》〔美〕惠特曼、朗斐羅等著，鄒綠芷譯，上海中興出版社，1948 年 9 月初版，收入中興詩叢之三。初版本無序跋。內收（卷一　美・惠特曼十一首）：《我聽見亞美利加在歌唱》、《一八六一年》、《敲吧！敲吧！鼓啊！》、《愛西烏碧雅向旗幟致敬》、《沒有節省勞動的機器》、《當我瀏覽著》、《致異邦》、《顫抖和搖動的年代》、《看啊，這鬈黑的臉》、《致某歌女》、《為了你啊，民主》。（卷二）《哈莫林的花衣吹笛人》（英 R.勃朗寧著）。（卷三　美・H・W・朗斐羅三首）：《保羅勒威爾底騎馳》、《白天過去了》、《孩子的時光》。（卷四　英・W・華斯華茲八首）：《虹》、《水仙》、《給杜鵑》、《孤寂的收割者》、《我曾行旅在不相識的人裏》、《在威斯敏斯橋上》、《寫在早春裏》、《流浪女》。凡 23 首。

　　《蘇聯文學史》（上冊）〔蘇〕季莫菲耶夫著，水夫譯，上海，海燕書店，1948 年 9 月初版，311 頁，28 開，收入中蘇文華協會研究叢書。本書上冊係據 1946 年版譯出，包括 12 章，前兩章為「九十年代——俄羅斯文學發展的新時期」和「文學的新任務」，第 3 至 6 章敘述高爾基的創作，第 7 章介紹「接近高爾基的現實主義作家」，第 8 至 10 章分別論述詩歌中的現實主義、批判現實主義及象徵主義，第 11、12 章介紹勃柳索夫和勃洛克。附作家肖像 14 幅。

　　《一九三九年來英國散文作品》〔英〕約翰・黑瓦德著，楊絳譯，1948 年 9 月出版。

10 月 1 日

　　《自由詠》詩，〔美〕洛威爾作，孫用譯，《文壇》第 8 卷第 4 期，1948 年 10 月 1 日。

　　《十九世紀的怪傑愛倫坡》培崗，《文潮》第 5 卷第 6 期，1948 年 10 月 1 日。

　　《婚歌》（詩）E.愛倫坡作，培茵譯。

　　《午青的女囚》（詩）雪尼爾著，蘇雪林譯。

　　《現代中國文學研究書目》（圖書研究）趙燕聲。

　　《最近英國文壇》（文壇消息）。

　　《回家呀，回家呀！》（兒童詩）〔英〕倍爾作，穆木天譯，《遠風》第 2 卷第 6 期，1948 年 10 月 1 日。

　　《高爾基對世界文學的影響》未署原作者，蘇辛譯。

　　《桑德堡詩抄》劉源譯《臺灣文化》第 3 卷第 8 期，1948 年 10 月 1 日。目次：《紐約夜曲》《我是人民，我是群眾》《夏天的草》《芝加哥》《讓我去工作》《霧》文末附《譯後記》。

　　《裴多菲詩五首》孫用譯，《詩星火》〔註212〕第一輯「魔術師的自白」，第 1 卷第 1 期，「譯詩」。1948 年 10 月 1 日。五首：《你愛的是春天》《假如我是急流》《愛情只是不自由的刑罰》《我的愛情：咆哮的海》《又是秋天了》〔註213〕。

〔註212〕雜書館。南京詩星火編輯委員會編輯，南京述作出版社出版發行。
〔註213〕文末譯者記：「裴多菲・山大，匈牙利最偉大的詩人，一八二三到一八四九。這裡的五首，都從世界語譯出，世譯者是世語詩人 K・考羅卓先生。」

《關於戰爭》〔英〕W.W.Gibson 作，呂叔湘譯，二首《笑話》《歸來》。《西洛潑州少年選譯》（十二、廿三）〔英〕霍斯曼作，周煦良譯。《吉檀耶黎》（頌神詩集），〔印度〕泰谷爾著，施蟄存譯。《父與子》〔美〕桑德堡作，楊白樺譯。《十二世紀德國抒情詩人華爾德》（論文）商章孫。

《普希金之死》李葳，《新人》（旬刊），第 2 卷第 2 期，1948 年 10 月 1 日。

10 月 2 日

《吳宓日記》：「十月二日，星期六。陰。……晚，無電燈。宓自以莎士比亞集，卜入川之舉，得 '*Troilus & Cressida*' 中 Ulysses 之言〔註214〕，云 What wisdom joins not folly can disunite〔註215〕似謂宓與王恩洋〔註216〕可以和衷共濟。〔補〕錄九月二十九日晚超為宓用《牙牌神數》卜宓應否入川，得卦、中平、上上、中下。主文、有始無終，不能成事。詩曰：造物於人多鶻脫，紛紛成敗難稽核。無心插柳柳成蔭，有意種花花不發。解曰：盧扁今何在？青囊有秘方。但逢龍虎日，自比保安康。斷曰：相彼雨雪，先集維霰，見晛日消，視而不見。……」

10 月 4 日

《吳宓日記》：「十月四日，星期一。晴。晨早起。7：00 入校，見湖山風景之美，益覺依戀。……8：00 上《英國文學史》課。9～12 辦公。與濟談，欲請兩月或半年入蜀赴王恩洋之邀。濟謂未嘗不可，但今則尚非其時。……」

〔註214〕得《特洛伊羅斯與克瑞西達》中尤利西斯之言。

〔註215〕作者此處所引僅述大意，原文為：「The amity that wisdom knits not, folly may easily untie.」意為「智慧所不能縫合的友誼，卻能被謊言行為輕易地拆散」。見「*Troilus & Cressida*」第二幕，第三場，第 111 行。

〔註216〕王恩洋（1897～1964 年）佛學家，居士。歐陽竟無大師的入室弟子。四川南充人，字化中。1913 年入南充中學，1919 年在北京大學師從梁漱溟學習印度哲學，後在南京支那內學院師從歐陽竟無研究法相唯識，1925 年在該院任教。1942 年創辦東方文教研究院。1957 年出任中國佛學院教授。1964 年在成都病逝。主要著作有《攝大乘論疏》、《唯識通論》、《心經通釋》、《佛學通論》、《人生學》、《人生哲學與佛學》、《起信論料簡》、《論詩經之藝術》《論中西文字之優劣》、《老子學案》、《孔子學案》、《王恩洋詩選》等 200 餘篇（部）。

10 月 10 日

《日本的詩會》林枫敬，《春秋》第 5 年第 5 期，1948 年 10 月 10 日。

《語言與文藝》，刑公琬，《國文月刊》第 72 期，1948 年 10 月 10 日。

10 月 11 日

《夏濟安致夏志清》(1948 年 10 月 11 日)：「PS：十月一日來信收到。……我的華茲華斯論文擬請燕卜生看後，再寄到美國來（燕〔註 217〕才回國）；錢學熙的論文已寄至英國 Faber 給 Eliot 看了。……」〔註 218〕

10 月 12 日

《吳宓日記》：「十月十二日，星期二。陰。大風雨。重九節。晨 8～9 上課，《英國文學史》。……謙帶回珏良贈宓影印莎士比亞 Tempest1632〔註 219〕原本一冊（Dover J. Wilson〔註 220〕校刊）。宓即題字轉增綏〔註 221〕，以其專研究莎氏版本校勘之學也。……5：00 張君勱到。宓遂校長等陪勱演講於大禮堂，題為《吾國思想界之寂寞》。散後，偕德培回舍。雨。」

10 月 13 日

《吳宓日記》：「十月十三日，星期三。陰。晨 8～9 上《英國文學史》課，講詩體之類別及韻律。……」

10 月 15 日

《和上海文藝界接觸後》（感想），（法）善秉仁，《文藝春秋》第 7 卷第 4 期（1948 年 10 月 15 日）。

《吳宓日記》：「十月十五日，星期五。晴。晨 8～9 上《英國文學史》課。……楊靜遠函呈校長，自願退為講師。校長及濟嘉許，改發聘書。下午袁昌英率女楊靜遠來舍謁宓。宓力加鼓勵，命仍授《美國文學史》，不可改動。」

〔註 217〕 燕卜蓀。

〔註 218〕 《夏志清夏濟安書信集 卷一 1947～1950》，浙江人民出版社，2017 年 3 月，第 234 頁。

〔註 219〕 《暴風雨》（1632）。

〔註 220〕 （John）Dover Wilson 約翰‧杜佛‧威爾遜（1881～1969），英國研究莎士比亞的學者和教育家。

〔註 221〕 顧綏昌。

10 月 16 日

《吳宓日記》：「十月十六日，星期六。晴。……晚，讀 Camb. History of Eng. Lit. 〔註 222〕甚專心。」

10 月 18 日

《夏志清致夏濟安》（1948 年 10 月 18 日）：「錢學熙把文章〔註 223〕寄給 Eliot，如蒙賞識，在中國學術界地位可以穩固了。Empson 的書大約已具體，最近文章發表很多，這期 KR 有一篇，下期 SR 刊 'Fool in Lear'〔註 224〕，Hudson Review 刊 'Wit in Pope'〔註 225〕。……讀 Robert Penn Warren〔註 226〕的 Hemingway 一文，極好，Warren 的批評文都未收集起，但他確是一個了不起的批評家。」〔註 227〕

10 月 24 日

《凝定的意象》唐湜，《大公報・文藝》第 104 期，1948 年 10 月 24 日。
《我的文學觀》袁可嘉，《北平日報・文學副刊》1948 年 10 月 24 日。

〔註 222〕 劍橋大學出版的《英國文學史》。

〔註 223〕 夏濟安 10 月 11 日致信夏志清說「錢學熙的論文已寄至英國 Faber 給 Eliot 看了」；此論文應為《T.S.艾略脫 Eliot 批評思想體系的研討》錢學熙，《學原》第 2 卷第 5 期，1948 年 9 月。

〔註 224〕 Fool in Lear，《〈李爾王〉中的傻瓜》。

〔註 225〕 《哈德遜評論》刊原題應為「Wit in Essay on Criticism」，大意是「『機智』一詞在（蒲柏）《人論》中的考證（使用）」。

〔註 226〕 羅伯特・佩・沃倫（RobertPennWarren1905～1898）詩人、小說家、文藝批評家。出生於肯塔基，曾在范德比爾特大學、加利福尼亞大學和耶魯大學求學，後去英國牛津大學深造。曾在范德比爾特大學、耶魯大學等學校任教，同時從事創作，並參與《南方評論》雜誌的創建和編輯工作。在范德比爾特大學求學期間，與「新批評派」建立了密切聯繫。他早期寫的一本傳記《約翰・布朗：烈士的產生》（1929）表現了他對南方問題的興趣。1930 年，與 10 餘名學者聯名發表題為《我要表明我的態度》一文，被稱為「南方重農學派」的宣言。沃倫最初是以詩歌成名，曾多次獲得獎金。著有詩集《詩三十六首》（1935）、《同一主題的詩十一首》（1942）、《詩選，1923～1943》（1944）等。與韋勒克合著《文藝理論》。沃倫的文藝批評文章《老水手的韻律》（1946）是詩歌評論中的名篇。他與克・布魯克斯合編的《理解詩歌》（1938）一書，對詩歌進行了嚴格和周密的分析，是美國迄今為止最有影響的講授詩歌的教材。他是「新批評派」的主力。

〔註 227〕 《夏志清夏濟安書信集 卷一 1947～1950》，浙江人民出版社，2017 年 3 月，第 230 頁。

10 月 30 日

《詩與民主——五論新詩現代化》袁可嘉，天津《大公報·星期文藝》1948 年 10 月 30 日。

《夏濟安致夏志清》（1948 年 10 月 30 日）：「我的文章寄上，請你仔細批評。凡用紅墨水修改處，都是照燕卜生的意見。有幾處地方，改了又改回來，那是朱光潛先生主張改，燕卜生並不說要改，所以我又把他復原。燕卜生坐 freighter〔註 228〕回來，七海飄蕩，走了三個月，路上遇見小偷，〔被〕偷去三百美金。他說 Brooks（他講起 Brooks 時，先已忘了他的名字，用 what's his name——Brooks 開頭），在他前提起你，他說你不去聽暑期學校，是個 good sign〔註 229〕，因為 Yale 很 serious with 你〔註 230〕，希望造就你，所以留你在學校讀拉丁。我告訴他你拉丁已考，Ph.D.Req. 及格，他很高興。下月起郵費漲價，所以今天趁賤寄上。（ 'Lyrical Ballads'〔註 231〕朱光潛說前面應加 'the'。）」「我最近精神可能有一出路，是寫白話詩。已經寫好了一些，因為沒有押韻（覺得太容易了），預備押韻重寫，下一封信希望可寄一些給你看看。我寫詩是以 wit 為主，thythm 我力求 colloquial，imagery 則 striking（而常常 ugly，相當 impressive），中國白話詩人還沒有像我那樣寫過，可算是異軍突起。袁可嘉看了我的一篇稿子，稱我為中國 John Donne〔註 232〕，其實我對 Donne 並不熟，也不想模仿他，不過我的冷酷（戀愛總是失敗，當然會使我變成〔得〕冷酷），加以我的 Wit，及對於用字的興趣，會寫出些特別的詩來。我不大敢太用心，因為不要看白話詩容易，寫出味道來也會使人失眠的。」「最近看到一本 Joan Evans〔註 233〕（此女學問極豐富）的 *Taste & Temperament*，

〔註 228〕 Freighter，貨船。

〔註 229〕 good sign，好兆頭。

〔註 230〕 serious with 你，看重你。

〔註 231〕 'Lyrical Ballads'，《抒情歌謠集》（華茲華斯與柯爾律治的詩歌集）。

〔註 232〕 約翰·鄧恩（John Donne，1572 年 1 月 22 日～1631 年 3 月 31 日），出生在倫敦一個羅馬天主教家庭，英國 17 世紀玄學派詩歌的創始人，為 T·S 艾略特特別推崇。鄧恩寫出的很多作品主要吸引學者們的興趣。代表作如《歌與十四行詩》（*Songs and Sonnets*），《輓歌》（*the Elegies*），《一週年與二週年》（*The First and Second Anniversaries*），《聖十四行詩》（*Holy Sonnets*），《突發事件的禱告》（*Devotions upon Emergent Occasions*）等。

〔註 233〕 Joan Evans（瓊·埃文斯，1893～1977），英國歷史學家，下文提及書名 *Taste & Temperament* 全名為 *Taste and Temperament A Brief Study Psychological Types in Their Relation to the Visual Arts*（《品味與性格：心理類型與視覺藝術

是講圖畫等 Visual Arts 的，相當有趣。……」信末寫有「附上錢學熙給你的回信」。〔註 234〕

10 月

《馬諦聽說》，〔法國〕亞拉共，羅大岡譯，《中國新詩》第五集《最初的蜜》「譯詩」，1948 年 10 月。《中國新詩》，詩歌月刊，1948 年 6 月創刊於上海，森林出版社出版，編輯人為鄭敏、辛笛、杭約赫、陳敬容、唐祈、唐湜等人。編輯處中國新詩社。主要發表中國新詩、國外譯詩、詩歌評論等，每集均有主題集名，如第一集為《時間與旗》。

《詩二首》（當代英詩選譯之一）〔英國〕湯麥斯，若梵譯，《中國新詩》第五集《最初的蜜》「譯詩」。目次：迪蘭・湯麥斯詩二章包括：《於我的技巧或陰沉的藝術》《在紙上簽字的手覆滅一座城》。

《關於詩的幾條隨感與偶譯》馮至，《中國新詩》第五集「詩論」。

《希臘的歌・為希臘而歌》勞榮，《詩創造》第 2 年第 4 輯，「憤怒的匕首」，1948 年 10 月。

《吹口琴的孩子》〔希臘〕卜萊塔珂斯；《陰間誓言》〔希臘〕A.西凱黎阿諾斯；《希臘歌》〔匈牙利〕卡洛采。《沉默》瑪斯托斯作，蔣壎譯。

《邂逅宅說詩綴憶》王瑤作，《文學雜誌》第 3 卷第 5 期「朱自清紀念特輯」，1948 年 10 月。《為追悼朱自清先生講到中國的文學系》楊振聲。《朱自清先生的詩》林庚。《朱自清先生傳略》浦江清。《敬悼朱佩弦先生》朱光潛。《回念朱佩弦先生與聞一多先生》馮友蘭。《哀念朱佩弦先生》李廣田。

《伊薩克楊〔註 235〕早期詩五章》（我願把心兒隱藏在……；當我死了的時候……；嚴冬已過；雲雀；如果我注定了在異國……）朱笄譯，《蘇聯文藝》第 34 期「詩歌」，〔蘇聯〕羅果夫編，上海蘇商時代書報社，1948 年 10 月。《詩二首》（致立陶宛；聶曼爾河與你），溫茨洛娃作，朱笄譯。

《海涅評傳》〔丹麥〕喬治・勃蘭兌斯著，侍桁譯，上海國際文化服務社，1948 年 10 月初版，140 頁，25 開。此書評述德國詩人海涅（1797～1856）的

　　　　　的關係研究》，1939）。

〔註 234〕《夏志清夏濟安書信集　卷一　1947～1950》，浙江人民出版社，2017 年 3月，第 238～241 頁。

〔註 235〕阿魏季克・伊薩克楊，前蘇聯亞美尼亞詩人。

生活、思想和創作。

11 月 1 日

《普羅米修士》歌德作，馮至譯，《詩號角》第 4 期（詩論專號），1948 年
11 月 1 日。

《夏芝詩抄》（詩）俞亢詠譯，《文潮》第 6 卷第 1 期，1948 年 11 月 1 日。
《文學的意義》〔美〕郎威廉作，趙景深譯。

《裴多菲的小詩》孫用譯，《文壇》第 8 卷第 5 期，1948 年 11 月 1 日。

11 月 10 日

《中國語文教育精神和訓練方法的演變：〈國語說話教材及教法〉序》，魏
建功著，《國文月刊》第 73 期，1948 年 11 月 10 日。

11 月 14 日

《愛侶雅詩四首》〔法〕愛侶雅（Paul Éluard）著，戴望舒譯，香港《華僑
日報・文藝週刊》第 83 期，1948 年 11 月 14 日。四首：《公告》、《戒嚴》、《一
隻狼》、《蠢而惡》。

11 月 15 日

《論勃洛克》（論文），《文藝春秋》第 7 卷第 5 期，1948 年 11 月 15 日。

11 月 17 日

《夏濟安致夏志清》（1948 年 11 月 17 日）：「窮加上想逃難，詩亦沒有寫
成。看了 Lonsdale & Lee 的散文譯本〔註 236〕，譯得嚕里嚕蘇。最近在看 Henry
Cary 所譯的《神曲》〔註 237〕，很乾淨，或者很像但丁原文，我很喜歡。最近
買到一本六百多頁的 Boileau〔註 238〕集，有法文譯注，想好好讀一下，同時想
把他來和 Pope〔註 239〕比較一下。（去年 *New York Times Book Review*〔註 240〕有

〔註 236〕此處係指 James Lonsdale 和 Sanuel Lee 翻譯古羅馬維吉爾（Virgil）的史詩
《埃涅阿斯記》。
〔註 237〕Henry Cary（Henry Francis Cary，亨利・卡里，1772～1844），英國作家和翻
譯家，最有名的翻譯就是無韻詩翻譯的《神曲》。
〔註 238〕Boileau，布瓦洛。
〔註 239〕蒲柏。
〔註 240〕*New York Times Book Review*，紐約時報書評。

一期 Auden 評 Viking 的 ‘Portable Dante’〔註241〕，對各家譯文有很扼要的批評。）我正在照著你的辦法讀 classics，對於 Byron 的研究擬以讀掉 *Faust* 之後，對 Pope 多瞭解也可幫助瞭解 Byron。我的讀書興趣雖然不很強烈，但是不論環境如何，倒是始終保持的。」〔註242〕

11 月 19 日

　　《夏志清致夏濟安》（1948 年 11 月 19 日）：「掛號信和文章收到已有十天，連日忙碌，沒有空作覆。*Tintern Abbey*〔註243〕論文分析極細，很見工夫，各種 distinction，如冬與夏，visual 和 auditory，兩次對景物對的印象不同，都很 valid，尤其是指出華茲華斯對他的姊姊的看法——從她的 wild eyes 中看出早年的華茲華斯，和這種 mood 的必然失掉——確是 critical insight〔註244〕。文章沒有失〔出〕奇的地方，可是極平穩，能夠維持一貫的 mood，將來出版後一定可以 establish 一下 as scholar critic〔註245〕的名氣。謝謝你浪費了不少郵票，寄給我讀，下次見 Brooks 時，當讓他批評一下。……」「我最近幾星期來，忙著寫文章：Milton 一門已寫了兩篇，‘Milton’s Anatomy Verse’〔註246〕（in Latin & Italian）‘Lycidas〔註247〕和 Epitaphium Damonis〔註248〕比較』都寫得極好，和 Witherspoon〔註249〕 conference 時，他很讚美，兩篇都是‘A’。……這學期比上學期寫文章有把握得多，非特老練，並（且）不會有文法上的小錯誤。再隔兩星期要繳一篇 *The Poet as Stutesman*〔註250〕，是關於對密翁 prose 的研究。……」「Eliot 得 Nobel prize〔註251〕想已知道，他現在

〔註241〕Auden 評 Viking 的 ‘Portable Dante’，奧登評 Viking（出版社編寫）的「便攜式但丁」（口袋叢書）。
〔註242〕《夏志清夏濟安書信集　卷一　1947～1950》，浙江人民出版社，2017 年 3 月，第 243～244 頁。
〔註243〕*Tintern Abbey*，（《丁登寺》），英國詩人威廉・華茲華斯寫於 1798 年的詩作。
〔註244〕critical insight，批判的洞察力。
〔註245〕establish 一下 as scholar critic，確立一下作為學者評論家。
〔註246〕Milton’s Anatomy Verse，彌爾頓的解剖詩。
〔註247〕Lycidas，《黎西達斯》。
〔註248〕Epitaphium Damonis，《達摩尼斯墓誌銘》
〔註249〕Alexander M.Witherspoon（亞歷山大・威瑟彭斯，1894～1964），耶魯大學碩士和博士學位，著有《羅伯特・加尼亞論伊麗莎白時代戲劇的影響》（*The Influence of Robert Garnier on Elizabethan Drama*，1924）。
〔註250〕*The Poet as Stutesman*，作為政治家的詩人。
〔註251〕艾略特得諾貝爾獎（1948 年）。

Princeton 的 institute〔註 252〕內研究，寫書，寫一本(明年二月出版)*Notes toward the Definition of Culture*〔註 253〕，同 Arnold〔註 254〕一樣，從 poetic criticism〔註 255〕，他已轉到討論宗教和文化上面去，預備十二月返英，所以錢的文章，是否由 Faber 轉到美國來，就不可知了。Eliot 去年喪妻。今年十一月 F.O.Matthiessen 的父親 F.W 死掉，他是 Big Ben，大鵬鐘錶廠的老闆，相當有錢——可供給錢學熙上批評課時的餘興。你寫白話詩，甚好，精神可以有出路，我創作的 urge〔註 256〕已一點沒有，文章寫的太多，信也不肯多寫；你對於 wit 和 striking imagery〔註 257〕的興趣我一向知道，能夠寫成功詩，也可以作近一兩年生活的記錄。有 wit 的詩較著實得多，比卞之琳那種讀《羅馬興亡史》的純 psychological〔註 258〕聯想而產生的詩強得多了。Ransom 著重寫詩，psychological unity〔註 259〕外，更要緊〔的〕是 logical unity〔註 260〕。袁可嘉的詩好像也是由個人聯想作詩結構的基礎的。」〔註 261〕

11 月 23 日

《吳宓日記》：「十一月二十三日，星期二。半陰晴。上午辦公。十一月出，與龍門訂約，印 Cragie & Thomas ‘*Great English Prose Writers*’〔註 262〕，付以原版書一冊，約定外文系以二千金圓購書 100 部，每部價十九圓八角，約為二十圓。幾日付款，乃以本校職員能□，通信遲滯……」

11 月 26 日

《夏志清致夏濟安》(1948 年 11 月 26 日)：「……錢學熙能夠在第一段話

〔註 252〕普林斯頓的研究所。
〔註 253〕*Notes toward the Definition of Culture*，《關於文化定義的筆記》。
〔註 254〕Arnold（Matthew Arnold，馬修·阿諾德，(1822～1888)，英國詩人、評論家，代表作有《文化與無政府狀態》（*Colture and Anarchy*，1869）等。
〔註 255〕詩歌批評。
〔註 256〕衝動。
〔註 257〕wit 和 striking imagery，機智和衝擊力的意象。
〔註 258〕心理。
〔註 259〕心理和諧
〔註 260〕邏輯和諧
〔註 261〕《夏志清夏濟安書信集 卷一 1947～1950》，浙江人民出版社，2017 年 3 月，第 245～248 頁。
〔註 262〕Cragie & Thomas ‘*Great English Prose Writers*’，克雷吉及托馬斯《英國散文大家》。

中那〔拿〕自己的思想說明，最後一段中連 quote 兩段名句，較他人為強得多。最近重翻了一下 *After Strange Gods*〔註263〕，覺得錢雖維護 Eliot，Eliot 必定要認為錢〔註264〕的『向上』哲學是一種高級『heresy』〔異端〕而不能同意的。Eliot 在著手寫一 poetic drama〔註265〕。」〔註266〕

11 月 27 日

《自由主義與知識分子的考驗》（論文），程晉之，《十月風》第 2 卷第 7 期，1948 年 11 月 27 日。

11 月 28 日

《逝水年華》（許淵沖）：「開《雨果》課程的是莫羅教授，重點講解《歷代傳說》詩集；但我卻認為《靜觀集》中一首小詩最能代表雨果的進步思想，並在一九四八年十一月二十八日把它譯成中文，這是我翻譯的第一首法文詩」。〔註267〕

11 月

《釋現代詩中的現代性》袁可嘉，《文學雜誌》第 3 卷第 6 期，1948 年 11 月。

《鼓聲》（惠特曼《草葉集》）〔美〕瓦特・惠特曼著，屠岸譯，上海青銅出版社〔註268〕，1948 年 11 月初版，114 頁，插圖本，32 開。選譯《草葉集》中的短詩《鼕鼓聲聲》、《敲啊！敲啊！鼕鼓！》等共 52 首。附錄：1.惠特曼小傳；2.現代文庫本《草葉集》序（桑德堡撰寫）；3.論介紹惠特曼。書末有譯者序。譯詩目次：《有一個孩子向前去》《更進一步》《給異邦》《我聽見亞美利加在歌唱》《將來的詩人們呵》《給你》《我們兩個——我們給愚弄了多久》《正

〔註263〕 *After Strange Gods*，指 T.S.Eliot：*After Strange Gods: A Primer of Modern Heresy*（艾略特：《追隨異教神祇：現代異端邪說入門》），London: Faber and Faber Ltd，1934。

〔註264〕 錢學熙。

〔註265〕 poetic drama，詩劇。

〔註266〕《夏志清夏濟安書信集 卷一 1947～1950》，浙江人民出版社，2017 年 3 月，第 253 頁。

〔註267〕 許淵沖《逝水年華》北京三聯書店，2008 年月，181～182 頁。

〔註268〕 此書為屠岸自費出版，「青銅出版社」為譯者杜撰。

當，在一天清早》《一支歌》《當我在一天終結的時候聽到》《給一個不相識者》《我聽見有人控告我》《我們兩個孩子在一起依附著》《土地！我底化身》《我在夢裏夢見》《緊靠地碇泊著的，永恆的，哦，愛》《給一個普通妓女》《啟程的船》《開路者們，哦，開路者們》《田園畫》《母親和嬰兒》《鼟鼓聲聲》《一八六一年》《鼓啊！鼓啊！鼟鼓！》《滿是船隻的城市》《跨越淺津的騎兵隊》《山腰上的露營》《行進的軍團》《在露營底斷續的火焰邊》《從田地裏走過來啊，父親》《有一夜我在野戰場上擔當奇異的守衛》《戰場上有一個景象，在灰暗的破曉》《當我辛苦地流浪在佛其尼亞底樹林中》《戰士底種族》《哦，面孔曬黑了草原上的孩子呵》《向下看呀，美麗的月亮呵！》《呵，船長！我底船長！》《今天，戰場近下來吧》《火炬》《我聽見你，莊嚴而可愛的風琴鳴奏呵》《我歌唱一個人底「自己」》《眼淚》《賽跑者》《最後的祈願》《上帝們》《夜裏，在海邊》《渦過一切》《向軍旗敬禮的黑種婦人》《別戰士》《雙鷹底嬉戲》《一個清澈的午夜》《鐘聲底哭泣》《附錄：惠特曼小傳》《「現代文庫」本〈草葉集〉》《論介紹惠特曼》（譯者）《譯後記》插圖目錄：《惠特曼像》《母親和嬰兒》《戰場上的一個景象，在灰暗的破曉》《向軍旗敬禮的黑種婦人（當我還是一小孩子的時候）》《雙鷹底嬉戲》。

《囉嗦家》詩歌〔蘇聯〕S 馬莎克著，江華譯，香港新詩歌出版社 1948 年 11 月初版。印 500 冊。香港中原印刷廠承印。香港南國書店分經銷。

12 月 1 日

《論意象》，唐湜著，《春秋》第 5 年第 6 期（11 月、12 月合刊），1948 年 12 月 1 日。

12 月 7 日

《吳宓日記》：「十二月七日，星期二。陰。大風。晨 8～9 上《文學批評》。10～11 上《英國文學史》加課。……下午及晚，讀《英國文學史》。……」

12 月 8 日

《吳宓日記》：「十二月八日，星期三。陰，微雨。晨上《英國文學史》課。……下午讀《英國文學史》。……」

《夏濟安致夏志清》（1948 年 12 月 8 日）：「我已於十二月二日飛返上

海，……代我課的是一位 Miss Harriet Mills（宓含瑞）〔註 269〕，威爾士萊 M.A.，專攻英文，她是得了 Fulbright 獎金〔註 270〕到中國來研究魯迅的，人並不很漂亮，但很活潑，年紀還輕，絕非教會學校老處女派頭。我的功課有人代替，對北大的責任已盡，只可早走。胡適和朱光潛都很同情我的走，朱光潛還希望他將來逃到上海時，我能幫幫他忙。」

12 月 9 日

《吳宓日記》：「十二月九日，星期四。陰。晨上《英國文學史》課。講 Applieation of Criticism〔註 271〕……（是晚）仍讀《英國文學史》。」

12 月 10 日

《春天──祖國》（詩）〔俄〕普式庚等作，樹東譯，《文藝月報》第 2 期，1948 年 12 月 10 日。《「純」藝術和不純的動機》（評論），〔蘇聯〕尼古拉耶夫作，莽大齡譯。

《逝水年華・十七、巴黎大學》（許淵沖）：「《象徵派》一課包括四位詩人：波德萊爾、魏爾倫、蘭波、馬拉美。四八年十二月十日，我用波德萊爾『通感』的方法，模仿魏爾倫《秋之歌》的形式，寫了我的第一首法文詩《白夜》，……在《英國文學》的課程中，我選讀了法默教授開的《英國文學史》和《狄更斯》兩門。……法默教授講英國作家時，常和法國作家進行比較，這等於是講《比較文學史》。……《法國文學》的課程除了十九世紀的雨果、巴爾扎克、福樓拜、象徵派之外，其他六門課程是：《十二世紀至十五世紀的法國抒情詩》，十六世紀杜伯雷《田園雜興》，十七世紀拉辛的詩劇，十八世紀盧梭《漫步遐想錄》和博馬舍的《費加羅的婚姻》，十九世紀夏多布里昂的《墓畔回憶錄》。統計一下，講詩的有四門課，講散文、小說、戲劇的各兩門。從時間上來說，十

〔註 269〕 Miss Harriet Mills（宓含瑞，1920～？），父母是傳教士，生於日本東京，在中國讀小學、中學。返美就讀於 Weliesley College，1947 年作為富布賴特訪問學者到北京大學研究魯迅。1952 年被捕，1955 年被遣返美國。1963 年獲得哥倫比亞大學博士，學位論文為 *Lu Hsün, 1927~1936: The Years on the Left*，後留校任教，1966 年轉去密歇根大學任教，直至 1990 年退休。

〔註 270〕 Fulbright 獎金，即富布賴特獎學金（Fulbright Scholarship），美國政府設立的國際交流計劃，旨在通過教育和文化交流增進美國人民和各國人民之間的相互瞭解。

〔註 271〕 批評的運用。

五、十六、十七世紀各一門課，十八世紀兩門，十九世紀則佔了一半。……在
《比較文學》的課程中，我選了卡雷教授開的理查遜的《帕米拉》、盧梭的《新
艾綠綺絲》、歌德的《維特》和夏多布里昂的《勒內》。卡雷教授是比較文學法
國派的重要人物，他著重研究的是國際文學之間的關係，或者叫做『影響研
究』。法默教授雖然也研究司各特對法國作家的影響，但他進行的主要是『平
行研究』。無論卡雷還是法默，都只在比較西方文學；對於與西方文學雙峰並
立、遙相對峙的東方文學，尤其是比希臘、羅馬還早的中國文學，他們卻是茫
然無知。而歌德提出的『世界文學』，如果只有西方而沒有東方，那就成了一
個跛腳巨人，或者是獨眼蒼龍了。在我看來，中國《詩經》中的《生民》、《公
劉》、《緜》、《皇矣》和《大明》描寫了西周滅商的歷史或傳說，是比荷馬《伊
利亞特》更早的史詩；屈原的《離騷》是一首『述懷』、『追求』、『幻滅』三部
曲組成的心靈神遊的悲歌，比但丁《地獄》、《煉獄》、《天國》合成的《神曲》
早了一千五六百年；王實甫的《西廂記》比莎士比亞的《羅密歐與朱麗葉》也
早兩三個世紀；曹雪芹的《紅樓夢》又比歌德、雨果、托爾斯泰都早一二百年。
因此，在巴黎大學讀了一年之後，我就想到應該對東西方的文學作平行的研
究，才不辜負出國一趟了。」〔註 272〕

12 月 12 日

《〈西班牙抗戰謠曲選〉跋》戴望舒，《華僑日報・文藝週刊》第 87 號，
1948 年 12 月 12 日。「西班牙抗戰謠曲二十首，均從 1937 年馬德里西班牙出
版社刊行的《西班牙抗戰謠曲集》(Romancero General De La Guerra De Espana)
譯出。關於西班牙抗戰的詩歌，譯者所譯的原不止此；可是有的是從英法文轉
譯的，有的是『詩』而不是『歌謠』（例如在《文藝陣地》發表的迦費亞思的
《馬德里》），為求這個集子的完整統一起見。都沒有收集進去。」「這裡譯作
『謠曲』，原文作 romance，是西班牙的一種特殊詩體，每句八音步，重音在第
七音步上，逢雙押韻，全首詩往往一韻到底，這便是它的形式上的特點。……
《謠曲》的作者有許多都是西班牙當代的著名詩人，如阿爾倍諦本人，阿爾陀
拉季雷 (Manuel Altolagurre)，泊拉陀思 (Emilis Prados)，阿萊桑德雷 (Vicente
Aleixandre) 等，但大多數的作者都是抗戰以前默默無聞的人……譯者於民歌
很少研究，譯時每不能得心應手，所能做到的僅僅是忠誠於西班牙原文而已。」

〔註 272〕許淵沖《逝水年華》，北京三聯書店，2008 年 1 月，183～185 頁。

12 月 15 日

《一個窮紳士》〔英〕吉辛作，韓罕明譯，《文訊》第 9 卷第 5 期（文藝專號），1948 年 12 月 15 日。《回家》〔匈牙利〕薩卡錫慈作，大木譯。《光明！及其他》裴得斐作，孫用譯。《傭工的死》福洛斯脫作，方平譯。《哈爾次山遊記》續，海涅作，馮至譯。

12 月 16 日

《吳宓日記》：「十二月十六日，星期四。晴。晨 8～9 上《文學批評》課。唐稚松旁聽。10～11 上《英國文學史》課。……」

12 月 18 日

《夏志清致夏濟安》（1948 年 12 月 18 日）：「上星期五已開始放聖誕假，廿世紀文學，Milton，……這學期功課對付的很自如，Brooks 和 Milton 自以為都在全班之冠：Milton 沒有問題，所寫 paper 全得 A；Brooks 的海明威 paper 得 95 分，第二篇尚未發還，想亦可保持此水平。……最近兩篇 Milton paper 都是不打草稿，在打字機下打出，當夜趕完，所以節省時間不少。最近 Brooks 在教 Yeats，Yeats 的批評書，最近新出一本 Richard Ellmann: *Yeats, The Man & the Masks*〔註 273〕，MacM.出版，很好，嫌價太貴，沒有買。買一本批評文的 anthology：Criticism: *Foundations of Modern Literary Judgment*〔註 274〕，內容充實，……」〔註 275〕

12 月 20 日

《中國文學在德國》季羨林著，《文藝復興》「中國文學研究專號（中）」，1948 年 12 月 20 日。《中國文藝思想史述略》林煥平。

〔註 273〕 Richard Ellmann: *Yeats, The Man & the Masks*，理查德・戴維・埃爾曼（英語：Richard David Ellmann，1918 年 3 月 15 日～1987 年 5 月 13 日），美國文學批評家，愛爾蘭作家詹姆斯・喬伊斯、奧斯卡・王爾德和威廉・巴特勒・葉芝的傳記作者。*Yeats, The Man & the Masks*，《葉芝：其人其面具》（1948）。

〔註 274〕 Anthology: *Criticism: Foundations of Modern Literary Judgment*（Harcourt，Brace，1948），由美國作家、批評家馬可・肖勒（Mark Schorer，1908～1977）等編選。

〔註 275〕 《夏志清夏濟安書信集　卷一　1947～1950》，浙江人民出版社，2017 年 3 月，第 262 頁。

12 月 21 日

　　《吳宓日記》：「十二月二十一日，星期二。陰。上午 8～9 上《文學批評》
課。……10～11 上《英國文學史》課。」

12 月 22 日

　　《吳宓日記》：「十二月二十二日，星期三。陰。雨。大風。晨 8～9 上《英
國文學史》課。熊性慈旁聽。函李崇淮，不願在 Rotary Club 講《紅樓夢》。……
超宅午飯。周景俞借去宓之《德文文法》（教本）。徑以新購之一部抵還。宓滋
不悅。」

　　《清華園日記·下》（浦江清）：「二十二日，星期三，晴，寒（舊曆十一
月二十二日，冬至）。……關於中文系課程的改訂，或者是中外文系合併為文
學系的方案，有聞一多、朱自清等提出過。我也有一篇文章，發表在《周論》
上（雷海宗先生所編，正是學生們所認為反動的，所以他們不會看到），建議
文學院應設立一個近代文學系，合乎潮流，也切於實用。原有中外文系，不必
取消合併，可以改進，互相關聯。方案很好，盼望將來能實現，可以滿足若干
愛好文學研究的青年的熱望。照目下情形，中文系同學認為中國文學系課程中
國學人多，文學太少。就是說近於國學系，而非文學系，他們不喜歡訓詁、考
據，而他們所謂文學的觀念乃是五四以後新文學的觀念，對於古文學也很隔
膜。為愛好文藝而進中國文學系，乃至弄到觸處是訓詁、考據，不免有『誤入』
的感覺，簡直可以說是受騙。其中癥結是如此。《國文月刊》有呂叔湘、徐中
玉等文章，《文學雜誌》有楊振聲氏文章，觀點差不多相同，要求中外文系合
併。」

12 月 23 日

　　《吳宓日記》：「十二月二十三日，星期四。陰。雨。大風。寒甚。始服西
北毛線內衣。晨 8～9 上《文學批評》課。徐本炫、劉萬寅二生來見。嫌宓所
講太淺近，又嫌宓不讀中國新文學作品。……宓滋不懌。蓋宓在武大恒覺未能
盡我之所長，發揮正道，作育英才。而諸生懶惰不好讀書，愚暗凡庸，凡譏宓
為不合時宜。益令宓無所戀於武大矣。10～11 上《英國文學史》課。」

12 月 24 日

　　《吳宓日記》：「十二月二十四日，星期五。陰。大風。雨。寒甚。……下

午，讀 Penguin，'*New Writing*' 雜誌〔註 276〕33 期中 Gide 所作（英譯）*Paul Valéry* 紀念文〔註 277〕，等。」

12 月 28 日

《吳宓日記》：「十二月二十八日，星期二。陰，風，雨。⋯⋯宓到校已 8：30，外四學生已散去。《文學批評》課未上。辦公。10～11 上《英國文學史》課。⋯⋯」

12 月 31 日

《吳宓日記》：「十二月三十一日，星期五。半陰晴。晨 8～9 上課 Contemp. Eng. Lit.〔註 278〕。學生到者半數，而離校者紛紛。⋯⋯宓頭痛。早寢。德錫、季芳來，宿此。於是此一歲告終。而宓『嘗感五十六，大夢將醒蓬』之年至矣！」

12 月

《怎樣寫詩》〔蘇聯〕V.瑪耶闊夫斯基作，未署譯者，《大眾文藝叢刊》第 5 輯，1948 年 12 月。

《知識的體系和體系的知識》（上）楊紓，《青年界》新第 6 卷第 4 號，1948 年 12 月。《魯迅書簡補遺——給李小峰的三十六封信》（未完）魯迅。

《野薔薇》〔註 279〕〔德〕歌德著，羅賢譯，上海正風出版社，1948 年 12 月 3 版，147 頁，32 開。收入世界名詩選集 4。

《散文詩》〔註 280〕屠格涅夫著，李岳南譯，上海正風出版社，1948 年 12 月 3 版，98 頁，32 開，收入世界名詩選集 2。

本年內

《節譯 *Epipsychidion* by P.B.Shelley 雪萊長詩》（新詩體），吳宓，1948 年

〔註 276〕 企鵝（出版公司出版的）《新作品》雜誌。
〔註 277〕 紀德所作保羅‧瓦萊里紀念文。Paul Valéry 保羅‧瓦萊里（1871～1945），法國詩人，評論家，思想家。
〔註 278〕 Contemp. Eng. Lit.《當代英國文學》。
〔註 279〕 收詩 86 首。書前有卷頭語、獻詞等。初版年月不詳。目錄或可參見《歌德小曲集》〔德〕歌德著，羅賢譯，重慶四維出版社，1946 年 1 月版。
〔註 280〕 本書 1945 年 6 月重慶正風出版社初版，初版原書名為《屠格涅夫散文詩集》。

武漢〔註 281〕。

《譯 *Married Lover*》（新詩體），未署原作者，吳宓，1948 年武漢〔註 282〕。

《行軍在喬治亞》詩，〔美〕魏爾克作，金啟華譯，《文藝先鋒》第 12 卷第 6 期「詩歌・鼓詞」，未印出版日期。《路巴德李的劍》詩，〔美〕銳翁作，金啟華譯。《近代法國詩歌——西洋文學史之一章》，董每戡。《路狄雅德・吉卜林》愛略特作，荃里譯。

《小吉芬》〔美〕蒂克羅耳作，金啟華譯，《文藝先鋒》第 13 卷第 1 期（無出版日期）「詩歌」。

《當蔣力回來的時候》〔美〕計滿耳作，金啟華譯。《近代英國詩歌》董每戡。《文藝復興在德國》，田禽譯。

《談談法文詩句的做法》庸人作，《中法雜誌》第 1 期（創刊號），越南中法校友會編輯，堤岸（越南）出版發行，1948 年。

《萊蒙托夫抒情詩選》〔俄〕萊蒙托夫著，余振譯，上海光華出版社 1948 年初版。目次：1828 年：《詩人（「當為靈感激動了的拉斐爾」）》。1829 年：《俄羅斯小調》《土耳其底哀怨》《獨白》《短歌（「海濱坐著一位美貌的女郎」）》《戰爭》《短詩》。1830 年：《高加索》《孤獨》《給高加索》《懸崖上的十字架》《奧西昂底墳墓》《給——（「不要以為，我是該當為人可憐」）》《預言（將要來到這麼一年，俄羅斯底不幸一年）》《七月十日》《乞丐》《諾甫可羅德》。1831 年：《一八三一年六月十一日》《希望（為甚麼我不是　隻飛鳥，不是一隻呀）》《人生底酒杯》《給 L》《九月二十八日》《「您是美麗的，我祖國底土地啊」》《天使》《「父子們底命運真是可怕啊」》《「我不是為了天使與天國」》《給 D》。1830 年～1831 年：《給！——（「啊，再不能容忍那種荒淫了」）》《死》《絕句（「造物主給我注定了沒有走入墳墓以前不能不愛」）》《獻給自己》《「雖然快樂早就和我翻了臉」》《絕句》《「我不能在祖國這樣地活受煎熬了」》《我的惡魔》。1832 年：《「我愛連綿不斷的青山」》《別離（「不要走呀，年青的列慈庚人」）》《「靠到我的身前來，年青的美少年呀」》《墓牌（「別了！我們能不能再來相見」）》《「不，我不是拜倫，我是另外一個」》《情歌（「你這要走上戰場」）》《給——

〔註 281〕 據吳學昭整理《吳宓詩集》，商務印書館，2004 年 11 月，卷十七（武漢集），第 443～444 頁。篇末有「整理者注：此詩一九四八年武漢譯。錄至作者手稿。原文見 *Century Readings in English Literature*。」

〔註 282〕 據吳學昭整理《吳宓詩集》，商務印書館，2004 年 11 月，卷十七（武漢集），第 444 頁。篇末有「譯者原注：原文見 *Century Readings in English Literature*。」

（「命運偶然地使我們成了朋友」）》《「從前我自己是幸福的」》《「我想要活！我要悲哀」》《「我向你致敬，英武的斯拉夫人……」》《兩個巨人》《「反覆地講著臨別的語言」》《「為甚麼我不是生而為」》《給——（「別了！——我們將永遠不再相見」）》《「人生有甚麼意義！……平平淡淡或是」》《帆》《短歌（「你這樣匆匆地走向何方，年青的猶太女郎」）》《蘆笛》。1833～1834 年：《「我沉思地注視著」》。1836 年：《垂死的門士》《美人魚》《希伯萊小調》《題紀念冊（「像一座孤孤的墳冢」）》。1837 年：《波羅金諾》《詩人之死》《巴力斯坦底枝》《囚徒》《鄰居》《「那蒼黃的田野隨風飄動」》《祈禱（「我，聖母呀，現在正向你虔誠地祈禱」）》《「我們分離了，但你的肖像」》《「任誰也不來聽取我的語言……我獨自一人」》《「我惴惴地瞻望著未來」》《「我不願，人們知道了」》《「請別譏笑我的預言的悲哀」》《「一聽到你清脆的」》《「她一歌唱——歌聲嫋嫋地消融了」》《劍》《「我，浪浪人，從遠處，從和暖的」》。1838 年：《杜馬》《詩人（「我的匕首閃耀著黃金的飾紋」）》。1839 年：《「我拿我的遲遲不決的詩句祝賀這」》《不要相信自己》《三棵棕樹》《祈禱（「當在人生苦痛的時刻」）》《捷列克河底物》《紀念 A.Ⅰ.奧多葉夫斯基》。1840 年：《「常常地，我被紅紅綠綠的一包圍著」》《又寂寞又悲傷》《哥薩克搖籃曲》《女鄰》《編者、譯者與作家》《紅船》《因為甚麼》《謝》《歌德詩》《給孩子》《給 A.O 絲密兒諾娃》《烏雲》《「別了，滿目瘡痍的俄羅斯」》《「我寫信給您，這真是想不到的事！真的」》《遺言（「老兄，我想跟你」）》。1841 年：《祖國》《最後的新居》《死人底愛》《「從神秘的、冷然無情的半假面下」》《給 S.M.卡拉姆辛娜》《給 E.P.洛斯托普欽娜》《「不，我這船熱愛的並不是你」》《「在荒野的北國，在光裸的高原上」》《爭辯》《夢》《妲瑪拉》《幽會》《「一片樫樹葉離開了他的親密的枝頭」》《「我獨自一人走上了征途」》《海上公主》《預言者》。

《吉檀耶利》（抒情詩集）太戈爾著，施蟄存譯，福建永安，正言出版社，1948 年版。

《詩的新方向》（書評）袁可嘉，《新路週刊》1948 年第 1 期。

《英國近代詩抄》楊憲益譯，中華書局，1948 年。

《叔于田》（《詩經》選譯 45 首，61 頁），〔德〕W.M.Treichlinger 譯，1948 年瑞士蘇黎世。

《作為試金石的詩歌：唐代國家入學考試》（*Gedicte als Prüfstein: Aufnahmenprrufunegn für den Staatsdienst zur Zeit der T'ang-dynastie*），〔英〕韋

利（Waley，Arthur）著，英國 Neue Auslese, Vol.7, No.7，1948 年。

《關於古代中國的鐵與犁的注釋》（*Note on Iron and the Plough in Early China*），〔英〕阿瑟·韋利著，《倫敦大學亞非學院學報》第 12 卷第 3、4 期，1948 年。

《孔子之道與基督之道》（*Ways of Confucius and of Christ*），〔英〕Derrick, Michael 著，英國倫敦 Burns & Oates 1948 年出版。

《中國文學萃選》（*Anthologie raisonnée de la littérature chinoise*），〔法〕喬治·馬古利（Georges Margoulies）撰，1948 年巴黎初版。《中國文學萃選》（*Anthologie raisonnée de la littérature chinoise*）一書的作者簡要地回顧了中國文學在西方的傳播歷程，並試圖將中國文學的精粹呈現給法國讀者。作品按中國人、官員和旅行、引退文人、戰爭、死亡、離別、愛、女子、自然、酒、哲學和抒情等主題劃分章節，每個章節包括散文和精心選擇的中國古典詩歌兩大部分。兩種文體交相呼應，很好地烘托了主題所要傳達的內容。

《為人先，為詩人後：七位中國詩人介紹》羅大剛著，1948 年瑞士出版。先做人後做詩人是中國人的思想，依據這一原則作者選取屈原、陶淵明、李白、杜甫、白居易、李煜和李清照七位詩人分別作了較為詳細的介紹。

《十八世紀法國的中國音樂》，〔法〕Tchen, Ysia 作，1948 年法國巴黎大學文學。

《紀德研究》（404 頁），盛澄華著，1948 年森林出版社初版。扉頁上著者寫有：「獻給師友溫德 Robert Winter 先生——指引我法國現代文學道路的第一人」。內收 9 篇研究紀德及其作品的文章。其中有：《安得列·紀德》、《〈地糧〉譯序》、《試論紀德》、《紀德藝術與思想的演進》、《紀德的藝術觀》、《紀德在中國》等。附錄：1.紀德作品年表；2.紀德書簡。

《中國思想西人考》（《西方的中國思想》）*Chinese Ideas in the West*，〔美〕Bodde, Derk 卜德著，1948 年美國華盛頓出版。

《美國與中國》*The United States and China*，〔美〕Fairbank, John K.費正清著，1948 年美國 Cambridge: Harvard University Press.。

《老子的智慧》*The Wisdom of Lao Tse*，林語堂著，1948 年 New York: Modern Library.。

《悲歡的橋》〔英〕霍特作，左建試譯，《詩建設》叢刊第 1 集〔註 283〕（廣

〔註 283〕刊期不詳，僅見一期。

東），1948 年。《被俘的騎士》〔俄〕普希金作，梁蔭本譯。《給在美洲的烏克蘭人》M・呂爾斯基作，燎原譯〔註 284〕。《生命之極》〔俄〕普希金作，梁蔭本譯。

《老子的智慧》（*The Wisdom of Lao tse*）林語堂譯著，1948 年美國蘭登書屋 New York: Modem Library 出版。作為深受傳統文化影響的，林語堂以《道德經》為藍本，重新對文本進行了構建、轉譯。

《中國現代詩選》，方宇晨譯，1948 年初在英國倫敦出版，其中選譯穆旦詩九首。

《引進外國文學的思考──以中國文學為主》，〔韓國〕尹永春作，《白民》第 14 號，1948 年。

《中國古代詩歌》〔捷克〕博胡米爾・馬泰休斯意譯，1948 年捷克布拉格第 8 版。98 頁。

《鄉愁》*Melancholie*（宋詞選譯），〔捷克〕Holan，Vladimir 弗拉基米爾・霍蘭〔註 285〕譯，1948 年捷克布拉克第 1 版。霍蘭轉譯自法國漢學家喬治・蘇利耶・德莫朗（George Soulié de Morant）於 1923 年出版的譯作《宋詞選》（*Florièmes des Poèmes Song*）。霍蘭主要選譯了蘇軾、朱淑真等詞人的詞曲。Praha: Františck Borovy，173 頁，3300 冊。

《斯拉維支與孔子》，〔羅馬尼亞〕揚・佈雷亞祖，載羅馬尼亞《文學研究》（圖拉真的達契亞出版社主辦）1948 年。

《中國文學概論》〔日〕鹽谷溫著，日本弘道館 1948 年版。作者自序：「唐虞開世文教夙，歷經夏、殷、周三代，春秋戰國之際，諸子百家輩出，詩書禮樂燦然，中國成為哲學、文學源泉之國。詩文經漢魏六朝的發展，至唐代而全盛，在宋代而集大成，戲曲勃興於金元，小說爛熟於明清。漢文、唐詩、宋詞、元曲為中國文學四大宗。……從來本邦先儒的中國文學研究，反對以古典為主的詩文以外的研究，西洋的中國學從語學入手，傾向於偏重通俗文學的研究。之前我為了在東京大學開設中國文學講座，曾被派遣去中國和德國留學。在德國學習到西洋學者的文學研究方法，而在中國從語學到中國小說，後來師從葉德輝先生學習中國詞曲，深得其中底蘊。回國後，筆路藍縷，隨著在中國文學研究領域開闢出元曲研究的處女地，開始在大學講壇上開講《中國文學概

〔註 284〕 文末譯者記：「譯自《國際文學》一九四三年七月號」。
〔註 285〕 Holan，Vladimir 弗拉基米爾・霍蘭，捷克著名詩人、翻譯家。

論》。」〔註286〕對中國文學的分類鹽谷溫也有自己的發見：「（散文）＝議論文（主觀）、記敘文（客觀）、小說（主觀與客觀結合）。（韻文）＝抒情詩（主觀）、敘事詩（客觀）、戲曲（主觀與客觀結合）。PSI：日本的戲曲屬於散文，中國以及西洋的戲曲屬於韻文。……」〔註287〕此書其中講到《紅樓夢》時，這樣耐人尋味地說：

中國是文明古邦，文化爛熟於此，人情風俗十分發達，發展之極則為享樂，遂終至於頹廢。猶如中國料理之醇厚，中國人性情亦極為複雜。以淡味刺身與鹽燒為好，性情單純的日本人，對此顯然無法理解。中國人初次見面的寒暄，其辭令之精巧，委實令人驚歎。且在外交談判及譎詐縱橫的商略上，充分發揮此特色。從中國文學的虛飾之多，也可看出其國民性之複雜。餐藜藿食粗糠的人不足與之論太牢的滋味，慣於清貧的生活，難以與通溫柔鄉裡的消息，粗獷之人也無法玩味《紅樓夢》的妙文。〔註288〕

《明治、大正文學史》〔日〕吉田精一著，日本同興社1948年版。

《中國詩歌精華錄》（ *Breve antología de la poesía china* ），〔古巴〕黃瑪賽（Marcela de Juan）譯，1948年古巴出版。

《陶淵明詩解》〔日〕鈴木虎雄著，日本東京弘文堂書房1948年版。

《土笛譜：中國詩選》〔日〕佐藤春夫譯，森卯一郎發行，1948年日本東京株式會社。〔註289〕

《中國學術文藝史》〔日〕長沢規矩也著，1948年日本東京三省堂新修訂版。

〔註286〕 鹽谷溫《中國文學概論》，日本弘道館1948年，序言，第1～2頁。趙苗《日本社會語境下的中國文學史書寫》，大象出版社2018年6月，第61、154頁。
〔註287〕 〔日〕鹽谷溫《中國文學概論》，日本弘道館1948年，第57頁。
〔註288〕 〔日〕鹽谷溫《中國文學概論》，日本弘道館1948年，第447頁。
〔註289〕 版權頁：昭和廿三年四月二十五日發行。

1949 年

1 月 7 日

　　《夏志清致夏濟安》（1949 年正月 7 日）：「……最近我的那篇 Faulkner 發下來，得 93 分，上次 Hemingway95 分，兩次差不多都是全級之冠，不過還要寫一篇研究 Yeats 的 paper，的確時間很不充分。你的那篇 Wordsworth〔註1〕我前天已交給 Brooks，讓他一讀。」〔註2〕

1 月 10 日

　　《古希臘小詩抄》，施蟄存譯〔註3〕，《春秋》第 6 年第 1 期，1949 年 1 月 10 日。譯目：《阿爾克曼一首》、《阿爾卡伊烏思一首：詠貧苦漁人》、《莎馥四首》、《安那克萊洪一首：阿璧特與蜜蜂》、《柏拉圖三首》（一個情人的願望、吻、悼情人）、《諾雪思一首：愛情》、《阿爾凱亞思一首：生與死》、《帕拉達思一首：人生如戲場》、《克仁納珂思一首》。

〔註1〕那篇 Wordsworth，指夏濟安撰寫的分析 *Tintern Abbey*（《丁登寺》）的論文。
〔註2〕《夏志清夏濟安書信集　卷一　1947～1950》，浙江人民出版社，2017 年 3 月，第 274～275 頁。
〔註3〕文末有「譯者記」：「僕不解古希臘文，安敢譯古希臘詩？但近日得一舊本阿伯拉罕・米爾斯所編《古希臘詩人與詩》（一八五四年波士頓斐利普・珊普遜公司出版）讀之極有興會，因摘譯得十五首。此皆英國詩人所譯，或以原文頗有出入（如莎馥第一首及諾雪思一首皆有周作人譯文，便已不同），如其稍存大意，即為窺斑一豹，何嘗別有奢望乎？民國三十七年十月二十五日。蟄存記。」

《黑面包很香甜》（詩），彼德作，夏余譯。

《寄我的同志》（詩），薇娜妃格尼爾作，海岑譯。

《何其芳小論》（作家評論）〔註4〕，巴丁著。

《沉思者》（作家評論）〔註5〕，唐湜著。

《許淵沖百歲自述・留學法國》（1949年1月10日）：

下午三點，我去聽法默教授講「英國文學史」。我去的晚了一點，教室已經坐滿，只有右手最後一排座位上坐了三個法國同學：一男二女。有一個女同學非常漂亮，皮膚白皙，態度高雅，穿了一身天藍色的連衣裙，看來很可愛。我彷彿見到了盧浮宮中的維納斯。我站住了，猶豫一下，最後，問她能不能擠一擠，讓我在她的旁邊坐下。她微微一笑，點了點頭。但三個人的位子坐四個人，自然要免不了要摩肩擦背，而她卻並不以為意。我問她講到哪裏了，她說正講喬叟《澡堂老闆娘的故事》，我帶了一本牛津版的《喬叟》去，就翻到565頁，指給她看。法默先生講：老闆娘已經嫁過五個丈夫，還在找第六個；從人物的性格和故事的風格中，可以看出喬叟的現實主義和人道主義。我聽得笑了，不是因為喬叟幽默，而是因為有「紅袖添香伴讀書」。〔註6〕

1月14日

《〈儒林外史〉對舊知識分子的批判》鐵馬，《十月風》第2卷第8期，1949年1月14日。

1月16日

《太戈爾詩抄》大木，《春風》第3卷6期，1949年1月16日。

1月20日

《警告遊歷家》〔英〕W・華茲華斯作，田世超譯，《詩思詩刊》第1卷第2期，1949年1月20日。《語言、音樂、詩》H.柏克爾作，洪毅然譯。《口占答人間詩》〔法〕虞賽作，佩伊譯。《盲孩》C.胥湃作，田世超譯。《珠玉集》

〔註4〕內文副標題為：「詩人的道路」。

〔註5〕內文副標題為：「論十四行詩裏的馮至」。

〔註6〕據《許淵沖百歲自述・留學法國》，華文出版社，2021年4月，第285～286頁。書中在談及此事時說：「我在巴黎大學上課的時候，卻碰到一個非常漂亮的法國女郎。我在1949年1月10日的法文日記中寫道：……」

（中外名家論詩），識途。

1月21日

《清華園日記‧西行日記》（浦江清）：「一月二十一日，星期五，晴，暖。照馮芝生來信，歸納各方意見，文學院於語言文學系、語言學系、中國古典文學系、英美文學系、蘇聯文學系、法德文學系、東方文學系七系。我的看法可以設中國文學系、西方語文學系、東方語文學系、語言學系、文藝系五系。或古典文學系、近代文學系、外國語文系、語言學系四系。其近代文學系或文藝系皆中西合讀，普通文學修養，並鼓勵創作翻譯者。……」

1月25日

《新文學的缺陷》東郭生（周作人），《聚星月刊》第 2 卷第 7 期，1949 年 1 月 25 日。

1月

《送舊迎新》（新年獻詩）〔英〕丁尼生作，蔣伯屏譯，《青年界》第 6 卷第 5 期，1949 年 1 月。《知識的體系與體系的知識》（下）楊紓。《魯迅書簡補遺——給李小峰的三十六封信》（續）魯迅。

《女性和童話》歌德著，胡仲持譯，香港智源書局，1949 年 1 月初版，42＋67 頁，36 開。《女性和童話》以故事形式探討文藝問題和婦女問題，或可視為歌德的詩學著作。附錄《帶燈的人》（童話）。卷首有譯者前記。

《屠格涅夫散文詩抄》，天行，《人生雜誌》第 2 卷第 1 期，1949 年 1 月。

《屠格涅夫的生活和著作》〔蘇〕斯特拉熱夫著，劉執之譯，上海文化生活出版社，1949 年 1 月初版，95 頁，32 開。收入文化生活叢刊第 44 種，巴金主編。本書首先是屠格涅夫的略傳，然後評述屠格涅夫的小說以及散文詩，最後講述屠格涅夫創作的審美價值及其意義。

《少女與死神》〔註7〕高爾基等著，秦似譯，上海，上海雜誌公司，1949 年 1 月 1 版，98 頁，32 開。詩集。收入萊蒙托夫的長詩《姆采里》，高爾基的長詩《少女與死神》，此外還有《俄羅斯》（拜依里）《一切已經被劫奪》（亞琪

〔註 7〕可參看賈植芳《中國現代文學總書目》，840 頁。

瑪杜娃）《你和我》（顧密里夫）《馬》（鐵霍諾夫）《無題》（彼里薩）《憤怒的話語》（雷爾斯基）《後記》（譯者，1943 年 1 月 11 日）。

2 月 6 日

《農民最初的勝利》〔西班牙〕費囊德思著，戴望舒譯，香港《華僑日報・文藝週刊》第 93 期，1949 年 2 月 6 日。

2 月 15 日

《H.海涅和他的藝術》（作家研究），靜聞，海外版《文藝生活》第 10/11 合刊，1949 年 2 月 15 日。

2 月 20 日

《蔡元培與中國文學界》（專論），蔡尚思著，《春秋》第 6 年第 2 期，1949 年 2 月 20 日。

2 月 24 日

清華大學校委會於 1949 年 2 月 24 日通過聘燕卜蓀為清華兼任教授，授「當代英國詩歌」。

《夏志清致夏濟安》（1949 年 2 月 24 日）：「……你的華茲華斯 paper，Brooks 已看過，他覺得很見功力，很 subtle，英文也好，不過覺得頭尾寫得清楚些：頭上把你的全文所要講的（intention）說明，最後來一個 summary，把所講過的 recapitulate 一下。他說你和我的英文比一般英文 graduate-students 都好。P3 unstability 改為 instability，……」「……我現在讀 *Beowulf*〔註 8〕和喬哀司的 *Ulysses*，前者一次讀二百行，要占學期大半的時間；*Ulysses* 我讀了一百數十頁，並不十分難，大約後面要難得多，文字很 rich，好的地方可追莎翁和 Jacobean drama〔註 9〕。……」〔註 10〕

〔註 8〕*Beowulf*（《貝奧武甫》），英國文學史上已知最早的文學作品。它是根據公元 5 世紀末至 6 世紀前半期流傳在北歐的民間傳說，在 10 世紀末由基督教僧侶，用古英語寫成的英雄史詩。

〔註 9〕Jacobean drama，詹姆斯一世時期的戲劇。

〔註 10〕《夏志清夏濟安書信集 卷一 1947〜1950》，浙江人民出版社，2017 年 3 月，第 290〜291 頁。

2 月

《柳達斯·吉拉〔註11〕詩選》（πCCP〔註12〕；致維爾克涅〔註13〕；自由的維里紐斯；德畢凱），朱笄譯，《蘇聯文藝》第35期「詩歌」，〔蘇聯〕羅果夫編，上海蘇商時代書報社，1949年2月〔註14〕。

《蘇聯歌選》（歌曲）哈爾濱中蘇友好協會編輯，1949年2月哈爾濱兆麟書店。內收27首蘇聯歌曲。

《織工歌》〔註15〕海涅著，林林譯，香港，人間書屋，1949年2月初版，34＋250頁，冠像，50開，（人間譯叢）。社會詩選集。分4部分，共43首。卷首有靜聞的長篇序文，評介作者的生平和創作。書末附譯者後記。

《屠格涅夫散文詩抄》史天行，《人生雜誌》第2卷第2期，1949年2月。

《明清間耶穌會士譯著提要：耶穌會創立四百週年（1540～1940）》徐宗澤編著，上海中華書局印行，1949年2月初版。耶穌會創立四百年紀念，1540～1940年，書前冠：凡例，書末附：明清間耶蘇會譯著要索引。譯著提要分聖書，真教辯護，神哲學，教史，曆算，科學，格言七類編排，另有緒言，譯著者傳略，徐匯巴黎華諦岡圖書館書目，共10卷。後有補遺。

3 月 3 日

《論上人大階級與社會變動》程晉之，《十月風》第2卷第9期，1949年3月3日。

3 月 6 日

《聖女歐拉麗亞之殉道》：（——美里達一瞥——殉道—地獄和榮光），〔西班牙〕洛爾迦著，戴望舒譯，香港《華僑日報·文藝週刊》第97期，1949年3月6日。

3 月 10 日

《迎接批評時代的一個基本問題》，郭沫若，《春秋》第6年第3期，1949

〔註11〕柳達斯·吉拉，前蘇聯立陶宛詩人。
〔註12〕πCCP，立陶宛蘇維埃社會主義共和國的縮寫。
〔註13〕致維爾克涅，立陶宛的一條河流。
〔註14〕據原刊版權頁「一九四九年正月出版」。
〔註15〕可參看《織工歌》1946年11月初版。

年 3 月 10 日。

《明代特務中心的轉移：劉瑾與錢功》（《明代特務政治史》之一）（未完），
姚雪垠。

3 月 11 日

《夏志清致夏濟安》（1949 年 3 月 11 日）：「我仍在弄 *Beowulf*、*Ulysses* 和
密翁的 prose，不久將來的兩件大事是寫研究 *Ulysses* 和 *Beowulf* 的 paper。
Ulysses 上課時由 Brooks 講解，沒有什麼討論，所以很得益。春假後將開始討
論《失樂園》和 Eliot，我都已讀過，時間一定可以空出不少。最近郵購了一本
Joseph Hone 的 *Life of Yeats*〔註 16〕，全新僅 $2，原價六元，是看 *Partisan Review*
〔註 17〕上廣告的結果。……」〔註 18〕

3 月 15 日

《菲律賓詩選》（三首）〔菲〕S.巴東布海作，林林譯，《文藝生活》海外
版第 12 期，獨幕劇號（總第 46 號），1949 年 3 月 15 日。

《美的詩句》（詩）〔註 19〕，品品譯，《茶話》第 34 期，1949 年 3 月 15
日。

《斯嘎納賴勒》，〔法國〕莫里哀作，李健吾譯〔註 20〕，《文藝春秋》第 8

〔註 16〕Joseph Maunsell Hone（約瑟夫・霍恩，1882～1959），愛爾蘭作家、文學史家、
　　　　評論家，代表作有《葉芝傳》（*Life of W.B.Yeats*，1943）。

〔註 17〕*Partisan Review*（《黨派評論》）是美國著名的左翼知識分子雜誌，由威廉・菲
　　　　力浦斯（William Phillips）和菲利普・拉夫（Philip Rahv）創辦於 1934 年，在
　　　　20 世紀 30 年代至 60 年代的鼎盛時期，一直是美國公共知識分子的重要論壇，
　　　　撰稿人包括漢娜・阿倫特（Hannah Arendt）、喬治・奧威爾（George Orwell）、
　　　　詹姆斯・鮑德溫（James Baldwin）、蘇珊・桑塔格（Susan Sontag）、艾德蒙・
　　　　威爾遜（Edmund Wilson）、T.S.艾略特（T.S.Eliot）等著名作家和理論家。該刊
　　　　於 2003 年 4 月宣布停刊。

〔註 18〕《夏志清夏濟安書信集　卷一　1947～1950》，浙江人民出版社，2017 年 3 月，
　　　　第 297 頁。

〔註 19〕正文署：「摘譯自阿拉伯詩」。

〔註 20〕前有譯者「小言」（1949 年 1 月 18 日），敘及緣起與友人討論以詩體譯詩劇的
　　　　可能並介紹莫里哀與法國詩劇二行韻傳統。介紹「《斯嘎納賴勒》（Sganarelle）
　　　　是莫氏初期最成功的一出笑劇，從另外一個劇名《綠頭巾》（Le Cocu
　　　　imaginaire）來看，就明白莫氏多麼膽大，多麼違反一般文雅之士的鑒賞。我
　　　　的翻譯希望能夠傳達他的膽大的用語和精神，老實說幾乎不登大雅之堂。然
　　　　而，率直、質樸原是文學最高的美德，像莫氏那樣在外省跑了十五年碼頭的戲

卷第 2 期（1949 年 3 月 15 日）。Molière: Sganarelle ou le Cocu imaginaire 1660。

3 月

《和列寧同志談話》（外兩章）馬雅可夫斯基作，戈寶權譯，《文學戰線》第 2 卷第 1 期，1949 年 3 月。

《華爾騰》〔美〕亨利·梭羅〔註21〕（H.D.Thoreau，1817～1862）著，徐遲譯，上海晨光出版公司，1949 年 3 月初版，380 頁，冠像，36 開，收入晨光世界文學叢書 11。散文集。包括《經濟篇》、《我生活的地方；我為何生活》、《閱讀》、《聲》、《寂寞》、《訪客》、《種豆》、《村子》、《湖》等 18 篇。書前有趙家璧的《出版者言》。書名原文：Walden。在《湖》中亨利·梭羅不禁為瓦爾登湖歌唱：「這不是我的夢，／用於裝飾一行詩；／我不能接近上帝和天堂／甚於我之生活在瓦爾登。／我是它的圓石岸，／飄拂而過的風；／在我掌中的一握，／是它的水，它的沙，／而它的最深邃僻隱處／高高躺在我的思想中。」

《美麗之歌》（愛沙尼亞民歌）孫用譯，上海文化工作社，1949 年 3 月初版，92 頁，36 開，收入工作詩叢，第 1 輯。選譯愛沙尼亞民歌 12 首，貝德爾生等 7 位詩人的詩 19 首。據愛沙尼亞世界語協會 1932 年版世界語本《愛沙尼亞文選》譯出。目次：《愛沙尼亞詩人及其他》《美麗之歌》《歌人兒時》《歌的力量》《歌的勝利》《嘴唱著，心碎了》《唱吧，小小的嘴》《母親的辛苦》《奴隸的辛苦》《奴隸一定要淚水》《離開的她似乎更美麗》《你不要相

子，當然明白真正的文學是和大眾的情緒一致。法國再沒能產生這樣一位大膽的喜劇家，世界也沒有；這樣粗俗然而可愛的戲當然也就只有他一個人在寫。可是沒有被虛偽的傳統和虛偽的情感所麻醉的讀者，幾百年了，都笑嘻嘻和莫氏在一起大笑。」9 個人物，詩體獨幕劇。31～46 頁。

〔註21〕 亨利·梭羅（H.D.Thoreau，1817～1862）雜文家、詩人、哲學家。《華爾騰》後譯為《瓦爾登湖》，徐遲把它作為詩一般苦心經營。徐遲在吉林人民出版社，1997 年 12 月第 1 版《瓦爾登湖》的譯序裏說：「這個中譯本的第一版是 1949 年在上海出版的。那時正好舉國上下，熱氣騰騰。解放全中國的偉大戰爭取得了輝煌的勝利，因此注意這書的人很少。」——在次封頁上這本書還引用了亨利·梭羅一首詩的片斷：「我並不想為沮喪寫一首頌歌／倒是要像站在自己的棲所報曉的雄雞／勁頭十足地誇耀／哪怕只為喚醒我的鄰居」「如果要孤獨，我必須要逃避現在——我要我自己當心。在羅馬皇帝的明鏡大殿裏我怎麼能孤獨得起來呢？我寧可找一個閣樓。在那裏連蜘蛛也不受干擾的，更不用打掃地板了，也不用到一堆一堆地堆放柴火。」

信情人的諂媚》《誰明白男子的心》《怪事》（貝德生詩二首）《歌者》《月》（克魯茲華爾德一首）《自由頌》（考度拉三首）《瞬息》《愛沙尼亞的大地和愛沙尼亞的心》《你為什麼哭呢，花啊？》（雅克・李扶二首）《詩人之心》《青蛙》（蘇特三首）《影子》《是時候了》《麥田》（約翰・李扶四首）《清早》《落葉》《流浪人》《鐘聲》（哈代四首）《我能夠》《我夢著啊・我不能再沉默了》《讓我們讚美》《後記》。

　　《草葉集》〔美〕惠特曼著，高寒譯，上海晨光出版公司，1949 年 3 月初版，收入晨光世界文學叢書之 13，（28）＋390 頁，冠像，36 開。詩集。書名原文：*The Leaves of Grass*。目次：《出版者言》（趙家璧）《草葉集譯序》《關於惠特曼的詩歌》（昂特梅爾）《惠特曼年譜簡表》；銘言集：《給外邦》《開始我們的研究》《船的出發》《我聽著亞美利加在歌唱》《未來的詩人們》《給你》《從巴門諾克出發》《自己之歌》《亞當的子孫：我歌唱帶電的肉體》《從群眾——搖盪著的海洋》《我們，被愚弄如何的久》；蘆笛集：《無論誰握著我的手》〔註22〕《為你，啊德模克拉西喲》《在春天我歌唱著這些》《在日入時候我聽著》《在路西安納我看見一株活著的橡樹的生長》《給一個陌生人》《大地・我的相似》《我在一個夢中做夢》《大路之歌》《橫過勃洛克靈的渡船》《歡樂之歌》《轉動著的大地之歌》《青年・白天・老年和夜》；候鳥集：《從永久搖盪著的搖籃》《淚滴》《黑夜中在海岸上》；路邊之歌：《我坐而眺望》《美麗的婦人們》《母親和嬰兒》《溜過一切之上》《給老年人》；桴鼓集：《一八六一年》《敲呀！鼓啊！敲呀！》《從田地裏來的父親》《在我下面的戰慄而搖動著的搖籃》《愛莎比亞人向旗幟致敬》《夥伴喲當我的頭躺在你的膝上》；林肯總統紀念集：《當紫丁香花在庭園中最近新開了的時候》《啊隊長我的隊長喲》《曾經是人的這泥土》《秋之溪水：牢獄中的歌手》《給被定在十字架上的人》《火炬》《睡眠的人們》《神聖的死的低語：現在你勇敢麼靈魂喲》《神聖的死的低語》《一匹無聲的堅韌的蜘蛛》《大草原之夜》《最後的祈願》《從正午到星光之夜：臉》《別離之歌：近代的年代》《附錄：關於介紹惠特曼》。

　　《現代美國詩歌》〔美〕康瑞・藹根等著，袁水拍譯，上海晨光出版公司1949 年 3 月初版，256 頁，36 開，收入晨光世界文學叢書 12。內收美國現代詩人康瑞・葛根、斯蒂芬・克萊恩、愛彌麗・狄更生、朗斯敦・休斯、卡爾・

〔註22〕趙蘿蕤譯《現在緊緊纏得我的不管是誰》。鄒仲之譯《無論現在緊緊握著我的手的你是誰》。

桑德堡、艾略特〔註23〕等 29 位詩人的詩歌 82 首，以及民歌 38 首。各作家作品前有作者小傳。目次：《出版者言》（趙家璧 1949 年 3 月 11 日）（康瑞・藹根三首）《麵包和音樂》《奇蹟》《「沈林」中的晨歌》（斯蒂芬・文生・勃萬特二首）《唐麥斯・傑弗遜》《亞伯拉罕・林肯》（威廉・洛斯・柏乃特一首）《傑西・傑姆斯》（勃列斯・卡門二首）《流浪人之歌》《延命菊》（瑪爾康・卡萊二首）《聖巴托洛茂節前夕作》《遠航》（斯蒂芬・克朗五首）《我看見一個人》《旅人》《草葉》《心》《戰爭是仁慈的》（喬埃・達維特曼二首）《為紳士們作》《瑪德里的雪》（愛爾麗・狄更生五首）《我從來沒有見過一片曠野》《我為美而死》《山在不知不覺中成長》《一隻鳥在路上走來》《成功》（T.S.艾略特三首）《朝晨在窗口》《河馬》《空虛的人們》（約翰・哥爾特・佛萊契二首）《倫敦的黃昏》《林肯》（勞勃特・弗洛斯特一首）《補牆》（斯丹頓.A.伐百倫茲一首）《戈貝爾的邏輯》（何瑞思・格萊哥里二首）《郵差到處撤門鈴》《英雄們的聲音》（H.D二首）《山之女神》《酷熱》（瑞恰特・霍凡二首）《風中之戀》《同志們》（朗斯敦・休斯九首）《懷鄉曲》《銅痰盂》《佛羅里達造路工人》《為一個黑種女郎作的歌》《唱歌人》《斯人林格勒・一九四二年》《紅土壤的相思》《讓美國重新成為美國》《自由列車》（密拉・朗貝爾一首）《沈特拉里亞》（凡契爾・林特賽三首）《旅人》《亞伯拉罕・午夜獨步》《遲鈍的眼睛》（愛爾・洛威爾四首）《風與銀》《夜雲》《山和汽車》《隱身》（艾特溫・馬克亨三首）《智勝》《持鋤人》《復仇者》（愛特那・聖文生・蜜萊三首）《上帝的世界》《我的嘴唇吻過誰的嘴唇》《聽貝多芬交響樂》（沃頓・納許三首）《大路之歌》《紐約導遊》《日本人》（詹姆斯・紐加斯一首）《給我們這一天》（陶洛珊・派克二首）《不幸的巧合》《結論》（克納斯・巴欽二首）《街角大學》《死者知不知道現在是什麼時候》（愛德溫・阿林頓・羅勃生二首）《蜜尼弗・豈凡》《信條》（卡爾・桑特堡九首）《霧》《草》《支加哥》《溯流而上》《他們的神奇》《人民，是的，人民》《睡眠歇息》《一個斷手的人》《鋼之祈禱》（愛特華・勞倫斯・西爾二首）《機緣》《五個生命》（瑪克・凡・杜倫三首）《農舍邊的土地》《不朽》《武裝起來》（民歌）《紐約街頭的山歌》（二十七首）《囚徒歌》（三首）《弗朗琪和喬尼》《我的姑娘是礦裏的驢子》《七分錢的棉花四毛錢肉》《我是個流浪漢》《大糖山》《這聲音使大地美麗》《不要走近我的歌聲》《情歌》。

《朗費羅詩選》〔美〕朗費羅（H.W.Longfllow，1807～1882）著，簡企之譯，

〔註23〕收艾略特詩抄三首。

上海晨光出版公司 1949 年 3 月初版，收入晨光世界文學叢書之 14。目次：《出版者言》（趙家璧）《朗費羅像》《邁爾土斯丹迪斯的求婚》（長篇敘事詩）《金星號的沉沒》《農村的鍛工》《二月的一個下午》《混血女》《春田兵工廠》《獻給丁尼生》《詩人及其詩歌》《在海港裏》《赫米斯》《詩人日曆》《狂河》《再見》《城與海》《日落》《加飛爾・總統》《美國南北戰爭陣亡將士紀念日》《旋律》《四點鐘》《春狄遜城的四湖》《月光》《獻給亞豐河》《雜詩》《斷片》《少女與風信難》（民歌）《風磨》（民歌）《孩童與小溪》《寄仙鶴》（民歌）《再生草》《爐邊紀遊》《夏雨》《普羅米修斯》（或詩人的前思）《埃匹米修斯》（或詩人的後思）。

《悲悼》詩劇〔美〕尤金・奧尼爾著，荒蕪譯，上海晨光出版公司，1949 年 3 月初版，收入中華全國文藝協會主編的晨光世界文學叢書之 15。本書為尤金・奧尼爾戲劇三部曲。初版本有趙家璧《出版者言》為此叢書總序。正文收《歸家》、《獵》和《祟》三部曲。

《現代美國文藝思潮》（上、下卷）〔美〕卡靜（A.Kazin）著，馮亦代譯，上海晨光出版公司，1949 年 3 月初版，2 冊（679＋13 頁），36 開，收入晨光世界文學叢書。本書評述自 1890 年至 1940 年間美國文學中作家與作品的題旨與影響，分「現實的探索（1890～1917）」、「偉大的解放（1918～1929）」、「危機中的文學（1930～1940）」等 3 部分。卷首有趙家璧的《出版者言》和作者序。書末附譯後記及人名譯名表。書名原文：*On Native Ground*。

4 月 5 日

《成幼不倦詩》〔英〕華茲華斯著，吳宓譯，1949 年 4 月 5 日晨譯稿。
〔註 24〕

4 月 10 日

《詩辭代語緣起說》程會昌著，《國文月刊》第 78 期，1949 年 4 月 10 日。

4 月 16 日

《快樂頌》（譯文）席勒詞、貝多汶曲，（未署譯者），《開明少年》第 46 期，1949 年 4 月 16 日。

〔註 24〕據吳學昭整理《吳宓詩集》，商務印書館，2004 年 11 月北京，卷十七（武漢集），第 448 頁。標題為《譯英國華茲華斯 W.Wordsworth 成幼不倦詩》，譯文為四言古體，篇末有：「整理者注：此詩錄至譯者一九四九年四月五日晨譯稿」。

4 月

《史起巴巧夫詩三首》（致戰死的人；無題；勸酒歌），林陵譯，《蘇聯文藝》第 36 期「詩歌」，〔蘇聯〕羅果夫編，上海蘇商時代書報社，1949 年 4 月。「文錄」欄：《奧加略夫——俄羅斯詩人與革命家》葉夫寧作，曹懷譯；《波蘭人民的天才密茨凱維奇》鐵霍諾夫作，朱笄譯；《偉大的波蘭詩人〔註25〕》瓦西列夫斯卡雅作，朱笄譯；《阿美尼亞人民的歌手——紀念哈恰土爾‧阿鮑維揚逝世一百週年》西拉斯作，思澤譯；《阿美尼亞新文學的奠基者〔註26〕》卡拉比楊作，文瀾譯。「評介」欄：《戰士的詩》〔註27〕舒賓作，林陵譯；《在哈哈鏡中的俄國文學》莫蒂列瓦作，無以譯。

《逃亡者》〔俄〕萊蒙托夫著，梁啟迪譯，瀋陽東北書店，1949 年 4 月初版。目次：《譯者的序》萊蒙托夫評傳《偉大天才的出現——萊蒙托夫》《苦難的兒子》《開始迷入詩歌的境界裏》《踏進最高學府——莫斯科大學》《近衛軍校妨礙了詩人天才的發展》《第一次被流放》《又到高加索去》《十二月黨悲劇最後一幕》（愛欽巴穆）萊蒙托夫代表作《給都而諾夫》《給友人們》《故事詩》《我的惡魔》《孤獨》《春》《天使》《孤帆》《蘆笛》《囚犯》《懸岩祈禱》《再會吧，污穢的俄羅斯》《孤松》《夢》《逃亡者》《波羅金諾》《童僧》（附）《萊蒙扎夫午表》。

《翻譯之藝術》張其春著，上海福州路開明書店，1949 年 4 月初版。列入青年叢書。總目如後：卷一音韻之美：巧合、摹聲、雙聲、疊韻、傳聲、韻文；卷二辭藻之美：妥貼、周密、簡潔、明晰、新奇、文采；卷三作風之美：古典派、浪漫派、象徵派、寫實派、自然派、唯美派；結論。

5 月 10 日

《離合詩考》王運熙著，《國文月刊》第 79 期，1949 年 5 月 10 日。《詩辭代語緣起說》（續）程會昌著。

《燈塔》〔蘇〕馬耶柯夫斯基等著，戈寶權等譯，哈爾濱、瀋陽東北書店，1949 年 5 月初版。目次：《編者的話》《列寧和斯大林：列寧的黨》（瑪雅可夫斯基）《烏拉地米爾‧伊里奇‧列寧》（瑪雅可夫斯基著，戈寶權譯）《列寧之歌》（江布爾著，赤子譯）《你活著》（薩力揚著，梅林譯）《偉大的列寧在斯大

〔註25〕介紹密茨凱維奇。
〔註26〕介紹哈恰土爾‧阿鮑維揚。
〔註27〕介紹評論阿列克塞‧蘇爾柯夫的詩集《十月的兵士》。

林身上活著》（江布爾著，朱允一譯）《斯大林之歌》（江布爾著，北泉譯）《我選舉斯大林》（江布爾著，溫沛軍譯）《領袖光榮》（西力歐斯・紀拉著，王芽譯）《紅軍贊：當斯大林號召的時候》（江布爾著，溫沛軍譯）《紅軍進行曲》（蘇索洛達爾著，林陵譯）《紅軍》（鐵霍諾夫著，苓譯）《勇士讚歌》（蘇爾柯夫著，佚名譯）《斯大林格勒的劇院》（米凱爾・洛庫爾著，桃周傑譯）《勝利的竅門》（西蒙諾夫著，林耘譯）《同志》（西蒙諾夫著，文笠承譯）《紀念兒子的死》（江布爾著，於夫譯）《莊嚴地週年祭》（西蒙諾夫著，溫沛軍譯）《偉大的斯大林憲法：斯大林的憲法》（江布爾著，任宋君譯）《莫斯科之歌》（江布爾著，溫沛軍譯）《莫斯科》（愛倫堡著，佚名譯）《蘇聯護照》（馬耶可夫斯基著，佚名譯）《蘇聯人》（譯自《文學報》傅克譯）。

《蘇聯人》A.亞洛夫等著，付克譯，哈爾濱東北書店，1949 年 5 月初版，38 頁，32 開。詩集。收亞洛夫、斯威特洛夫、奧斯特羅夫、舍斯達科夫、伊薩科夫斯基等 15 人的詩共 22 首。目次：《蘇聯人》（A・亞洛夫）《戰士之歌》（M・斯威特洛夫）《母親》（C・奧斯特羅夫）《渡河》（A・舍斯達科夫）《俄羅斯》（M・伊薩郭夫斯基）《蘇維埃的邊疆》（A・亞洛夫）《碧藍色的海洋》（A・亞洛夫）《在戰壕中》（M・黑沃甫）《再會吧，城市和幸福》（M・伊薩郭夫斯基）《更新的大地》（C・奧斯特羅夫）《給戰士》（M・斯威洛夫）《讚美炮手們》（M・瑪杜索夫斯基）《勝利者》（（M・杜金）《人民的光榮》（M・伊薩郭夫斯基）《聽吧，連隊》（M・包羅托夫斯基）《果樹園》（M・赫里斯去奇）《斯大林之歌》（M・伊薩郭夫斯基）《炮手之歌》（N・阿爾曼特）《游擊隊》（B・阿哥托夫）《哥薩克打仗去了》（A・蘇爾郭夫）《三輛坦克》（A・拉斯庚）《勝利的星》（B・洛什節特溫斯基）《譯者的話》。

5 月 16 日

《夏志清致夏濟安》（1949 年 5 月 16 日）：「……我有個中文系的外國同學 Donald Holzman〔註 28〕，同我談的很投機。他想託你代他購幾本中文參考

〔註 28〕 侯思孟（Donald Holzman，1926～），生於芝加哥，曾獲得耶魯大學中國文學博士學位和巴黎大學中文博士學位。先後任教於密歇根大學、普林斯頓大學、英屬哥倫比亞大學、加州大學伯克利分校、香港中文大學等，曾任法國高等漢學研究院院長。著有 *La vie et pensée de Hi Kang*（法文著作，《嵇康的生平及其思想》，1957）、*Poetry and Politics: The Life and Works of Juan Chi*（英文著作，《詩歌與政治：阮籍生活與作品》，1976）、《中國上古與中古早期的山水欣賞：山水詩的產生》（1996）等。

書：1.《中國人名大辭典》，2.《中國古今地名大辭典》，3.《歷代人名生卒年表》，4.《中國文學家大辭典》，這幾本書不知香港購得到否？他附上美金十元，如不夠，所缺多少，包括 Mailing、packing，將來再附上；如有餘數，或這幾本書買不到，可購商務印書館國學基本叢書內重要的 classics，《十三經》和重要的 poet 李白、杜甫 etc（except《史記》），用你的 Judgment，secondhand〔註 29〕也無妨。書請寄 Donald Holzman, 2759 Yale Station, New Haven, Conn.。……」〔註 30〕

5 月

《鄭敏靜夜裏的祈禱》唐湜，「1949 年 5 月作於溫州城下僚旁。」〔註 31〕

6 月 1 日

《一篇要算的賬》，〔法〕P.艾侶亞，戴望舒譯，《詩號角》第 6 期（1949 年 6 月 1 日）。《詩號角》，月刊，1948 年 8 月 1 日創刊於北平，北大詩號角社編。見 8 期。目錄僅到第 7 期。

《新的城市》〔京羅地亞〕M.特朗尼皮契，勞榮譯，《詩號角》第 6 期，1949 年 6 月 1 日。

《茨岡》（長詩）〔俄〕普式庚作，瞿秋白譯《文藝月報》第 4 期 1949 年 6 月 1 日。《俄羅斯文學之父——普式庚》（論文），錫金。

6 月 4 日

《我對於知識分子改造的幾點認識》孫起孟，《進步青年》月刊，第 2 期，上海開明書店編輯發行，1949 年 6 月 4 日。

6 月 5 日

《夏志清致夏濟安》（1949 年 6 月 5 日）：「上星期寄出一信，附上五十元匯票，想已收到。這星期大考完畢後寫了一篇 Eliot paper 現在功課基本完畢，只待六月二十日拿 M.A.文評。你這兩天有無著落？甚念。……」〔註 32〕

〔註 29〕 Secondhand，舊貨（二手書、間接獲得）。
〔註 30〕《夏志清夏濟安書信集　卷一　1947～1950》，浙江人民出版社，2017 年 3 月，第 330 頁。
〔註 31〕 據唐湜《新意度集》，北京三聯書店，1990 年 9 月，第 142～156 頁。
〔註 32〕《夏志清夏濟安書信集　卷一　1947～1950》，浙江人民出版社，2017 年 3 月，第 340 頁。

6 月 20 日

《夏志清致夏濟安》（1949 年 6 月 20 日）：「我這幾天生活比較不緊張，明天（21 日）上午即要戴方帽子在 Woolsey Hall 參加畢業典禮，拿 M.A.文憑。M.A.既早在預料之中，所以沒有什麼 thrill。前星期看了 Rbt.Graves 的 *Wife to Mr.Miltion* 和 C.S.Lewis〔註 33〕的 *The Allegory of Love*。……」〔註 34〕

6 月 22 日

《夏濟安致夏志清》（1949 年 6 月 22 日）〔註 35〕：「……Holzman 託買的書已於六月八日寄出（掛號船寄）。書名如下：《四聲切韻表》《孟子正義》《尚書古今文注疏》《歷代紀元編》（記皇帝的年號）、《歷代名人生卒年表》《宋六十家詞》（五冊）、《陶靖節（淵明）詩》《水經注》《中國古代歷史研究法》（梁啟超）正續編。各類都有一點，只是人名、地名大辭典沒有找到。」〔註 36〕

6 月

《文學作品選》（下）〔俄〕A.柴霍夫、普希金等著，荃麟、葛琴編，生活・讀書・新知聯合發行，1949 年 6 月初版。目次：《普希金抒情詩選》、《地主》（〔俄〕N.A.尼克拉索夫著）

《蘇聯詩選》〔蘇〕烏拉志美魯・基里諾夫等著，楊志譯，上海啟明書局，1949 年 6 月初版。目次：《序》第一部（烏拉志美魯・基里諾夫）《傳略》《五月一日》（米戛盧・蓋拉時莫夫）《傳略》《無題》《春》（敏赫盧・高露脫雷）《傳略》《蘇維埃》（亞歷山泰・查諾夫）《傳略》《自亞細亞人》《十月》（滑西

〔註 33〕 克萊夫・斯特普爾斯・劉易斯（Clive・Staples・Lewis，1898 年 11 月 29 日～1963 年 11 月 22 日），又稱 C.S.路易斯，是英國 20 世紀著名的文學家，學者，傑出的批評家，也是公認的二十世紀最重要的基督教作者之一。他畢生研究文學、哲學、神學，尤其對中古及文藝復興時期的英國文學造詣尤深，堪稱為英國文學的巨擘。著作有《愛的寓言：中世紀傳統研究》（*The Allegory of Love*，1936）、《痛苦的奧秘》（*The Problem of Pain*，1940 年）、《詩篇擷思》（*Reflections on the Psalms*，1958 年）和《廢棄的意象：中世紀和文藝復興文學導論》（1964）等等。

〔註 34〕 《夏志清夏濟安書信集 卷一 1947～1950》，浙江人民出版社，2017 年 3 月，第 342 頁。

〔註 35〕 此信可參閱《夏志清致夏濟安》（1949 年 5 月 16 日）。

〔註 36〕 《夏志清夏濟安書信集 卷一 1947～1950》，浙江人民出版社，2017 年 3 月，第 351 頁。

利·亞歷山泰洛夫斯基）《傳略》《詩》第二部（亞·比膚依）《露西亞》（烏扼·被里索夫）《給詩人》（耶卡甫·加拉斯）《十二行》（卡爾·莫尼）《波爾率維克》。

7 月

《論今天的大學「中國語文學系」》邢公畹著，《國文月刊》第 81 期，1949年 7 月。

《普式庚詩五首》錫金、曲秉誠譯，《文學戰線》第 2 卷第 5 期「詩歌」，1949 年 7 月。《前面便是他們久待的目標》托爾馬托夫斯基作，秋江譯。

「紀念普希金一百五十週年」特輯：《亞歷山大·普希金》古德齊作，谷風譯；《論普希金》盧那恰爾斯基作，梁香譯。《蘇聯文藝》第 37 期「詩歌」，〔蘇聯〕羅果夫編，上海蘇商時代書報社，1949 年 7 月。「評介」欄：《普希金作品的出版概況》奧西米寧作，草嬰譯；《關於萊蒙托夫的新材料》塔爾列作，磊然譯。

《蘇聯文學史》〔蘇〕孚莫非耶夫著，水夫譯。1.上海，海燕書店 1949 年7 月初版，12＋688＋15 頁，28 開，收入蘇聯研究叢書；2.上海，海燕書店，1949 年 7 月（北）平版，11＋688 頁，28 開，收入中蘇文化學會研究叢書。本書分上、下冊，原據 1946 年俄文版譯出，但在譯本排版後，由於原著 1947年修訂版下冊內容有較大修改，故決定先出版上冊（見 1948 年 9 月版），下冊則在據原文修訂版進行校訂後再與上冊合訂為一冊出版。本書下冊包括 13 至18 章分別介紹馬雅可夫斯基、阿·托爾斯泰、肖洛霍夫、法季耶夫的創作，最後一章為「蘇聯各民族的文學」。書末附譯後記。

《蘇聯文學小史》〔蘇〕葉高林著，雪原譯，天津，知識書店，1949 年 7月初版，40 頁，36 開、本書概述蘇聯文學的發展及文學理論。

8 月 2 日

《〈希臘女詩人薩波〉序言》周作人，1949 年 8 月 2 日〔註37〕。附序：

介紹希臘女詩人薩波到中國來的心願，我是懷的很久了。最初得到 1908年英國華耳敦編《薩波詩集》，我很喜歡，寫了一篇古文的《希臘女詩人》，發

〔註37〕 此文文末作者記：「一九四九年八月二日，在上海。」1951 年刊出。未收入自
　　　　 編文集。據鍾叔和編訂《知堂序跋》，中國人民出版社，2004 年 9 月。另同時
　　　　 刊出此文的還附有知堂著《〈希臘女詩人薩波〉例言》，茲不另錄。

表在以前的《小說月報》上邊。這還是民國初年的事，荏苒二十年，華耳敦的書已經古舊了，另外得到一冊 1926 年海恩斯編的集子，加入了好些近年在埃及發現，新整理出來的斷片，比較更為完善。可是事實上還是沒有辦法，外國詩不知道怎麼譯好，希臘語（而且是薩波的）之美也不能怎麼有理解，何況傳達，此其一。許多半句幾個字的斷片，照譯殊無意味，即使硬把它全部寫了出來，一總只有寥寥幾頁，訂不成一本小冊子，此其二。

末了又搜集到了 1932 年韋格耳的《勒斯婆思的薩波，她的生活與時代》，這才發現了一種介紹的新方法。他是英國人，曾任埃及政府古物總檢察官，著書甚多，有《法老史》三冊，《埃及王亞革那頓、女王勒阿帕忒拉、羅馬皇帝宜祿各人之生活與其時代》，關於希臘者只此一書。這是一種新式的傳記，特別也因為薩波的資料太少的緣故吧，很致力於時代環境的描寫，大概要占十分之八九，但是借了這做底子，他把薩波遺詩之稍成片斷的差不多都安插在裏面。可以說是傳記中兼附有詩集，這是很妙的方法。1912 年帕忒利克女士的《薩波與勒斯婆思島》也有這個意思，可是她真的把詩另附在後面，本文也寫得簡單，所以我從前雖然也覺得可喜，卻不曾想要翻譯它。

近來翻閱韋格耳書，摘譯了其中六篇，把薩波的生活大概說及了，遺詩也十九收羅在內，聊以了我多年的心願，可以算是一件愉快的事。有些講風土及衣食住的地方，或者有人覺得繁瑣，這小毛病當然可以說是有的，但於知人論世上面大概亦不無用處。我常想假如有人做杜少陵或是陸放翁的新傳，不知他能否在這些方面有同樣的敘述，使我們知道唐宋人日常的起居飲食，可以推想我們詩人家居的情狀，在我覺得非常可以感謝的。所有這種問題都是原著者的事，與我無干。我的工作是在本文以外，即是附錄中的那些薩波的原詩譯文，一一校對海恩斯本的原文，用了學究的態度抄錄出來，只是粗拙的達旨，成績不好，但在我卻是十分想用力的。既無詩形，也少詩味，未必值得讀，但是介紹在《詩經》時代的女詩人的詩到中國來，這件事總是值得做的。古典文學即是世界文學遺產的一部分，我們中國應當也取得一份，只是擔負的力氣太小，所以也分到得太少罷了。

1949 年 8 月 2 日，在上海

8 月 5 日

《清中葉中鮮文藝的交流——吳蘭雪與朝鮮金氏的文墨緣》，王統照，《文

藝復興》「中國文學研究號（下）」，1949 年 8 月 5 日。《魏晉文人的隱逸思想
——中古文學史論之一》王瑤。《論詞的特性和詩詞的分界》懷玖。

8 月 25 日

《評史紐斯的詩》（詩論），李岳南，海外版《文藝生活》第 17 期，1949
年 8 月 25 日。

8 月

《詩的新路線》朱維之〔註 38〕，《天籟》復刊第 1 卷第 1 期，1949 年 8 月。
《古代婦女文學的概觀》，陸士雄。《〈天籟〉復刊的經過》聶昌頤。

《柏林道上》〔保加利亞〕喬治·比格爾作，吳火譯，《詩號角》第 7 期，
1949 年 8 月。

《詩歌雜論》林林著，香港人間書屋，1949 年 8 月初版，147 頁，港幣
二元四角。收《白話詩與方言詩》、《詩歌與英雄主義》、《論詩的感情》、《敘
事詩的寫作問題》、《關於詩腔》、《談詩歌的用詞》、《詩歌與比喻》、《閩南歌謠
的藝術性》、《對唱式的民歌》、《魯迅先生與詩歌》、《陶行知詩歌的生活化》、
《李煜的教訓》、《關於海涅的諷刺詩》、《論詩的主題》等 14 篇詩論。書末有
「後記」。

《重提拉丁化運動》刑公畹著，《國文月刊》第 82 期，1949 年 8 月。

9 月 1 日

《夏濟安致夏志清》（1949 年 9 月 1 日）：「你常鼓勵我做生意，我想我實
在不配。我不敢說天性近商不近商，至少我的教養使我與經商格格不合。近讀
Eliot 的 'Notes Towards the Definition of Culture〔註 39〕'，我覺得我可算是社
會中 elite〔註 40〕的一分子。但是我是屬於封建社會的，其 elite 在中國即所謂
『士大夫』，他們不治生產（即對於賺錢不發生興趣，因為在封建制度下，大
地主有他們的固定收入），而敢於用錢，講義氣，守禮教，保守懷古，反對革
新。我在光華所交的朋友如鄭之驤、周銘謙、汪樹滋等都屬此類。程綏楚亦屬
此類。宋奇、吳新民則屬於資本主義社會的 elite，趣味風格與我不同，因此我

〔註 38〕正文署名為：朱維之講，胡惠峰記。
〔註 39〕*Notes Towards the Definition of Culture*，《關於文化定義的筆記》。
〔註 40〕Elite，精英。

不會同他們很 intimate〔註41〕。我認為他們把金錢看得比義氣重要，信用都須 put into black or white〔註42〕，而不復是『一句閒話』。他們過的緊張的生活，不能夠悠閒地享受他們的財富，拼命地賺錢，很疲勞地消費他們的錢。他們的計算精明，分毫不差，而且樂於計算，財產乃可積少成多。在上海封建勢力有它的力量，在香港資本主義社會的規模都已具備，上海人來做生意的都歎息做香港人不過。……」〔註43〕

9 月 14 日

《夏志清致夏濟安》（1949 年 9 月 14 日）：「九月一日的信收到。我在九月六日已把法文考掉〔完〕，試譯一段 'Maurois'〔註44〕'Byron' 很是容易，半小時即譯完。這段法文恐在八月初即可把它譯出。我在暑假中也曾讀過 Maurois 的 'Prophets & Poets〔註45〕'、'Triel' 都覺得很容易，大部分時間都花在讀 Legouis & Cazmian〔註46〕和 Taine〔註47〕的文學史上（小字三百餘頁），此外也看了些短篇小說和梵樂希的散文，我讀過的法文生字約有六七千。……」「下星期即要上課，今天上午選課，選了三課：History of Modern Colloquial English〔註48〕（1400 年以後）（此課或將放棄，另選他課）；Chaucer〔註49〕；The Age of Wordsworth〔註50〕。History of English 是讀 Ph.D.必修的 second linguistic course，相當無聊；……喬叟我沒有讀過，不好不選，兩課都

〔註41〕Intimate，密切的

〔註42〕put into black or white，變成黑色或白色。

〔註43〕《夏志清夏濟安書信集 卷一 1947～1950》，浙江人民出版社，2017 年 3 月，第 375～376 頁。

〔註44〕André Maurois（安德烈‧莫洛亞，1885～1967），法國傳記作家，主要作品有《雪萊傳》（Ariel，1924）、《拜倫傳》（Byron，1930），《預言家與詩人》（Prophets and Poets）等。

〔註45〕Prophets & Poets，預言家與詩人。

〔註46〕Émile Legouis（E.勒古依，1861～1937）與 Louis Cazamian（路易斯‧卡札米安，1877～1965）合著的《英國文學史》（A History of English Literature，1926）。

〔註47〕伊波利特‧阿道爾夫‧丹納（Hippolyte Adolphe Taine）（1828 年 4 月 21 日～1893 年 3 月 5 日），他的主要文論著作有《拉‧封丹及寓言詩》（1854）、《英國文學史》（1864～1869）、《評論集》（1858）、《評論續集》（1865）、《評論後集》（1894）、《意大利遊記》（1864～1866）、《藝術哲學》（1865～1869）。

〔註48〕History of Modern Colloquial English，英語現代口語史。

〔註49〕Chaucer，喬叟。

〔註50〕The Age of Wordsworth，華茲華斯時代。

是北歐學者 Kökeritz 所授，人很和氣，可是他專著重研究文字，在他班上不大容易出頭。Age of Wordsworth 為 Pottle 所授，今年 Menner 休假一年，他做 Director of Graduate Studies 選他的課，可以有幫忙〔助〕。……」〔註51〕

9 月

《西洋詩歌簡史》董每戡著，上海文光書店，1949 年 9 月初版，221 頁，25 開。本書敘述古希臘羅馬時期、中世紀文藝復興時期及近代歐美主要國家的詩歌發展史。

《六人》魯多夫·洛克爾（Rudolf Rocker）著，巴金譯，上海，文化生活出版社，1949 年 9 月初版，235 頁，28 開。收入譯文叢書。內收 6 篇根據 6 部名著主人公的故事改寫的散文。包括：《浮士德的路》、《董·緩的路》、《哈姆雷特的路》、《董·吉訶德的路》、《麥達爾都斯的路》、《馮·阿夫特爾丁根的路》，前有《楔子》，後有《覺醒》篇。書末附譯者後記。據英譯本轉譯。

《我自己》瑪雅可夫斯基著，莊壽慈譯，上海時代出版社，1949 年 9 月初版，139 頁，36 開。本書係作者關於自己在 1894～1928 年間的生活和創作的回憶。附錄《瑪雅可夫斯基的三次被捕》（v.勃爾特梭夫）。書名原文：*O ceбe*。

《密斯脫特威斯脫》〔蘇〕馬爾夏克（1887～1964）著，任溶溶譯，上海時代出版社，1949 年 9 月初版，71 頁，有插圖，25 開。長詩。

10 月 24 日

《夏志清致夏濟安》（1949 年 10 月 24 日）：「……今年我選 Chaucer，Wordsworth，Old Norse〔註52〕，Chaucer 和 Wordsworth 都是一學期寫一個 term paper，平日沒有小 paper 寫，所以生活不太緊張。來美已久，讀書的 zest 好像不如以前，讀了四星期 Scott〔註53〕的詩，很是討厭。最近讀 Wordsworth，因為批評研究材料多，很有興趣，我預備弄 'Excursion'〔註54〕，因為對於這詩的研究還不多。Old Norse 同 Old English 差不多，可是 assign 讀原文的速度較

〔註51〕《夏志清夏濟安書信集　卷一　1947～1950》，浙江人民出版社，2017 年 3 月，
　　　　第 381、383 頁。

〔註52〕Old Norse，古斯堪的納維亞語（或古諾爾斯語）。

〔註53〕Walter Scott（沃爾特·司各特，1771～1832），19 世紀英國浪漫主義作家，歐
　　　　洲歷史小說的創始人。早期寫作了長篇歷史敘事詩《最末的行吟詩人之歌》、
　　　　《湖上夫人》等，後轉入小說創作。

〔註54〕'Excursion'，（華茲華斯長詩）《遠遊》。

慢，所以平日也不忙。……」〔註55〕

11 月 1 日

《匈牙利詩選》，啟齋，《小說》第 3 卷第 2 期，1949 年 11 月 1 日。

11 月 10 日

《開創英國詩想到的一點體驗》卞之琳著，《文藝報》第 1 卷第 4 期，1949 年 11 月 10 日。文章說：「恰巧因為讀了一年法文，自己可以讀法文書了，我就在 1930 年讀起了波特來，高蹈派詩人，魏爾倫，瑪拉梅以及其他象徵派詩人。我覺得他們更深沉，更親切，我就撇下了英國詩。」此文還對包括華茲華斯在內的英國浪漫詩人頗有微詞，原因正在於他們走的是一條脫離現實的道路。該文回顧了 1929 年秋進北京大學西語系正式讀英國詩以來二十年間讀英國詩歌的歷程，指出各大學英國詩一課的重點大多在十九世紀，尤其是浪漫派。「這個現象看起來是偶然，實際上是必然，因為革命與逃避，憧憬與幻滅的交替無意中在浪漫派詩裏表現得最顯豁，因為從 1911 年以後中國在殖民地革命，資產階級革命，無產階級革命的複雜形象的影響下，知識分子，尤其是大學裏的知識分子，把英國詩淺嘗起來，不自覺地感受到浪漫派詩易上口了」。「我們第一步且慢談如何批判地接受，我們先得認清英國詩的真面目，在內容、形式、方法、技巧各方面的真相，而從這個方面找出社會意義、歷史意義」。

11 月 22 日

《夏志清致夏濟安》（1949 年 11 月 22 日）：「……我信到時，恐怕有兩包書先到了你那裏，是武漢吳志謙在暑假來信後代他購買的六本 Odyssey Press〔所出〕Byron 的詩集（現在美國大學最通用的詩教科書，是 Odyssey Press 出版的，所編的 Milton 和浪漫詩人都非常好）和兩期 *Sewanee Review*。他寄了我十元美金，美國和中國內地寄包裹不通，所以暫時寄在你那裏，香港和武漢通郵時可寄武昌大學英文系吳志謙。兩期 *Sewanee Review* 內有 Eliot 和 Lewis 講 Milton 的文章，可以解開包裹 一讀。Empson 在北平〔北京〕還在寫文章，*Kenyon Review* 有他一篇 'Donne & the Rhetoric Tradition' 其中提到的幾本參考書恐怕是美國帶回的。Eliot 新有一篇文章在 *Hudson Review*，'From Poe to Valery'。

〔註55〕 《夏志清夏濟安書信集 卷一 1947～1950》，浙江人民出版社，2017 年 3 月，第 391 頁。

上星期 Allen Tate 來 Yale 演講 Poe〔註 56〕，Tate 鼻子很小，演講字句很考究，給我印象不錯。」「今年選的 Old Norse 和 Chaucer 都不太忙，只是 The Age of Wordsworth 花的時間較多，最近一月我一直在弄‘The Excursion’。下星期一要給一 lecture。今秋 de Selincourt 和他學生 Helen Darbishire〔註 57〕編的華氏全集第五冊已出版（這是最後一冊），有 The Excursion，Textual & Bibliographical notes 很豐富。De Sélincourt 前一兩年逝世，Harper〔註 58〕也已去世，Legouis 去世已有十年，華氏的專家都已陳謝了。……」〔註 59〕

11 月

　　《浮士德》〔德〕歌德著，郭沫若譯〔註 60〕，1949 年 11 月上海群益出版社出版。全書 378 頁，基本定價三十元。書前譯者有《〈浮士德〉簡論》（1～22 頁）。書後附有「譯者題記」，「第一部譯後記」，「題第一部新版」，「第二部譯後記」。

12 月 4 日

　　《夏志清致夏濟安》（1949 年 12 月 4 日）：「……我 Li Fellowship 已 renew，今年選 The Age of Wordsworth、Chaucer、Old Norse 三課，想已知道。

〔註 56〕Poe（Edgar Allan Poe，埃德加・愛倫・坡，1809～1849），19 世紀美國詩人、小說家和文學評論家，美國浪漫主義思潮時期的重要成員。坡的詩歌和短篇小說極大地影響了 19 世紀晚期的法國象徵派，進而改變了現代文學的發展方向。愛倫・坡是最早關注文學作品風格和結構效果的評論家之一，法國象徵派詩人斯特凡・馬拉美（Stephane Mallarme，1842～1898）和阿瑟・蘭波（蘭波的詩歌）都稱他為文學先驅。查爾斯・波德萊爾（Charles Pierre Baudelaire，1821～1867）花了近 14 年時間把愛倫・坡的作品譯為法文。

〔註 57〕Ernest de Selincourt（歐內斯特・德塞林科特，1870～1943），英國文學專家，曾任教於牛津大學和伯明翰大學，尤其致力於華茲華斯兄妹著作編輯，編有《多蘿西・華茲華斯日記》（*Journals of Dorothy Wordsworth*，1933）、《華茲華斯兄妹通信集》（*The Letters of William and Dorothy Wordworth*，1933～1939）6 卷本等。Helen Darbishire（海倫・達希爾，1881～1961），英國文學學者，代表作有《詩人華茲華斯》（*The Poet Wordsworth*，1949）、《彌爾頓詩集》（*The Poetical Works of John Milton*，1952）等。

〔註 58〕Harper（George M. Harper，喬治・哈勃，1863～1947），華茲華斯研究專家，長期任教於普林斯頓大學。

〔註 59〕《夏志清夏濟安書信集　卷一　1947～1950》，浙江人民出版社，2017 年 3 月，第 398～403 頁。

〔註 60〕版權頁署「郭沫若譯」，書前署「論簡者譯」。

上一月我忙著準備一小時 'The Excursion' 的 lecture〔註61〕，已於 11 月 28 日上午 deliver〔註62〕，有 25 頁的樣子，結果很 sensational〔註63〕，是一兩年來 Pottle 班上最好的學生 lecture。系主任 Pottle 當場稱讚我的 critical insight〔註64〕，預備把論文打好後放在 Reserve Shelf〔註65〕供學生參考，下課後同學都向我恭維不至〔止〕。今天見 Pottle，他勸我把該文發表，由他幫忙，大約不成問題，認為是他教書來所聽到最好的 Excursion lecture。……」〔註66〕

12 月 19 日

《吳宓日記》〔註67〕：「十二月十九日，星期一。陰，雨。……坐看蘇俄之席卷亞、歐、非、澳，進而取美洲耳。宓念 Babbitt〔註68〕師早年警告其國人，譏為 decadent Imperialism〔註69〕，又曾以今日西方世界比羅馬帝國將衰之時，文明覆亡，殆成定局。齡〔註70〕謂氣運至此，非俟久人另有氣積釀，無轉運之望也云云。齡與德陽〔註71〕皆擬隱身實業，但求自活，均〔註72〕則自信其宗教信力，能化凶為吉云云。……」

12 月

《海盜》（The Corsair，1814），〔英〕拜倫著，杜秉正譯，上海文化工作社

〔註61〕 Lecture，講座。

〔註62〕 Deliver，遞交。

〔註63〕 Sensational，轟動的。

〔註64〕 critical insight，批評洞察力。

〔註65〕 Reserve Shelf，儲備貨架。

〔註66〕 《夏志清夏濟安書信集　卷一　1947～1950》，浙江人民出版社，2017 年 3 月，第 409 頁。

〔註67〕 《吳宓日記》（續編，凡十卷 1949～1974），I 卷（1949～1953），吳學昭整理注釋，北京三聯書店 2006 年 3 月。8～9 頁。

〔註68〕 Irving Babbitt 歐文・白璧德（1865～1933），美國評論家、教授，新人文主義批評運動領袖。就學於美國哈佛大學及巴黎巴黎大學，自 1894 年即在哈佛大學教授法語和比較文學，直至去世。

〔註69〕 decadent Imperialism，衰落的帝國主義。

〔註70〕 童錫祥，字季齡，四川南川人。北京清華學校 1917 年畢業留美，芝加哥大學社會學博士。曾擔任國民政府經濟部次長。

〔註71〕 文德陽（1905～？），少從梁漱溟、熊十力受學，久任漢口永利銀行高級職員，1951 年 10 月改任重慶西南博物館秘書。1957 年調任重慶市四十一中學教員。1959 年任重慶倒角中學教員。

〔註72〕 萬鈞。

1949 年 12 月出版。

《可林斯的圍攻》（The Siege of Corinth，1816），〔英〕拜倫著，杜秉正譯。

《白居易的生平與時代》（*The Life and Times of Po Chu-i*）〔註73〕，〔英〕阿瑟‧戴維‧韋利（Arthur David Waley，1889～1966）著，由英國倫敦 George Allen & Unwin Ltd.1949 年 12 月出版。阿瑟‧韋利為自己心儀之詩人白居易作傳，阿瑟‧韋利想通過此書的寫作，顛覆維多利亞時代詩歌的精英意識，嘗試一種翻譯詩歌不僅可以跨越語種，亦能普適於更多受眾的譯著之路。《白居易的創作生平及其時代》共 238 頁，分 14 章，是一部關於白居易的傳記，內容主要是以白居易的詩文譯介聯串起來的。亞瑟‧韋利在該書的《序言》裏寫道：「這部書只是白氏生平的概括介紹，不是全傳。書中選用的白氏作品，詩與文各占一半。有關白氏的傳記資料並不缺乏，我的困難是要從龐雜的資料中把有關傳記的部分選譯出來，同時為這部書確定一個長短適當的篇幅。」譯詩部分有《王昭君》《賦得古原草離別》《病中作》《江南送北客因憑寄徐州兄弟書》《長安早春旅懷》《寒食日寄諸弟》《亂後過流溝寺》《客路感秋寄明準上人》《花下自勸酒》《西明寺牡丹花時憶元九》《醉中歸周至》《戲題新栽薔薇》《再因公事到駱口驛》《隱几》《醉中留別楊六兄弟》《自覺二首》《渭上垂釣》《首夏病間》《病中哭金鑾子》等 136 首詩。截至 1970 年，此書已重印兩次。1959 年，日本東京すず書房出版日譯本，並於 1988 年重印。譯者為日本著名漢學家、白居易研究專家花房英樹。

本年內

LE POÈTE ET LA DOULEUR，《詩人與其悲哀》（詩），〔法〕ALFREO DE MUSSET 作，西貢城志法國研究會燦明譯，《中法雜誌》第 2 期，1949 年。

《普式庚詩選》〔俄〕普式庚著，余振譯，上海光華出版社，1949 年版，164 頁，有圖，32 開。內收譯詩：《波爾塔瓦》《銅騎士》《巴赫奇薩拉伊之噴泉》《茨岡人》《高加索的俘虜》《強盜兄弟》等 6 首長詩。

《捷克藝文選》〔捷〕涅魯達等著，魏荒弩輯譯，上海光華出版社，1949 年出版。168 頁，32 開。內分上、下編。上編為小說選；下編為詩歌選。目次：下編（捷克詩歌選）《春天要來了》（J.V.斯拉狄克）《給斯洛伐克人》（S.H.伐楊

〔註73〕《白居易的創作生平及其時代》內容主要是以白居易的詩文譯介為主，是韋利多年研究白居易的一部力作。

斯基）《給眼淚》（S.H.伐楊斯基）《給我的母親》（J.涅魯達）《我們的鐘》（J.涅魯達）《失樂園》（J.S.瑪加爾）《無題》（K.托晨）《拘留所窗裏》（L.諾萊美斯基）《懷鄉病》（E.B.盧卡奇）《無名的士兵》（F.哈拉斯）《礦工》（P.柏茲魯支）《瑪麗斯加·瑪格格登》（P.柏茲魯支）《去卜西的四絃琴》（J.衛利基）《在街上》（J.葉辛斯基）《一個未誕生的孩子的歌》（J.伍爾凱）附錄（各國國歌）：《雲雀》（捷克民歌）；《美麗的山嶺》（西班牙民歌）；《出征》（拉脫維亞民歌）；《囚徒》（立陶宛民歌）；《希望》（〔南斯拉夫〕O.瑪斯克）；《愛的高歌》（〔德意志〕J.蓉格）。

《白駒集》*ROBERT PAYNE The White Pony: An Anthology of Chinese Poetry*，〔英〕羅伯特·白英（Robert Payne）編，浦江清、袁家驊、卞之琳等譯，（漢詩英譯，含《詩經》、屈原、陶淵明、王維、李白、杜甫、白居易、李賀、李商隱、蘇軾、李清照、辛棄疾、納蘭性德、聞一多、馮至、艾青、毛澤東等詩人）。英國倫敦 THEODOR BRUN 出版社，1949 年出版。燙金書封。精裝。內文 356 頁。

1949 年秋季穆旦在芝加哥大學研究生院選修 T.S.Eliot 選修課（秋季學期），成績為 B。〔註74〕

《大招》（*The Great Summons*）（單行本）〔註75〕，〔楚〕屈原著，〔英〕阿瑟·戴維·韋利（Arthur David Waley，1889～1966）著，由 Hawaii, Honolulu: The White Knight Press.1949 年出版。

《中國藝術目錄》（*Chinese Art Catalogue*），〔英〕Sullivan, Michael 編，英國倫敦 Dartington House 1949 年出版。

《柳宗元與中國最早的風景散文》（*Liu Tsung-yuan and the Earliest Chinese Essays on Scenery*），〔英〕Edwards, Evangeline Dora 譯著，1949 年英國。

《〈俄耳甫斯〉：世界詩歌瑰寶的意義翻譯》（*Orfeo.Il Tesoro della lirica universal interpretato in versi italiani*）〔註76〕，〔意〕溫琴佐·埃蘭特（Vincenzo Errante）、埃米里奧·馬里亞諾（Emilio Mariano）合譯，意大利佛羅倫薩

〔註74〕 1949 年 5 月穆旦入學芝加哥大學研究生院主修英國文學（一說：1949 年 9 月 27 日入學），同時學習俄語與俄國文學，當時穆旦英文名字是 Conway Liang-Cheng Cha。

〔註75〕 《大招》譯詩後收入《山中狂吟——阿瑟·韋利譯文及評論選》。

〔註76〕 此譯詩集將中國的《詩經》《道德經》《楚辭》，以及屈原、陶潛、杜甫、白居易、元稹等詩人的詩作譯為意大利文。

Sansoni，1949 年出版。

《唐詩》（*Poesie cinesi dell'epoca T'ang*）〔註 77〕，〔意〕朱塞佩‧佐皮（Giuseppe Zoppi）譯，意大利米蘭 Milano: Hoepli.1949 年出版。

《對李義山「無題詩」的傳統和現代評論》（*Critica tradizionale e critica moderna delle poesie 'senza argomento' di Li I-shan*）論文，〔意〕白佐良 Bertuccioli, G.譯，意大利《林琴科學院道德學、歷史學和文獻學論文集》1949 年出版。pp.439～445。

《社會主義美學觀》（蘇）M‧鐸尼克著，其他責任者焦敏之譯，全國文協晉察冀分會編（蠟紙手刻油印本），邊區文化供應社出版，出版地不詳，1949 年出版（無版權頁），70 頁。

《牆上蘆葦：中國的西方派詩人 1919～1949》*Les poètes occidentalistes chinois, Roseaux sur le mur* 1919～1949，1971，Paris 巴黎。

《中國：人文學術之國》*China: The Land of Humanistic Scholarship*，〔美〕Dubs，Homer H.德效騫著，1949 年 Oxford: Clarendon Press。

《孔子其人及其神話》*Confucius: The Man and the Myth*, Creel, Herrlee G.顧立雅著，1949 年紐約出版。

《中華詩集》，〔印尼〕蒙丁薩里（Mundingsari）譯，1949 年印度尼西亞出版。裏面收錄了《詩經》，以及李白、杜甫、蘇東坡等人的 41 首古詩的印尼文譯文。

《南琴曲注釋》〔越南〕寶琴注釋，1949 年越南順化出版。

《現代中國文學史》〔韓國〕尹永春著，1949 年韓國雞林社出版。

《中國新文學的理念》〔韓國〕丁來東著，1949 年韓國《白民》第 15 號。

《怡人的寧靜——宋代詩歌選》（*Blogi spokój. Wybór wierszy z czasów dynastii Sung*），〔波蘭〕楊‧維普萊爾 Jan Wypler 譯，1949 年波蘭 Katowice 出版。

《中國古詩新編》〔捷克〕博胡米爾‧馬泰休斯意譯，1949 年捷克布拉格第 7 版。55 頁，10000 冊。

《中國古詩第三編》*Třeti zpěvy stare Činy*（中國古詩改編 5～11 世紀），〔捷克〕普實克譯，1949 年捷克布拉格第 1 版。此書普實克從漢語本翻譯，

〔註77〕該譯本在當時意大利漢學界產生了不小影響，曾被用作漢學專業中國文學教學的輔助教材。

注釋並作了後記，馬泰休斯為其譯詩作了潤色。全書 107 頁，20000 冊。

《陸放翁鑒賞》（上、下冊），〔日〕河上肇〔註 78〕著，日本三一書房 1949年版。此書寫於 1941 年，出版時作者已去世，此書共 845 頁。後來岩波書店出《河上肇全集》時，該書收在第二卷。此書對日本宋詩研究，抑或陸游個案研究都有新的突破，特別是突破了前期日本實證主義學派和新儒家學派的束縛而獨樹一幟。

《中國古典學的展開》〔日〕宇野精一著，1949 年日本東京北隆館出版。

《國文學史》〔註 79〕，〔韓〕趙潤濟著，韓國首爾東國文化社，1949 年出版。

〔註 78〕河上肇（1879～1946）。有《河上肇全集》（日本東京岩波書店）。
〔註 79〕此書認為韓國景幾體歌是中國詞和四六駢儷文與韓國傳統詩歌形式相結合的產物。